화양

화홍(花紅) 1

3판 1쇄 찍은 날 | 2020년 5월 28일
3판 1쇄 펴낸 날 | 2020년 6월 2일

지은이 | 이지환
펴낸이 | 서경석

편집 | 강다윤
　　　김나경

펴낸곳 | 도서출판 청어람
등록번호 | 제1081-1-89호
등록일자 | 1999. 5. 31
어람번호 | 제5-0268호

주소 | 경기도 부천시 부일로483번길 40 서경B/D 3F (우) 14640
전화 | 032-656-4452　팩스 | 032-656-4453
http://www.chungeoram.com
E-mail | roramce@naver.com

ⓒ 이지환, 2020

ISBN 978-89-251-2271-7 04810
ISBN 978-89-251-2270-0 (SET)

※ 파본은 본사나 구입하신 서점에서 교환하여 드립니다.
※ 저자와 협의하여 인지를 붙이지 않습니다.
※ 이 책은 도서출판 청어람과 저작자의 계약에 의해 출판된 것이므로,
　　무단 전재 및 유포·공유를 금합니다.

화홍

花紅

1 초련(初戀)

도서출판 청어람

目次

제1장 국혼(國婚)의 아침 · 7 | 제2장 덫에 걸린 방심(芳心) · 50
제3장 초야일화(初夜逸話) · 80 | 제4장 꽃씨 뿌리는 어린 왕비 · 97
제5장 애욕의 달그림자 · 128 | 제6장 아름다워라, 님의 인덕(仁德)이여 · 169
제7장 두 마음이 한마음 · 216 | 제8장 탕부(蕩婦)의 밤 · 257
제9장 기우제 · 291 | 제10장 우연한 대적(對敵) · 328
제11장 삐약이의 눈물 · 376 | 부록 · 397

第二券
제1장 서투른 진심 | 제2장 달이 참 밝습지요? | 제3장 혼자만의 춘몽(春夢)
제4장 손안의 써? | 제5장 욱하였다, 옥제, 못 참았소, 소혜 | 제6장 전광석화(電光石火)
제7장 애증의 교차로 | 제8장 음모의 발아(發芽) | 제9장 불안한 연풍(戀風)
제10장 깨어진 옥가락지 | 제11장 선(善)하여 죄인 것을…… | 제12장 오해의 사슬 | 부록

―이 이야기는 단조왕조실록 『명종실록』 권이(二), 〈을사의 화(禍)〉 편(篇)에서 발췌, 재구성한 것입니다.

제1장 국혼(國婚)의 아침

　　　　　　삼경을 넘어간 야심한 시각. 초롱초롱. 별들만이 하늘에서 빛나고 있었다.
　"으으. 으으음…… 아, 아아악!"
　윗방에서 자는 유모는 곤한 잠에 빠져 기척이 없다. 아랫목의 어린 아씨만 깊은 꿈에 잠겨 괴로워하고 있을 뿐이었다.
　천지분간도 못할 만큼 어둡고 천둥벼락이 치는 날이다. 생시인지 꿈인지 알 수 없는 황량한 들판. 오도카니 선 소녀를 노리고 하늘에서 용(龍) 한 마리가 수직으로 달려들었다. 도망가자 하여도 발이 얼어붙은 듯 움직여지지 않았다. 기어코 퉁방울 같은 눈에서 불길이 흐르는 사나운 용에게 잡히고 말았다. 어린 몸을 친친 감고 자꾸만 물어뜯으려 하는 것이었다. 아가리를 벌리고 한입에 삼키려 드는 용의 입에서 강한 살기가 뻗쳐 소녀를 자지러지게 만들었다.

"으, 으……. 싫어, 싫어. 아, 아악!"

결국 비명을 지르며 벌떡 일어나 앉았다. 이제는 윗방의 유모도 외마디 비명 소리를 들었다. 깜짝 놀라 장지문을 열고 달려들어 왔다.

"아이고, 어찌 이러시오? 아기씨, 가위에 눌리셨소? 나쁜 꿈을 꾸셨구려."

하도 놀란 터라 소녀는 오들오들 떨며 꿈인 듯 꿈이 아닌 듯 낯설게 휘둘러보았다. 정답고 익숙한 작은 방. 틀림없이 정갈한 이부자리 안에 자리옷 차림으로 앉아 있었다. 아아, 다행이다. 꿈이었구나. 비로소 제정신이 들었다. 어찌나 놀랐는지 땀투성이가 된 소녀에게 유모가 자리끼 대접을 건네주었다. 한 손으로 진땀이 스민 하얀 이마를 훔쳐주며 걱정스럽게 물었다. 고개를 끄덕였다.

"응, 내가 놀라 딱 죽는 줄 알았소. 아, 글쎄, 세상에 내가 용한테 잡아먹히는 꿈을 꾼 것이 아니겠소? 내, 그런 얼토당토않은 꿈은 난생처음이야. 아이고, 무서워. 참으로 기함할 꿈이지 않아?"

아직도 식겁하여 달달 떨리는 목청으로 대답하였다. 아기씨에게 유모는 부드러운 목소리로 위로를 하였다.

"속내가 다소 불편하여 그런 꿈도 꾸는 것입니다. 놀라지 마시오. 꿈인데요 뭘. 자, 주무시오. 내가 등을 쓸어줄 것이니 다시 주무시오. 아모 일도 없을 것이오."

"하, 하지만 그렇게 생생한 꿈은 내 생전 처음이었거든. 휴우― 두려워서 다시 잠이 안 올까 걱정이오."

하지만 어진 유모가 등을 쓸어주고 이불귀를 여며주자 졸린 눈은 금세 감겼다. 다시금 이불에 들어 눈을 감는 어린 아씨. 아직은 자신이 꾼 그 꿈이 무슨 운명의 징조인지 모른다. 아무런 근심 없이 말간 얼굴로 다시 새근새근 잠이 들었다.

검푸른 하늘에는 별빛만 환하였다. 소박한 기와집 지붕 위로 밤이슬만 소복하게 내렸다.

태평성세 단(旦) 국.
때는 홍희 8년, 구월 열이튿날. 도성(都城) 중경.
청계(淸溪)를 중심으로 옥동과 성동은 권문세족의 기와집이 늘어선 번화가이다. 청계의 반대편. 병풍처럼 솟아오른 계산 기슭은 올곧은 선비가문이되 빈한하거나 관직에서 물러난 이들이 모여 사는 마을이다.

아득히 멀리, 북쪽 백학산 아래는 주상전하께서 거하시는 성덕궁과 경덕궁, 창희궁이 위치하고 있었다. 종묘사직이 자리한 장엄하고 화려한 교동, 육의전 거리며 장시가 몰려 있는 번화한 궁로와는 달리 계산골은 항상 조용하고 한적하였다. 청빈한 선비들의 고을답게 산수가 빼어나기로 이름난 아름다운 마을이었다. 조촐한 마을의 한구석, 지붕에 기와는 얹었으되 그 규모로 치자면 겨우 예닐곱 칸 작은 집. 선대왕 장조의 총신(寵臣)이었으며 도승지까지 올랐던 자산 김익현의 집이었다. 병이 들어 조하를 물러 나와 조용히 학문을 하고 가난한 살림 청빈을 익히는 처사(處士)였다.

"오늘은 유난히 까치가 깍깍거리니 반가운 손님이 오시려나……."

사랑채와 담으로 막혀 옆으로 돌아선 안채. 손바닥만 한 마당에 선 소녀가 까치가 수선스럽게 우는 동구 밖 정자나무를 바라보았다. 집주인인 김익현의 외동딸 소혜 아씨. 새벽에 용에게 잡아먹히는 꿈으로 놀라 깬 바로 그 소녀이다.

이제 나이 겨우 열다섯. 아직은 어리고 꾸밈한 바 없으며 촌티가 가시지 않아 다소 보잘것없는 용모였다. 하지만 머루알같이 새까맣고 영채가 도는 눈은 맑고 고왔다. 비록 무명옷이되 정갈하게 차려입고 한 갈래로 땋아 남빛 댕기로 단단히 묶은 머리통이 영리하고 어여쁘다.

"유모, 혹시 모르니 주막에 가서 약주 한 병 받아다가 우물 속에 매달아놓으소."

유모가 손에 묻은 물을 행주치마에 닦으며 부엌에서 나왔다. 전낭을 건네주며 소저는 스스로 대견하여 생긋 웃었다.

"어제 저고리 세 개 말라주고 받은 삯이오. 허고 아버님께서 이 며칠 입맛이 없다 하시니 녹두를 담그시오. 밤에 녹두죽을 올려야겠소이다. 복순이더러는 아랫마을에서 맡겨놓은 새신부 녹의홍상 다 말랐으니 싸가지고 가라 하오."

"예, 아씨. 횡하니 보낼 것입니다요."

제 어미가 부르니 뒤란에서 복순이가 통통 부은 얼굴을 하고 걸어나왔다. 이마에 돋은 것들을 짜다가 시뻘겋게 약이 오른지라 입이 서너 발이나 나왔다.

"씨이, 고름이 노랗게 들어 손으로 짰더니 아프기는 징하게 아프면서 요렇게 약이 올라 버렸네. 아씨는 무엇으로 단장하기에 그렇게 얼굴이 곱소?"

"똑같이 유모가 만들어준 팥물 비누로 얼굴을 씻는 차에 어인 심술이니? 아버님께서 입맛이 없다 하시니 어물전 나가 굴비라도 구해오너라. 휴우― 약이라도 한 번 제대로 쓰면은 환후가 조금 나아지실 것인데……."

사랑채를 돌아보는 소혜 아씨의 얼굴은 어두웠다.

소저의 처지로 말하자면 박복하기 이루 말할 수 없었다. 생후 이레 만에 산욕열을 앓은 어미를 잃었다. 어진 조모님 슬하에서 구김살없이 자랐지만 다정하신 그분도 소저가 열 살 때 돌아가셨다. 혈친(血親)으로 남은 이라고는 이제 늙은 부친 한 분뿐. 그러나 병약한 부친의 건강에 항시 살얼음판 걷듯이 근심이었다.

집안일을 대강 정리한 후 소혜 아씨는 방으로 들어가 게으름을 피우는 대신 윗목에 놓아둔 바구니를 끌어당겼다. 가난한 살림에 가용을 장만하는 가장 큰 벌이는 잽싼 솜씨를 가진 소저의 삯바느질이었다. 어린 나이이되 아씨의 바느질 솜씨며 수침은 이미 근동에서 소문이 자자한 터였다.

"하지만 나는 근심하거니. 솜씨가 좋으면 그 팔자가 사납다 하지 않더냐? 우리 아기는 제발 귀한 집에 혼인시켜 편안하게 살았으면 하는 것이 소원이니라. 저는 한 번도 비단 치마저고리 입지 못하면서 날마다 남의 의대 지어주는 일을 하고 있으니 가슴이 아프구나."

삯바느질하던 조모님 곁에서 시중을 들었다. 짬짬이 바늘을 들려 하는 아씨의 등을 쓸어주며 어진 분께서 하시던 이야기이다.

"비단 치마저고리 따위는 부럽지 않아요, 할머니. 벗고 사는 것도 아닌데요. 저는 아주 귀한 곳에 혼인을 하고 싶어요. 호사를 하고 싶어서가 아니라 불쌍한 백성들에게 먹을 것, 입을 것을 줄 수 있을까 해서요. 하지만 저는 못났는데 귀한 집에 혼인을 할 수가 있을까요, 할머니?"
"우리 아기가 마음도 곱지! 우리 아기와 혼인하는 그 도령은 참으로 광영일 사, 처복(妻福)은 실로 클 것이야."

부질없는 옛 생각을 떠올렸다. 아기씨는 어진 할머니 생각을 하며 단정한 입술에 미미한 미소를 머금었다. 가는 손가락을 부지런히 움직여 윗마을 처자의 혼수거리인 비단 방석에 수를 놓자 하여 바늘에 실을 감았다. 대문에서 장고 소리가 난 것은 그때였다.
"이리 오너라!"
부친의 가장 친밀한 벗이며 조정에서 좌찬성 벼슬을 하는 두곡 유형원이었다. 소혜 아씨에게는 또 다른 친부라 해도 과언이 아닌

분이다. 허리 굽혀 인사하는 아기씨에게 유형원은 쯧쯧 혀 차는 소리를 내었다.

"자산이 이 며칠간 병이 깊으셨다 들었느니라. 당장에 기별을 하여야지. 그래야 내가 약첩이라도 가져올 것이 아닌가? 사랑에 계시느냐?"

"그러하옵니다. 며칠이나 저분질을 딱 끊으시니 요량이 없어 제가 가시방석입니다."

"늘 병약한 이라 알고는 있으되 갑자기 이렇게 병세가 나빠졌다 하니 내가 의아하구나. 그래, 무슨 일이 있으셨던가?"

"소녀가 어찌 사랑의 형편을 알겠습니까. 사흘 전에 진성대군 마마께서 잠시간 들르셨는데 그 이후로 영 입을 봉하고 말씀 한마디를 아니 하시는 것입니다."

"허어, 기이한 일이로다. 무슨 일이 있었을꼬? 참, 내가 미리 이야기를 하여 두었으니, 아기는 집으로 가서 내자를 찾아 만나거라. 약첩을 챙겨서 줄 것이다."

"번번이 신세만 지면서 은혜 한 번 갚지 못하니 실로 유구무언입니다, 아저씨."

항시 신세를 지는 형편이라 감사하지만은 민망하였다. 소혜 아기씨는 얼굴을 붉혔다. 유형원이 손을 훼훼 저었다.

"어허, 다시는 그런 말을 하지 말라 하였거늘! 어디 자산과 내 사이가 남이더냐? 콩 한 쪽이 생겨도 나누어 입에 넣는 사이이니라. 다녀오거라. 내자(內子)도 아기를 보고 싶어하였다."

국혼(國婚)의 아침 13

계산골에서 유형원의 집이 있는 번동까지는 이십여 리. 하루 종일 걸어서 돌아올 일이 아득하지만 어찌할 수가 있나. 장옷으로 얼굴을 깊게 가리고 나선 나들이길. 구월이니 겨울 초입(初入). 고추처럼 맵기만 한 찬바람이 무명옷으로 스며들었다. 연신 춥다 손을 호호 부는 복순이와는 달리 소혜 아씨, 춥다 한마디도 아니한다.

"아씨, 아씨! 저기 방이 붙었나 봅니다요. 사람들이 까맣게 몰려 있구먼요?"

집 안에만 있던 계집아이인지라 오랜만의 문안 출입에 복순이만 신이 났다. 장시로 접어들자 구경할 것도 많은 터. 고개가 이리저리 돌아가는데 도통 정신을 못 차리는 얼굴이다. 호기심도 많은지라 사람들이 모여 있는 곳으로 말릴 사이도 없이 나풀나풀 달려가는 것이다. 하지만 소혜 아씨는 일별도 아니 하고 재게 발걸음 옮기었다. 소녀의 눈에는 번잡한 저자 풍경도, 고운 비단전의 옷감도, 패물도 보이지 않았다. 오직 병약한 사친에 대한 걱정만이 뇌리에 가득 차 있었기 때문이다.

그러니깐 사흘 전이다.

"자산이 계시느냐? 진성대군 대감께서 오셨노라."

아침나절에 기별도 없이 말구종을 잡히고 너덧의 호위무장까지 거느린 객이 드시었다. 비단 도포에 옥관자 두른 갓을 쓴 그분은 종실의 큰 어른이신 진성대군이었다. 주안상을 준비하라 이르는데 사랑채에서 기별이 들어왔다.

"아기씨, 사랑마님께서 잠시 나오시라 하시는디유."

섬돌 아래 서서 부르시었느냐 여쭈었다. 마당으로 면한 장지문이 드르륵 열렸다. 소혜 아씨는 옆으로 비켜 서서 곱게 허리를 구부려 손님께 공손하게 절을 하였다.

"소녀가 대군마마를 뵈옵니다. 강녕하시옵니까?"

"아기가 장성하니 갈수록 어질어지는 품이 곱도다. 그래, 잘 지냈더냐?"

"염려하여 주신 덕분에 그만하옵니다. 아버님, 어찌하여 소녀를 보잔다 하셨습니까?"

"별일은 아니다. 밤까정 대군마마께서 거하실 터이니 진지를 준비하여라. 그만 나가보거라."

부친이 겨우 한마디 하시는데 그 얼굴이 굳었다. 점잖으시고 허튼 말씀 한마디 아니 하시는 분이 굳이 사랑채로 소저를 부른 이유치고는 싱거울 정도로 어이없었다. 그런 일일 것이면 복순 아비에게 전하여도 될 것을 왜 소저를 굳이 사랑채로 부르신 것이냐?

"가난한 집안의 찬이 귀빈의 입맛에 맞을지 모르겠습니다만 정성껏 준비를 할 것입니다. 허면 소녀가 나가보아도 되겠는지요?"

나가라 하는 대답 대신 진성대군께서 다시금 아기씨를 일별하였다. 뜻밖에 아니 하시던 하문(下問)까지 하셨다.

"허허허. 아기가 그리도 총명하고 알뜰하다지? 주변 사람들이 다투어 며느리로 탐을 낼 만한 것이야. 그래, 듣자 하니 심히 영리하여 내전께나 족히 읽었다고?"

민망하고 부끄러웠다. 소저는 얼굴을 붉히며 눈을 살포시 아래로 깔았다. 묻자오시니 공손하게 대답하였다.

"망극하옵니다. 어린 계집아이가 무엇을 알아 글줄을 익혔겠습니까? 그저 아버님 어깨 너머로 먹물 갈아드리면서 겨우 천자문이나 떼었나이다."

"어린 사람이 겸손하고 사리분별까정 밝도다. 나가보거라. 안채의 소저를 외인(外人)이 뵙자함도 결례였다."

기이한 일이었다. 그날따라 대군께서 어린 소저에게 대하시는 품이 심히 정중하고 예절 바르시었다. 지금껏 드나들기 오래이시되 단 한 번도 저를 보자 한 적이 없는데 어찌 이리하실까? 의아하여 고개를 갸웃하면서 다시 돌아 나왔다.

그날의 생각을 떠올리며 소혜 아씨는 다시금 한숨을 깊게 쉬었다.

'대체 두 분이 무슨 이야기를 나누시었기에 아버님께서 이후로 그리토록 심란해하신단 말인가?'

"아씨, 아씨! 저기 주막 앞에 붙은 방(榜) 말이어유. 아, 글씨, 상감마마께서 혼인을 한다고 간택령이 내렸다는 방이래유."

다다다 달려온 복순이의 숨이 찼다. 마치 큰 비밀이라도 알려주는 듯이 소리치는 말에 소녀는 미미한 웃음만 머금었다.

"그래? 상감마마께서 보령이 높아지시니 비로소 대례를 치르시는 모양이지."

금상(今上)의 보령은 이제 약관 열아홉. 열한 살 어린 나이로 보위에 오르시어 지금껏 홀몸이셨는데 드디어 안곁을 맞이하시나 보다.

한시 바삐 주상께서 대례를 치르시고 내전이 안정이 되어야만 월성궁의 미혹에서 벗어나실 것이야. 부친께서 한숨처럼 근심하는 것을 몇 번이나 들은 터였다.

"아씨, 중전마마는 어떤 처자가 되시는 것인가유? 천상 선녀 같은 분만 오를 것이구면요. 나도 대가 댁 규수로 태어나 곱게 단장하여 궐에 들어가 상감마마 눈에 들 것이면 중전마마가 될 수도 있을 것인디……."

"사직의 안주인인 중전마마란다. 집안도 권문세가여야 하며 그 덕성이며 인품이 하늘같이 높아야 하는 것이지. 그래, 너도 후생에는 권문세가 미인으로 태어나 간택에 올라가려무나. 그때에도 나를 만나면 잘 보아주어야 한다?"

저가 마치 중전마마가 된 양 공상의 나래를 펴는 복순이를 향해 소저는 미미하게 웃음을 머금었다. 쓸데없는 말을 한다고 타박하지 않고 곱게 말을 받아주었다.

아씨가 번동 유형원의 집에 도착한 것은 막 오정이 넘어갈 무렵이었다. 이미 아씨가 올 줄을 알고 있었던지 청지기는 바로 아씨를 안방으로 안내하였다. 유형원의 내자인 정씨가 잘 차린 점심상을 서둘러 내오며 다정스레 맞이하여 주었다. 병든 부친을 걱정하였다.

"허구한 날 신세만 지는 형편이라, 고맙기는 하옵니다만 늘 면구합니다."

공손하게 두 손을 모으고 대답하는 아기씨의 목소리가 나직하나

곱고 예절 바르다. 정씨는 환한 미소를 지으며 작은 손을 잡아 다정하게 어루만졌다.

"우리 집 나리께서 자산 어른과 남이더냐? 그런 근심은 아예 말거라. 자산 어른께서 부대 기운을 차리시어야 너의 걱정이 없을 것인데……. 쯧쯧, 어린 사람이 어찌 이리 의젓할꼬?"

도란도란 차상을 앞에 두고 여인네들이 이야기를 나누는데 흠흠 헛기침 소리가 들렸다. 유형원의 첫째 아들 재웅이 들어왔다. 아무리 오래전부터 알아왔고 친밀하게 보아온 사이라도 이미 장성하였다. 서로 내외하는 처지이다. 아씨와 재웅 소년은 서로 고개를 돌린 채 안부만 물었다. 옆얼굴만 일별하는 소년 소녀의 얼굴이 발갛다. 고작 두어 마디로 그만, 금세 아기씨는 자리에서 일어섰다.

"날이 어두워지는 고로 소녀는 이만 가보겠나이다. 병약하신 아버님께서 홀로 계신 터이니 마음이 그리하여 오래도록 놀지 못하겠습니다."

"그리하려무나. 잡아두고 이야기도 하고 저녁밥도 먹여 보내련만 네 마음이 편안치 않은 듯하여 그냥 가라 하여야겠다. 헌데 바람이 많이 차서 어찌하지? 가마를 내어줄 것이니 타고 가련?"

"아니옵니다. 되었습니다. 걸어가면 금세인데 저로 인하여 아랫사람들이 수고하시는 것은 싫사옵니다."

"어질기도 하지. 허면은 첫째로 하여금 데려다 주어라 할 것이다. 아기가 밤길을 가는 것이 내가 마땅치 않아서 그러하느니라."

싫다 사양하였으되 정씨는 강권하였다. 지금껏 허물없이 지낸 오라비 같은 사이이다. 밤길 걸어가는 것을 아버님께서도 근심하려니 싶었다. 몇 번 사양하다가 마지못하여 소혜 아씨는 오라버님께 폐를 끼치옵니다 하면서 얼굴을 붉히었다. 얼마 후면 저 아기가 나의 내자가 되려니, 속으로 벙긋 웃는 재응 소년이 의젓하게 말을 받았다.

"폐라 말하지 마시오. 스승님께서 병중이라 하는데 내가 먼저 찾아뵈어야 도리가 아니겠습니까? 허면은 일어나십시다."

소혜 아기씨는 안방마님에게 곱게 절을 하고는 재응 소년을 따라 문을 나섰다. 복순이는 마님이 이것저것 챙겨준 집안 살림거리를 보따리에 싸서 머리에 이었다. 소혜 아씨는 부친의 약첩을 가슴에 안았다.

재응이 앞장선 일행이 집을 나서 궁로통을 지나 막 계산골 쪽으로 들어가는 길로 접어든 참이었다. 시끄러운 말발굽 소리가 울려 퍼졌다. 남문 쪽에서 북문 쪽 대로를 거침없이 달려오는 일단의 기마 행렬이 있었다. 약 오십여 필의 늠름한 마두가 행렬을 지어 한꺼번에 달려오는 광경은 장관 중의 장관이었다. 길에 나다니는 인마는 아랑곳없이 거침없이 달려오는 그 말발굽에 채이면 그 자리에서 즉사라, 길을 가던 사람들이 깜짝 놀라 몸을 피하기 급급하였다. 재응 도련님도, 복순이도, 소혜 아씨도 너무 놀라 다른 사람들처럼 급히 몸을 돌이켜 길섶으로 몸을 피하였다.

무엄하기 이를 데 없는 행렬의 선두는 털모자와 값진 호피 사냥복을 차려입은 늠름한 청년이었다. 청년이라기보다 아직은 어린 티가 덜 가신 소년이라 해야 옳을 것이다. 이제 턱에 돋는 수염이 거뭇하였다. 훤칠하고 보기 드문 미장부인데, 불이 담긴 호목(虎目)에 귀까지 뻗은 검미가 강렬하였다. 이마에 비단 건을 두르고 활과 전통을 등에 멨다. 몸을 꼿꼿이 세우고 티 한 점 없는 설총마를 몰아 질풍처럼 달려온다. 뒤를 따르는 이들도 모두 활과 전통을 메고 칼들을 비껴찬 늠름한 청년들이었다. 그들이 탄 말들은 하나같이 시정서 보기 힘든 한혈마들이었다. 필시 권세 당당한 집 자제의 사냥 놀음길이 분명하였다.

"아이쿠!"

무슨 심술일까? 앞장서 달리던 청년은 호호탕탕하게 말의 속력을 조금도 줄이지 않았다. 짓궂게도 고삐를 당겨 안전(眼前)에서 걸치적거리는 재응의 머리를 훌쩍 타고 넘어버렸다. 신기(神技)에 가까운 마술(馬術) 솜씨였다.

"에구머니! 오라버님!"

소스라치게 놀라 소혜 아씨는 비명을 지르며 나동그라진 재응을 부축하였다. 청년이 껄껄거리는 짓궂은 웃음을 날리며 힐끗 그들을 돌아보았다. 분노의 불을 뿜는 아씨와 청년의 눈이 잠시 마주쳤다. 불을 뿜듯 강한 사내의 시선이 너 잘못하였다 엄히 꾸짖는 빛이 담긴 채 새치름하니 노려보는 아기씨의 눈동자를 노려보았다. 남녀가 유별한데, 이 방자한 사내 노릇 좀 보소? 입술꼬리를 히죽 치켜 올리며 희롱하듯이 씩 웃었다.

"이랴!"

금세 아무 일도 아니라는 듯이 고개를 돌려 버렸다. 청년이 탄 말은 아까처럼 호호탕탕 바람처럼 대로를 달려갔다. 그의 뒤를 따르는 다른 사람들. 말 등의 어느 누구도 나동그라진 재응과 부축하는 소혜 아씨를 눈여겨보아 주지 않는다. 호기심이 돈은 터이니 입을 헤 벌리고 그 말들을 바라보던 복순이가 비명을 지른 것은 그때였다. 말들이 달려가면서 작은 돌들을 튀긴 것이라 그 돌에 얼굴을 맞은 것이다.
　　"무에 저런 망할 놈들이 다 있디야? 사람들이 지나다니는 길을 거리낌 하나 없이 말을 타고 달려가다니. 잘못하였으면 사람 하나 죽이는 것은 여반장이겠다!"
　　약이 오른 복순이가 이제는 까맣게 멀어진 그들을 향해 욕을 하였다. 주먹감자를 먹였다. 소혜 아씨도 기가 막혔다. 남이야 다치든 말든 뒤도 돌아보지 않고 질풍처럼 사라져 가는 그 무례한 일행들을 바라보며 혼잣말을 하였다.
　　"국법이 엄연하거늘, 사람과 수레들이 번잡하게 지나가는 길을 저렇게 말을 타고 질풍처럼 내달리면 어쩌라고? 자칫 잘못하면 사람 상하기가 여반장이라. 어떤 집 자제이기에 저리도 오만방자하게 대로를 내달리는가? 하물며 사람의 키를 말을 타고 넘다니! 만약 잘못하였으면 오라버님이 크게 다칠 뻔한 것이 아니던고?"
　　허나, 아씨는 모르되 지금 그렇게 말을 타고 대로를 오만하게 달려간 그 청년이 바로 이 나라 주인이신 상감마마라! 짓궂은 웃음을 날리며 고개를 치켜들고 위풍당당하게 달려가던 그 청년이 몇 달

후면 아씨의 지아비가 될 사람이라는 것을 어찌 알랴? 말을 타고 달려간 왕도 마찬가지이니 자신이 왕비로 맞아들일 소녀를 그런 식으로 처음 만났다는 것을 꿈에도 모른다.

아침에는 적적하던 집이다. 조용하여 절간 같던 집 안에 오가는 사람이 많고 어쩐지 번잡하였다. 이것이 어인 영문인가? 얼떨떨하고 의아해하는 소저 앞에 청지기가 나와서 맞이한다.

"아씨, 돌아오셨습니까? 어서 오십시오."

"어찌 집이 이리 번잡한가? 빈객이 오셨는가?"

"오후에 진성대군 마마께서 또 오셨습니다. 지금 사랑채에 계십니다. 허고요, 아씨, 대군마마께서 쌀섬이며 진귀한 별찬이며 바리바리 광에다 들여주시어 아주 난리가 났나이다. 찬모가 자운궁에서 나왔기로 지금 정지에서 찬거리를 마련한다 합니다."

감사하고 고맙기는 하나 자주 있는 일은 아니다. 대체 이것이 어찌 된 영문인가 알 수 없어 소혜 아씨는 고개를 갸웃하였다. 아직까지도 자신에게 닥쳐온 운명의 회오리바람을 알지 못한 채 소녀는 그저 의아할 뿐이었다.

사랑채. 김익현과 마주 앉은 진성대군은 상에 놓은 술잔을 만족스럽게 비웠다. 앞에 앉은 그를 바라보았다.

"아기가 벌써 열다섯이오, 자산. 때가 되면 제짝을 맞추어주는 것이 당연한 일이라. 이렇게 고집을 피우지 마시오."

"대군마마, 소인이 고집을 피우는 것이 아니오이다."

말을 받는 김익현의 얼굴은 대꼬챙이처럼 말랐다. 그럼에도 형형한 눈빛에는 완강한 고집이 실려 있었다.

"우리 아이가 겨우 열다섯, 인제 겨우 소꿉장난을 면한 어리디어린 것입니다. 감히 어데다 견주어 윗전 앞에 내어놓으리오? 하물며 배운 것도 없고, 용모도 도통 보잘것없습니다. 말씀 거두어주십시오."

"아기의 영명함과 부덕은 이미 근동에 소문난 터, 지나친 겸손은 비례(非禮)라 합디다?"

"아니라니까요. 언감생심, 감히 어찌 미신(微臣)의 무지한 여식을 중궁전 간택에 올리리까? 부대 그 무서운 청을 거두어주십시오."

"자산, 주상 보령 열아홉이오."

은근하게 말을 건네는 진성대군의 고집도 부드럽지만 만만찮았다. 수염을 쓰다듬으며 끝까지 깐깐한 김익현을 설득하려 들었다.

"아기가 열다섯. 연치는 맞추면은 되는 것이지요. 연분이야 하늘이 내리시는 일. 아기의 영명함이며 알뜰한 덕성은 감추어도 이미 소문이 났습니다."

"어찌 그런 망극한 말씀을 하시는지요, 대군마마. 절대로 우리 집 아이는 중전마마 재목이 아니옵니다. 그만 망극한 뜻을 거두십시오."

아니, 이것이 무슨 말이냐? 소혜 아기씨를 주상전하 안곁으로 보아 간택에 참여케 하라고 진성대군께서 김익현에게 청을 하고 있음인가? 그러고 보면 며칠 전 소혜 아씨가 용에 감겨 잡아먹히는 꿈을 꾼 것은 이런 운명의 전조였던 것이리라. 허나 병약하여 깡마른 김익현의 표정은 끝까지 불가(不可)였다. 이를 앙다물고 고개를 흔들었다.

"말을 내어 약조는 아니 하였으되 두곡과 제가 이미 혼사를 하자 작정을 하였기로 이미 마음을 굳힌 참입니다. 부대 신이 벗과 약조한 일을 어기게 말아주옵소서."

"이보시오, 자산. 사람은 태어나기 하늘이 점지하여 준 짝이 있는 법이며 그 쓰임이 다 다른 터이오. 집의 아기는 반드시 궐에 들어와 주상의 안겻으로 교태전에 앉아 이 나라 사직의 혈손을 그 태로 이어주셔야 할 분이오. 그대도 알지 않소?"

진성대군의 얼굴이 엄숙하여졌다. 술기운이 오른 듯 벌건 안색이 꼭 취기만은 아니었다. 더없이 진중한 어조로 바라보며 말을 이었다.

"솔직히 주상께서는 보령 이미 한참 늦었어요. 이태 전에 이미 대례를 치르시어야 할 것이되 내가 어려움을 무릅쓰고 지금껏 삼 년이나 그 일을 막았소이다. 그것이 무슨 뜻인지 아직도 모르시겠소?"

이미 몇 년 전에 치러져야 했을 주상전하의 가례를 종실의 큰 어른인 진성대군이 늦추었던 이유가 드러났다. 결국은 어린 소혜 아기씨가 자라기를 기다렸다는 뜻이다. 마냥 고집을 피우는 김익현이 여하간에 답답하다 하는 표정이었다.

"자산도 아시다시피 상감께서는 한없이 외로운 분이시오. 내전의 안주인이 아니 계시니 고독하여, 주상께서 그 요망한 계집의 품에 미혹을 하신 것이 아니오? 이런 정도면 자산께서 이 대군의 체면 좀 세워주시오."

"대군마마께서도 아시다시피 이 몸이 사십 줄에 들어 겨우 하나 얻은 여식이 저것입니다. 대군 대감의 뜻을 모르는 바는 아니오되 그저 이 미신의 생각은 저 아이를 어질고 유복한 집안의 며늘아기로 들여보내 일생을 안온하고 마음 편안하게 살게 하고 싶은 것이 아비의 심정입니다. 허나 만약 저 아이가 궐에 들어가게 되면 저 아이 뒷날이 보이지 않으니 아비 된 심정으로 어찌 흔쾌하리이까?"

"어찌 뒷날을 감히 예측하여 말씀하시오? 교태전의 주인이십니다. 주상의 정궁이에요."

"상감께서는 이미 달그림자에 그 영명함이 가리워져 한시절을 방탕하신 터라 미신도 다 헤아리고 있사옵니다. 저것이 내전에 들어간다 하여도 평생 그림자 팔자이며 지아비 소박은 맡아놓은 것일 터인데 그를 알고서야 어찌 이 아비가 그곳으로 보낼 것인지요? 하물며 우리 딸아이가 중전마마가 되신다 하여도 파랑이 많고 풍파가 잦은 것이 궐 안의 일입니다. 그 팔자가 어찌 비참하게 될지는 아무도 모를 일이 아닙니까? 거두어주옵소서! 절대로 우리 딸아이는 간택에 올리지 못할 것입니다."

도무지 씨도 먹히지 않았다. 목에 칼이 들어와도 아닌 것은 아니다 하는 강직한 성품을 잘 알고 있었다. 마침내 진성대군이 끌끌 혀를 찼다.

"자산은 어찌 이리 이 대군을 민망하게 하시오? 내가 따님을 중궁전에 올리자 하는 것을 마치 지옥에 내려보내자 하는 것처럼 여기시니 말이오."

"구중심처 궐 안이 바로 복마전입지요."

"자산이 고집을 부린다 하여도 이 대군 역시 고집을 꺾지 않을 것이오. 우리 주상께서 요망한 계집의 치마폭에 미혹하사 아직은 그 총명함이 가리워서 이 모양 이 꼴이라 하여도 말이외다. 워낙에 천성이 명민하고 반듯하신 분인 줄 그대도 잘 알고 있지 않소? 달그림자가 아무리 기운이 강하다 하여도 해가 뜨면 사라지는 것이 자연의 이치, 이제 이 집의 아기가 안해로 들어오시면 월성궁 그림자쯤이야 대수겠소?"

진성대군이 도포 소맷자락 안에서 굳게 봉한 서찰 하나를 꺼내었다. 말없이 주인 앞으로 밀어놓았다. 김익현은 의아한 눈빛으로 그 서간과 진성대군을 번갈아 바라보았다.

"이것은 대체 무엇입니까?"

"그대가 도승지였으니 뉘보다 잘 알 것이 아니오? 바로 선대왕마마 어필(御筆)이오. 승하하기 전에 직접 쇠약한 몸을 이끌고 쓰신 어찰이오. 필시 훗날 자산이 깐깐하여 부귀를 바라지 않아 고집을 피울 것인즉 반드시 그에게 보여라 하신 것이니, 자산, 형님마마께서 저승서도 바라시는 일이오. 그대가 아니 된다 고집부려도 따님은 중전마마가 되실 게요. 허니 헛된 고집은 이제 그만 하시오."

"대군 대감!"

"그대의 따님께서는 오직 금상의 연분으로 탄생하신 분이오. 이만 갈 것이니 밤서 잘 생각하여 보시오. 열흘 후, 구월 스무이튿날로 초간택의 날이 정하여졌소이다. 가마를 보낼 것이오. 그때는 다시 번거롭게 사양하사 이 대군을 힘들게 하지 마시구려."

훌훌 무거운 짐을 벗어놓은 듯 진성대군은 떠나갔다. 김익현은 상 위에 놓인 서찰을 그저 두려운 듯이 내려다보기만 하였다. 주름 지고 야윈 얼굴에 갈등의 빛이 어지럽게 스치고 지나갔다. 한참 후, 그는 마침내 결심을 한 듯이 북쪽을 향하여 사배(四拜) 하였다. 지극한 공경의 예를 치른 후에 꿇어앉았다. 덜덜 떨리는 야윈 손으로 서찰을 펴 들었다. 이윽고 주름진 얼굴 아래로 굵은 두 줄기 눈물이 흘러내렸다.

"전하! 전하, 어찌하여 신에게 이토록 무서운 일을 부탁하옵시는지요? 신의 딸년이 궐에 들어가면 평생 허수아비 뒷방 신세라. 저 가엾은 것을 어찌하라고 신에게 이런 하명을 하옵시나이까? 전하, 그저 신은 남기신 이 유훈(遺訓)이 원망스러울 따름입니다. 전하, 흐흐흑흑."

군신(君臣) 관계라고는 하지만 진정한 벗이었다. 다정하고 현명하신 선대왕의 은혜로움과 성은을 과분하게 받았던 김익현, 마침내 그리운 그분의 어찰을 품에 안고 통곡을 하였다. 원망과 그리움과 안타까움이 섞인 괴로운 울음이었다. 그분이 승하하시기 전에 내리신 마지막 유훈을 감히 어찌 거절하랴? 오직 그분께 진정한 충성만을 다짐한 터, 허나 그러기 위하여서는 눈에 넣어도 아프지 않을 어린 딸을 무작정 호굴(虎窟)에 집어넣어야 하는 것인데…….

아무것도 모르는 초당의 소혜 아씨. 그 밤 내내 부친께서 잠들지 않고 묵묵히 앉아만 있는 것에 애가 탔다. 몸의 용태가 좋지 않아 그런 줄로만 알고서 밤 내내 발을 동동 굴렀다. 정성껏 달인 약대접을 들고 종종걸음을 쳐보지만, 어둡고 흐린 부친의 안색은 달라질 줄 몰랐다.

그로부터 여드레 후, 미명이 돋는 새벽.
계산골 동구에 들어서는 가마가 있었다. 귀한 집 마나님의 행차인지 여염집의 가마와는 아예 댈 것이 아니었다. 시정에서는 보기 드문 화려한 가마는 말 두 마리가 이끌고 가마잡이만도 여섯 명이나 되었다. 뒤에 따르는 아랫것들이 여남은 명이나 되었는데 전부 하나씩 보따리들을 안고 있었다. 일행의 끝에는 네 사람의 가마잡이가 메고 오는 또 다른 가마 한 채가 뒤따르고 있었다. 빈 가마인지 자리채를 잡은 사내들 이마에는 땀 하나 흐르지 않았다. 일행이 멈춘 곳은 김익현의 집 대문 앞이었다. 길을 앞장선 청지기가 이리 오너라! 고함질렀다. 대문이 삐끗 열렸다.

"자운궁 국대부인마님의 행차이시네. 오실 줄을 알고 있을 것이니 사랑에 기별을 하시게. 허고 이 집 아씨를 뫼실 것이야. 마님을 안채로 안내하시게."

아무 영문도 모르는 소혜 아씨. 찬간에서 나물의 간을 보다가 냉큼 잡혀 들어가 욕간통에 앉혀졌다. 대군 댁 하님이 미적거리는 유모를 몰아내고는 아씨를 모셔다가 쓱쓱 화각 참빗으로 머리를 빗기었다. 비단 댕기로 머리를 여며주었다. 전부 진솔로 지은 비단 의대를 펴놓고 빨리 입어라 재촉하였다. 아씨 품에 꼭 맞게 지어진 옷이었다. 송화색 저고리에 다홍치마가 고왔다. 유모가 소혜 아씨에게 비단 속적삼을 입히고 그 위에다 덧저고리를 입히며 눈물을 훔쳐 냈다. 진솔 새옷을 입으면서도 소혜 아씨의 얼굴은 두려움에 하얗게 질려 있었다. 지금 닥친 이 모든 일이 그저 혼란스럽고 불안할 뿐이었다.

"마님, 아기씨가 전부 차비를 끝내었나이다."

대군 댁 하님이 안방에 앉은 국대부인마님께 고변을 하였다. 문이 열렸다. 소혜 아씨는 머뭇머뭇하며 아랫목 방석에 앉은 국대부인마님 앞으로 다가앉았다.

"놀랐을 것이야. 그렇지?"

"예, 소녀는 도무지 이것이 무슨 영문인지를 몰라서……."

소혜 아씨는 작고 떨리는 목소리로 말하였다. 국대부인이 인자하게 웃음 지었다. 그러나 금세 정색을 한 얼굴빛이 서늘하였다.

"소저는 이 길로 궐에 들어갈 것이니라. 일생에 있어서 무한한 광영이니라. 마음 단단히 먹고 배운 바대로 예절 바르게 하여 웃전의 눈에 뜨이도록 하라. 이미 기별을 하였으니 부친께서 기다리고 계실 것이다. 들어가서 하직 인사를 하고 나오너라. 시각이 급하니 오래도록 지체치 못하리라."

하늘에서 날벼락이 떨어진들 이렇게 놀라우랴? 어린 저를 두고 갑작스레 혼인 말이 나오는 것도 기함할 일이었다. 하물며 여염집 혼사도 아니고 주상전하의 비(妃)가 될 간택에 참여하라니. 소혜 아기씨의 가맣고 여읜 얼굴이 하얗게 질렸다.

"마, 마님, 소, 소녀더러 궐에 들어가라니요? 배우지 못한 촌것에게 어찌 이리 망극한 분부을 하시는지요?"

"아기가 이미 열다섯이니라. 부친께서 조하의 녹을 먹은 신료인지라, 따님을 곱게 키워 간택에 올림은 당연한 충정이 아니더냐? 이 일은 어른들이 모다 알아서 정한 바이니 소저는 아무 말 말고 순명하라!"

부친 김익현은 소녀를 아예 방 안에 오르지도 못하게 하였다. 창만 열고 이미 말을 다 들었으니 늦지 않도록 빨리 가거라 재촉할 뿐이었다.

"아버님! 소녀가 꼭 들어가야 하는 것인지요? 아니 들어가면 안 되는지요?"

떨리는 목소리로 말하는 아기씨의 얼굴에는 어느새 눈물이 설풋 서려 있었다. 강하게 고개를 흔들었다.

"소녀는 싫사옵니다! 호사광영도 싫고, 중전마마가 되는 것도 싫사옵니다. 아버님 뫼시고 그저 예전대로 살 것입니다. 아니 들어갈 것이어요."

"어허, 간택에 참여한다 하여 다 궐서 살게 되는 것은 아니거늘. 그저 웃전 앞에 한번 나간다 이리 생각하려무나. 네 평생 어디서 궐 구경을 할 것이냐? 어여 가거라. 부부인께서 기다리신다. 귀인을 하냥 기다리게 하는 것은 결례이니라. 어서 가거라."

그러나 소혜 아씨 고개를 흔들었다. 작은 입술을 꼭 깨물며 고집스럽게 그 자리에 서 있을 뿐이었다. 마침내 김익현이 버럭 역정을 내었다. 자애로운 부친이 소녀에게 처음 내는 노화였다.

"너가 참으로 이 아비를 우세시키는구나. 자식이 아비의 말을 제대로 들어 순명함이 첫째라 하였거늘!"

"아버님!"

"너가 그전에는 이러지 아니하더니 이렇게나 불손함이라, 어찌 대군마마께 이 아비가 고개를 들 수 있단 말이더냐? 어서 가거라. 늦어 궐문이 닫혀지면 낭패이니라. 어리석고 촌것이라, 아마 이 밤으로 초간택에서 밀려나 다시 나올 것이다. 허니 걱정 말고 가거라. 이 아비는 밤서 네가 차려주는 녹두죽을 먹을 것이다."

"허면은, 소녀가 잠시 다녀올 것입니다, 아버님. 밤에 녹두죽을 올려 드릴 것이어요. 다녀오겠습니다."

이제는 참으로 어찌할 수 없다 싶어 댓돌 아래 소혜 아씨는 마지못하여 고개 숙여 인사를 하였다. 힘없이 돌아 나가 문 앞에 기다리고 있는 가마를 탔다. 유모와 복순이가 훌쩍거리며 아기씨를 배웅하였다.

아무 일도 아닌 것처럼 이별한 두 부녀지간이 다시는 편안하게 만날 수 없는 처지가 될 것임을 늙은 아비만은 너무 잘 알고 있다. 어린 따님을 보내고 매몰차게 창을 닫는 김익현의 노안(老眼)에 주르르 눈물이 흘러내렸다. 애통하다. 부친의 무너지는 마음을 가마를

국혼(國婚)의 아침

타고 가는 소혜 아씨가 어찌 알까. 행여 한 번 더 어린 따님 모습이 나 보고지고, 마루 끝에 둥둥 나서 까치발하며 멀어지는 가마를 지켜보는 아비의 주름진 볼에 또다시 굵은 물방울이 주르르 흐르는 것이었다.

　성덕궁. 상감마마께서 거처하시는 지엄한 대궐의 정문인 광희문 앞에는 연신 화려한 등자와 가마들이 밀려들었다.
　그 가마에서 내리는 꽃같이 아리따운 소녀들은 연신 내 딸이 중전마마가 되게 하여줍시오 하고 기원하는 제 아비 어미, 유모와 수종들을 뒤로하고 궁문을 들어섰다. 궐문 앞에는 거대한 무쇠 솥이 놓여 있었다. 간택에 오른 처자들은 그 무쇠 솥뚜껑을 밟고 넘어 궐 안으로 들어가는 것이다.
　금혼령 이후, 조정에서는 올라온 처녀 단자 중에서 추릴 것은 추리고 보탤 것은 보태어 초간택에 오를 오십여 명의 단자를 뽑아놓았다. 실상 간택이라 하는 것은 명목의 절차일 뿐이었다. 이미 내전의 어른들이 내밀하게 점지한 여아를 궐에 들이는 일에 다름 아니다. 그러나 내전의 어른 심중에 든 여아가 누구인지 아직은 아무도 모른다.
　소혜 아씨가 타고 온 진성대군 댁 가마가 궐문 앞에 도착한 것은 초간택에 오른 소녀들이 다 들어간 후였다. 막 문이 닫히리라 대고(大鼓) 소리가 나던 참이었다. 가마에서 내린 소혜 아씨, 하얀 사(絲)에 꽃수가 놓인 깁을 댄 연초록빛 장옷을 팔에 걸치고 가마에서 내렸다.

이미 적막한 궐문 앞에 서서 두근거리는 마음으로 둘레둘레 하였다.

일단 소녀는 길고 높은 궐 담과 우뚝 솟은 광희문의 위용에 기가 팍 죽었다. 대궐문을 지키는 병정들이 몇백 명인지도 모르는데 창칼을 비껴들고 선 군기 엄연한 모습에 오금이 저렸다. 이대로 도망을 갈까 말까, 곁눈질하는 소녀를 잡아챈 것은 진성대군 댁 하님이었다.

"어서 들어가소서. 들어가실 적에는 궐문 앞의 솥뚜껑을 밟고 들어가시는 것이 법도입니다. 허고, 아씨, 오늘 초간택에서 빠지어 재간에 아니 들면은 저녁에 다시 궐문을 나서실 수 있을 것입니다. 쇤네가 기대리고 있을 것이니 걱정이랑 말으시고 어서 들어가십시오."

"참으로 약조하였네! 반드시 기다려 주소. 이 촌것이 예가 감히 어디라고 얼굴을 내밀겠는가? 내가 어지러워 천지분간이 아니 되니 잠시 들어갔다 금방 나올 것이오. 어멈은 반드시 이 자리에서 나를 기다려 주소."

"그러믄요, 그러믄요."

몇 번이고 기다려라 당부당부를 하였다. 반드시 그러하겠다는 언약을 받고서야 소혜 아씨, 주저주저 무쇠 솥을 밟고는 궐문을 들어갔다. 자운궁 어멈은 아씨의 작은 몸이 상궁의 인도를 받아 저만치 모퉁이를 돌아가는 것을 문틈으로 지켜보았다. 아씨의 모습이 보이지 않자 냉큼 돌아섰다. 궐 앞에서 지키고 있겠다 약조한 것은 말짱 까먹은 얼굴로 가마꾼들을 재촉하여 어서 돌아가자 날치었다. 그들

일행을 누가 볼까 두렵다는 얼굴이었다. 인적이 사라진 궐문 앞에 차가운 바람만이 휭하니 날렸다.

아무것도 모르고 소혜 아씨는 푸른 치마에 녹색 당의를 차려입고 어여머리를 곱게 틀어 올린 상궁을 따라 내전으로 접어들고 있는 참이었다. 조신하게 고개를 숙이고 지나가지만 보이지 않게 곁눈질하는 눈이 휘둥그레져 있었다.

그녀 팔자에 언제 다시 궁궐에 들어와 볼 것인가?

몇십 채, 몇백 채인지도 모를 만큼 장엄한 고루 거각들이 줄줄이 늘어섰다. 화려한 단청이 눈을 어리는 건물들이 번듯하게 이어졌다. 살얼음이 낀 수로를 가로지르는 석교를 지나 몇 개인지도 모를 문을 지났다. 아름드리 수목들이 번듯하게 선 뜨락이며 회랑 사이를 오가는 사람들도 많았다. 모두 다 장엄한 비단 의대를 곱게 차려입었다. 옥돌같이 차고 아름다운 사람들뿐이라 소혜 아기씨, 그저 여기가 천상인지 인세인지 모를 만큼 황홀하였다.

한참 걸어 들어가니 아까 본 건물처럼 커다랗고 화려한 기와집이 나타났다. 축대 앞에서 상궁이 공손하게 읍을 하였다.

"오르시지요. 초간에 접어드는 소저들께서 모다 모여 있는 곳입니다."

어리바리한 얼굴로 소혜 아씨는 조심스레 계단을 올라갔다. 두근거리는 마음을 안고 궁녀들이 열어주는 문으로 들어섰다. 십여 칸이 넘는 방은 마치 서당처럼 길쭉하였다. 기름 먹인 장판지가 번들거리고 창에는 비단 휘장을 둘렀으며 옥주렴을 드린 화려한 치장에 어린 소녀는 입을 다물 줄 모른다. 방 안에는 자신처럼 똑같이 송화색 저고리에 다홍치마를 입은 고운 소녀들이 얌전하게 앉아 있었다.

수풀같이 많은 사람 중에서 초간택에 올랐다는 것은 이미 그 소저의 가문이 범상치 않다는 뜻이다. 사직의 주인인 왕의 지어미가 되는 일이다. 가문으로나 인물로나 덕성으로나 한 점 빠짐이 없는 처자들만 추리고 추린 후였다. 소혜 아씨는 수줍으나 야무진 눈을 들어 슬쩍 삼삼오오 모여 있는 소녀들을 바라보았다. 모두 다 명문대가에서 천금으로 고이 자란 티가 엿보였다. 비단 의대로 차려입고 분세수 곱게 한 얼굴로 단정하게 앉아 있는 모습이 그림 같았다. 전부 다 자신보다 더 어여쁘고 고귀하고 영리하게 보이었다.

한결 안심이 되었다. 이런 쟁쟁한 집안의 고운 소녀들 틈에서 못난 자신이 어찌 웃전의 눈에 뜨일 것인가? 순간적으로 기도 죽었지만 원한 바대로 이 밤에 궐문을 걸어나갈 참이다 싶으니 오히려 침착해졌다.

'못난 촌것이 감히 궐에 들어왔다 큰 창피를 한번 당하고 금세 나가게 될 것이야. 아버님 말씀대로 평생 하기 힘든 대궐 구경이나 단단히 하고 가야지. 복순이 그것이 나에게 조르기를 반드시 궐 안 이야기를 하여줍시오 하였으니 내가 잘 보고 들어야 할 것이다. 아이고, 나는 다 싫다! 빨리 일을 마치고 나갔으면 좋겠다. 아침부터 사람을 어찌나 날치게 잡는지 정신이 하나도 없었는데 이제야 곤하여 잠이 올 것 같구나.'

이런저런 생각이 줄을 이었다. 햇살 드는 양지에 앉은 소혜 아씨, 자신도 모르게 벽에 기대어 졸고 말았것다. 다른 소녀들이 어이없어 손가락질을 하고 히죽거리며 비웃는 것도 알지 못하고 병든 닭처럼 꼬박꼬박 조는 좁은 어깨 위로 양지의 말간 햇살이 내려앉았다.

얼마나 지났을까. 누군가 몸을 가만가만 흔드는 것을 느꼈다. 소혜 아씨는 놀라 번쩍 눈을 떴다. 입가에 미미한 웃음을 머금은 낯선 소녀였다. 반듯한 가르마를 탄 검은 머리타래가 탐스럽다. 하얗고 복스러운 인상의 아씨였다.

"아기가 곤하였나 보오. 하지만 눈을 떠야 할 것이오. 지금 우리가 몇 사람씩 나아가 선을 보이어야 하는데 얼마 후이면 우리 차례가 오는 듯하오."

큰일을 앞에 두고 겁도 없이 졸음에 겨운 스스로가 민망하였다. 어찌할 바를 몰라 부끄러워 얼굴이 빨개지는 소혜 아씨를 두고 낯선 소저가 다시 한 번 다정하게 웃었다.

"보아하니, 나처럼 아침부터 유모에게 어지간히 시달렸나 보구려. 도통 이 간택이라 하는 것이 나는 마음에 들지 않소이다. 이미 중궁전이 정하여 있음에도 어찌 우리 같은 천둥벌거숭이들까정 궐에 들라 하는가? 아기도 어른들이 나가라 하니 마지못해 들어오신 것이 맞지요?"

소혜 아씨는 고개를 끄덕였다. 처음 보는 사이임에도 불구하고 소탈하게 말을 건네고 활달하게 흉금을 털어놓은 그 아씨에게 호감이 탁 들었다. 여인치고는 말을 하는 품새가 시원시원하고 활달하였다. 보아 아씨는 자신이 대제학 심우정의 막내딸이며 나이는 열여덟이라고 가르쳐 주었다. 소혜 아씨도 스스로를 소개하였다.

"소녀는 이제 열다섯이며 아비는 관직을 버린 지 오래인 처사입니다. 그저 얼떨결에 들어왔나이다."

소혜 아기씨보다는 한결 세상 물정을 잘 아는 보아 아씨가 이맛살을 찌푸리며 설풋 골을 냈다. 살짝 머리를 기울여 문을 나가는 한 소녀를 손짓하였다. 첫 참부터 이구동성 고웁다 하던 아기씨였다.

"실상 간택이라 하는 것은 다 형식이고 거짓이외다. 보시오. 지금 나간 아씨가 호조판서의 따님이신 중전마마 제일 후보라오."

"아, 고우십니다."

"그렇지요? 허고 저기 앉은키가 훌쩍하니 크신 아씨가 바로 대왕대비전의 먼 인척이라 하오. 내가 듣기로 대왕대비마마께서 중궁전에 앉힐 것이다 하신 처자랍니다."

소혜 아씨는 보아 아씨가 눈짓하는 대로 몰래 고개를 돌려 훔쳐보았다. 그녀 역시 입이 딱 벌어질 정도로 덕성이 있고 아릿다운 소녀였다. 침착하고 반듯한 앉음새가 달랐다. 꼬박꼬박 졸기까지 하고 속살거리며 까불어대며 어린 티를 벗지 못하는 그들과는 아예 격(格)이 다른 듯하였다. 절로 고개가 끄덕여졌다.

"아이고, 참으로 덕성이 여실하십니다."

"그렇지요? 그리고 아까 나가신 분인데 병조참판의 손녀가 있었소. 그이 또한 아름다운 태도와 고귀한 품성이 중전마마 자리에 딱 맞춤이라. 아마 그 세 분이 삼간택까지 갈 것 같소이다."

"당연한 말씀인 듯하옵니다."

"흥, 미리 점지한 저 세 처자를 뽑자고 우리 같은 말괄량이들까정 앞장세움이라. 사람을 이렇게나 피곤하게 하는 것이오. 하기는 나쁠 것도 없소이다. 평생 들어오지 못할 대궐 구경을 한 번 하였다는 것도 자랑일 테지."

그 짧은 새에 마음 통한 터로 두 소녀는 도란도란 이야기를 나누었다. 그때 문이 열리고 상궁이 나타났다. 다시금 예닐곱의 소녀를 안내하여 다른 방으로 건너가라 하였다. 그 일행 중에는 물론 소혜 아씨와 보아 아씨도 끼어 있었다. 두 배는 더 커다란 방이었다. 발을 친 아랫목에는 종실 어른들이 근엄하게 앉아 있었다. 눈을 흡뜨이 뜨고 소녀들의 흠을 잡아내려고 하는 상궁 내관들도 수풀처럼 몰려와 문밖에 둘러 있었다.

소녀들은 각기 나인들이 안내하는 대로 방석에 나란히 앉았다. 방석에는 미리 아비의 성과 이름이 적힌 표적이 붙어 있었다. 다른 소녀들은 자리에 앉는데 소혜 아씨만 난처한 얼굴을 하고 잠시 망설였다. 방석을 옆으로 밀어놓고 맨바닥에 곱게 앉았다.

옆에 책상을 놓고 앉아 있던 승지가 한 명 한 명 명부를 넘기며 소저들의 본관과 아비 이름, 그리고 연치들을 웃어른들께 아뢰었다.

"한 명 한 명 똑같이 소저들께서 덕성이 높아 보이고 그 고귀한 아름다움이 빛이 나니 어찌 주상전하의 홍복이 아니랴? 대군께서는 하문하시지요?"

영의정 홍인성이 수염을 떨며 한마디 입에 발린 칭찬을 하였다. 음침한 눈을 들어 좌의정 정안로가 소녀들을 슥 훑어보는 것을 조용히 바라보던 진성대군이 옆에 앉은 효성군을 바라보았다. 금상의 중숙부이신 효성군은 선대왕과 태는 다르지만 두 분뿐인 종실의 큰 어른이시다. 형님의 말없는 재촉을 받은 효성군의 시선이 닿은 곳은 오른쪽 두 번째 자리였다. 그가 다른 처자들과 다르게 방석을 밀어놓고 맨바닥에 앉은 소혜 아기씨에게 물었다.

"소저는 어이하여 앉아라 하는 방석을 놓아두고 맨바닥에 앉았는가? 그 이유를 듣고 싶구나."

사람들의 시선이 한꺼번에 모아졌다. 당황하고 놀라 어린 소혜 아기씨 얼굴이 벌게졌다. 묻자오시니 대답은 하긴 하는데, 목소리가 바람에 흔들리는 촛불마냥 가냘프게 흔들렸다.

"마, 망극하옵니다. 앉으려 하였는데 방석을 보자하니, 아버님의 본관과 함자가 그 위에 적혀 있었사옵니다. 딸 된 도리로 어찌 감히 사친의 함자를 깔고 앉으리오. 차마 그리는 못하리라 싶어, 맨바닥에 앉았습니다. 허물이옵니다. 용서하여 주십시오."

"허어, 참으로 효심이 지극하도다. 하나를 보면 열을 안다 하였는데, 소저의 대답이 참으로 아름다운지고! 어린 터인데 말 한번 기가 막히는구나. 대체 누구의 여식이라 하였노?"

효성군이 감탄하였다. 소혜 아씨의 말이 끝나기가 무섭게 다른 소녀들도 발갛게 낯을 붉히었다. 황황히 방석에서 내려앉았다. 그것 때문에 소혜 아기씨의 작은 얼굴은 더 벌게졌다.

"계산골 처사, 광산 김씨 익현의 여아이옵니다."

승지가 비책을 넘기어 대답하였다. 종친께서 누구냐 하문하시고 관심을 보이는 처자였다. 시키지 않아도 이름 옆에 비점을 쳤다 재간에 올렸다 그 뜻이다.

"김익현이라, 이름을 들은 적이 있는 것 같구먼. 그이가 형님, 선대왕 시절에 도승지에 올랐던 자산이 아닌가 하옵니다만?"

"그렇다 싶다. 그이가 충직하여 형님 전하께서 총애함이 컸던 터였지. 느지막이 여식을 하나 얻었다 하더니 저 소저가 그 아이인 모양이구나."

소혜 아씨를 바라보는 진성대군이나 효성군의 눈길에 인자함이 넘쳤다. 그가 다시 목청을 가다듬었다.

"감히 간택에 올라온 소저들을 시험하여 그 슬기와 덕성을 살피자 함이니 하문하노라. 소저들은 대답을 할지어다. 이 세상에서 가장 귀한 꽃이 무엇일꼬?"

차례로 대답하라 하였다. 장미화, 창포, 연꽃, 매화니 난초로다. 줄줄이 하답하는 소녀들의 목소리가 옥구슬이다. 소혜 아씨 차례가 돌아왔다. 긴장하여 고개도 채 들지 못한 채 아기씨는 나직한 목청으로 대답을 하였다.

"소녀는 이 세상에서 가장 귀한 꽃은 목화송이, 무명꽃이라 생각하옵니다."

"허어, 소저 말이 심히 기이하도다. 어찌하여 무명꽃이 가장 귀한 꽃인고?"

하문하시는 분은 진성대군이었다. 지금껏 도통 입을 열지 않던 분이 관심을 가지고 다시 묻는 유일한 답변이었다. 방 안의 모든 시선이 당장 다시 소혜 아씨에게 몰려왔다. 긴장하여 달달 떨면서도 심중의 뜻을 수줍은 목청으로 밝혔다.

"아뢰옵기 황공하오나 가난하고 헐벗은 백성을 따뜻하게 입히는 꽃이 무명이옵니다. 천지간 귀한 것으로 목화를 따를 것이 없다 생각하옵니다. 다른 것은 모다 그저 보기 즐기기는 좋으나 지고 나면 그뿐이지요. 아무 보람이 없는 것이지만 목화꽃은 지고 나면 바로 무명 타래가 되고 이는 곤고한 백성이 즐겨 입는 옷감이 되는 것이니 어찌 귀물이 아니라 하겠나이까? 소녀의 좁은 소견으로는 참으로 귀하고 고마운 꽃은 오직 하나 목화뿐인가 하옵니다."

"아비가 어질고 강직하니 여식도 따라서 의젓하고 덕이 깊은 것이라…… 허어, 목화라. 목화꽃이 제일 귀하다? 백성을 입히는 꽃이니 귀하다? 기특한지고! 어린것이 속도 한번 깊구나."

진성대군이 저절로 감탄 반 혼잣말처럼 하시었다. 효성군의 얼굴에도 미소가 어리었다. 소혜 아씨를 바라보며 우의정 임환지도 고개를 끄덕끄덕하였다. 그런데 문 뒤에서 소저들이 묻고 대답하는 것을 엿듣는 귀가 하나 있었다. 방 안의 사람들은 아무도 알지 못하였다. 그 그림자가 살며시 뒤란을 돌아 사라졌다.

검은 그림자는 잰걸음으로 전각과 회랑을 돌아 제일 번듯하고 웅

장한 전각으로 스며들었다. 그늘에서 빠져나온 그림자의 주인공은 늙은 내관이었다. 궁녀들이 지켜선 문 앞에서 나직하게 아뢰었다.

"전하, 쇤네 장 내관이옵니다."

대답 대신 안에서 문이 열렸다. 방 안에 들어선 그는 엎드려 깊은 절을 하였다.

"그래, 동정을 살피고 왔느냐? 잘되어가더냐?"

점심 수라를 젓습고 잠시 차를 마시는 시각이다. 용포에 익선관은 벗어두고 편안한 도포 차림에 옥동곳을 꽂은 청년 왕이 비스듬히 보료에 드러누워 있었다. 아래서 젊은 내관이 다리를 주무르고 있었다. 고귀한 기상이 하얗고 훤칠한 이마에 어리었다. 어깨가 넓고 이제 막 턱을 덮을 정도인 수염이 거뭇하였다. 반쯤 감은 눈에는 가끔씩 번갯불 같은 신광이 내비추이고 있었지만 청년 왕의 용안에는 짜증스럽고 권태스러운 기색이 대부분이었다.

"그래, 숙부께서는 어떤 하문을 하시고 또 그 계집들은 무슨 대답을 하더냐?"

"효성군 마마께서 하문을 하셨사옵니다. 이 세상에서 가장 귀한 꽃이 무엇이냐 하셨나이다. 소저들께서 갖가지 꽃을 다 말을 하는데, 전하께서 좋아하시는 창포꽃을 곱다 말하시는 분이 여럿 되었나이다."

왕이 콧방귀를 뀌었다. 몸을 일으키어 서안에 팔을 고였다. 짜증스러운 기색을 감추지 않으며 심드렁하게 내뱉었다.

"흥, 입에 발린 소리들. 언젠가 짐이 슬쩍 지나가는 소리로 창포

꽃이 곱다 한마디를 하였더니 당장에 소문이 퍼졌구면. 같잖도다!"

"헌데 오직 한 분 소저가 기이한 대답을 하시는지라 쇤네가 그 하답을 가슴에 안고 왔사옵니다."

비로소 무심하던 왕의 용안에 호기심이 떠올랐다.

"호오, 그래? 어떤 계집이 무어라 하더냐?"

"그 소저 얼굴은 보지 못하였는데 선대왕 시절 도승지를 보았던 자산 김익현의 여식이라 하였나이다. 그 대답이 실로 어질고 의젓하여 쇤네가 귀 기울여 듣고 왔사옵니다. 오직 그분만이 이 세상에서 가장 귀한 꽃이 목화라 답을 하셨나이다."

"목화꽃이 가장 귀하다 하였다고? 흠, 제법인데? 그래, 그 이유가 무엇이라 하더냐?"

"목화가 지면 솜이 피고 그는 곧 무명이라, 가난한 백성들을 따뜻하게 입힐 꽃이니 어찌 귀하지 않겠느냐고 하였나이다."

"그래? 그 계집 기특하구나! 하답이 은근히 색다르고 의젓하도다. 광산 김씨 익현의 여아라? 알았다."

그것으로 들을 것은 다 들었고, 볼일은 다 보았다. 왕은 나가라 손짓을 하였다.

"짐이 내일 새벽에 사냥터에 나갈 것이다. 내금위더러 그 차비를 하여라 해라. 허고 월성궁 누이에게 기별하여 바로 게서 보잔다 전하여라. 누이가 불쌍하니 위로하여야겠다. 너는 내수사로 가서 계집 눈에 확 뜨일 만한 패물 일습을 챙기어서 이 밤에 가져가거라."

"간택이라 하여 궐이 뒤집혀졌는데, 전하께서 사냥터에 가시겠다고요? 대왕대비전에서 노화를 내실 것입니다."

지존의 말씀이되 상궤에서 벗어난 일이었다. 어물어물 항명하였다. 곧 죽어도 불가하다 말하는 장 내관에게 왕은 눈을 치떴다. 버럭 소리를 질렀다. 잘못하면 손 아래 팔걸이라도 집어 던질 기세였다.

"알 게 무어냐? 어차피 이날의 소동이라 하는 것은 할마마마께서 무작정 고집을 피워 이루어지는 것이 아니냐? 짐의 정이라 이미 하나이다. 어떤 계집이 비(妃)가 되든 짐은 알 바 아니다! 허어, 나가라 하였거늘! 이놈 무진아, 좀 더 꽉꽉 주무르지 못하겠느냐? 짐이 말을 타다가 게에 톳이 섰다 하지를 않더냐?"

"헌데 어찌하여 말 등에서 장난질을 하신 것입니까? 아주 쇤네는 간이 졸아 죽는 줄 알았나이다. 아니, 대로를 달려가실 적에 무엇하러 애먼 사람 키를 넘으시는 것입니까? 만약 잘못하였으면 전하의 옥체도 다치셨거니와 그 선비도 크게 변을 당하였을 것입니다."

다리를 주무르던 젊은 내관이 감히 주상전하를 상대로 한마디 볼멘소리로 치받았다. 왕은 방자하다 타박 대신 핫하 웃었다. 마치 여덟 살 먹은 개구쟁이와도 같은 장난기 서린 용안이었다. 이제 겨우 흔적을 보일 정도로 수염이 난 턱을 어루만지며 왕은 히죽 웃었다.

"흥, 심술이 나서 그랬다. 어찌하련? 풍습에 내외가 엄격한데 같잖게스리 젊은 계집과 사내가 나란히 가는 것이라. 그야말로 눈꼴이 시더라. 왜, 그러하면 아니 되는 것이냐? 짐이 만든 길을 짐이 말을 타고 달리는데 어떤 놈이 무슨 말을 한다더냐? 잔말 말고 더 세게 주물러라! 이놈이 밥술도 아니 먹었나? 어찌 이리 팔에 힘이 없는 것이냐?"

"아이고, 두어 식경이나 내리 주물러 보십시오. 팔뚝에 쥐가 나옵니다."

왕이 냅다 심술맞은 발을 뻗어 일껏 다리를 주무르고 있던 내관을 걷어찼다. 구석퉁이로 나동그라진 내관 놈, 아프다 말도 못하였다. 부르르 성질머리 나쁜 왕의 심기를 건드릴까 봐서였다.

"에이, 이 못난 놈! 턱에 수염이 나지 않는 놈이라 힘도 약하구먼. 나가라! 짐은 조하에 나갈 것이다. 의관을 정제하여라."

"예, 마마."

여염집 도령인 양 동저고리 바람일 때는 개구쟁이 같았다. 허나 정색을 한 채 용포에 익선관으로 성장하시니 칠 척 가까이 되는 훤칠한 키. 범처럼 당당하고 기상 강한 한 분 지존이 계실 뿐이다. 조하에 나아가 용상에 앉으셨다. 아랫것들이 들어와 고변하는 것을 듣자오시고 척척 분부를 내리시는 눈빛이 날카롭고도 총명하였다.

훤칠한 이마와 우뚝 솟은 콧날, 길게 뻗은 검미(劍眉)가 선명하고 남성적인 아름다움을 자랑하였다. 약간 얄팍한 주솟빛 입술이 선명한 선을 그리며 관옥 같은 아름다움을 완성하고 있었다. 실로 헌헌장부라, 저 명국의 사신들조차 단국의 젊은 국왕의 아름다움을 찬미하여 이르기를 〈단국의 반악〉이라는 별칭으로 부를 정도였다. 그러나 약간 찌푸린 이맛살에 신경질적인 기색이 역력하고 격한 그 성미가 설핏 치켜 올라간 눈꼬리에 어렸으니 옥의 티라.

보령 열아홉. 휘는 규(奎). 자는 욱제(旭濟).

선대왕 장조의 단 한 분 남은 피붙이로 희빈 홍씨의 소생이시다. 탄생한 지 백일 만에 원자로 정해지어 걸음마 시절부터 지존의 도리를 배우고 제왕의 훈육을 받고 자라신 분이었다. 어질고 지혜로우셨으나 항시 병약하였던 선대왕과는 달리 한 번도 앓은 적이 없을 만큼 강건하고 영명하시었다. 어린 시절부터 중신들의 기대를 한 몸에 모았던 바로 그분. 열한 살에 보위에 오르시어 이미 팔 년인데 드디어 보령이 높아지어서 안결을 맞이하사 중궁전을 채우실 참이다. 한데 어찌 이리도 인륜지대사인 혼례를 남 일처럼 심드렁하게 여기시는가?

그것에는 남들이 알지 못하는 이유가 있음이나, 그 일은 뒷장에서 볼 일이고.

간택에 참여한 소녀들이 대청에서 물러나왔다. 어지간히 어려운 일은 다 끝났고 집으로 돌아갈 일만 남았다 싶어 홀가분하였다. 소혜 아씨, 생긋 웃으며 동무 된 보아 아씨에게 속삭였다.

"인제 집으로 가는 일만 남았습니다그려."

"재간에 오르면 아마 못 나가리라. 원래 초간 후 금일엔 다 나갔다가 한 이십 일이나 후에 재간에 오르시는 분들을 다시 궐에 부르는 것이 법도지요. 허나, 이번은 그러지 아니하다 합니다. 워낙에 상감마마께서 보령이 늦어 국혼을 치르시는 것이라서요, 두어 달 포를 끄는 간택 절차를 조촐하게 하리라 대왕대비전하께서 전교하셨답니다. 재간이 사나흘 후에 이루어지니 아예 궐에서 머물게 하라 하였답니다. 삼간택도 이내 하리라 하신답니다."

"아, 그렇구먼요. 하지만 저희야 어디 간택에 들겠습니까? 아침에 녹두를 담가놓고 왔는데 돌아가면 죽을 쑬 시간이나 있을지……."

"동무는 참으로 정갈하고 어진 분이라, 혹여 모르지요. 저는 동무가 꼭 재간에 오를 것만 같습니다?"

이러는데 초간택에 오른 처자들이 앉은 큰방에 상궁들이 들어왔다.

"모다 일어나시옵소서. 대왕대비마마의 전교에 따라 재간으로 가시는 분은 별궁인 화명궁으로 가시옵고, 그 이외의 분은 아침에 온 길을 따라 사저(私邸)로 나가시게 될 것입니다. 문을 나서면 나인들이 안내를 할 것이니 그대로 따르시옵소서."

두근거리는 가슴을 안고 방 안의 소저들이 일어섰다. 이 순간이 바로 재간에 오르는 처자와 탈락한 처자들의 갈림길이기 때문이다. 소혜 아씨 또한 다가오는 상궁을 올려다보았다. 당연히 자신도 궐문을 나가겠거니 싶어서 장옷을 챙겨 들고 문 쪽으로 향하였다. 뜻밖에도 상궁은 부드러운 목소리로 그녀 앞을 가로막았다. 공손하게 읍을 하였다.

"아기씨께서는 별궁으로 들어가 하룻밤을 보내실 것입니다. 내일모레쯤 대왕대비마마를 알현하여 낯을 보이실 것이니 쇤네를 따르시옵소서. 이 밤에 거처하실 곳으로 안내를 하여 드리겠나이다."

"저어 마마님, 이것은 분명 잘못된 것입니다. 어찌 소녀같이 촌 것이 재간에 오를 것입니까?"

하늘에서 떨어진 날벼락이었다. 파랗게 질려 부인(否認)하는 소혜 아씨의 말에 상궁이 오히려 당황한 눈초리였다. 다급하니 되물음을 하였다.

"소저께서는 광산 김씨 자산 대감의 여식이 아니온지요?"

"그, 그러하옵니다만은……."

"그렇다면 소저께서는 틀림없이 재간에 오르셨나이다. 애들아, 아씨를 뫼시어라."

나인들이 달려들었다. 억지로 등을 밀었다. 소혜 아씨는 오들오들 떨면서 상궁과 나인이 시키는 대로 따라갈 수밖에 없었다.

한참 동안 담을 넘고 후정을 지나 두려움에 떨며 걸어가니 날렵하고 자그마한 건물이 한 채 나타났다.

"아씨, 들어가시지요. 이 밤은 예에서 머무실 것입니다."

두렵고 눈앞이 캄캄하였다. 이것은 아무리 생각하여도 잘못된 것이야 하지만 누가 입안에서 옹알대는 소녀의 말을 귀담아들어 주랴?

저녁상이 나왔다. 먹는 둥 마는 둥 물리고 나니 금세 나인이 들어와 잠자리 시중을 드는구나. 소세를 한 다음 연해 잠자리에 들어라 채근하였다. 시키는 대로 자리옷 차림하여 비단 이부자리 안에 들어가 소혜 아씨 눈을 꼭 감았다. 무섭고 쓸쓸하고 낯설어 잠을 자지 못하리라 하였는데, 정작 눈을 감고 이부자리 속에 드니 하루 종일 곤하였던 것이 한꺼번에 수마(睡魔)로 밀려왔다. 처음 본 동무들조차 감탄하여 이미 왕비마마라 생각하여 심중의 우러름을 받는 소혜 아씨. 아무것도 모르고 이내 새근새근 깊은 잠에 빠졌다.

앞으로 자신에게 닥칠 운명의 소용돌이를 전혀 모르고 평화로운 얼굴이었다. 얼마나 많은 운명의 고비를 넘기고 얼마나 많은 눈물과 괴로움을 거쳐야 진정한 행복을 찾게 되는지를 그녀가 알 수 있었다면 이토록 편안하니 잠을 이루지 못할 것이다. 하물며 지난날, 자신이 쏘아보았던 그 무뢰한과 부부지간 인연을 맺어 온갖 우여곡절을 엮어갈 것임을 아직은 잠이 든 소혜 아씨도 모르고 석강 중인 왕도 모르는데…….

제2장 덫에 걸린 방심(芳心)

도성(都城) 북문 밖. 효림(曉林). 들짐승, 날짐승이 가득한 숲으로 상감마마를 위한 사냥터이다. 그날도 울창한 수림을 헤치고 계곡을 달리며 질탕한 사냥놀음을 즐겼다. 곤한 몸을 이끌고 돌아오는 길이었다.

활짝 열린 성문을 도도하게 달려가는 왕의 말 옆에서 딱 붙어 함께 달리는 흑마 한 마리. 담비털로 만든 값비싼 사냥복을 야리낭창하게 차려입고 백호(白狐) 모자를 쓴 남장미녀가 그 등에 올라타 있었다. 단국의 젊은 상감 총애를 한 몸에 모으고 있는 그녀, 바로 월성궁 마마였다.

주상전하로부터 감히 〈큰마마〉라는 무엄된 칭호까지 받은 희란마마. 나이 스물일곱. 화려한 모란꽃 같은 미태가 눈이 부시다. 마필들이 성문 안으로 들어서자 여인은 왕의 옆으로 말을 붙였다. 살그머니 하소연하는 목소리가 미풍에 흩날리는 버들가지인 양 하늘거렸다.

"마마, 이대로 환궁하시렵니까?"

"핫하, 누이를 두고 어찌 그냥 가리? 이 밤은 월성궁에서 침수할 것이다 하였소."

호탕한 왕의 한마디에 모란꽃잎 같은 입술에 함뿍 웃음이 물렸다. 요염하게 눈웃음치며 소곤거리었다.

"아이, 좋아라! 그럴 줄 알고 소첩이 말간 술 한 병 숨겨놓았지?"

"역시 누이는 영리하거든. 짐의 입에 혀같이 척척, 매사가 신통방통이니 어찌 곱다 아니 하겠어?"

"몰라요. 이 밤에 전하를 뫼시면서 얼마나 소첩을 사모하는지 알아볼 것이야."

붉은 웃음을 물고 살그머니 곁눈질하는 품새가 꿀이 뚝뚝 흘렀다. 은근히 감아오는 목소리에 스민 요염함이 차고 넘쳤다.

번화한 거리로 왕 일행이 접어들었다. 권문세가들만 살고 있는 번동. 대궐 높은 담 지척이다. 당당한 풍채를 빛내며 거뭇한 기와를 인 고루거각이 즐비한 궁(宮)이 나타났다. 화려하고 번듯한 품이 주변의 여염집과는 규모가 달랐다. 월성궁. 거대한 대문에 붙은 편액이 눈부셨다. 금상께서 총애하는 누이를 위하여 직접 하사한 편액이다. 왕의 말을 필두로 하여 오십여 필의 마두가 한꺼번에 월성궁의 대문을 넘어갔다. 이윽고 굳게 닫혔다. 질탕하고 첩첩한 환락의 밤은 이제 시작이었다.

　의대를 갈고 욕간을 한 후에 수라상을 받으리라 하였다. 도승지가 엎드려 절하고는 제발 환궁하시어야 합니다 하는 간청도 뿌리쳤다.

　"짐은 새벽에 환궁하리라 하였지 않는가? 급한 일은 좌의정이 있으니 게에다 말하면 될 것이야."

　"허나 전하, 내일은 삼간의 날이오니 부대 참석하시어야 하옵니다. 정궁마마의 선을 보는 중차대한 자리이니, 반드시 참례하라 대왕대비전의 엄한 전교가 내려왔나이다."

　"어허, 짐이 아니 간다 말하지는 않았거늘! 틀림없이 내일 그 자리에만 참석하면 되지 않느냐 이 말이야."

　귀찮아 죽겠다. 왜 두 번 말을 시키냐는 것이다. 성질 급하고 격한 터이니 벌써 왕의 미간에 푸른 심줄이 서렸다. 목청에도 삐쭉삐쭉 신경질이 돋았다.

　"그깟 허수아비! 누가 되든 무슨 상관이랴? 짐에게는 그저 누이만 있으면 된다는 말이다."

　들어라 하듯 내뱉기는 혼잣말이 방자하고 무서웠다. 주상더러 더 이상 어찌 강요하리오? 어찌할 수 없이 도승지 황이가 절하고 돌아서 나갔다. 싫은 일만 골라서 시키는 도승지로고. 닫히는 문을 바라보는 왕의 얼굴에는 심술기가 덕지덕지 붙어 있었다.

　온갖 산해진미만 골라 장만한 밤 수라상이 들어왔다. 그와 함께 고운 비단 의대로 갈아입고 밤단장을 한 월성궁 마마가 문턱을 넘었다. 진분홍 저고리에 금박을 박은 초록색 치마 선이 은은한 향내를 풍기며 바람에 휘날렸다. 망설이지 않고 또 당연하다는 듯이 답삭 왕의 옆자리에 파고들었다.

"또 깐깐한 도승지 저이가 환궁하시라 하였지요?"

"짐이 무쇠야? 허구한 날 궐서 일만 하라게? 짐이 그저 요 어여쁜 이를 잠시라도 곁에 두는 것을 못마땅하게 생각한 터이지. 간택 핑계 대는 것 좀 보아? 할마마마가 할 만한 일이구먼. 쩝."

"말씀은 의연하시지만, 그래도 대왕대비전 말씀은 거역하지 못하시면서! 대례의 일이 코앞에 닥친 터이니 그분이 그렇게 전하를 재촉하시는 것이지요."

"짐의 정은 오직 하나라, 아무리 말을 하여도 믿지 못하는 것이다. 어찌하면 그래, 짐의 일편단심을 믿을 것인가?"

희란마마, 새큰한 얼굴로 투덜거리는 왕을 향하여 눈을 흘겼다. 커다랗게 치켜뜬 눈에 벌써 눈물이 반쯤 고였다. 이제는 피해갈 수 없는 국혼을 앞에 두고 성총을 뺏어갈지도 모르는 정궁마마가 나타날 참이니 어찌 심란하지 않으랴?

죽었다 깨어나도 희란마마는 왕의 정궁이 될 수 없다. 일단 왕의 지친(至親)이니 떳떳하게 인연을 맺음도 불가한 처지였다. 희란마마는 주상의 생모 희빈 홍씨의 사촌언니 소생이었기 때문이다. 참으로 참람되어 도저히 용서할 수가 없는 일이로다. 감히 주상의 옥체를 더럽힌 무도한 계집을 목 베겠다고 대왕대비전이 펄펄 뛸 만도 한 관계였다.

게다가 희란마마는 한 번 혼인하여 남편을 잃고 돌아온 과부였다. 주상보다 여덟 살이나 많은 처지인데다 청결한 정조를 지키며 수절하여야 할 몸으로 왕을 받아들인 터였다. 그리 보면 떳떳하게 후궁으로 올라앉을 처지도 못 되었다. 청년 왕의 총애를 독점하여 서로 죽고 못사는 처지라 하여도 희란마마가 주상이 거처하는 곳에는 근접도 하지 못하고 궐 밖 별궁에 거처하는 이유도 바로 그것이었다.

중전을 간택하여 국혼을 치르시사, 내전을 채우고 사직을 이어받을 대통을 이어야 하는 일은 왕의 가장 기본적인 책무였다. 사 년 전, 희란마마의 일로 왕이 온갖 광증(狂症)을 피워댈 때, 오직 왕을 편들어준 진성숙부까지도 인제는 국혼을 하라 나섰다. 그 말에 차마 거부할 수가 없었다. 숙부에게만은 빚이 있었기 때문이다.

"보령 젊으시어, 잠시잠깐 여인의 요염에 취함도 이해 못할 바는 아니지요. 하물며 군왕은 무치(無恥)라 하였나이다. 내전의 일로 소란함도 망신이 아닌지요. 그저 전하께서 원하시는 대로 잠시 놓아둡시오."

아무리 왕이라 한들, 그때는 어렸다. 내전의 일이니, 대왕대비전이 서슬 푸르게 월성궁 계집의 목을 쳐라 호령할 때 왕이라 한들 막아줄 힘이 없었다. 그 바람막이를 해준 이가 진성숙부였다. 그런 분이 인제는 혼인하셔야 합니다 하시었다. 왕은 고개를 끄덕일 도리밖에 없었다.

안타까운 마음에 왕은 두 팔을 벌렸다. 작은 새가 둥지를 찾듯 냉큼 희란마마의 풍염한 몸이 안겨들었다. 등을 어루만지며 왕은 정인의 마음을 달래려 더없이 부드럽게 속삭였다.

"짐이 얼마나 더 맹세를 하여야 하노? 오직 짐에게는 누이뿐이라. 오 년 전 비 오는 사냥터에서 그리 말하였지 않아?"

"전하께는 오직 소첩뿐이라고, 무슨 일이 있어도 그 마음이 변치 않으리라 하였습니다. 이 희란, 남아일언 중천금이다, 짐을 믿어라 하신 그 말씀에 혹하여 청결한 정조를 깨었지요. 이 생명, 이 마음을 다 드렸사와요. 마마, 절대로 이 누이를 버리시지 않으실 것이지요?"

살포시 안겨든 누이의 검은 머리타래에 얼굴을 묻었다. 커다란 손으로 등을 쓰다듬으면서 다시 한 번 사모한다, 은애한다 속삭였다. 도르르 볼을 타고 흐르는 맑은 옥루. 정인의 눈물은 철석같은 사내의 마음을 격랑시켰다. 왕은 방울방울 떨어지는 눈물을 손으로 지워주었다. 이 가엾은 사람을 어찌할꼬? 왕은 달덩이처럼 환한 얼굴을 부여잡고 해당화처럼 붉디붉은 입술을 강하게 빨았다. 또다시 불쌍한 누이에게 맹세하였다.

"사모한다 하였지 않소! 오직 짐에게는 누이뿐이라니까."

"아이고, 몰라요. 아무리 맹세하여도 뭐, 사내는 새 정에 취하면 헌 계집은 까마득히 잊는다 하였나이다."

"짐의 마음을 알면서 또 그런 소리를 하는 게야? 온, 사람도! 한 번만 더 짐의 은애지정을 의심하는 말을 할 것이면 진정 짐이 노화를 낼 것이야!"

"꼭, 꼭 안아주시어요, 마마! 마마의 사모하는 마음을 신첩에게 보여주옵소서!"

애타게 갈구하는 희란마마의 목소리가 달콤하고 끈끈하였다. 왕은 무쇠같이 단단한 팔로 번쩍 누이의 풍염한 몸을 안았다. 단번에 침방의 장지문을 넘었다. 시립하였던 내관이 병풍을 치고 문을 닫았다. 애욕의 밤이 이제 막 시작될 참이었다.

뜯어내듯이 옷고름을 풀었다. 커다란 손으로도 다 가리지 못하는 풍염한 가슴골이 불쑥 드러났다. 덥석 자줏빛 유실을 입술로 물며 치맛자락을 더듬었다. 왕의 늠름한 날가슴을 손톱으로 긁어 내리는 희란마마의 입술이 살그머니 벌어졌다. 겨울 눈 속의 산수유 열매같이 발간 입술이 나지막이 교성을 내뱉었다. 왕이 껄껄 만족한 웃음을 흩날렸다. 무엇을 어찌했는지 몰라도 치마 속에서 꼼지락거리는 사내의 손을 따라 은어처럼 싱싱하고 농익은 여체가 파닥이며 요동쳤다.

"아이고, 신첩을 기어코 죽이셔요!"

메아리처럼 문풍지를 울리는 여인의 앙탈 소리. 어느새 비단 금침 위로 엉켜 쓰러진 두 개의 동체에 촛불이 어려 번들거렸다. 마치 암호랑이처럼 희란마마가 감히 왕의 옥체를 타고 올랐다. 거대하고 딱딱한 왕의 보주를 감히 두 손으로 움켜쥐고 거침없이 혀로 희롱하기 시작하였다. 발정기의 수컷처럼 신음하고 헐떡였다. 만지기만 해도 꿀이 뚝뚝 떨어질 것만 같은 여인의 능숙한 혀놀림 안에서 왕은 기어코 비릿한 옥정을 분출하고야 만다. 비릿한 그것을 아깝다 하지 않고 희란마마 냉큼 날로 삼켰다. 더없는 영광인 양 샐긋 미소 지으며 땀이 밴 왕의 가슴에 작은 손을 짚었다.

"이 밤에 소첩의 말이 되어주신다 하였지요?"

"이 방자한 사람 좀 보아? 감히 짐을 타고 올라 하는 말 좀 보라지? 그래, 말이 되어준다 하였어. 어찌하겠다는 것이야?"

눈시울에 붉은 웃음을 담고 되물었다. 희란마마는 살며시 혀를 내밀어 붉은 입술을 핥았다. 눈앞에 흔들리는 만월 같은 젖가슴이 눈을 아릿하게 만들었다. 두 개의 쌍둥이 달을 사내의 커다란 손이 덥석 움켜쥐어 일그러뜨렸다. 아릿한 고통인가? 반달 같은 아미를 찌푸리며 무엄하게 속삭였다.

"마마를 잡아타고 천상극락으로 가고야 말지! 이 밤에 소첩은 반드시 마마를 잡아먹을 것이야."

짐짓 앙큼하게 확인하는 눈빛에 색기가 뚝뚝 떨어졌다. 보령 열아홉. 한없이 혈기방장한 연치. 한 번 토해냈다 하여도 왕의 분신은 몇 번의 어루만짐에 의하여 더없이 싱싱하게 일어섰다. 금세 직립한 사내의 딱딱한 기둥을 음탕하게 훑어잡으며 다시 한 번 다짐하였다. 왕의 날몸을 타고 오른 희란마마의 눈빛은 말 그대로 활활 불타고 있었다. 그렇게 하여 왕은 첩첩산중인 누이의 끈적하고 뜨거운 몸 안에서 무려 서너 번을 파정하였다. 육욕의 노예가 되어 다시 한 번 첩첩한 정해의 그물에 감겨 버렸다. 감히 중전을 정하는 삼간택 때 그녀가 손가락으로 낙점하는 처자를 중궁전에 앉히셔요, 해서는 안 되는 약조를 하고 말았다.

이튿날 새벽, 상감께서 참례하시고자 궐로 환궁하시었다. 희란마마는 기다린 듯이 아비를 불러들였다. 좌의정 정안로가 부름을 받고 월성궁으로 건너왔다. 말로만 별당이지 번듯한 여느 궐 안 전각보다 훨씬 더 큰 규모의 안채. 상감께서 직접 어필로 〈요운당〉이라는 편액까지 하사한 곳이다.

직첩을 받은 정식 비빈(妃嬪)도 아니면서 무엄하게 커다란 어여머리를 하고 호사스런 황금떨잠으로 단장한 희란마마. 금박 스란치맛자락을 여미고 비단 보료에 앉아 아비를 맞이하였다.

희란마마와 정안로는 풋정의 열기만을 탐하는 어리석은 왕을 허수아비로 올려두고 벌써 몇 년째 정사를 농단하고 있었다. 선대왕을 모시던 중신들과 대왕대비전을 보필하는 일부의 신료들과 대립하여 벽파를 형성하고 있었다. 어찌하든 상감에게 옳은 소리만을 간하고 희란마마를 불측하다 비난하며 정안로 일파를 왕의 측근에서 몰아내려는 서림파를 잡아 죽이지 못하여 안달하는 참이었다. 그득한 달그림자가 청명한 하늘을 가린 것이다. 그들은 스스로를 일러 우국충정을 한다 하되 사실은 사리사욕을 탐하는 소인배들이라. 어찌 뜻있는 선비들이 개탄하지 않을 것이며 곧은 중신들이 그들 좌의정 일파를 만나면 소매로 얼굴을 가리고 피하지 않을 것인가?

"그래, 아버님, 간택에 오른 계집들의 면면을 알아오셨습니까?"

"예, 마마. 그저 저희가 예상한 대로 고만고만한 계집이 올랐나이다."

"그래, 대체 누구랍니까?"

행여나 꽃처럼 아름답고 집안 권세 좋아 중궁전 차고앉은 연후에 상감의 성총 휘돌려 빼앗을 야무지고 고운 계집일세라. 대근심에 걱정걱정. 물어채는 희란마마의 눈꼬리가 벌써 앙칼졌다.

"병조참판의 여식과 대왕대비전의 먼 인척이라는 그 처자가 역시나 재간에 올랐나이다."

"그렇구먼요. 그래, 상감께서는 뉘를 낙점하시려는지……. 아버님, 사내 눈 홀릴 만한 미색은 누구이던가요?"

"중신들 모다 입을 모아 말하기를 중궁전의 위엄은 역시 병조참판의 따님이라. 연치도 열여덟 꽃피는 형용에다 의젓하고 음전하니 모다 왕실 여인들이 칭송하였답니다. 아마도 그리 낙점될 듯하나이다."

"흥. 누가 그리되게 놓아둔답니까?"

자신만만 뇌까리는 눈빛이 독랄하였다. 붉은 입술 사이 머금는 미소가 흑장밋빛이었다. 정안로가 만족스럽게 턱수염을 어루만졌다. 자신만만 단언하였다.

"아비가 누구입니까? 마마, 걱정마옵소서. 헛허허. 애초부터 재간에도 오르지 못할 처지이되, 아비가 미리 보아둔 터로 더없이 못난 것이 하나 감히 재간에 올랐나이다. 아니, 올렸답니다. 흐흐흐."

"감히 이 희란을 대적하여 정궁의 위세를 애초부터 부리지도 못할 계집이겠지요?"

"암만요. 아비는 낙척거사요, 연치도 겨우 열다섯이라. 어리바리 촌것이 하나 어찌하다가 단자를 올린 것이라, 제가 유념하여 재간에 올렸사옵니다. 훗날 입궐하시면 손가락으로 제일 못나고 어리석어 보이는 것을 점지하십시오. 그 계집이올시다."

간특한 웃음을 머금으며 희란마마, 은어같이 미끈한 팔을 들어 시원한 석청밀다수를 들이마셨다. 간택의 일이라, 행여나 싶어 잠을 이루지 못한 것이 다 꿈만 같았다.

상감이 열다섯. 희란이 스물셋. 상감의 생모이신 희빈마마의 인척이라 하여 궐에 드나들면서 간교한 열두 폭 치마 안에 애초부터 순진한 왕을 유혹할 꿍심을 감추어두었다. 그때 어린 왕은 생모마저 잃고 그야말로 홀로였다. 청상과부가 되어 친정으로 돌아온 친척 누이를 보고는 더없이 애틋하고 불쌍하고 측은한 느낌이 들었나 보다. 천지간 외로운 그의 처지와 희란의 고적한 처지가 동병상련으로 보였던 모양이다. 물론 희란 자신도 왕 앞에서 그저 처연한 척 외로운 달처럼 쓸쓸하니 보이지 않는 요염을 떨어댔다. 어린 시절부터 보아온 사이이다. 왕은 어느덧 〈누이는 희빈 어마마마를 꼭 닮았소〉 하며 종종 곁에 있어주기를 청하였다. 아직 여인을 모르는 어린 왕의 눈 속에 고운 연상의 누이를 몰래 훔쳐보는 빛이 담기기 시작하였다.

어린 나이에 커다란 책무를 짊어지고 그저 앞으로 나가야 하는 지존의 자리. 높았으나 외롭고, 고귀하였으나 황막한 어린 왕의 공허한 마음을 파고들어 단 하나의 여인이 되는 것은 너무 쉬웠다. 그러나 희란마마는 짐짓 왕의 연분홍 연정을 모른 척하였다. 사춘기 풋정을 달 대로 달게 자극하며 유혹하였다. 마침내 그날, 비 오는 사냥터 산막에서 슬며시 비에 젖어 꼭 달라붙은 얇은 옷자락 사이로 농염한 우윳빛 나신을 뽐내었다. 파랗게 질린 입술을 떨며 춥다 애처롭게 흐느꼈다. 계집의 살갗에 손만 대도 확 불이 붙어 어쩔 줄 몰라 하는 어린 왕의 춘정을 터뜨리는 데 성공하였다.

"이 누이는 콱 죽어버릴 것입니다! 청백지신을 지켜야 할 몸으로 이렇게 상감마마께 능욕당하고, 정조를 더럽힌 오명을 쓸 터인데 제가 살아서 무엇 하겠나이까? 흑흑흑, 말리지 마옵소서."

서럽디서러운 울음 안에서 은장도를 짐짓 빼 들었다. 목을 겨누고 이제 죽는다 난리를 피우며 죄책감과 당황스러움으로 어찌할 바를 모르는 왕의 혼백을 반 빼놓았다.

그날을 생각하며 슬며시 붉은 입술에 미소를 머금었다. 손안의 새. 단국의 국왕은 그였으되, 그를 능가하여 움직이는 여황은 바로 희란마마 자신이 아닐 것이던가?

"일단 중궁의 일을 그리 처리하되 또 급한 것이 우리 혁이 일입니다. 한시 바삐 왕자로 들이셔야지요. 중신들의 뜻을 모아 계속해서 주청을 드리세요."

"여부가 있겠나이까?"

"정비(正妃)가 들어와 잉태라도 한다 할 것이면 몽땅 갓 떨어진 끈 신세. 아버님, 우리 집안이 대대손손 권세를 휘두름은 바로 우리 혁이가 궐로 들어가느냐 못 들어가느냐에 달려 있음입니다."

"암만요, 암만요. 이 아비가 노심초사하고 있습니다."

희란마마에겐 인제 네 살 꽉 찬 아들 혁이 있었다. 왕을 받아들인 후 낳은 터라 왕자라 주장하는 바로 그 아들이다.

그녀는 여인의 즐거움을 녹진하니 맛보게 해주는 왕의 강건한 일물과 늠름한 옥체를 더없이 사랑하였다. 다오 하면 무엇이든 다 주는 그의 너그러움과 당당한 배포를 좋아하였다. 그러나 그보다도 더 좋아하는 것이 있으니 바로 왕이 가진 무소불위의 힘이었다. 돈 나와라 하면 돈 나오고, 벼슬 나와라 하면 벼슬 나오고, 집 나와라 하면 집 나오는 권세가 죽도록 좋았다. 죽을 때까지, 아니, 죽고 나서도 그것을 손아귀에 쥐고 싶었다. 요망한 엉덩이 돌려 상감을 휘감고 음탕한 요분질하여 청명한 성상을 눈 가려 이 나라 사직을 망치는 요악한 것이라는 별의별 욕을 다 먹어가며 왕을 유혹한 목적이 무엇이더냐?

"내 반드시 창희궁의 저 늙은 년이 속 타 말라죽는 꼴을 보고야 말리라. 그때 그년이 우리 혁이를 왕자로 인정하여 주지 않아 이날 이 희란의 처지가 이토록 첩첩합니다. 내 반드시 그 원수를 갚고야 말 것입니다, 아버님."

희란마마의 요즈음 가장 큰 일과는 명산대천 찾아다니며 심복인 무녀(巫女) 교인당으로 하여금 어찌하든지 대왕대비 그 늙은 것이 빨리 뒈져라 치성드리고 방술을 부리는 일이었다. 그네의 소원은 어찌하든 왕의 성총이 반석일 때 아들 혁을 왕자로 인정받게 하는 것이었다. 그 아기로 하여금 세자로 만드는 것이었다. 그러나 대왕대비가 살아 있는 한 어림도 없는 일이다. 희란마마는 이를 앙다물었다. 뽀드득 날카롭게 갈아세웠다.

"그 늙은 년이 뒈져야 우리 혁이 팔자가 펴는 것인데, 어찌 그리 죽지도 않는가? 퉤."

카악! 타구에 가래침을 강퍅지게 뱉으며 희란마마는 제 앞길을 가로막은 대왕대비를 저주하였다. 사 년 전, 아직은 어리고 유약한 왕이 엄한 대왕대비의 힘에 눌려 어름어름 물러서는 바람에 일이 어그러진 것에 대한 분함이 아직도 가시지 않았다.

그때만 하더라도 할마마마 말이라면 팥으로 메주를 쑤어도 믿었던 순진한 주상. 상감이 보령 어려서 씨앗 뿌릴 능력이 없다 딱 잡아 누른 말에 그만 용안이 홍당무가 되었다. 할마마마 말이 지당하옵니다 하고 미적거렸다. 그 길로 혁이 놈 일은 파작, 부왕이 아니라 하는데 누가 아들이라 인정할 것인가? 게다가 하필이면 또 혁이 팔삭동이로 태어났다. 주상의 얼굴을 빼 닮았다 하면 씨도둑은 못한다고 한번 주장해 보련만은, 혁은 또 어미인 희란마마 낯 판박이였다. 갓난 아들 낯을 보는 순간 간이 졸고 섬뜩하였다. 어린 상감과 몸을 섞기 전에 잠시잠깐 불타는 육신을 달래주던 건장한 불목하니 놈의 얼굴도 잠시 드러난 듯하였기 때문이다.

이런저런 연유로 희란마마의 유일한 소생 혁은 왕자도 아닌, 그렇다고 정식 아비도 없는, 말 그대로 사생아에 불과하게 되었다. 왕자라 대접받아 동궁에 앉아야 할 귀한 아기가 화냥질하여 배태한 놈이라는 손가락질을 받고 살게 된 것이다.

"무슨 일이 있더라도 해치워야 하는 일입니다. 우리 혁이가 유일한 희망이여요. 아버님, 명심하세요."

성덕궁 동쪽에 위치하여 동궐이라 불리는 경덕궁의 내전 일곽. 자그마한 전각인 영춘각.

짹짹 이른 새소리가 청량하였다. 추녀 끝에서 밤사이 맺힌 이슬이 영롱한 물방울로 똑똑 떨어졌다. 두런두런 무수리며 나인들이 분주하게 오가는 이른 새벽이다.

"아씨, 아씨. 인제 일어나시지요? 날이 밝아옵니다."

가만가만 몸을 흔드는 나인의 손길 아래서 아슴한 눈을 뜨는 사람은 소혜 아씨였다. 눈 위에서 고운 나인이 후덕한 미소를 짓고 있었다. 부스스 몸을 일으키는 아기씨에게 공손하게 아뢰었다.

"삼간택의 날이옵니다. 빨리 기침하시옵소서. 진지하시고 단장하여 차비한 후에 나가야 합니다. 상감마마께서는 성정이 유난히 급하시어 잠시라도 늦장 부리는 것을 몹시도 노여워하십니다."

신랑인 왕에게 처녀들을 선보이는 삼간택은 초간택 이후 이레 만이었다. 워낙 늦은 국혼인지라 대왕대비전께옵서 무에 시간을 끌 일이더냐, 바삐바삐 서둘러라 하명하시었다. 내전의 하명이 지엄하니 근 일 년을 끌기도 하는 국혼의 일이 단 일주야 사이에 일사천리로 진행되게 된 것이다.

지밀상궁의 지휘를 받은 나인과 무수리들이 시키는 대로 욕간하고 진지상 받는 소혜 아씨, 사흘 전의 중간택 일을 떠올렸다.

중간에 오른 여섯 소녀들은 초간 다음날 대왕대비전을 알현하려 창희궁으로 옮겨갔다. 원래 궐의 가장 웃어른이신 대왕대비전하께서 대궁인 성덕궁의 자경전에 거처하셔야 법도이다. 허나 오 년 전, 월성궁 희란마마의 일로 온 궐이 발라당 뒤집어진 이후였다. 더럽고 천한 것이 주상을 능멸하는 이곳에 다시는 발길을 하지 않으리라 일갈하시고 대왕대비전하께서는 창희궁으로 거처를 옮겨 버리셨다.

성덕궁의 바로 곁에 있어 가을과 겨울이면 또 다른 법궁의 노릇을 하는 경덕궁으로 옮기셨으면 그나마 상감의 체면이 덜 구겨졌으리라. 허나 대왕대비께서는 월성궁의 계집이 경덕궁의 금원(禁苑)에서 상감을 희롱하며 질탕한 술자리를 벌였다는 말씀에 아연 노하시었다. 죽어도 게도 아니 가련다 하셨다. 삼궁(三宮) 중에서 가장 격이 떨어지고 규모도 옹색한 창희궁으로 떠나 버리셨다. 올곧은 선비들이 상감더러 이제는 조모님마저 궐에서 쫓아내느냐 아연 들고일어난 것은 그날 이후부터였다. 불측한 계집 하나 거느리느라고 강상(綱常)의 도리마저 유린한 대폭군이라는 비난을 받기 시작한 것도 그날부터였다.

수풀같이 벌려 선 궁녀, 내명부 왕실 여인들을 뒤에 딸리고 들어오신 대왕대비전하께서 흐뭇하게 미소를 지으셨다.

"어허, 아름다울세라! 이날 주상을 위하여 세상의 가장 어여쁜 꽃들이 피어 있구면."

한마디 덕담을 내리시는 대왕대비전하의 옥안은 마치 관음보살님처럼 어질고 후덕하시었다. 마치 돌아가신 조모님이 살아 돌아오신 듯 그저 첫눈에 의지가 되고 정이 가는 분이었다. 간택에 떨어져도 좋은데 다시 한 번 어진 그분만은 다시 뵐 수 있었으면 좋겠다. 정답게 귀애함을 받을 수 있다면 중전 되어도 좋은데, 이런 생각이 절로 들 정도였다.

"아씨, 인제 감히 여쭈옵기로, 그날 어찌 그런 영명한 지혜를 내시었습니까. 개미를 잡아 허리에 실을 매달아 구슬을 꿰다니 참으로 소인은 그런 일을 처음 듣습니다."

"면구합니다."

수저로 집기 좋은 자리로 맛난 반찬을 옮겨주며 진지 시중드는 상궁이 칭찬하였다. 소혜 아씨는 자그마한 목소리로 말하며 낯을 붉혔다.

중간택에 오른 소녀들 앞에 쟁반이 하나 나왔는데, 그 위에는 명주실 한 타래와 오얏만 한 구슬이 하나 놓여 있었다.

"중궁전은 이 나라 주인의 정궁이며 훗날 고귀한 태로 사직의 반석을 이을 동궁을 생산할 몸이 아니더냐? 가지는 뿌리에서 비롯됨이며 열매는 씨앗에서 연유함이라. 배태한 어미가 어질고 영리하면 반드시 그 자손도 어질고 늠름한 법이라 하였다. 앞으로 세자의 어미가 될 소저들에게 지혜를 시험하고자 하느니라."

구슬에는 작은 구멍이 하나 뚫려 있었다. 나인이 향을 피울 것인데, 향이 다 타기 전에 구슬 구멍에 실을 꿰라 하시었다. 헌데 구슬에 뚫려 있는 구멍이 직선이 아니라 구불구불하였다. 힘없는 실로 어찌 오글거리는 구멍을 꿰랴? 모두 다 손을 놓은 그 난제를 풀어낸 이가 바로 유일하게 소혜 아씨였다. 건너편 구멍에 꿀을 발라놓았다. 나인을 시켜 잡아온 개미 허리에 실을 매어 건너편으로 꿀 냄새를 맡고 기어가게 만들었다. 그것으로 대왕대비전하의 커다란 칭찬을 받았다. 저 아이까정 삼간에 올려라 하명이 떨어졌다.

삼간에 오른 세 소저는 경희궁으로 올 때와는 또 다른 큰 대접을 받게 되었다. 한 분은 중전마마 되실 분이되 나머지 소녀도 후궁 되실 분이라, 다들 귀인(貴人)이시다. 사흘 동안 머무를 경덕궁으로 돌아갈 때는 육인교를 탔다. *차지내궁(次知內宮) 등 근 오십 명의 호송을 받고, 중궁의 몸가짐에 관한 웃전의 봉서까지 가진 글월 비자까지 따라왔다. 그날 밤부터 상궁이 나와 소녀들에게 궐의 법도에 대한 교육을 시작하였다. 상감마마 안곁으로 대접이 심히 정중하였다.

진지상이 물려진 후 두 나인을 딸린 상궁이 들어와 아씨의 몸단장을 시중들기 시작하였다.

수놓아 만든 궁보(宮褓)를 펼쳐 벌려놓은 의대는 노랑 저고리에 다홍 오호로문단 겹치마에 역시 다홍 백복문단(百福紋緞) 홑치마였다. 저고리며 치마단에는 화려한 금박무늬가 찍혀 있어 소박한 소혜 아기씨의 눈이 다 황홀하였다. 아무리 조촐하고 점잖다고 하나

---

*차지내궁(次知內宮):각 궁방의 일을 맡아보는 두령 심부름꾼. 오늘날의 집사격

아직은 연치 어린 소녀이다. 고운 옷 앞에서 마음이 설레는 것은 당연하였다. 장안의 고운 비단옷이라면 다 지어주는 침선의 일을 하였으되 여염집 치레는 궐 안의 여인들이 걸쳐 입는 호사만은 못하였다. 작고 가녀린 손가락 끝으로 빛 고운 명주가 물처럼 미끄러졌다.

푸른 치마에 연옥색 저고리를 차려입은 나인은 익숙한 솜씨로 아기씨의 시중을 들었다. 연지 분단장을 하여주고 고운 화각 참빗을 들어 동백기름을 발라 먹물 뿌린 듯 검고 윤기나는 아기씨의 머리타래를 슥슥 빗겨주었다. 새앙머리를 두 갈래로 뒤로 땋아 늘여 밑에서부터 두 줄로 각각 말아 올렸다. 단단하게 뒤통수 머리 밑까지 올려 당겨 쌍상투를 만들었다. 그 중간을 자주 좁은 댕기로 한데 묶고 그 위에 금박 물린 능금 댕기를 엉덩이까지 늘였다.

"저어, 마마님."

"어려워 말고 편안하게 말씀하옵소서."

소혜 아기씨는 모르지만 시중들러 들어온 나인은 유일하게 대왕대비전이 보낸 나인이었다. 웃전이 귀엽다 하신 소저라 머리 빗어 넘기는 손길 하나도 조심스럽고 정이 함뿍 묻었다. 나인은 웃음을 머금으며 편안한 어조로 소혜 아씨가 묻는 말에 정성스레 답변하였다.

"저어, 이곳에서 알게 된 동무하고 기별이나 하고 싶은데 어찌 방도가 없겠습니까?"

"아, 그 동무는 대제학의 따님이시지요?"

"그런 줄 알고 있나이다."

"아, 글쎄, 큰일이 났나이다. 사가로 돌아가신 분이 아침에 열꽃이 피고 조갈증을 느끼신다 하였나이다. 의원의 진맥을 급히 받았기로 손님이라 하였나이다. 혹여 모르니 아기씨는 어렸을 적에 손님을 치르셨나이까?"

동무가 병이 들었다는 말에 소혜 아씨 눈이 동그래졌다. 안타까워 다급하게 대답하였다.

"예, 저는 하였다고 들었습니다만."

"다행입니다. 혹여나 하시며 웃전께서 심히 걱정을 하셨습니다."

"참으로 안타깝습니다, 동무가 그리되다니. 이를 어찌하나? 진정 대담하고 활달하며 배포 유하시기로 딱 웃어른의 품이 여실하더시니…… 병이 들었다니요. 이를 어찌합니까?"

"궐에서 전의까지 내려보내 주셨기에 별 탈은 없을 것입니다."

마지막으로 상궁이 밀화불수, 옥붕어, 자만옥 붕어가 달린 석줄 노리개를 보따리 안에서 꺼냈다. 이토록 귀한 물건을 감히 어찌 걸 것이냐. 손사래를 치는 아기씨의 반대를 딱 억눌렀다.

"노리개를 다는 것은 삼간에 누구나 다 하는 치장이올시다. 저어하지 마시옵소서. 이는 아기씨의 천복이옵니다. 궐의 귀인께서 초간택 때의 일을 전해 들으신 터로, 아기씨의 효성 지극하심을 전해 들잡고 상으로 내리신 것입니다."

자꾸 권하였다. 몇 번이고 사양하였지만 더 이상은 고집을 부릴 수가 없어 소혜 아기씨는 나인이 화려한 노리개 걸어주는 양을 바라만 보았다.

"자, 보옵소서. 단장이 끝났나이다."

화려하게 차려입은 낯선 얼굴이 면경 속에 박혀 있었다. 아기씨는 놀란 눈초리로 단장한 자신의 초라한 얼굴을 들여다보았다. 계집은 꾸미기 나름이라는 말을 들었다. 초라하고 모자란 얼굴도 그 아침에는 대가집 귀한 처자인 양 그럭저럭 볼만해졌다. 꿈인 듯 꿈이 아닌 듯, 어린 소녀는 자신에게 닥쳐온 이 모든 일이 생시의 일 같지가 않았다. 이레 전 아침만 하더라도 아버님의 녹두죽을 끓여 드릴 것이다 하며 무심하게 대문을 나섰는데⋯⋯ 단 며칠 상관으로 이제 절대로 들어올 염도 꾸지 못했던 대궐에 앉아 항아님의 시중을 받는 몸이라니.

바깥에서 흠흠 하는 헛기침 소리가 났다. 사내의 목소리이되 마치 계집처럼 가는 목청이 방 안의 사정을 살피었다.

"소저들의 차비가 끝났나이까? 전하께서 하냥 기다리신다는 기별이옵니다."

"아이고, 서두르시지요. 시각이 늦었나이다."

갑자기 나인의 얼굴에 당황한 빛이 어렸다. 아기씨를 재촉하였다. 문을 나서니 이미 가마가 기다리고 있었다.

"따르시지요. 상감마마께서 거하시는 성덕궁으로 나가실 것입니다."

삼간에 오른 세 명의 소녀가 탄 가마가 조용히 움직이기 시작하였다.

성덕궁. 내전의 건물 중에서도 왕의 사적인 일상이 이루어지는 우원전 앞에 다다랐다. 수많은 나인과 상궁이 수풀같이 늘어선 가운데 석계(石階)를 올라 안으로 들어섰다.

거처하시는 귀인께서 사적인 접견을 하시거나 잔치를 여는 곳으로 이용되는 곳이 우원전 왼쪽 건물인 봉명전이다. 특이하게도 정면 아홉 칸이나 되는 커다란 건물이지만 가운데 세 칸만 앞퇴를 열었고 나머지 여섯 칸에는 *머름을 달아 창을 달았다. 바닥에 온돌을 깐 방은 하나도 없고 스물한 칸 전부 우물마루로 깔아 *고주에 문골을 들이고 문짝을 달아 폐쇄하고는 내부를 전체 한 공간으로 쓸 수 있게 만들었다.

저절로 몸이 움츠러드는 듯 위엄이 스민 공활한 실내에는 소녀들이 앉을 수 있도록 방석이 깔려 있었다.

끝이 보이지도 않는 길고 넓은 방 중간에 옥주렴이 드리워졌다. 삼간에 오른 세 처자가 비단 의대와 족두리로 성장한 채 저 멀리 앉았다. 반대편 병풍을 치고 비단 방석 위에 신랑이 될 왕이 좌정하여 선을 보는, 소위 말하는 삼간택이라는 것이 펼쳐졌다.

인륜지대사라는 혼인. 평생 더불어 삶을 보내야 하는 반려를 택하는 자리이다. 하물며 중궁전이다. 이 나라 사직의 안주인이며 왕의 씨앗을 받아 고귀한 대통을 이어야 하는 몸이 아니던가? 승지를 앞에 두고 왕은 지금 서안에 받쳐진 세 처자의 단자를 내려다보고

---

*머름:바람을 막거나 모양을 내기 위하여 미닫이 문지방 아래나 벽 아래 중방에 대는 널조각
*고주(高柱):높은 기둥

덫에 걸린 방심(芳心)

있었다. 즐거운 일이어야 함에도 불구하고 아름다운 용안에는 그저 귀찮다는 표정, 짜증이 구름처럼 드리워져 있었다. 선명하고 붉은 입꼬리가 심술궂게 비틀렸다.

이미 정분은 하나. 마음은 딴 곳에 머물러 있는데 자신의 의지와는 상관없이 엉뚱한 여인을 안겉으로 맞이하라니 신경질이 아니 날 수 없는 노릇이었다. 하지만 왕인 그로서도 거부할 수 없는 법도였다.

'쳇, 무에 이런가? 아무리 허수아비라 하지만 말이야. 낯도 한번 보지 않고 평생 같이 살 비(妃)를 고르라니? 무에 이런 상궤에 벗어난 일이 있는 것인가? 허긴 누가 되어도 무슨 상관이리? 짐에게는 누이가 있는데.'

희란마마와 심복 무녀(巫女) 교인당이 소녀들이 지나갈 회랑 가까이 작은 방에 숨을 죽인 채 숨어 있다. 그녀가 손짓한 처자로 하여금 중궁에 허수아비로 앉혀놓고 우리 둘은 정분 좋게 해로하자 약조하였었다. 왕은 고개를 번쩍 들었다. 히죽 교만하고 비틀린 미소가 입가에 물려 있었다.

"주렴을 걷어라! 처자들을 직접 알현하련다."

명을 받은 승지가 더 놀랐다. 시립한 영의정을 비롯한 삼정승도 까무러칠 정도로 놀랐다. 여태껏 간택 시 왕이 직접 비가 될 처녀를 보자 한 적은 없었기 때문이다. 늘 윗분이 내정해 주신 대로 먼 데서 주렴 사이로 얼굴 한번 바라보고 정해진 여인의 사주단자를 승지에게 내미는 법이었다. 그러면 승지는 단자를 쟁반에 받쳐 영의정에게 전하고, 영의정은 편전으로 나아가 기다리는 중신들에게 널리 중전마마로 간택되신 여인이 누구인가 전하는 것이 법도였기 때문이다. 헌데 일났다! 오늘 전하께서 직접 몸을 일으키시더니 주렴을 걷어라 호령하시는 것이 아닌가?

"비는 내전의 안주인이며 짐과 더불어 평생 해로할 사람이 아닌가? 그 얼굴 한번 보지 않고 같이 살아라 하는 것이 우습지. 친견하리라."

무어라 반대하기도 전에 벌떡 일어나 망극하게도 손수 주렴을 걷고 처녀들이 앉아 있는 윗목으로 옥보를 옮기셨다.

놀란 것은 삼간에 오른 처자들도 마찬가지였다. 망측하고 망극하도다! 아무리 주상이라 한들, 남녀 간 내외가 엄격한 터인데 어찌 혼인도 하지 않은 처자의 얼굴을 보자 하시는가? 허나 이미 내밀하게 내가 중전 될 것이다 자신만만한 두 소저, 고개를 들라 하는 내관의 말에 그래도 잘 보이겠다고 살포시 청초한 웃음을 머금고 고개를 들었다.

왕의 예리한 눈빛이 소녀들을 슬쩍 쓸고 지나갔.

병조참판의 딸? 그 아비가 욕심보 많아 중궁 앉히면 왕비를 뒷결삼아 짐을 능멸하고 권세나 부릴 테지. 곱기는 하되 아니다. 함박꽃처럼 고운 처녀 앞을 왕은 시들하게 지나쳤다.

훌쩍 큰 키에 음전한 자태의 권씨 처녀. 할마마마의 먼 인척이라, 창희궁 노인네의 비위나 맞추며 짐을 간섭하려 들겠지? 이래라저래라 먼 데서 짐을 조종하려 말랑말랑하고 말 잘 듣는 계집들을 천거하신 게야. 너도 틀렸다.

　마지막에 앉은 소혜 아기씨. 왕이 지나가는 참에 바들거리며 겁먹은 눈을 들었다.

　우연인가, 운명인가? 소혜 아씨 쪽으로 발길을 옮기며 내려다보던 왕과 아기씨의 시선이 허공에서 잠시 만났다. 똑같이 화들짝 놀라고 말았다.

　"에구머니."

　"너, 너."

　꼴깍! 하얗게 질려서는 마른침을 삼켰다. 소혜 아기씨, 동그랗게 놀란 눈을 올려뜨고 왕을 일별하다가 금세 고개를 숙였다. 왕 역시 이, 이 방자한 계집. 너 잘 만났다. 격한 성정머리로 냅다 삿대질을 하려다가 꿀꺽 말토막을 잘라먹었다. 의아해하는 눈빛으로 주의 깊게 지켜보는 많은 눈들이 있음을 깨달았기 때문이다.

　아주 잠시 스친 눈빛이되 어지간히 괘씸하였다. 하여 소혜 아씨는 지난번의 그 불한당 얼굴을 잊지 않았었다. 왕 역시 감히 용안을 꼬나보며 초롱초롱 눈을 흘기던 어린 계집아이가 하도 가당찮아 기억을 하여두었다. 그런데 이것이 무슨 운명의 장난인가? 갈가마귀같이 초라하고 못생긴 고 계집아이가 삼간택에 올라 맹한 얼굴로 그를 올려다보고 있다니!

　'호오, 재미있구나.'

　뒷짐을 지고 돌아서는 왕의 입가에 새앙쥐를 놀리는 고양이처럼 느른하고 잔인하기까지 한 미소가 살짝 물렸다. 무료하고 권태롭던

시간이 갑자기 풀 먹인 모시 옷처럼 빳빳하게 날이 서기 시작하였다. 다시 자리로 돌아간 왕은 승지에게 무어라 속삭였다. 승지가 다시 내관에게 왕의 하명을 전하였다. 내관이 소녀들이 앉은 곳으로 내려왔다.

"상감마마께서 하문하오십니다. 대답하시옵소서. 이 세상에서 가장 빠른 것이 무엇일꼬?"

내관이 아기씨에게 대답을 재촉하고 있었다.

"아기씨, 하답하옵소서. 세상에서 가장 빠른 것은 무엇이옵니까?"

"……세상에서 가장 빠른 것은, 아마도 사람의 생각인가 하옵니다. 눈 한 번 깜짝할 사이에 수천 번 바뀌고 시공을 넘나드는 것이 사람의 생각일진대, 어찌 가장 빠르다고 하지 않으리오?"

"사람의 생각? 그 말 한번 절묘하군. 짐도 그리 생각하였는데. 생긴 것은 제일 조촐하되 제법 영리함이야."

나직한 왕의 옥음이 귀에 몰려왔다. 소혜 아씨는 바들거리는 마음을 억지로 진정하였다. 어찌 이리도 악연인가. 재웅 오라버니를 욕보인 그 불한당 놈이 이 나라 지엄하신 상감마마였다니. 왕 역시 힐끗 주렴 사이 멀리 보이는 작은 신형을 노려보았다. 씩 다시 웃었다. 너 두고 보자. 방자하게 짐을 눈 똑바로 뜨고 감히 노려보았겠다? 왕은 제대로 보지 않았던 사주단자를 다시 집어 들었다. 이름을 훑어보았다.

'소혜. 이을 소에 지혜 혜 자라. 흥. 영명한 계집이라, 이름값을

함이로다.'

　아비가 관직에서 물러 나간 지 오래인 처사이니 위세 업고 중궁전 세력 벌일 것도 아니다. 선대왕 아바마마께서 충심 깊다 아낀 신료라 하였다. 이 계집을 비로 삼는다면 아바마마께서 다소간 잘하였다 칭찬하실까? 왕은 홀로 히죽 웃었다. 그때도 노려보던 눈초리가 제법 매섭더니 어려운 자리에서 말하는 것도 멍청하지 않아. 의외로 귀엽군. 골려먹을 재미가 있을 것이야. 못생긴 것도 더 맘에 들어.

　나가라 분부하시었다. 궁녀의 안내를 받아 문을 나서는 소혜 아기씨 작은 얼굴이 새파랗게 질려 있었다. 다리에 힘이 풀려 자꾸만 꼬꾸라질 것처럼 비틀거렸다. 거의 제정신이 아닌 그녀. 지나치는 회랑 곁 작은 방 그늘에서 내다보던 희란마마와 교인당이 초라하고 제일 작고 맹하여 보이며 마냥 어수룩하기만 한 아기씨 뒤통수를 손가락질하며 낄낄대고 있는 것도 꿈에도 몰랐다.

　한 식경이 지날 즈음이었다. 최종의 간택을 기다리시며 왕실의 여인네들이 벌려 앉은 성덕궁의 자경전으로 영의정과 승지가 들었다 하는 고변이 들렸다. 대왕대비전 앞으로 왕의 교서가 전달된 것이다.

　"소저들은 어지(御旨)를 받으시옵소서."

　승지가 방 안에 앉은 소녀들에게 아뢰었다. 부복한 소녀들 앞으로 영의정이 비단 두루마리를 받들고 들어왔다. 큰 목청으로 중전마마 되신 아기씨에게 교서를 전하였다.

"짐은 이날 명을 내림이라. 위로 천지신명의 부름을 받고 안으로 대왕대비전하의 어지를 받들어……(어쩌고저쩌고)……그리하여 짐은 광산 김씨 익현의 여아를 짐의 비(妃)로 정하노라. 삼가 받들어 안으로 부덕을 쌓고 밖으로는 국모로서의 모범을 보이며 계명(鷄鳴)의 공으로 짐을 내조함을 원하노라."

즉 소혜 아기씨가 중전마마로 간택되었다는 뜻이었다. 대왕대비전께서 휴우 하고 한숨을 내쉬었다. 날벼락을 맞은 듯 제정신이 아닌 작은 얼굴을 건너다보며 고개를 끄덕이셨다.

"천복인가, 천행인가? 네 사주가 일월성신의 기운을 받은 참으로 기이한 사주라 하였다. 아무 뒷곁도 없이 오롯이 네 힘으로 정궁이 되었으니 이는 네 팔자가 참으로 기이함이 아니더냐? 자, 무엇 하느냐? 중전마마를 윗자리로 모시어라."

대왕대비마마의 호령에 상궁들이 달려들어 소혜 아씨를 부액하였다. 대왕대비전하의 아랫자리에 모시었다. 모든 왕실의 여인네들과 삼간에서 탈락한 두 소녀는 큰절로 궐의 안주인 되신 어린 소혜 아기씨에게 치하를 올렸다.

"저어, 전하…… 상감마마의 교지가 하나 더 있사옵니다."

난처한 얼굴로 영의정이 웅얼거렸다. 소혜 아기씨는 정궁이지만 탈락한 두 처녀는 관례대로 후궁이 되는 것이라 무심히 생각하였던 대왕대비전하, 의아하여 고개를 돌렸다. 영의정이 더 깊이 부복하였다.

"뭐라? 주상의 교서가 하나 더 있다고? 무엇이더냐?"

"저, 그것이…… 그저 분부하신 그대로 적힌 대로 읊겠나이다."

영의정이 다시 읽어 내린 교지의 내용에 모든 여인네들의 입이 딱 벌어졌다. 하도 놀란 터라 대왕대비전하, 떨리는 목청으로 확인하시었다.

"뭐, 뭐라 하시는 게냐? 지금 주상이 남은 두 처자를 후궁으로 아니 들인다 하신 것이냐?"

"내전의 화락함이 강상의 기본이다. 여인의 투기는 왕왕 사내의 발목을 잡고 국사를 그르치는 법. 짐은 아예 내전의 분란을 만들지 않으려 함이니라. 허니 비로 간택된 처자만 남기고 나머지 두 처자는 사가로 내보내라. 복잡한 궐 안에서 뒷방 처지야말로 망극한 일임에랴. 짐은 어명을 내려 삼간에 오른 두 처자를 특별히 다른 곳으로 혼인할 수 있게 윤허한 터이다. 허니 두 처자는 사가로 나가 양가로 혼인할지어다. 이리 하교하셨나이다."

얼떨결에 궐에 끌려 들어온 소혜 아씨. 이렇게 이차저차 흘러가는 일에 잘못 휘말려들었다. 어어어 하다가 그만 정말 어처구니없이 중궁전에 잡아 앉혀질 팔자가 되었구나. 근심으로 하늘이 노래져서 아무것도 보이지 않았다. 허나 세상일은 그녀와는 전혀 무관하게 흘러가는 법. 궐 안 법도에 따라 장엄한 금사로 전자(篆字)를 박은 초록 원삼을 입고 그 위에 다홍 공단을 둘렀으며 남색 스란치마 위에 진주낭자를 차고 다홍색 치마를 겹쳐 입었다. 머리는 생을 매고, 자주 능금댕기를 늘이고, 칠보족두리를 쓴 소혜 중전마마. 팔인교를 타고 부인궁으로 정해진 인현궁으로 나가신다.

온갖 번잡한 의식 실수없이 치르고 나니 이미 깊은 밤. 홀로 넓디넓은 방에 비단 이불을 덮고 눕기는 하였지만 그저 아뜩하였다. 아버님…… 하고 홀로 눈물지으며 중얼거려 보지만 구중심처 높은 담은 야속하기만 한데…….

　차디찬 달이 하늘을 끌고 바람에 쓸려간다. 전전반측 몇 번이고 돌아눕다가 어느덧 지친 잠에 빠진 소혜 아기씨. 그 밤에 다시 사나운 용에게 잡아먹히는 꿈을 꾸며 신음하고 있구나.

제3장 초야일화(初夜逸話)

상감마마의 가례일은 삼간택이 끝난 그 한 달 후였다.

일 년이 넘게 끌기도 하는 국혼이라는 대사를 번갯불에 콩 구워먹듯이 부랴부랴 치른다는 느낌을 지울 수가 없었다. 하지만 그 속사정을 백성들이야 알 필요는 없는 것이고, 다만 경사스런 국혼을 맞이하여 죄수들을 방면하여 주고, 도성기민들에게 곡식을 나누어 주며, 환갑을 넘은 노인들에게 베 한 필씩 하사하시는 거한 은전을 베푸신다 하니 그 아니 좋을시고!

납채가 끝나고 예물로 혼인의 징표를 보내는 납징을 끝내자마자 곧바로 삼주야 후에 가례일을 정하였다. 대체 지금 나에게 무슨 일이 일어나는가. 정신이 하나도 없이 대쪽같이 엄하고 마늘쪽같이 매운 상궁들에게 열두 시진 내내 잡혀서 중전마마 되실 엄한 교육을 받는 소혜 아기씨. 잠자리에 들 때마다 이게 꿈인가 생시인가 분간이 되지 않는 것이었다.

밤마다 왕의 치켜뜬 눈만 생각하여도 어린 가슴이 콩닥콩닥 뛰었다.

'하필이면, 하필이면……'

상감마마인 줄도 모르고 감히 눈 흘긴 자신의 경솔함을 작은 주먹으로 무수히 쥐어박았다. 인제 혼례를 치르고 궐로 들어가면 그 분이 분명 그녀를 두고 버릇없다 걸어찰 것 같았다. 설핏 보아한데도, 짙은 검미(劍眉)에며 힐쭉 치켜 올라간 입술꼬리에 심술이 덕지덕지 붙어 있었다. 성질머리가 보통은 아니게 보였다. 그런 사람이 아무짝에도 볼 것 없는 저를 왕비로 삼은 이유가 무엇일까? 괘씸한 너를 두고두고 좀 골려먹자 이런 뜻이 아닐까?

그녀가 임시로 거처하는 별궁은 대왕대비전이 거처하시는 창희궁과 가까운 인현궁으로 정하여졌다. 엄숙하게 광산 김씨 익현의 여아 소혜가 비로 정하여졌다 사직에 고하고 왕은 사신을 보냈다. 정식으로 왕비 책봉을 하였다. 영의정이 금책(金冊)과 옥인(玉印)을 비단이 깔린 쟁반에 담아 중전마마에게 바쳤다.

이제 겨우 열다섯, 어린 소혜 아기씨. 상궁들이 날치며 잡아채는 대로 끌려가 궐에서 내려보낸 장엄한 적의를 차려입었다. 무거운 대수머리 하고 봉황잠에 용잠에 황금과 옥으로 꾸며진 기기묘묘한 머리장식 꽂은 채 무섭디무서운 중전마마 책봉을 받았다. 한 번이라도 입을 달싹여 싫소, 이런 일을 나에게 하지 마오 할 여지도 주지 않고 몰아친 일들이다. 간신히 정신을 차려보니 어느새 친영 날이로구나.

그날 아침에야 처음으로 중전마마, 현성부원군으로 봉작받은 친정 아비 김익현을 다시 만났다. 계산골 초당을 떠난 지 꼭 달포하고도 일주야가 지난 날이었다.

이런 망극한 일이 어디 있을꼬! 아비이되 딸을 딸이라 부르지 못하고, 아비이되 아버님에게 절 한 번 하지도 못하는 팔자로 만난 기막힌 부녀지간. 인제는 아비가 딸에게 허리 굽히고 바닥에 엎드리어 절을 하였다. 저절로 두 얼굴에 똑같이 주르르 눈물이 흘렀다.

마음만 먹으면 언제나 무릎 곁에 다가앉아 정답게 이리하셔요, 저리하였니 정담을 나누던 부녀지간이 이렇게 멀고 먼 사이로 변하고 말았다. 넓디넓은 방 사이, 고귀하신 중전마마의 옥안을 가리는 주렴이 쳐져 있으니 가련한 딸아이 그 얼굴이 어찌 변하였나, 부친의 병약한 처지가 얼마나 좋아졌나 알아볼 수도 없게 된 것이다.

"항상 조심하시어 모든 것을 가리옵소서."

"예, 명심하겠나이다."

"대왕대비전 이하 궐의 어른들에게 순후하게 대하시옵고, 들어도 못 들은 척, 보아도 못 본 척, 알아도 모르는 척 그저 어진 웃음으로 넘기시어 무거운 중궁전의 위엄을 내내 간직하셔야 합니다."

"아버님의 가르침을 각골명심하겠습니다."

지금 아비 김익현이 얼마나 피 토하는 심정으로 그런 말을 하는지 아직은 모르는 어린 중전마마. 똑똑한 목소리로 걱정 마시라 대답하였다. 어린 따님이 궐에 들어가시어 당할 서러운 일들을 제 입으로는 차마 말 못하는 심정이라. 속이 타 애통한 늙은 아비의 금관 조복 자락에 흠뻑 눈물이 흘렀다.

'우리 가엾은 중전마마. 구중심처 궐에 들어가시어 얼마나 수모 당하시어야 하나. 허구한 날 고적한 뒷방차지. 요망한 월성궁의 계략에 휘말려 더없이 많은 아픔을 견뎌서야 하는 것인데……. 일월성신, 천지신명이시어. 그저 굽어살피사, 저 가엾고 어린 우리 중전마마를 도와주소서.'

왜 늙은 아비가 저토록 서럽디서럽게 흐느끼는지 모르는 중전마마. 제가 궐에 들어가면 다시는 못 볼 것을 두려워한 탓이라고만 생각하였다. 몸을 일으켜 주렴을 손수 걷었다. 법도도 아랑곳하지 않고 아버님 곁으로 다가가 야윈 손을 다정스레 잡았다.

"제가 궐에 들어간 후에도 하서(下書)를 종종 보낼 것입니다. 아버님께서도 입궐하시어 저를 보아주시면 되지요. 근심 마옵소서, 아버님. 가문의 이름에 누가 되지 않도록 이 소혜, 몸이 부서져라 중궁전의 위엄을 배우고 익힐 것입니다."

"부원군께서는 경사스러운 날 망극한 눈물을 그만 그치시지요. 중전마마께서 심란해하시리라."

중궁전의 대(大)지밀인 윤 상궁도 옆에서 어질게 만류하였다. 이러는데 바깥에서 상감마마께서 친영을 위하여 조만간 별궁에 도착하시리라 하는 기별이 들려왔다.

　서녘의 햇살이 차일을 친 인현궁의 마당에 깔리는 시간. 구장복에 면류관으로 성장하신 상감마마께서 어가를 타고 만조백관을 거느린 채 듭시었다. 미리 마련된 초례상 앞으로 다가가 섰다. 속내야 어떻든지, 국혼의 초례청에 선 주상의 아름다운 위엄은 눈이 부시었다. 훤칠한 미장부이신데다 남들 앞인지라 만면에 어진 미소를 입가에 억지로라도 머금고 계시니, 경사 중의 경사로다. 아름다운 인연을 맺어 백년해로할 신부를 기다리시누나.

　이때 풍악이 울리고 남쪽 행각을 넘어 아름답게 성장한 여관들이 적의와 대수머리로 단장한 어린 중전마마를 모시고 나타났다. 술석 잔을 함께 나누어 마시고 서로 엎드려 절을 하니 청실홍실의 인연이 단단하게 묶여졌다. 마음은 아직 하나 되지 못하고 서로 딴 곳에 가 있으되 몸은 둘이면서 하나라.

　이렇게 하여 아홉 해 만에 텅 빈 성덕궁의 교태전이 주인을 찾았다. 사직은 든든한 반석이 되리니. 국모를 모시게 되었고 천지간 외롭고 마음을 둘 곳 없어 방황하던 왕의 허전한 주변에 따사로운 온기를 줄 지어미가 들어오신 것이라.

　어리나 영명하고 어질다 벌써 소문난 중전마마께서 상감마마의 마음을 잘 잡고 냉큼 회임하시어 덩실하니 원자를 생산하여지고, 그리하여 단국의 하늘을 가린 월성궁의 달그림자를 몰아내시는 태양 빛이 되고 지고, 엎드려 두 분 지존마마에게 절하는 올곧은 중신들의 마음은 오직 한결같았다.

두렵고도 긴장되어 감히 고개도 들지 못하는 중전마마, 상감마마의 옆에 서서 상궁들의 부액을 받으며 어도를 걸어갔다. 금관조복에 옥홀을 들고 허리를 굽힌 중신들 사이를 의젓한 국모(國母)의 자태로 사뿐사뿐 걸어가시는구나.

화려하게 단장된 덩이 중전마마를 태우고 대궁으로 들어갈 차비를 하고 있었다. 아, 망극하고 감사하여라. 상감마마께서 손수 어수를 들어 중전마마가 타실 가마의 문을 열어주시는 것이 아닌가?

잠시 눈이 마주쳤다. 왕이 싱긋 웃었다. 단국의 국왕은 명국의 전설적인 미남 반악보다도 늠름하고 아름답다 소문나지 않았던가? 신랑의 멋진 미소 앞에서 어린 중전마마, 갑자기 걷잡을 수 없이 여린 방심이 흔들리기 시작하였다. 애고애고, 어찌하리. 아름다우시되 더없이 무정한 신랑 상감마마에게 첫눈에 홀딱 반하고 말았고나.

상궁들이 이르기를 그녀의 신랑은 지존으로 떠받들음만 받고 자라 인정머리없고, 엄하고, 심술맞다 들었다. 성미 또한 도도하고 급하다지. 마음에 들지 않으면 수염 허연 중신들에게도 너라고 삿대질하여 막말하고 더 열분이 치밀면 용상에 앉아 발을 구르며 상소 두루마리를 냅다 던져 버린다고 하였었다. 그러니 그저 왕 앞에서는 순명하고 말조심하옵소서, 상궁들은 간택 그날부터 지금까지 중전에게 세뇌를 시켰다. 그런데 그런 분이 손수 어려운 자리임에도 불구하고 중전을 위하여 가마 문을 열어주시다니. 빙긋 아름다운 용안을 지어주시다니, 그저 황홀하고 감사하였다. 자기도 모르게 중전마마 역시 입가에 상긋 미소를 짓고 말았다. 헌데 이것이 무슨 심술이냐? 허리를 굽혀 가마 문을 닫아주며 왕이 살그머니 속삭였다.

"못난 것이 웃으니 그 형상이 참으로 기이하구나?"

이것이 칭찬인가, 욕인가? 가마 안의 중전마마, 처음 들은 지아비 상감마마의 옥음에 고개를 갸웃갸웃. 도무지 이해를 못하였다.

마침내 신부를 데려가는 왕의 장엄한 행렬이 시작되었다.

황색 옷을 차려입고 시끄럽게 연악(宴樂)을 연주하는 육십여 명의 취타대를 앞장세우고 군기 엄연한 병정들이 행렬을 지어 인도하였다. 일산과 도끼와 나발을 받쳐 든 내관을 앞에 두고 늠름한 내금위 병정들이 수풀같이 둘러싼 가운데 왕이 탄 화려한 어가가 지나갔다. 그 뒤로 중전마마 타신 화려한 덩이 중궁전 행장을 앞장세우고 뒤따르는구나. 길 양쪽에서 화려하고 아름다운 국혼의 광경을 구경하려는 백성들로 인산인해를 이룬 가운데 끝이 보이지 않는 행렬은 어느덧 성덕궁 앞에 다다랐다. 지금껏 텅 빈 궐의 안주인을 맞이하는 경사스러운 날이라 성덕궁의 광희문이 모처럼 활짝 열려 있었다. 줄줄이 꼬리를 문 국혼의 행렬이 궐문을 들어가는 즈음 저녁이 말갛게 저물어가고 있었다.

검붉은 노을이 깔린 길을 지나 중전마마가 타신 덩은 깊디깊은 교태전 앞에 다다랐다. 중궁인 교태전 서온돌에서 왕은 왕비와 첫날밤인 동뢰(同牢)를 치르게 되는 것이다.

하늘에 어둔 밤이 물렸다. 별이 달을 물고 반짝이기 시작하였다. 사람들이 물러가고 상감의 초야를 준비하는 중궁전 궁녀들의 손놀림과 발놀림만이 분주한 가운데 마루 하나 건너 동온돌. 번잡스런 구장복을 벗어 던지고 홀가분하게 도포 차림이 된 전하. 인제 서온돌로 건너가셔야 함에도 불구하고 딴생각이시다. 곁에 시립한 내관을 손짓하여 불렀다.

"누이는 어디 있느냐?"

"월성궁 마마께옵서는 이미 하명받으신 대로 금원의 운지당에서 기대리고 계시옵니다."

"알았다. 짐이 지금 그리로 들 터이니 술잔이나 마련해 두어라고 알려라."

"분부받들겠나이다."

왕은 신부가 기다리는 서온돌 쪽은 본척만척 마루에 서서 발을 내밀었다. 냉큼 김 내관이 발에 태사혜를 신겨 드렸다. 하마대 앞에 시립한 구종에게 손짓하였다.

"말에 등자 올렸느냐?"

"예, 전하."

"알았다. 가자."

휙 하니 말 등에 올라탄 전하. 야속하게도 뒤 한 번 돌아보지 않고 교태전을 벗어났다. 말을 달려 금원의 아름다운 별각에 이르렀다. 버선발로 뛰쳐나와 두 팔을 벌리는 풍염한 누이의 달콤한 몸을 끌어안았다.

"아아, 대인난(待人難). 대인난. 마마를 기다리는 신첩의 가슴이 까맣게 녹아버렸습니다. 새 정에 취하여 늙은 누이 버리시지는 않으실지. 흑흑흑. 마마, 이 마음을 어찌 달래야 할까요?"

왕은 쯧쯧 혀를 차며 달빛에 처연한 눈물을 닦아주었다. 이 가련한 사람 같으니. 말로는 짐의 혼인을 의연하게 넘긴다 하였으되 지금껏 떳떳이 나설 수 없는 자신의 처지를 비관하며 울고 있었던 것이야. 가슴이 아팠다. 이 순간 왕의 마음에는 신방에 앉아 하염없이 너울거리는 촛불 그림자만 응시하며 기다리고 있는 어린 중전의 생각은 조금도 들어 있지 않았다.

"혼인이야 창희궁의 노인 뜻이로되, 동뢰야 짐의 마음이지. 누이, 들어갑시다. 내 오늘 누이의 고름 풀어 첫밤을 함께하리라. 누가 무어래도 짐 마음에 유일한 여인은 누이뿐이 아니겠소?"

기다려도, 기다려도 아니 오시는 님. 성스러운 초야(初夜)부터 다른 계집의 품에 안겨 질탕한 희롱하며 박장대소하는구나. 이윽고 희란마마 비단 속옷 고름 풀어 달콤한 젖통 빨아대다가 어루만지다가 냉큼 올라타고 헉헉대며 용체를 달리시는 상감마마. 졸음마저 몰려들어 와 앉은 채 하냥 꼬박꼬박 졸다가 깨다가 하는 어린 중전의 가련한 사정을 알 리 만무하다.

아무도 말하여 주지 않으니 중전마마 소혜 아기씨, 궁문 바깥에서 벌어지는 망측하고 기막힌 일은 전혀 모른다. 가련하고 불쌍하다. 그저 기다리면 오시겠거니. 아니 오시어도 좋은데 제발 이 무거운 족두리 좀 풀어주시고 아랫목에 펼쳐진 이부자리에 들어가 자라고 하면 좋겠고나. 오직 소원은 그것뿐이다. 허나 병풍 친 문 바깥에 앉아 있는 상궁은 야속하게 그런 말을 해주지 않는다. 병든 병아리인 양 중전은 다시 꼬박꼬박 졸기 시작하였다.

왕이 신방에 들어온 것은 삼경이 넘어 사경에 접어들 무렵. 이미 새벽이 가까운 시각이었다. 방 안에서 졸고 있던 어린 중전마마, 열린 문으로 기어들어 오는 서늘함에 화들짝 정신을 차렸다. 어린 왕비만 모를 뿐, 궐 안 사람 모두 다 전하께서 이적까지 신방 대신 별각에서 희란마마와 희롱하다 돌아오신 것을 다 알고 있는데…….

찬바람과 함께 들어온 왕이 중전마마 앞에 털썩 앉았다. 가슴이 콩닥콩닥 뛰어 제정신이 아닌 중전더러 다짜고짜로 묻는 말이 기가 막혔다.

"너, 몇 살이더냐?"

대뜸 반말이다. 중전은 왕이시니 남들에게 항시 이렇게 말씀하시는 줄로만 알았다. 발발 떨며 작은 목소리로 대답하였다.

"열다섯 되었나이다."

"흥, 요렇게 어리디어린것을 간택에 내어보낸 네 아비도 웃기도다. 이런 것을 무에 볼 게 있다고 짐이 중전으로 뽑았을꼬? 너, 달거리는 하느냐?"

"……?"

"눈을 동그랗게 뜨는 것을 볼작시니 남녀지간 아는 일도 없으렷다? 그래, 허면 아래에 방초는 돋았느냐?"

초야일화(初夜逸話)

참으로 부끄러워 고개를 들 수가 없었다. 아무리 지아비이시나 이렇게 노골적으로 묻자오시는 말씀이 여인으로 수치스럽고 은밀한 이야기라니. 하문하시는 말씀에 대답은 하는데 목청이 자꾸만 모깃소리만하게 잦아드는 것이다. 왕이 비웃음 분명한 야릇한 미소를 지었다. 손을 들어 바닥으로 숙인 얼굴을 세워 들었다.

"흠, 그래? 짐이 그럴 줄을 알았다. 한참 더 자라야 짐의 상대가 될 것이니 명심하여라. 실로 짐이 보기 이토록 못난 계집도 네가 처음이라 다소간 신기하여 자세히 보는 것이다. 정말 너는 못났구나. 갈가마귀라 하여도 너보다는 어여쁘겠다?"

가가대소. 아까까지만 하여도 희란마마와 더불어 못난 중전을 조롱하여 별명 짓기를 갈가마귀라고 하였던 것이다. 아무리 그러하여도 그렇지 당사자 앞에서 대뜸 하시는 첫말이 너 못났다라니. 기가 막힌 중전마마, 입을 열자 하여도 겁이 나서 두려운지라 입이 천장에 딱 붙어버렸다. 하지만 조롱도 유분수라, 아무리 그러하여도 지아비가 지어미에게 해서는 아니 되는 말이 있지 않던가?

"망극하옵니다. 꽃이라 볼품없되 뻗치는 향기는 천 리라, 천리향을 귀물로 여기옵고, 꽃은 화려하고 아름답되 벌 나비 찾지 않는 모란은 그 향기가 없음이라. 조화옹이 좋아하는 꽃은 대체 무엇인가? 여인을 찾으시기 부덕이 우선인가? 용태가 우선인가? 성상께서 신첩에게 귀이 찾으시기를 대체 어느 쪽이옵니까?"

"너, 지금 짐더러 말대답을 하였니?"

기가 막힌 상감마마. 고개를 아래로 숙인 중전마마가 야무지게 되받아치는 말에 헛웃음을 쳤다. 요것이 첫 참부터 사내 쏘아보는 품이 보통 아니다 하였는데 은근히 매섭고 결기 까다롭구나? 보기보단 말랑말랑하지 않겠는걸? 요것 버르장머리를 애초부터 잡아두지 않으면 짐을 타고 넘겠구나. 입맛을 다시며 요량을 한 왕은 정색한 채 중전을 쏘아보았다.

"말 잘하였다. 허긴 짐도 너에게 바라기 그것이니라. 중궁전이라 별것이 아니다. 덕이 높아야 하는 것이지. 너에게 염태야 바라지 않는다. 못나기야 어쩔 수는 없다 하여도 열심히 학문을 배우고 덕성이야 키울 수는 있겠지. 실로 짐이 너를 중궁전 앉힌 것은 한참 더 자라야 하고 영 어리석어 보여서 그런 것이니 짐이 무어라 하여도 입 봉하고 그저 순명하면 되느니라. 알겠느냐?"

"명심 봉행하겠나이다."

"짐은 몹시 곤한 고로 침수를 하련다. 너도 곤하면은 게서 자렴?"

실로 야속하고 기막히도다. 주상전하, 중전마마 옷고름도 풀어주시지 않고, 족두리도 내려주시지 않은 것이었다. 길게 하품을 하시는데 이적까지 희란마마와 질탕하게 즐기신 터라 그저 피곤하고 졸리었다. 소리쳐 신방에 지밀상궁을 들어오라 하시었다. 의대 벗겨라 하셨다. 그리고는 중전마마가 보든 말든 홀로이 훌훌 자리옷 갈아입으시더니 금침에 들어가 그냥 잠이 들어버리는 것이 아닌가?

중전마마 어찌할 바를 몰라 울상이 되어 지밀상궁만 바라보았다. 여인으로 전하께 외면당한 모욕감이 아니라 너무 고생스러워서였다. 그저 밤새 앉아 전하가 들어오시기만을 기다렸는데 이렇게 홀로 주무시면 어쩌란 말이냐? 실로 곤하고 대용잠 지른 머리통이 아파 미칠 참이다. 제발 나 좀 살려주시오 눈빛으로 애원하였다.

대전 지밀 몽 상궁, 가슴이 아렸다. 어리고 아무것도 모르는 중전마마, 얼떨결에 신혼 초야 치르시는 중에 이토록 주상께서 중전마마 능멸하시어 고름도 풀지 않은 꼴에 불쌍하여 어찌할 바를 모른다. 허나 지아비이신 왕이 내려주지 않은 족두리를 누가 내려줄 것이며 전하께서 풀어주시지 않은 자리옷 고름을 감히 뉘가 풀어줄 것이냐? 도와줄 길이 없는 것이다. 눈물이 글썽글썽하여 그저 가련한 눈빛으로 바라만 보는 중전마마를 그대로 두고 문을 열고 돌아서는데 실로 사람이라면 할 일이 아니다 싶은 것이다.

이리하여 불쌍한 중전마마, 아름다운 초야를 그렇게 망쳐 버렸다. 새벽에 들어오시어 코까지 골며 홀로 주무시는 주상 옆에서 꼬박 앉아 지새웠다. 미명 밝을 즈음에는 저도 모르게 기진하여 옆으로 스르르 쓰러져 잠이 들어버렸다. 전하께서 갈증이 나시어 눈을 뜨고 자리끼를 찾은 것은 바로 그때였다.

'기가 막히다.'

왕은 냉수 대접을 손수 찾아 들이키고는 윗목에 앉은 채 쓰러져 잠이 든 중전마마를 바라보며 혀를 찼다. 윗목으로 다가가 일어나라 몸을 흔들려다가 비로소 문득 중전의 얼굴을 자세히 내려다보았다.

'호, 요것? 어린 새 새끼 같구먼.'

화려한 비단 의대에 담겨진 몸은 작고 납작하고 여렸다. 연지분 단장하였으되 원래 생김이 볼품 하나도 없는 못난 것이니 촌태가 졸졸 흐른다. 이제 겨우 계집아이 티가 돋아나는 어린것. 저절로 왕의 입가에 픽 하고 웃음이 서렸다. 하지만 긴 속눈썹이 그늘을 드리운 그 얼굴은 순수하였다. 염태 빼어나고 세련된 궐내 여인들과는 너무도 다른 들꽃이라고나 할까?
　속으로 은근히 미안하고 불쌍한 마음이 든 것은 그때였다. 아무리 그래도 명색이 초야인데 교접이야 아니 하더라도 족두리나 벗겨주고 잠이나 편히 재울 것을. 문득 후회가 들었다. 작은 몸을 안아 아랫목 금침 위로 옮기는데 무게도 나가지 않을 것처럼 가볍다. 족두리 벗겨주고 무거운 용잠 빼어 던지고 눕혀놓으니 그것도 모르고 그저 색색 잠이 든 어린 소녀. 무슨 좋은 꿈을 꾸는지 입가에 미소가 서려 있다.
　'허, 웃는 모양은 은근히 귀엽구나.'
　어린 중전의 소박한 형용이 왕으로 하여금 문득 한 사람을 기억나게 하였다. 바로 주상이 일곱 살 때 죽은 누이 의완 옹주인데 너무 어려 죽은 터라 기억은 희미하나 이리도 작고 어리고 귀엽고 순수하였다 싶은 것이다. 손끝 하나 대지 않은 어린 안해를 내려다보는 왕의 입가에 슬깃 미소가 돋았다. 날이 밝아지는 터라 바깥서 흠흠 헛기침이 났다.
　"전하, 동창이 밝아지는 고로 무리죽 올릴까 하옵니다."
　기침하셨느냐 하는 고변이다. 인기척에 중전마마, 깜짝 놀라서 눈을 떴다. 어느새 비단 이불에 누워 있었다. 대체 언제 내가 잠자리에 들었지? 왕이 돌아앉아 손수 창을 열고 있었다. 서늘한 새벽 공기가 물큰 밀려들었다.

"짐은 동온돌서 받을 것이다. 중전은 곤한 터이니 더 재우게 하라."

초야가 끝난 것이다. 지밀상궁이 고개를 숙이고 들어와 왕의 용체를 모시고 나간다. 중전마마는 일어나야 하는 것인지 그냥 그대로 더 자야 하는 것인지 분간이 아니 되니 그냥 멍청하게 금침 안에 누워 있기만 하였다. 중궁전 지밀 윤 상궁이 들어온 것은 그때였다.

"내가 일어나야 하오, 아니면은 전하 말씀대로 더 자야 하는 것이오?"

윤 상궁, 중전마마 그 말씀에 기가 막히고 가엾고 심란하여 한숨을 푹 쉬었다. 아아, 불쌍한 중전마마. 초야에 족두리도 아니 벗겨주시었다고 벌써 소문이 장하구나. 첫날로 냉혹한 소박이라. 게다가 두 분 마마 손끝도 아니 닿은 것이 분명하니 기가 찰 노릇인데 이 어린 중전마마, 뭐가 뭔지도 모르고 저가 소박을 맞은 것인지, 그것이 슬픈 일인지도 모르는 얼굴이었다.

"실로 내가 곤하오. 아마 앉아서 잠이 들었나 보오. 전하께서 나를 금침에 옮겨주신 것 같으니 실로 고마운 일이라. 나, 더 자면은 아니 되오?"

"의대 벗으시고 편안하게 더 주무시옵소서. 허고 주상전하께서 어젯밤에 무어라 하시던가요?"

"전하의 상대가 되려면은 한참 더 있어야 하고 자라야 하니 중궁전서 잘 배우라 하시었네. 실로 다정한 말씀이 아니신가? 그리고 나더러 너도 의대 벗고 게서 잠을 자렴, 하시었지. 헌데 내가 무서워서 전하 가까이 못 간 터였거든. 헌데 이리 손수 족두리 내려주시고, 용잠 빼주시니 참으로 각골난망이라. 이제 내가 할 일은 다 끝난 것이지?"

"예, 잘하셨나이다. 할 일 다 끝나셨나이다. 이제 그만 주무시옵소서. 아마 전하께서 다시는 중전마마 찾지 않으실 것이니, 그저 편안히 주무시옵소서."

왕비는 번잡스런 초야의 의대를 스스로 벗으며 생긋 웃었다. 어린 중전마마, 저가 지금 무슨 꼴 당한 줄도 모르고 그리 웃음 웃느냐. 윤 상궁 억장이 무너지는 줄도 모르고 자리옷 차림으로 이불 속에 다시 파고들었다. 금침을 목 위로 끌어 올리고 종알거린다.

"나는 겁이 나고 두려워서 차마 용안을 감히 마주 보지도 못했다니까. 허지만은 참 잘나셨어? 그렇지? 나는 그리 잘난 분 못 보았소. 바라보기만 하여도 눈이 멀 것 같아. 나를 적당한 때에 깨어주시오. 헌데…… 나, 참으로 잠을 자도 되는 것이오? 흉이 아니오?"

"예, 마마. 푹 주무시옵소서. 사직에 고변하는 일은 초이레 지나서 하는 일입니다. 전하께서 중전마마더러 주무시라 하명하셨사오니 뉘도 무어라 말을 못할 것입니다. 교태전의 주인이신 중전마마이시니 감히 누가 허물할 것이던고? 휴우, 나무아미타불 관세음보살."

윤 상궁의 한숨 소리가 무겁기 그지없었다. 어린 소혜 아씨 중전마마, 그저 이제 번잡하고 복잡하며 감당하기 힘든 모든 의례 다 끝나고 홀가분하다 생각하여 좋았을 뿐이다. 눈을 감고 잠이 들어 다시 뜨면은 이 모든 일이 꿈인 듯 그저 계산골 조촐한 사가의 초당에 있었으면 하는 것이 유일한 소원인 이 소녀. 어찌 지엄한 중궁전의 책무를 감당할 것이며 이미 성총이 다른 여인에게 가 있는 주상전하 매혹시켜 지어미로 대접받으며 원자 아기씨를 생산할 것이던가? 금세 색색 잠이 들어버린 중전마마, 아무 그늘 없고 어린 얼굴 내려다보며 기어코 윤 상궁은 옷고름을 들어 눈물을 찍어낸다.

'실로 불쌍하도다, 우리 중전마마. 이제부터 매일매일이 눈물이며 한숨일 것이 아니던고? 아직 어려 철이 없으시고 아무것도 모르니 기막힌 첫밤을 보내시고도 생긋 웃기까지 하시는구나. 아직 어리시니 남녀간 일을 어찌 알 것이며 설사 전하께서 옷고름 풀으셨다 하여도 제대로 용체를 받아들이지도 못하였을 것이니 차라리 이것을 잘되었다 할 것이던가? 다른 처자 같으면은 아직도 부모 슬하에서 응석이나 부리고 귀여움받을 나이인데……. 쯧쯧쯧, 불쌍하신 우리 중전마마.'

제4장 꽃씨 뿌리는 어린 왕비

　　　　　세월은 빨라 날아가는 화살이었다. 소혜 아기씨, 열다섯 어린 나이로 얼떨결에 국모(國母)가 되어 교태전의 주인이 된 지도 어느덧 한 해가 흘렀다. 그 길다면 긴 세월, 짧다면 짧은 세월에 그녀가 지아비 왕으로부터 당한 박대와 수모는 아아, 참으로 필설로써 표현할 수가 없다.

　눈 한번 바로 떠서 보아주지도 않는 그 사내. 사람 대접 아니 하며 그저 뒷방에 쑤셔 넣고 모른 척하는구나. 마냥 허수아비 취급하며 하찮게 대하였다. 허구한 날 대놓고 무안을 주는 것도 모자라 그녀를 불러 가로되 옳은 사람으로도 아니 쳐주고 〈이것, 저것〉이라고 망극하게 물건 취급을 하시었다.

그러나 어린 중전마마 한결같이 상냥하였다. 생보살이라는 별명이 생길 정도로 순후하고 정결하고 어질었다. 말은 없으되 법도에 어긋난 일 한 번 하지 않고 지성으로 대왕대비전을 모시며 내명부의 수장으로서 도리를 다하였다. 가뭄에 콩 나듯이 교태전에 들어와 툭 하니 속을 북북 긁고 뒤통수를 후려갈기듯이 잔인한 조롱이나 던져 놓고 사라지는 왕을 대함에 있어서도 어진 미소를 잊지 않았다.

영리한 터이니 중전은 금세 왕이 그녀를 왜 함부로 박대하고 무시하며 귀찮은 물건 취급을 하는지 눈치를 챘다. 아아, 팔자가 참으로 기박하여 마음이 딴 데 가 있는 사내를 지아비로 맞이하였음이라. 아무도 말하여 주지 않지만 실제 중전 처신하며 단국의 여황(女皇) 노릇을 하는 계집이 월성궁이라는 곳에 도사리고 앉아 있다는 것도 알아냈다. 감히 내전의 가장 큰 웃전인 중전을 놓아두고, 참람되이 〈큰마마〉라고 불린다는 것도 들었다.

겉으로는 중전을 받드는 내명부들조차 실제로는 월성궁의 여인을 더 겁내하고 두려워한다 하였다. 안팎으로 알려지기로 진짜 교태전 주인은 월성궁에 계시니, 허수아비 중전은 월성궁 마마 손가락질 한 번에 폐비되어 쫓겨나는 팔자라지. 하물며 그 계집은 왕자라 주장하는 아들까지 당당하게 끼고 있는 처지라 하였다.

그러나 그런 망극한 팔자임에도 중전이 할 수 있는 일이라고는 아무것도 없음이었다. 명목만 내명부 수장이라 한들 아직은 어리며 궐 안 교묘하고 능란한 계교에 대하여 무지한 소녀. 영민한 천성과 어진 품성만 잘 갈고닦으면 훗날 훌륭한 중전이 될 것이며 지아비 성총을 받을 수 있겠거니, 순진한 희망만 간직하고 있을 뿐인데…….

노란 산수유 꽃이 톡톡 터지고 화사한 목련이 봉오리를 부풀려 가는 이월의 어느 아침이다. 온기를 머금은 바람이 불고 그 바람결에 은실보다 더 고운 세우(細雨)가 흩뿌리는 날. 중전마마 옥체를 보살펴 드리는 박 상궁이 근심으로 흐려진 얼굴을 하고서 이제 막 월동문을 들어서는 윤 상궁을 향해 종종걸음으로 달려왔다.

"중전마마께서 한사코 잠자리에서 일어나지 않으시니 어찌할 것입니까? 오데가 편찮으시냐고 아무리 여쭈어도 대답을 아니 하십니다. 한사코 금침 자락만 끌어당기며 저를 가까이도 오지 못하게 하시니 어째 그러하실까요?"

대근심이라. 윤 상궁과 박 상궁이 함께 서온돌로 급히 들어갔다. 어린 왕비는 이불을 푹 뒤집어쓰고 눈만 내놓고 있었다.

"마마, 어찌 그러하십니까? 혹여 옥체가 많이 미령하십니까?"

마치 친정어미인 양 찬찬히 묻자하는 윤 상궁의 말에 인제 겨우 열여섯 된 어린 중전마마, 울상이었다.

"나, 어떡하오? 아무래도 내가 죽을병에 걸렸는갑소."

"마마, 천부당만부당한 말씀은 하지 마옵소서! 오데가 편치 않으신지 말씀을 하소서. 전의더러 진맥하고 탕제를 올리라 할 것입니까?"

꽃씨 뿌리는 어린 왕비

"내가, 내가…… 새벽에……."

작은 얼굴이 해당화보다 더 붉어져 있었다. 더 이상 말을 못하였다. 문득 짐작이 가는 바가 있다. 윤 상궁, 슬며시 어린 중전마마 꼭 부여잡고 계신 이부자락 한 자리를 들추었다. 함박웃음을 머금고 박 상궁더러 눈짓을 하였다.

"마마께서 달거리를 시작하신 듯하오. 실로 경사이니 약방 상궁에게 기별하여 들어오라 하시오. 마마, 아래로 붉은 것이 비추었지요?"

왕비는 그제야 고개를 끄덕끄덕했다. 새벽에 무엇인가 칙칙하여 눈을 떴는데 아무래도 아래가 이상하였다. 이것 내가 혹여 실수를 한 것이 아니더냐 싶어 깜짝 놀라 일어나 손으로 확인을 하였다. 아이고, 큰일났다. 끈적끈적한 피가 묻어나는 것이 아닌가? 이것이 무슨 날벼락이냐? 내가 피오줌을 싼 것이 아니냐?

아직은 순진하고 맹한 중전마마, 때가 되면 여인들이 다 그러한 일을 겪는다는 것을 알기는 알되 그 일이 정작 닥치니 정신이 하나도 없다. 이미 동갑인 다른 소녀들 웬만하면 다 시작하였을 그 일을 워낙에 가냘프고 용체 여리시니 다른 소녀들보다 늦되어 이제야 시작한 것이다.

박 상궁이 침전으로 욕간통을 대령하였다. 여린 옥체를 정성껏 씻겨 드리고 난 후 새 의대로 갈아입혀 드리었다. 미리 보드라운 무명베를 씻고 씻어 솜처럼 부드럽게 만든 후 감침질하여 장만하여 깊이 간직하였던 월경대 꺼내어 착착 접어 사용하는 것을 찬찬히 가르쳐 드린다.

그 밤에 윤 상궁은 중전마마께 팥죽을 올렸다.

"어이하여 동지도 아닌데 팥죽이오? 기이하오."

"원래 귀인(貴人)께서 첫 손님을 시작하시면 팥죽을 올려 하례드리는 법이옵니다. 젓수시고 옥체 정히 간수하사 금세 주상전하 아기씨를 회임하시옵소서, 마마."

아기씨를 어찌 가진다 저토록 들떠서 수선인고? 남녀간 그 일에 안즉도 도통 무지하신 중전마마, 아기씨 가지는 그 일이 어찌 이루어지는 줄 모르니 아랫것들 다투어 수선을 떨며 하례 인사드리는 것에 의아하여 고개를 갸웃하였다. 천진난만하게 은수저를 들어 팥죽을 떠잡수셨다.

"보시오, 이 중전이 사가에 살 적에 조모님께서 아기는 어떻게 생기나이까? 하니 날더러 씨를 뿌리는 사람이 있으면 된다 하셨소. 시절이니 우리도 후원에 아모 씨나 한번 심어보까? 허면은 아기씨 생길지 뉘가 아오?"

이런 맹한 말씀 천연덕스럽게 하시는 중전마마 앞에서 윤 상궁이 고개 돌리고 한숨을 푹 쉰다. 김 상궁도, 박 상궁도 마찬가지였다. 답답이, 답답이. 벌려 앉은 세 여인들 모두 다 앞이 캄캄하였다.

주상전하께서는 아예 중궁전에는 얼씬도 아니 하시고 고개 한번 돌려주지 않으신다. 그 성총의 물길 돌리셔야 할 중전마마께서는 연치 어리어서 이리도 무지하구나. 언제 지아비 매혹시켜 회임을 하시고 월성궁에 도사리고 앉아 주상 성총 홀리고 있는 고 요망한 암여우를 몰아내시려나? 이러다가 참으로 뒷방 신세 소박데기 신세를 평생 면하지 못하는 것이 아니냐. 피지도 못하고 스러지는 가엾은 팔자가 되시면 어찌하지? 내전상궁들 모다 말은 차마 하지 못하되 근심이 첩첩하였다. 그러나 중전은 꽃씨 뿌릴 생각으로 들떠 홀로 빙그레 미소를 짓고 있었을 뿐이다.

당장에 그 다음날로 왕비는 내전상궁 재촉하여 뒤뜰 화계 앞에 손바닥만큼 땅을 파일구라 하였다. 손수 금잔화며 백일홍 씨앗을 뿌리고 나서 의기양양하게 장담하였다.

"이제 꽃이 필 것이면 이 중전이 아기씨 가지나 아니 가지나 한 번 보시오?"

이런 웃기는 일이 소문이 아니 날 리가 없는 것이다. 어찌어찌하여 나인들 수군거림에 올려져 바람을 타고 돌아 월성궁까지 날아갔다.

희란마마, 그 밤에 월성궁에 나오신 왕을 앞에 두고 박장대소하였다. 까드득 웃음 물고 조롱조롱하였다.

"작히나 막막한 먹통. 꽃씨를 뿌린다고 어찌 아기씨를 가질 것이며 또 그런 말을 고대로 믿고 후원에 씨를 뿌린다 하는 게 과연 사람입니까? 참말 웃기옵니다? 명색이 사직의 안주인이라 하는 것이 그토록 어리석고 무지하니 참으로 걱정이어요. 홋호호, 전하, 맹한 계집을 가르쳐 데리고 살으시려면 한참이나 힘이 드시겠나이다."

"누이가 왜 걱정하오? 그 못난 것을 누이더러 데리고 살라 할까봐? 핫하하. 두어두오. 그것이 그토록 어리석으니 짐이 이렇게 마음대로 월성궁 드나들며 누이랑 정분 엮으며 살 수 있는 것이지."

"허기는 그러합지요. 홋호호."

"만일 그것이 세상 물정 빤하고 일 돌아가는 것을 헤아릴 만큼 영리하다 할지면 꼴에 정비(正妃)입네 하면서 짐 발길 막으려 들지 뉘가 알까? 차라리 그것이 그토록 맹한 것을 다행으로 여겨야지! 핫하하."

왕은 씩 웃었다. 야들하고 풍염한 희란마마 허벅지를 베고 누우시며 짐짓 떠보는 척했다.

"짐이 참으로 그 못난 것에게 사람 씨를 한번 뿌려줄까? 허면은 사람은 사내가 주는 씨로 만들어지는 줄 그것도 알 것 아니오? 짐더러 가르쳐 데리고 살아라 하니 짐이 정말 그것에게 단단히 교육 좀 시켜줄까 보다."

희란마마 주상전하 단단한 날가슴을 감히 한 번 아프게 꼬집었다. 눈꼬리를 새치름하게 치켜뜨고 노려보았다. 입가에 조롱하는 웃음이 아직도 가시지 않은 터이다.

"아이고, 드디어 어린 중전 고년 속젓 맛이 궁금해지셨나이까? 허긴, 이제 겨우 달거리 시작하였다 하니 그것도 이제 계집 꼴을 갖춘 것이라. 흥, 말리지 않을 것이니 가보소서. 그것이 장하기로 이름난 주상 옥체 제대로 머금을 수나 있을지 궁금하나이다. 요 장대한 보물 대감이 여간만 하셔야지?"

희란마마, 창처럼 직립한 전하의 강건한 일물을 두 손으로 뿌듯하게 움켜쥐고 감히 조물락대며 희롱하기 시작하였다. 실컷 손장난

꽃씨 뿌리는 어린 왕비

에 입장난까지 갖은 장난질치면서도 입은 계속하여 나불거리니 여전히 어린 중전마마 상대로 방자한 비웃음을 날렸다.

"실로 궁금하여요. 그년 그곳에 방초는 제대로 돋았을까요? 홋호호. 그것 사람의 형상이기라도 한가? 바라보기만 하여도 구역질이 날 만큼 못난 것이라. 전하, 계집이 어찌 그리 박색일까요?"

왕은 대답 대신 눈을 반만 감고 거친 숨을 헉헉댄다. 농익은 과일의 달콤한 즙액이 뚝뚝 떨어지는 듯, 난만한 백화가 서로 향기를 다투는 듯 희란마마 그 몸짓은 화려하고 음탕하니 그 밤도 젊은 왕이 어찌 참을 것이더냐? 갓 스물의 강건한 상감마마 늠름한 육신을 그날 밤도 희란마마가 녹신하게 녹여 온전히 제 것으로 차지하고야 마는 것이다.

나인들이 들어와 주상전하의 땀에 젖은 용체를 향물 수건으로 정성스럽게 문질러 드리고 새로 펼쳐진 금침 안에 모시었다. 희란마마, 옆방에서 새로이 향물 욕간하러 나가고 지친 왕은 잠시 눈을 감고 숨을 고른다.

'아기씨 가진다고 꽃밭을 만들어 씨를 뿌려?'

이상한 일이다. 희란마마 입질에 같이 씩 웃기는 하였지만 젊은 왕은 아까부터 자꾸만 어린 중전이 하였다는 그 일이 뇌리 속에서 지워지지 않고 떠올려졌다. 아기씨를 얻는다고 꽃씨 뿌렸다 하는 왕비의 이야기를 처음 들었을 적에 그는 솔직히 중전의 그 무지함이 어쩐지 무척 귀여웠던 것이다. 순진하고 철없는 어린 누이를 보는 기분일까? 꽃밭 일구어놓고 아기가 나오나 들여다보고 있을 중전의 모습을 떠올리며 왕은 홀로 피식 웃음을 머금었다.

'짐도 그러하였지. 아지(유모 상궁)더러 어찌 아기가 생기니? 하였더니 배추밭에서 주워온다 하였거든. 기억이 나. 그래서 짐도 의완 누이랑 배추밭에서 배추 두 포기를 캐가지고 가서 창빈 어마마마께 드렸지 무에야?'

자기도 모르게 왕의 입술에 좀 더 진한 미소가 매달렸다. 지난날 순진하고 철없던 자신의 모습을 상기하였다.

'인제 어마마마도 다시 아기씨 생길 것이야요, 의기양양하게 뽐내었다가 온 궐에 웃음거리가 되었지 무어야? 비(妃)가 하였다는 일도 똑 그대로이니, 참 귀여운 터야. 바람결로 듣기에 사리분별 잘하고 영리하다 하였는데 멍청하여 그런 일을 한 것은 아니지. 남녀간의 일에 영판 무지하여 그런 것인데 그를 비웃음거리로 삼을 수는 없는 것 아닌가?'

다음날 새벽이다. 궐로 돌아가기 위하여 의대를 갈아입는 왕 턱 밑으로 희란마마가 다가들었다.

"전하, 이 누이가 어젯밤에 한참 생각하여 보았는데요, 아무래도 전하께서 한번 교태전에 듭시어 그것에게 세상 물정을 다소 가르쳐 주심이 어떠할지요?"

뜻밖에도 내뱉는 희란마마 말이 엉뚱하였다. 도포에 팔을 꿰며 왕은 단번에 손을 훼훼 저었다.

"웃기는 소리. 차라리 목석을 안고 자라 하오. 싫소! 짐은 오직 누이뿐이오. 무에가 모자라서 그딴 것을 찾아가나?"

미리 짐작한 것에 한 치도 어긋남없는 반응을 보이신다. 용안을 찡그리는 왕을 바라보며 희란마마, 그럼 그렇지, 득의양양 상긋달콤한 미소를 머금었다.

"언제까지고 전하께서 그 못난 것을 외면한다 할지면 고약한 인간들이 다 누구를 욕할 것입니까? 모다 이 누이더러 마마 옥보를 가로막았다 비난한답니다. 전하, 신첩이 간청하오니 내일서는 교태전에 듭시어 중전 고것, 승은 한번 주시옵소서. 네? 약조하실 것이지요?"

"싫여. 짐은 그 못난 것 얼굴만 보아도 구역질이 나! 헌데 그것 옷고름까정 풀어주라고? 누이가 짐을 놀리려 함이오?"

왕은 펄쩍 뛰다시피 싫다 하였다. 나중서는 벌컥 노화까지 냈다. 그럼에도 희란마마는 더 처연한 낯빛으로 간청하였다. 그러나 마루를 내려설 때까지 왕은 대답이 없었다. 희란마마가 월동문 앞까지 따라 나가 몇 번이고 협박하고 어르고 하여서야 겨우 대답이 나왔다.

"짐이 중궁전 눈길만 돌려도 딱 죽어버린다 단속하더니 갑자기 왜 이러는 것이오? 짐은 누이 마음을 모르겠소이다. 누이가 가라 하니 짐이 가기는 하겠소만……."

마지못하여 대답하는 왕의 용안에는 의아한 기색이 역력하였다. 말을 타고 월동문을 나서는 주상전하의 뒷모습을 배웅하는 희란마마, 한동안 생글생글 웃음이다. 허나 돌아서는 얼굴은 의뭉하였다. 이를 앙다무는 속셈이 악독하고 간교하였다.

'못난 고년 안아보았자 뻔할 뻔 자이지! 흥, 아예 지금 그년이 계집으로 피기 전에 승은 주시어 실망 잔뜩 하고 돌아오시게 하여야 나중에 뒤탈이 없을 것이라. 말로는 고년, 정말 몸서리치도록 싫어하시는 것이 분명하지만은, 사내와 계집 일이라 하는 것은 아무도 모르는 것이 아니더냐? 내일서 전하가 교태전에 듭시어 어떤 행동을 하시는지 보면 그 심중 미루어 짐작할 수 있음이야. 만에 하나 나를 속이는 것이 눈에 뜨이기만 하여봐, 아주 버릇을 고쳐 놓을 것이야.'

나름대로 머리 굴려 주상전하, 중전마마까지 하여 제 치마폭 아래 두어두고 한 손으로 조종한다 의기양양하며 돌아서는구나. 허나 간교한 여우가 제 꾀에 걸려 몰락한다 하였다. 실상 아까 왕이 펄쩍 뛰다시피 중궁전에 들어가기 싫다 하였던 것이 연극이라 하는 것을 알면은 희란마마 그녀, 어떤 표정을 지을까?

'흥, 억지로 등 떠밀어놓고도 나중에 투기로 짐을 들들 볶으려 하는 것 다 안다? 쳇, 고약하기 이를 데 없구먼! 명색이 보잘것없다 해도 그이는 정비이니 사직의 안주인이 아니냐? 감히 저가 무어관대 비의 속집을 두고 맛매가 어떻느냐 능멸을 할 수 있느냐?'

좌우로 호위무장 거느리고 말 등에 올라 환궁하는 젊은 왕. 생각하면 할수록 불쾌하고 열이 끓었다. 월성궁 쪽을 바라보며 실룩 입술꼬리를 휘었다.

'저가 무언데 감히 짐더러 가라 말라 하는 것이야? 짐이 이 나라

강토의 주인이거늘! 짐 마음 내키면 가는 것이고 아니 내키면 아니 가는 것이지.'

태어나서부터 오직 한 분 원자로 떠받들음만 받고 자라왔다. 겨우 열한 살 어린 나이에 보위에 오른 지존이다. 하여 왕은 뉘가 이래라저래라 간섭하는 것을 딱 질색하는 성미였다. 워낙에 희란마마를 총애하고 몽땅 퍼주는 정해이니 웬만한 청을 다 들어주었다. 겉으로 보기에 주상께서는 큰마마가 시키는 대로 무작정 하시는 허수아비다 오해를 받을 만하였다. 허나 실상 왕은 당신이 싫다 하는 것은 죽어도 안 하는 사람이었다. 짐은 왕이다 하는 도도한 자의식은 아무리 흠집을 내려고 하여도 절대 깨뜨려지지 않는 것이었다. 그런데 이 밤에 희란마마가 방자하게 전하의 그 자존심을 감히 건드린 것이다.

'그래, 가라 하니 가준다! 어차피 짐도 궁금하였다. 대체 그것이 지금 어떻게 살고 있는지 좀 궁금하였거든.'

명민하시고 총기 넘친다, 사리분별 척척 한다 어릴 적부터 소문나신 왕이었다. 희란마마 저에 대한 천지분간 못하는 열정도 한때였다. 아무리 일편단심 사모한다 하여도 처음의 사춘기적 물불 못 가리는 맹목적인 은애지정은 잦아지는 것이 당연지사. 약관의 주상. 이제는 슬슬 미혹에서 깨어나시는 중이 아닐 것이냐?

하긴 그것이 당연한 노릇이라 할 것이다. 이미 상감마마께서 천지분간 못하고 희란마마 첩첩한 치마폭에서 놀아난 세월이 오륙 년이다. 아무리 좋았던 정분도 시간 따라 시들어가는 것이 인지상정.

게다가 왕 된 노릇이 어느덧 십여 년이니 세상일 보아지는 눈이 갈수록 날카로우시다. 그런 전하께서 희란마마 얄팍한 속내를 읽지 못함이 오히려 이상한 일이다.

'언제까지 누이는 짐을 열다섯 어린애로만 보는 것이야? 그래, 짐이 청결한 누이 정조 헛되이 깨어 그 인생 망가뜨렸으니 그 실책 인정하여 웬만하면 오냐오냐하여 주었더니 이제는 아주 짐을 가지고 놀려고 하는구먼. 흥, 어디 두고 보자! 언제까정 짐을 가지고 이 따위로 수작을 부리려는지. 언제고 큰코 한번 다칠 것이다!'

다시 한 번 희란마마 방자함에 괘씸하다 콧김을 내뿜으며 이를 가는 왕이었다.

오후였다. 대전에서 조하 일을 마치고 우원전에 듭신 왕이 항시 곁에 두고 신임하는 늙은 장 내관을 불렀다.

"짐이 교태전에 들 것이다. 소란 피우지 말고 상선 너만 앞장서렸다. 그 못난 것이 세상에 망신이라, 아기씨 얻는다 하여 꽃씨를 뿌렸단다? 남들 보기 얼마나 어리석고 비웃음거리가 될 참이더냐? 짐이 가서 한마디 경계를 할 것이다."

전하 앞에 서서 길을 인도하는 장 내관, 기가 막혀 한숨을 땅이 꺼져라 내쉬었다.

'중궁전에 듭심이 겨우 두 달 만이다. 이도 연분 맺으시려 하는 뜻이 아니라 또 중전마마를 무안 주시고 꾸짖음 내리려고 납시는 발길이구나. 휴우.'

늙어 짓물러진 장 내관 눈에 슬며시 눈물이 돌았다. 교태전 대문을 넘어가는 걸음에 힘이 자꾸만 빠졌다. 선대왕마마께서 훙서하시기 전 그저 너에게 동궁을 잘 부탁하마 몇 번이고 당부당부 하셨다. 세자가 옳은 사람 노릇하도록 너가 곁서 잘 일러드리고 보살펴 드려라 하교하시던 옥음이 아직도 쟁쟁하건만, 이 늙은 것이 하는 일이 없음이다 싶었다.

'이는 오직 월성궁 큰마마께서 하냥 귀밑 속살거림으로 두 분을 이간질한 때문이겠지. 애욕에 취한 정분은 일시적인 것이고 참다운 심덕에서 우러난 은애지정은 영원한 것일진대 명민하신 전하께서 어찌 여인네 일에서만은 이리 눈이 어두우신 것일까?'

혼인을 하신 연후 해가 넘어갔는데 전하께서 교태전에 듭신 것은 그야말로 손가락으로 셀 정도로 드물었다. 중궁전 나인들이 기별도 없이 듭신 상감마마를 맞이하여 아연 당황하여 고개를 조아렸다.

"소동 피울 것 없다. 짐이 잠시 비(妃)를 보자 함이다. 어디 계시느냐?"

"중전마마께서 뒤란 화계에 나가 계십니다."

교태전과 금원을 구분 짓는 언덕 아래 석축을 쌓고 화계를 꾸며 놓았다. 왕비는 그 한 켠에다 밭을 일구고 씨를 뿌렸다. 월동문 넘어 손바닥만하게 일군 꽃밭 안에서 왕비는 호미를 들고 서서 싹이 난 것을 바라보며 즐거워하고 있었다.

"장히도 어여쁘게 돋아난 새싹일지라! 두고 보소, 꽃이 피면 반드시 아기씨가 올 것이오. 그런데 어찌하여 그대들은 내가 이런 말을 하면 모다 웃고만 있는 것이오? 내 말이 틀렸소? 아기씨가 그렇게 생기는 것이 아니오?"

저 못난 것. 월동문을 넘어서던 왕은 낭랑한 목소리에 그만 기가 막혀 발을 멈추고 말았다. 상감마마의 어린 지어미 중전마마 소혜 아씨. 당의도 아니 입고 다홍빛 명주 저고리에 초록 치맛자락 여미고서 그저 봉황잠 찌른 낭자머리 하였다. 손수 김을 매었던 터라 저고리 소매 하나는 동동 걷어 올린 터였다. 호미 들고 파란 새싹을 내려다보며 순수하게 미소 짓는 모양이 귀엽고도 애처로울 정도로 순진하였다.

'저렇게 어리고 어리석을 정도로 순수한 사람을 차마 건드리어 깨뜨리지 못할 것이다.'

방자한 희란마마는 항시 중전을 상대로 별일도 아닌 것을 트집거리 비웃음 삼아 술안주처럼 주구장창 씹어대곤 했다. 이 밤도 중궁전서 자고 나가면 희란마마 필시 다잡아 전하를 앞혀놓고 미주알고주알 물어대고 박장대소 잔인한 놀림감으로 삼을 게 분명하다 함을 알고 있었다. 차마 그런 일은 더 못할 노릇이다. 그는 천벌을 받을 것이야. 왕은 깊이 뉘우쳤다.

"마마, 망극하옵니다! 어찌 예까지 옥보를 하셨는지요?"

윤 상궁이 제일 먼저 상감마마께서 문 앞에 서 계신 것을 발견하였다. 해연히 부르짖었다. 왕비가 아연 놀라 왕 쪽을 돌아보았다. 두 사람 눈이 마주친 순간 중전의 얼굴에 스미어 있던 맑은 미소가 물에 씻은 듯 싹 가시었다. 본능처럼 새파랗게 질렸다. 항시 통박받고 무안하게 능멸받던 터이니 왕만 보면 중전은 일단 놀라서 달달 떠는 것이 버릇이었다.

왕이 비웃음을 반만 물고 발을 옮기어 중전이 일군 꽃밭 경계까지 와서 발을 멈추었다. 혹여 사나운 그 발이 일껏 일군 밭을 짓밟아 버리지는 않을까 사뭇 두려워하는 작은 얼굴을 가만히 내려다보았다. 꽃씨 뿌리지 말고 짐더러 안아달라 하지. 입까지 밀려 나온 한마디를 꾹 참았다.

"소문이 하도 장하더군! 궁금하여서 와보았소. 중궁전에 아기씨 본다 하며 씨를 뿌려 밭을 일구었다 하였어. 어떻게 된 것인지? 그래, 밭에 아기씨가 열렸던가?"

"안즉은…… 꽃이 피지 않아서 그런 터입니다."

새빨갛게 붉어진 얼굴을 차마 들지 못하고 왕비는 들릴락 말락 작은 소리로 대답을 하였다. 왕은 피식 웃었다.

"사람과 꽃은 생래가 다른데, 어찌 아기씨를 얻는다 꽃씨를 뿌리는 것이야? 어리석고 멍청하긴! 중궁전에 들어도 이런 짓이나 하고 있으니 무슨 보람이 있을 것인가? 헛된 짓 그만 집어치우고 들어오라. 짐이 서온돌 들 것이다."

동뢰 이후 전하께서 서온돌로 듭시겠다 한 분부는 처음이다. 드디어 전하께서 중전마마를 상대로 승은을 주시려나 보다 지레짐작한 중궁전 아랫것들이 아연 난리가 났다. 나인들에게 붙잡혀 욕간하고 분단장하여 밤시중들 준비하는 중전마마, 그러나 아무것도 모르고 그저 황홀할 뿐이었다.

"윤 상궁, 전하 용안 보았소? 어찌 그리 늠름하고도 잘나셨을까?

나는 안즉까정 그리 잘난 분은 못 보았다오! 헌데 처음 나는 전하께서 오신 것을 보고 가슴이 철렁 내려앉았소. 내가 꽃밭 만든 것을 어리석다 꾸짖으려 오신 줄 알았거든."

오랜만에 사모하는 지아비 용안을 마음껏 뵈올 수 있게 된 중전마마. 그저 좋아서 어쩔 줄을 모르며 과묵하신 분이 제일 믿는 윤 상궁을 상대로 종알종알 수다를 떨었다. 발그레하니 볼에 능금물이 가라앉았다.

달포에 두 번. 반드시 상감마마께서 교태전에 듭시어 중전마마와 함께 지내셔야 한다는 것이 궐의 법도였다. 처음 가례를 치르고는 한동안, 법도고 나발이고 상관없다 하시며 얼씬도 아니 하였다. 허나 예조 상소가 하도 빗발치니 귀찮아진 왕은 면피하는 의미로 해가 바뀌면서부터는 그날이 되면 교태전에 듭시는 척은 하였다.

하지만 희란마마가 하도 강새암에 단속을 하니, 교태전에 듭시긴 하되 중전마마 계시는 서온돌에는 아예 건너가지도 않았다. 동온돌에서 잠만 주무시는 것이 버릇이었다. 아니면 조하 일이 바쁘다 하시며 들어갔다가는 금세 다시 우원전 침전으로 건너가곤 하였다. 그래서 소박데기 어린 중전은 왕이 교태전에 들었다 하여도 지아비 용안을 뵙는 일은 거의 없었던 것이다. 그런데 이날 기별도 없이 갑자기 밝은 시각에 교태전에 들어오셨으니 중전마마 그 이유는 두어 두고라도 전하의 잘난 용안을 마음껏 훔쳐볼 수 있든 것만으로도 너무 행복하고 즐거워서 제정신이 아니었다.

곁에 시중드는 윤 상궁은 좀 걱정스런 표정이었다. 지금 그녀는 어린 중전마마에게 남녀간의 교접하는 일에 대하여 잠시 귀띔을 할까 말까 망설이는 중이었다.

눈치는 빠른 터이다. 늙은 윤 상궁은 아직 전하께서 중전마마 상대로 그 욕심을 채울 뜻이 없다 함을 직감하였다. 아마 중전마마께서 아기씨 얻는다 하여 꽃씨를 뿌렸더라 하는 풍문 들으시고 하도 어이가 없으시고 어리석다 싶으시니 단단히 무안을 주러 나오신 것이 분명하였다. 하지만 나쁜 일도 아닌데 대놓고 능멸하고 꾸짖을 일도 아니라 말씀은 그만두셨으리라.

모처럼 옥보하셨는데, 그냥 나가시기 면구하시었으리라. 어름어름 서온돌에 자리 펴거라 하신 것이 분명하였다. 항시 풍염한 희란마마 품속에서 물리도록 춘몽(春夢)을 꾸시는 분이다. 계집 맛매 무엇이 모자라서 못나고 아직은 어린 계집아이에 불과한 중전마마에게 사내 욕심을 느끼실 것이더냐? 간지러운 입을 몇 번이고 달싹이다가 윤 상궁은 에라, 모르겠다! 하고 그만 입을 다물고 말았다.

전하, 동온돌에서 자리옷 준비하시고 내관 안내를 받아 초야 이후 처음으로 중전마마 침전인 서온돌로 듭시었다. 헌데 요것 보아라? 해괴하도다. 중궁 지밀상궁이 나인과 더불어 금침 두 채를 나란히 펴고 있었다.

"망극하옵니다, 중전마마께서 주상전하께서 이 못난 것 살 닿기 싫어하시니 금침 두 채 펴라 하셨나이다. 동온돌로 건너가실 것이면 게에다 기수 배설할 것입니다."

"웃기는 말이로구나. 짐더러 서온돌을 하냥 외면한다 또다시 구설 들을 일 있다 하더냐? 되었다. 예서 침수할 것이다. 들어오든 말든 그것은 비(妃)의 마음이니라."

통명스레 쏘아붙이는 목청이 방문을 넘었다. 자리옷 갈아입고 상궁들 부액받아 들어오는 중전마마 귀에 화살처럼 꽂히었다.

'미리 기별도 없이 하냥 외면하시던 교태전에 갑자기 듭신 터일까 궁금하였다. 아마 중신들에게 한마디 타박을 들으셨나 보구나. 자존심이 강하시고 도도하신 터라 아주 작은 쓴소리도 듣기 싫어하시는 분이라, 이날 면피하려 억지로 오셨구나.'

수줍은 중전마마 여린 방심에 깊은 상채기가 또 하나 늘어난다. 하지만 왕비는 억지로 스스로를 위로하였다.

'하지만 전하께서 이 방에 침수하시면 잘난 용안이나마 마음껏 바라볼 수 있으니 얼마나 행운이냐? 이날서는 대놓고 면박 주시지도 않고 은근히 점잖으시니 휴우, 다행이다. 나는 그만 아까 꽃밭에서 전하께서 큰 호령 주시고 짓밟아 버리실 줄 알고 얼마나 떨렸는지. 그런 일은 아니 하시니 참으로 다행이야. 황감하여라.'

왕은 왕비가 문 앞에서 머뭇거리는 것도 아랑곳 않고 손수 금침 훨훨 걷고 대자로 드러누웠다. 여인네 지분 아니 묻히고 그저 잠만 자리라 하는 것에 오랜만에 홀가분하였다.

흐드러진 모란꽃마냥 만개한 희란마마 풍염한 여체를 끼고 밤을 지새우기 일쑤였다. 하지만 아무리 건강하시고 그 재미 즐기시는 분이라 하여도 인간인지라 지치고 내키지 않을 적도 있었다. 늘상 모자라다 앙탈하는 희란마마 불타는 육신을 안고 쓰다듬으며 항시

꽃씨 뿌리는 어린 왕비

웃기는 하였다. 허되 그녀를 만족시켜 주지 못하면 어쩌나 부담도 솔직히 제법 있었다. 때때로 군입거리라, 야들탱탱한 열일곱 열여덟 어여쁜 꽃을 새로 꺾으실 참에도 그러하였다. 절색 처녀 맛매 보시는 재미야 장하시지만 짐은 왕이니 그 일도 왕답게 일등이어야 한다는 강박관념도 그를 지치게 만드는 이유였다.

궐 안팎 모든 계집들이 어찌하면 한번 눈길 끌어볼까, 손목 한번 잡아볼까 추파 보내고 은근한 시선 흘리었다. 젊은 상감마마, 꽃밭 속에 단 한 마리 나비라 제 맘대로 즐기시기야 하시지만 항시 수많은 꽃들이 흘리는 진한 방향에 취하여 속이 울렁거리는 기분이었다. 아무리 녹신한 즐거움이 있다 하여도 밤마다 되풀이되는 계집들과의 농탕질에 이제는 시들하다 물리는 면도 없다 말 못하시는 터이다.

그런데 중궁전에 드니 이 못난 안해 하는 양 보소? 철이 없고 어리석어 안아달라 요구하지도 않는구나. 이렇게 아예 금침까지 두 개 펴고 살 닿는 것까지 저가 알아서 피해주니 전하, 더 홀가분하시다. 그리하여 동뢰 이후 서온돌 처음 듭신 주상전하, 아무 기대도, 요구도 없는 중전마마 옆에서 그저 달게 잠만 주무신다.

상감께서 주무시기를 기다려 중전도 살며시 옆의 이불에 파고들었다. 지아비 왕이 모처럼 만에 아무 억지도 트집도, 화냄도 없이 주무시는 것이 너무 고맙고도 황공하였다. 이미 깊이 잠이 드신 잘난 용안을 오랜만에 볼 붉히며 실컷 바라보았다.

'참말 잘난 분이거든, 늠름하시거든! 아이고, 어수라도 딱 한 번

만져 보았으면 좋겠다.'

중전마마 두근두근하는 마음으로 아주 조심스럽게 작은 손을 뻗었다. 이불 바깥으로 나온 지아비 전하의 어수를 살짝 만져 보았다. 크고 단단하고 정결한 손이다. 가르쳐 주지 않아도 자연의 이치로 깨닫는 법이니 은근히 그리워하는 소망이라 수줍은 남녀상열지사다.

'한 번이라도 좋으니 이 커단 손으로 나를 곱다 안아주신다면 참 좋겠다.'

어린 중전마마 생각만으로도 너무 부끄러워 볼이 화끈화끈 달아올랐다. 누가 볼세라 화들짝 놀라 이불 뒤집어쓰고 숨어버린다. 눈만 빼꼼 내놓고 보고 또 보고, 황홀한 한숨을 쉬며 지아비 용안만 훔쳐보는구나. 물리도록 눈보신을 한 다음 한숨 한번 쉬고는 멀찍하니 떨어져 두근거리는 잠을 청하였다.

혼인하여 처음으로 밤을 함께 보내는 지존마마 두 분. 같은 방에 눕기는 하는데 오호통재라! 또 그렇게 따로 금침 펴고 침수만 하시는구나.

은은히 파루를 치는 소리가 들린다. 깊은 밤. 천지가 적적한데 어디선가 밤새 소리가 아득하게 스며든다. 보름이 다 차오니 맑은 달빛은 그저 휘영청 밝다. 왕은 번쩍 눈을 떴다.

나란히 펴놓은 요 두 개. 각자 한 귀퉁이에 파고들어 남인 듯 웅크리고 잠이 들었다. 잠결이리라. 몸을 뒤척이다가 아마도 서로에게 가까이 온 것이겠지. 왕비의 작은 몸이 왕이 누웠던 요 갈피쯤에 반쯤 걸치어 들어와 있었다. 얌전한 얼굴과는 달리 잠버릇은 다소 말괄량이인 모양이다. 이불이 말려 올라가 굴곡이 거의 없는 가녀린 몸이 그대로 드러났다. 갓난 어린애인 양 옆으로 웅크린 채 색색 숨소리를 내며 깊이 잠이 들어 있었다.

지창(紙窓)을 타고 들어온 환한 달빛 덕분에 왕은 방 안의 기물들이며 왕비의 여린 얼굴까지 전부 분간할 수가 있었다. 색색 잠든 어린 왕비를 새삼스런 눈초리로 바라보았다.

이제 겨우 열여섯. 아직도 볼에 솜털이 보송보송한 계집아이였다. 꽃씨를 뿌리면 아기를 가질 수 있다고 믿는다는 순진한 어린것. 허수아비 노릇 시키려고 애초에 작정하여 뽑아들인 이름뿐인 주상 당신의 못난 지어미. 방향(芳香) 짙은 꽃들이 난만히 핀 화려한 화원에서 노닐다가 문득 울타리 밖의 볼품없는 풀꽃을 본 느낌이랄까. 보잘것없고 어리고 가냘픈, 그러나 아주 순수한 들꽃 한 송이.

잠이 든 어린 왕비를 내려다보며 왕은 문득 자신이 잃어버렸던 그 무엇을 보았다고 느꼈다. 아슴하게 떠오르는 것. 어렴풋이 기억에 남아 있는 그 무엇. 어린 날의 순수랄까. 동경이랄까. 더럽혀지지 않은 한없이 정결하고 맑은 그 무엇……

"요것은 참말 의완 누이 닮았다니까."

왕은 보드랍고 작은 입술 선을 손가락으로 따라 그려보며 중얼거렸다. 기억에 남아 있는 희미한 그림자. 이렇게 작고 여리고 맑았던 누이였지. 저절로 선명한 입술 사이로 희미한 한숨이 새어 나왔다.

밤안개 같은 어둠이 왕의 깊은 눈에 가라앉았다.
　어린 그가 심술을 부려도 늘 양보하고 웃어주고 다정하던 누이. 창빈 어마마마께서 항시 나만 업어주어도 한 번도 불평하지 않았던 다정한 누이. 유밀과 하나만 생겨도 꼭 감춰두었다가 살그머니 손에 쥐어주던 다정한 누이더러 짐은 한 번도 좋아하오 말하지 못했어. 항시 옆에 있을 것이라고 생각했어. 어느 날, 그 누이가 바람에 떨어지는 낙엽처럼 홀연히 곁에서 사라질 것이라고는 한 번도 미리 생각하지 못했었다.
　그 순간이다. 고구마 뿌리 따라 줄줄이 고구마가 붙어 나오듯이 애써 생각하지 않고 지내왔던 괴로운 시간의 기억들이 연달아 솟아났다. 선대왕께서 홍서하시고 보위에 오른 지 벌써 햇수로 아홉 해째. 돌이켜 보면 오직 후회할 일과 부끄러운 일과 민망한 일뿐이었다.
　왕은 벌떡 일어나 앉았다. 한 손으로 이마를 괴고 깊은 한숨을 내쉬었다.
　'허기는 월성궁 누이 하나 얻자고 짐이 망쳐 버리고 잃어버린 것이 얼마나 많은가? 짐이 저지른 실덕이 어디 한두 가지여야 말이지.'
　왕은 이렇게 홀로 깨어 있는 시간이, 자신의 내면을 정직하게 응시하게 되는 이 고요함이 너무 무섭고 두렵다고 생각했다. 이런 때면 말은 못하였되 스스로 후회하고 괴로워하는 일들이 한꺼번에 몰려와서 견딜 수 없을 만큼 심란해지기 때문이다.

겉으로는 도도하고 강하니 그저 앞만 보고 거침없이 나아가는 것처럼 보여질 것이다. 허나 심중에 새겨진 회한과 고통과 번뇌는 오히려 보위에 앉은 왕이기에 더 깊고 더 많은 것. 적막한 밤에 홀로 깨어 어둠을 응시하는 이 순간 왕은 항시 심중으로 느끼는 고독과 외로움이 더욱더 진해지고 더 강렬해진 것을 느낀다.

고개를 돌려 왕은 색색 잠이 든 어린 지어미를 내려다보며 혼자 중얼거린다.

"비가 의완 누이를 닮아서 짐이 새삼스럽게 별생각을 다 하게 되는 것이로구나. 휴우— 보고 싶으니, 창빈 어마마마."

왕은 다시 깊은 한숨을 내쉬었다. 더없이 어두운 밤의 그늘을 깔고 쓸쓸한 낯빛을 한 채 북창을 응시하였다.

열다섯 어린 주상이 비 오는 날 사냥터에서 누이와 금단의 연분 맺은 후에 그녀를 곁에 두고자 물불 아니 가리고 날뛰어 온 궐을 뒤집어놓고 천지분간 못하던 그때의 일이다. 상감마마를 길러주신 분이니 선대왕 후궁이신 창빈 윤씨. 생모는 아니되 생모마마 못지않은, 아니, 생모마마라 할지라도 더 이상 정성일 수 없었던 분. 왕은 고적한 한숨을 다시 허공에 뿌렸다.

'오죽했으면 희빈 어마마마께서 돌아가실 적에 창빈 어마마마 손을 잡고 짐을 부탁한다 하였을까? 그런데 그런 분을 짐이 머리 자르게 하고 정업원에 내버렸으니……. 짐은 참으로 사람이 아닌 것이다. 금수만도 못한 인간이야.'

아직도 쟁쟁하게 메아리치는 듯한 목소리를 털어버리려는 듯이 왕은 고개를 세차게 저었다. 그러나 못내 지워지지 않아 이렇게 괴로운 것을…….

"의완이 죽어지고 이 어미가 산 것은 오직 주상께서 이 어미 곁에 계셨던 덕분. 이 어미 목숨은 주상의 것이니 모든 살과 피를 베어 주상을 키웠소이다! 오직 바라기 전하께서 성군(聖君)이 되어지어 만백성의 어버이가 되는 것을 보는 것이 이 어미의 보람이고 낙이었으며 광영이라. 이 목숨과 바꾸어 주상 실덕 바르게 잡아야 하는 것이오. 주상, 제발 정신을 차리십시오! 제발 정신 차리고 밝은 눈을 뜨시오소서!"

구구절절 애통한 고언(苦言)이었다. 피눈물이 흘러 비단 옷섶을 적시었다. 피 토하는 간절한 충정이었으되 허나 어린 왕 자신은 그때 한참 맹목이었다. 앞뒤 가리지 않고 미쳐 날뛸 때이니 어찌 그 말씀이 귀에 들어오랴? 최후로 창빈마마는 왕에게 생고함을 쳤다. 사생결단하고 반대하였다.

"그 요망한 것과 이 어미 둘 중에서 택하소서. 그 계집 아니 버리시면 이 어미가 머리 자르고 정업원에 들어갈 것입니다!"

가슴이 철렁 내려앉았다. 버선발로 뛰어내려서라도 창빈 어마마마를 만류해야 한다고 머리로는 생각하였다. 하지만 그때는 눈이 휙 뒤집혀 있었다. 다른 사람은 몰라도 어마마마만은 짐을 이해해 주셔야 할 것인데 이리 무작정 짐을 꾸짖으시고 누이를 나쁜 사람으로 몬다던가 싶어 원망이 극에 달하였다. 결코 해서는 아니 되는 말을 감히 내뱉어 버렸다. 생모마마보다 더 지극한 정성으로 그를 키워주신 분에게 감히 〈머리 자르고 나가든지 말든지 마음대로 하시오!〉 하고 가위를 왕 당신 손으로 그분 발치에 던져 주고 방을 차고 나온 것이었다.

'그 길로 경덕궁 어마마마들 모두 다 정업원에 들어가 버린 것이었지. 짐은 길러주신 어마마마들을 이 손으로 쫓아낸 천하의 불효자가 되었고, 강상(綱常)의 기본을 저버린 폭군이 된 것이야. 짐이 가위를 던지자 짐 눈을 올려다보시던 창빈 어마마마 눈빛이 바로 비수였었다.'

왕이 있는 북쪽에는 고개도 돌리지 않겠다고 북창(北窓)을 막아버리셨다는 분. 다시는 그를 보지도 않고, 용서하지도 않겠다는 뜻이 아닌가?

'짐이 아무리 다시 돌아오십시오 하고 싶어도 차마 할 수가 없었다. 민망하고 부끄러워 차마 어마마마 얼굴을 마주할 수가 없을 것 같아. 아아, 짐이 왜 그랬을까? 그때 정말 왜 그랬을까? 정말 희란 누이가 어마마마들 다 버리고 택할 만큼 짐에게 귀한 여인일까? 주상된 위엄을 버리기까지 하면서 얻을 만큼 가치있는 여인이었을까?'

어쩌면 누이에 대한 은애지정보다 짐은 그저 떼를 쓰고 싶었던 것은 아니었을까? 왕은 비로소 자신을 돌아본다. 그때의 광증을 냉정하게 헤아려 보게 되었다. 이제야 비로소 갈피 잡게 되는 모든 과거의 실책들. 왕은 오 년 전, 희란마마를 얻기 위해 벌였던 모든 일들이 어쩌면 자신은 왕이니 하고 싶은 일은 무작정 다 이루고 하여야 한다는 자존심과 고집에서 비롯된 광기(狂氣)가 아니었을까 반성하였다. 하긴 그것 말고도 왕의 가슴에 박힌 대못들은 많고도 많다. 한 분뿐인 할마마마 대왕대비전에게 지은 죄는 또 얼마나 많더냐?

'짐이 친정(親政)한다 했을 적에 비록 외숙부(좌의정 정안로)의 뜻이지만, 할마마마 가문서 들어온 인재들을 할마마마 눈과 귀를 가리고 전횡한다 작살을 내지 않았더냐? 게다가 희란 누이를 받아들이지 않았다 하여 이 오 년 동안 오직 한 분뿐인 할마마마께 한 번도 문안 인사도 드리지 않았어. 하물며 입버릇도 고약하지. 감히 할마마마더러 창희궁 늙은 것이라 막말하는 누이 입버릇을 경계하지 못하고 같이 웃음 지었으니……. 휴우, 짐은 실로 훗날 저승에 계신 아바마마께 피 터지게 종아리를 맞을 것이다. 아바마마, 소자 욱제가 실로 천하의 불효자입니다.'

왕은 손등으로 솟아나는 눈물을 문질렀다. 용루(龍淚)였다. 이렇게 깊은 밤, 왕이 홀로 깨어 아무도 모르는 심중의 괴로움을 씹고 있는 줄 천하의 누가 알 것이냐?

'돌이켜 보면 그저 후회이고 실책뿐인데……. 그렇게 할마마마, 어마마마들 다 척지고 아프게 한 짐인데…… 이제는 이 가련하고 여린 사람까지도 아프게 하고 사는구나.'

민망하고 안쓰러웠다. 왕은 손을 뻗쳐 어린 안해의 얼굴을 살며시 만져 보았다. 보드랍고 따스하였다. 한 손에 다 차는 여린 얼굴, 왕은 이불 바깥으로 나온 왕비의 손을 잡아 달빛에 비추어보았다. 가늘고 여린 그 손가락을 살짝 어루만지고 자신의 손과 마주 잇대어도 본다.

'참말 비(妃)는 아담하고 여리구나.'

왕은 빙긋이 웃었다. 커다란 어수에 대면은 겨우 반도 안 되는 가늘고 작디작은 손. 말갛고 투명한 손가락에는 무겁게까지 보이는 묵직한 금지환이 끼워져 있었다. 교태전의 주인이 되었을 때 받은 것이겠지. 하지만 이 사람 손에는 작은 꽃반지가 더 어울리겠다.

으으음…… 왕비가 몸을 뒤척였다. 왕은 깜짝 놀라 작은 손을 놓아버렸다. 중전은 왕이 홀로 깨어 저를 하염없이 내려다보는 줄도 모르고 그저 깊은 잠에 빠져 있을 뿐이다.

중전이 돌아눕는 서슬에 금침이 반만 제껴졌다. 얇은 자리옷 사이로 아리하게 아직은 풋살구 같은 고운 젖가슴이 살짝 내비친다. 상큼한 맛이 날 것 같은 청결하고 작은 열매. 자신도 모르게 왕의 입에는 침이 고였다. 마치 금단의 열매를 만지듯이 왕의 손이 거기쯤으로 슬금슬금 다가가기 시작하였다. 그러다가 화들짝 놀라 멀어졌다. 마치 나쁜 짓을 하다 들킨 사람처럼 왕의 얼굴이 어둠 속에서 벌겠다.

왕은 아무것도 모르고 여전히 깊은 잠에 빠진 어린 왕비의 어깨 위로 이불을 끌어당겨 꼭꼭 덮어주었다. 그녀에게서 가능한 한 멀찍이 떨어져 누워 다시 잠을 청하려 애쓴다.

왕은 자신이 이 밤에 이 어린 소녀에게 느낀 감정이 더없이 민망하다고 생각하였다. 자신의 욕망을 달래주기에 왕비는 너무 어리고 순수하고 투명하였다. 새큼한 풋살구 같은 여린 젖가슴을 움켜지고 혀로 굴려보고 싶다 한 자신의 갑작스런 충동이 염치없었다. 투명한 두 다리 사이 그 덜 여문 꽃잎 속으로 깊이 파고들어 사내의 그 욕심을 채우고 싶다 하는 욕망을 느낀 것이 민망하다 못해 죽고 싶을 만치 부끄러웠다.

한참 동안 등을 돌려 외면하였다. 하지만 다시금 궁금증을 참을 수가 없었다. 왕은 슬며시 다시 몸을 돌이켰다. 옆얼굴을 보이며 깊이 잠든 어린 왕비를 바라보며 깊은 한숨을 내쉬었다.

꽃밭을 일구며 머금고 있던 맑은 웃음이 다시 생각났다. 짐의 어린 비(妃)는 너무 맑고 투명하고 여린 여자. 감히 짐 같은 불측한 사람은 곁에 다가가기도 부끄러울 만큼 순수한 여자. 아, 이 여자는 짐에게 이런 의미였구나…….

'이렇게 깨끗하고 성정 아름다운 사람에게 짐같이 멍청하고 불측한 사람은 가까이 다가가는 것도 민망한 노릇이야. 짐은 오직 희란 누이뿐이니 다시는 예에 가까이 오지 말아야지.'

돌아누워 애써 잠을 청하여보지만 도무지 말똥말똥 흐려지지 않는 정신이 두려웠다. 결국 왕은 벌떡 일어나 잠이 든 왕비를 버려두고 동온돌로 건너가고 말았다.

혼인한 지 한 해가 꼬박 가도록 두 분 마마 이렇게 침수나마 같이

꽃씨 뿌리는 어린 왕비

한 것은 겨우 두 번. 아침에 일어난 터로 옷고름 하나 흐트러지지 않았다. 중전마마가 눈을 떴을 때 이미 전하께서는 동온돌로 건너가 버린 후였다. 님의 자취가 사라진 텅 빈 금침만 덩그러니 남아 있구나. 자책하는 마음이 깊어 괴로웠다. 인제 여기는 아니 와야지 스스로 마음 다잡고 있는 분인데, 언제 서로 사모하여 서로가 심신으로 진정한 부부지간이 될 것이냔 말이다.

순진하고 멍청한 중전마마, 그래도 이것만으로도 너무 좋아 지아비 체취가 남은 옆의 요로 건너갔다. 지아비께서 덮으신 이불을 몸에 감아보았다. 전하가 베었던 베개를 끌어안고 데굴데굴 구른다. 마치 그분의 품속인 양 깊이 코를 박고 아직도 남은 왕의 체취를 들이쉬려 애를 썼다. 지난 밤 실컷 훔쳐본 전하의 잘난 모습을 생각하며 그저 좋아 배싯 웃고 또 웃는 것이다.

얼마 후 중전마마께서 기침하셨는가 싶어 윤 상궁이 들어왔다. 모처럼 오신 님 잡기는커녕 겁이 나서 다가가지도 못하고 멀찍하니 떨어져 잔 것이야. 님이 가신 후 좋아라 하며 그분 요 안에서 뒹굴면 무엇 하느냐 말이다. 철없는 꼴을 하고 있는 중전마마에게 한심하여 있는 대로 눈을 흘겼다.

혹시나 하였는데 역시나라!

잠이 들 적에 모르는 척 슬며시 머리라도 기대고 엉기었으면 얼마나 좋아? 한참 춘정 돋는 약관의 전하가 아니더냐? 치마만 둘렀어도 그 욕심이 동하는 보령이신데, 먼저 모르는 척 안기면 승은을 주셨을지 누가 알 것인가? 헌데 보아하니 이 맹한 분이 철이 없어도 이렇게 없을 줄이야? 필시 저만치 떨어져서 왕이 침수하라 시킨 대로 돌아누워 주무시기만 한 것이 분명하였다. 그러고 나서 지아비 전하 나가신 이후에나 겨우 베개나 끌어안고 저런 짓이라니. 쯧쯧쯧.

그 아침에 그래서 중전마마 심히나 상궁들에게 구박을 받으신다. 그러나 중전은 어째서 자신이 이토록 잘못하였소! 하고 타박을 받는 것인지 도무지 이해를 못하였다. 오히려 신이 날 대로 나서 당장에 수를 내려라 하시는구나.

"앞으로도 전하께서 어제처럼 서온돌 듭시어 침수하실 적도 있을 것이야. 그렇지? 이제 내가 직접 전하 베개랑 금침에 수를 놓아 장만하여 드릴 것이야."

수틀 잡고 베갯모 원앙새 무늬 채우기에 골몰하는 중전마마 옆에서 윤 상궁, 박 상궁, 김 상궁 모다 앵돌아앉아 한숨이 첩첩하였다. 이 맹하고 철없는 중전마마야, 배우셔야 할 것은 수놓기가 아니라 바로 사내 후려잡는 그 기술이며 밤일하는 애교이거늘, 어찌 이리 담백하시고 순진하신가.

앞날이 보이지 않아 늙은 중궁전 상궁들, 땅이 꺼져라 한숨 또 한숨뿐이다.

꽃씨 뿌리는 어린 왕비 127

제5장 애욕의 달그림자

 추적추적 비가 오는 밤이다. 월성궁 요운당. 희란 마마, 심복인 교인당을 앉혀놓고 소반과를 받고 있는 중이었다. 짐짓 대범한 척하여보지만 마음 한구석이 영 찜찜하였다. 불안하고 신경이 쓰였다. 어딘지 모르게 안절부절, 강퍅한 표정이 읽혀졌나 보다. 교인당이 한 무릎 다가앉았다.

 "무엇을 그리 걱정하십니까? 설마 상감마마께서 천하의 화용월태(花容月態) 큰마마를 놓아두고 박색 중궁전에게 헛눈 파실까 봐 그러합니까?"

 "아이고, 그런 말은 하지 말게. 내가 무어? 다만……."

 "다만 무엇이옵니까? 마마의 근심을 말하여 보소서. 제가 푸닥거리라도 할랍니다."

"그것이…… 쩝쩝. 이보게, 교인당. 계집은 어차피 벗겨놓고 불을 끄면 다 아랫도리 그 맛이 아닌가? 중전 고년이 천하박색이되 그래도 계집이란 말일세. 상감은 이적 흐드러진 내 품 안에서만 즐기신 분 아닌가? 겨우 달거리 시작하는 어린 계집 풋살구 맛을 아직 모르신단 말이야. 색다르고 기이하다 하여 어린 중전 고년에게 은근히 홀리시지는 않을까?"

"그리 염려되시면은 중전보다 더한 화용월태로 하여서 더 어린 계집을 침궁에 들이시지요. 불에는 불, 물에는 물이라 하였나이다. 더 시고 애틋한 풋살구 맛을 예서 장하게 맛보시면은 무엇 하러 다시 못난 중궁전으로 가시겠나이까?"

교인당 말이 시원시원하였다. 희란마마, 희번덕대던 눈을 들어 고개를 끄덕끄덕하였다.

"흠. 자네 말이 명안일세."

희란마마는 짐짓 마음 넓은 척 왕을 등 떠밀어 중궁전 보내놓고서 기대한 것이 있었다. 곧바로 다음날 저녁에 득달같이 나오시어 미주알고주알 그 밤의 일을 다 말해줄 것이라고 말이다. 교태전에 듭신 상감이 중전 고년과도 교접을 하였는지 안 하였는지, 하였으면 어떤 체위로 어떻게 승은을 주셨는지, 그 계집이 그때 어떻게 반응을 하였으며 저와 비교하여서 어떤 매혹이 있는지 그런 시시콜콜하고 은밀한 이야기까지 미주알고주알 고백하여 주기를 바라였다.

그런데 이것 보아? 중궁전에 듭시었다는데, 하룻밤 중전과 동침하였다는데 전하께서 며칠 동안 기별도, 소식도 없이 아니 나오셨다. 이것이 큰일이다. 분명 무슨 사단이 난 것이다. 사흘 내내 안달복달하던 희란마마는 도저히 참을 수 없어 입궐을 하였다. 어수룩한 왕을 한번 후려치고 단속을 할 작정이었다.

헌데 전하께서 어제 오정에 재성 공사 일을 친림하여 보시러 군사 이끌고 원행을 나가셨다 하였다. 최소한 닷새는 지나야 도성으로 환도하신다 하였다. 하릴없이 터덜터덜 월성궁으로 돌아온 희란마마, 꿩 대신 닭이라고 직접 못 들을 것이면 남들 통하여 듣지. 전하 곁에 심어둔 눈과 귀를 불러들였다. 대전의 김 내관 놈이다.

"그래, 낱낱이 말하여 보아. 전하께서 교태전에 드신 것이야?"

"쓸데없는 근심을 왜 하십니까요, 큰마마. 걱정 따위는 하지 마옵소서."

김 내관 놈 애초부터 간특한 웃음기였다. 자불자불 무엄한 입을 잘도 놀리는구나. 그놈 왈(曰), 중궁전에 듭신 터로 주상전하, 금침 두 채 펴게 하시었단다. 중전마마 옷고름을 풀어? 풀기는커녕 손목 한 번도 아니 잡았단다? 눈길도 한 번 마주 아니 하시고 그저 잠만 주무시다 나오셨다 하였다. 그럼 그렇지! 안도의 한숨이 붉은 입술에 걸리었다.

"허나 교인당 말에 일리가 있음이야. 어린 계집 맛매에 익숙하게 하여놓아야, 고년한테 혹여나 승은을 주신다 하여도 미혹하지 않으시지. 누구 있느냐?"

아랫것이 등대하자 희란마마, 귀엣말로 무어라 무어라 속삭거린다. 하명을 마치고 돌아앉아 면경 들여다보며 아침에 그린 눈썹 다시 그리기 시작하였다.

환도하신 상감마마, 다음날 밤에 월성궁으로 납시었다. 근 열흘만이었다. 이미 주상전하의 그 밤 동정을 샅샅이 꿰고 있었다. 그러나 짐짓 모르는 척 희란마마는 중전더러 승은 주시니 어떠하셨나이까? 하고 물었다. 왕은 대답하지 않았다. 쓰디쓴 입맛만 다시었다. 그래도 다시 한 번 되묻자 왈칵 노화부터 냈다.

"뭘 물어보소? 그깟것보다 목석이 훨씬 낫다며? 그러합디다! 못난 것이 이불 두 채 펴고 짐 곁에 오지도 못하는데 짐이 그것 맛매가 어떠한지 어찌 알 것이오? 궁금증이 풀렸으니 이제 되었소이까? 작히나 못난 것!"

지겹다는 표정에 골난 목청이었다. 모진 능멸에 짜증기가 용안에 역력하였다. 저 앞에서 늘 하던 대로, 중전이라 하는 것을 당신 발가락에 낀 때만도 여기지 않으시는 평상시 그 모습 그대로였다. 만에 하나 혹시나? 하고 왕의 기색을 면밀히 살피던 희란마마, 안심하여 붉은 미소를 흐드러지게 물며 그의 품에 착 감겼다.

"아이고, 우리 상감마마가 가엾어서 어찌할 거나? 이 누이 간청 때문에 그토록 몸서리쳐지는 못난 박색 중전과 함께 침수하시었소? 참으로 고생을 하신 터이니 이 밤서 저가 전하께 상급을 드릴 것이다! 이 밤에 전하께 아주 각별히 진미 하나를 마련하였습니다."

"각별한 진미? 짐은 요 쫀득하고 야들한 것만 있으면 되는 것인데?"

 왕은 탐스러운 희란마마 젖통을 움켜쥐고 희롱하며 대수롭지 않게 대답하였다. 한 손으로 그 진분홍 젖꼭지 슬슬 비틀면서 꽃내 나는 풍염한 골짜기 사이로 용안을 묻으려 하는데 희란마마 일부러 처연한 음성을 하고 그를 밀어냈다.

 "신첩도 마마가 그리워 달 대로 달았습니다만은 오늘은 특별히 마마께 새로운 맛매를 한껏 보여 드릴랍니다. 천하절색인 계집아이 하나를 저가 찾아내었답니다. 이 누이는 아쉽지만 물러날 것입니다."

 "그 계집을 예로 부르시오! 짐은 누이 보는 데서 고것을 안아볼라오. 고 계집은 누이 대신이니 누이가 짐 앞에 있어야 구색이 맞지! 핫하하. 필시 숫처녀, 교접하는 일에는 맹탕일 것이니 방중술 뛰어난 누이가 고것 가르쳐서 짐을 기쁘게 하여주오."

 희란마마, 방탕하고 낯 뜨거운 분부를 거침없이 하명하시는 전하의 말씀에 새빨간 입술을 혀로 핥았다. 저가 보는 데서 처녀아이 끼고 희롱하시겠다 하는 전하의 방자한 농탕이 색다른 홍취를 느끼게 하였던 것이다.

 아직까지 희란마마 저가 직접 보고 있는 데서 계집을 승은 주신 적은 없었다. 물론 곁방에 저를 앉혀두고 다른 궁녀의 꽃을 꺾으신 적은 있지만 금세 제 방으로 건너오시어 침수는 꼭 제 품에서 하시던 전하이셨다. 저가 보는 눈앞에서 다른 계집을 탐하시는 정인(情人)이라, 생각만으로도 새파란 투기심이 타오르니 그것이 바로 또한 독한 미약(媚藥)이 아닐 것이더냐? 내가 어차피 침수 모시지 못할 참이니 고년 시켜 주상 홍취 돋게 한 연후에 파정하시는 순간 고년 밀어내고 내가 그 물건 차지하리라.

희란마마, 제 풍염한 젖가슴을 마치 어린애가 어미젖을 보채듯이 그저 선불맞은 황소마냥 마구 파고드는 전하의 머리를 통통한 두 팔로 안아주었다. 그러면서 문 하나 사이 두고 침방 지키고 있는 나인에게 하명하였다.

"너는 별당에 가서 연주를 의대 정히 입혀 일로 데려오너라. 오늘 고것이 주상 승은받아질 것이다!"

살짝살짝 젖꼭지 깨물어주기도 하며 탐스러운 두 유방 실컷 가지고 장난치고 입속에 두툼한 혀를 집어넣어 한참 동안 휘젓다가 달금한 타액을 삼키며 잠시간 주상전하 그 성급한 열정을 희란마마 상대로 푼다. 희란마마가 입에 머금어 넘겨준 무후주 한 잔을 전하께서 마실 즈음 두런두런 인기척이 나더니 장지문이 살며시 열리었다.

두 나인이 부액하였다. 가냘픈 발을 움직여 그 밤의 주상전하 시침 들 연주가 나타난 것이다. 농자색 치마에 하늘거리는 연둣빛 저고리를 입고 분단장하여 꾸민 자태가 비연을 능가하는 천하절색. 한참 물오르는 열일곱이다. 희란마마가 주상을 위해 고르고 고른 계집이니 얼마나 기막힌 매혹일 것이냐? 허나 왕은 궐 안팎서 항시 보시는 것이 그렇게 고운 화용월태 궁녀들뿐이니 곱게 절을 하는 연주라 하더라도 별다른 감탄의 기색을 보이지 않았다.

보료 위에 앉은 희란마마 무릎에 비스듬히 드러누운 왕은 연주에게 옷고름을 풀어라 하명하셨다. 방탕한 그 주문에 숫처녀 연주, 달달 떨며 잠시 망설였다. 허나 왕의 뒤에 앉은 큰마마의 눈빛이 매섭게 재촉하니 어찌할 수 없어 살며시 가슴을 가린 옷고름을 풀었다.

이제 막 열일곱, 탱탱한 여체가 슬며시 드러나는구나. 얇게 비추이는 속치마 한 자락만으로 가린 여체가 달빛인 양 환하다. 은덩이로 빚은 듯 티 한 점 없는 살결이 바로 목련화가 아닐 것이냐. 일이 그쯤에 다가가자 주상전하 젊은 혈기이니 모든 것을 잊어버리고 방탕하니 여색의 재미에 젖기 시작하였다.

"짐의 안복(眼福)이 실로 장하군. 너같이 고운 살갗 가진 계집은 진정 오랜만이다. 술이나 한 잔 먹어볼까? 네 그 귀여운 젖통이 안 줏감이라. 이리 오너라! 곁에 와서 짐의 의대 벗겨다오."

지엄한 분부이시니 어찌 거역하랴? 연주는 가까이 다가앉아 서투르나 정성스런 손길로 전하의 거추장스러운 의대를 벗겨 드리기 시작하였다. 비록 속치마 하나 걸쳤으되 실상 다 내비추이는 천이라 아무것도 걸치지 않은 알몸보다 더 요염한 자태이다. 그런 터로 무릎을 꿇고 있으니 아무리 붙이려 하여도 허벅지 금간 사이 고 야릇한 방초며 연분홍 조갯살이 드러나는 것이다. 왕이 손을 뻗쳐 검은 그늘이 깔린 사이를 짓궂게 더듬었다. 아무리 대담하게 나가려고 하여도 한 번도 사내 손길 아니 닿은 숫처녀라, 연주가 움찔하여 허벅지를 오므리려 애썼다. 희란마마가 앙칼지게 호령하여 이르기를 다리 벌려 드려라! 분부하였다.

"이 밤에 전하의 승은을 받아지는 것이 네 필생의 광영이라. 이년, 마마께서 즐거우시다 하면은 너는 큰 상급을 받을 것이되 만약 전하의 심기를 조금이라도 어지럽힌다 할지면 네 목은 붙어 있지를 못할 것이다! 주상께서 기쁘시다 할 것이면 무슨 짓이든 다 하여야 하는 것이지!"

호랑이보다 더 무서운 큰마마께서 오금을 박으니 더 이상 어찌 망설이랴? 입술을 살며시 깨물며 연주가 허벅지 야릇하게 비틀며 은근히 벌려 드리었다. 여적 제 손으로도 한 번 더듬지 않았던 그 은밀한 곳에 사내의 거친 손가락이 쑤욱 들어왔다. 왕의 손가락이 연주의 깊고 야들한 꽃순을 슬슬 헤집다 나가는데 만족한 표정이었다. 천하잡놈 한량처럼 느른하게 내뱉었다.

"숫처녀 맞소이다. 은근히 달라붙으며 착착 감기는 고로 상급이오."

전하께서도 어느새 날가슴이었다. 왕의 살결은 유난히 희다. 단단하고 강건한 사내의 가슴에는 무성한 털이 나 있었다. 꼴깍, 연주 입에서 침이 넘어가는구나. 그러나 왕의 넓은 가슴은 아직 제 몫이 아니었다. 어느새 희란마마가 그 품에 착 안기어 온갖 아양을 떨어대니 감히 미천한 저가 어쩔 것이냐?

"전하께 술 한 잔 따라드리지 않고 무엇 하느냐? 항시 이렇게 내가 먼저 시켜야 한다더냐? 맹한 것 같으니라고!"

연주 요것이 색기(色氣) 하나로 제대로 타고난 터라 희란마마 분부에 서슴지 않고 제 붉은 젖꼭지를 술잔에 담가 전하의 입에다 넣어드리었다. 그것으로도 모자란 터라 왕은 궁녀의 어여쁜 젖통 사이로 술잔을 쏟아 내리었다. 그 아래에 입을 대고 똑똑 떨어지는 술방울을 받아 드시었다. 안주는 은어 같은 처녀아이 향취요, 덜 여문 젖꼭지에 묻은 달금한 사탕가루인데 그 맛이 바로 천도(天桃)요, 불사약이 아닐 것이더냐?

또한 연주가 또 가야금을 기막히게 탄다, 옆에서 희란마마가 귀띔하였다. 알몸의 계집이 운치있게 가야금을 안은 그 모습이 바로바로 색다른 홍취로구나. 풍류를 아시는 전하, 무릎을 치셨다.

"가희(佳姬)로다! 너는 가야금을 탄주하려무나! 짐은 너를 탄주하면 그것이야말로 음풍농월이 아닐 것이냐? 핫하하, 이리 오너라. 짐이 너를 탄주할 것이다."

주상이 그 밤에 연주를 안고 교접하는 자세가 괴이하였다. 당신이 바라시는 대로 연주더러 여전히 가야금을 안고 가락을 연주하게 하셨다. 그런 다음서 주상 당신은 다리를 뻗고 좌정하셨는데 방사 시중드는 아랫것들에게 연주를 앉혀라 하명하셨다.

항시 방사의 시중을 드는 터라 나인들은 전하께서 무엇을 바라시는지 금세 눈치를 챘다. 두 나인이 연주의 몸을 인도하여 조심스럽게 주상의 다리 사이로 돌려 앉힌다. 이미 동하여 말간 애액이 떨어지는 처녀 아이 밀궁 속으로 그리하여 우마같이 강건하고 장대한 왕의 하초가 꼿꼿이 치켜세워진 채 위로 찔러 들어가는 것이었다.

연주의 입에서 순간 으흑! 하는 신음이 터지었다. 허나 누구 하나도 연주의 고통과 괴로움에 대하여 동정하거나 배려하는 이가 없었다. 이 밤의 모든 것, 월성궁의 모든 일은 왕 한 사람의 즐거움과 만족만이 유일한 목적이기 때문이다. 마치 창처럼 아래로 박힌 왕의 옥경이 처녀아이의 가장 예민하고 여린 곳을 사정없이 공격하기 시작하였다. 옆에 붙어 앉은 나인 둘이 왕의 몸에 박힌 연주의 허리를 잡아 좌우로 흔들어대기 시작하였다.

난생처음 사내에 의해 일을 치르는 연주는 그저 아프고 고통스럽되 독랄한 희란마마의 눈빛 안에서 울지도 못하였다. 아래에서 공격하는 왕은 별 힘을 들이지 않고도 능숙한 요분질을 경험하시는 터이니 그저 흥겨우시다. 왕의 어수가 앞으로 돌아와 궁녀의 부풀은 젖가슴을 움켜쥐었다. 약간 도톰하고 탄력있는 아름다운 젖가슴이 방금 전까지 맛보았던 희란마마의 만개한 꽃봉오리와는 또 다른 흥취를 주어 왕은 터뜨릴 듯 고 귀여운 것을 움켜쥐고 실컷 재미를 보신다. 향물 욕간한 매끄러운 어깨에 치아를 박고 잘근잘근 씹으며 질탕한 놀음질을 만끽하시었다.

이윽고 왕의 입에선 마지막 거친 숨이 터졌다. 정신없이 그저 가야금만을 죽어라 끌어안고서 나인들이 흔드는 대로, 주상이 이끄는 대로 교접하고는 얼이 빠진 터로 넋이 나간 연주의 몸에서 벗어나며 히죽 웃었다. 눈에 붉은 욕망의 빛을 가득 담고 연주의 허벅지에 선연히 묻어난 앵혈을 바라보았다. 붉은 용안에는 방탕한 색욕을 가득 채운 후 만족스러운 빛이 역력하였다.

"누이, 저것이 제법 허리 놀리는 힘이 좋고 재주가 많으니 짐이 실로 만족하오. 으음? 누이가 급한 듯하오? 짐이 필요하오?"

희란마마 풀어헤친 옷자락을 슬슬 아래로 내리면서도 짐짓 눈을 흘겼다.

"달디단 꿀물 마음껏 드신 터로 이 늙은 누이가 무에 필요하신가요? 신첩은 조용히 물러날 것이에요!"

"짐이 한 번 시작하면 대여섯 번도 가하다 하는 것은 누이가 제일 잘 알고 있을 것이라? 짐이 항시 누이 품에서만 흥이 최고이니 이 밤서 누이는 짐에게 그 재미 물리도록 선사하여야 할 것이다."

왕은 빙긋이 웃으며 비단 팔꽤모에 머리를 기대었다. 전하의 분부가 없어도 큰마마 상대하여 다시 한 번 그 흥을 취하실 참이시니 아기 나인이 술잔에 찰랑찰랑 무후주라 하는 것을 전하께 받쳐 드렸다. 아래로는 연주가 기어내려 갔다. 먼저 향물 적신 면건으로 옥경을 감히 부여잡고 말끔히 흔적 지워 드린 다음서 다시 작은 입을 벌려 기운없이 늘어진 왕의 지엄한 보주를 정성스럽게 빨아대기 시작하였다. 주상전하 뫼실 준비하여 방중술 익히며 연습을 한 참이니 전하께서 이 재미를 장히 즐기신다 하여 큰마마께서 특히 연습을 시킨 터였다.

처음에는 기운없고 손마디 하나뿐이던 것이 어느 사이엔가 무럭무럭 자라 목젖까지 파고들기 시작하였다. 연주는 황급히 숨을 멈추고 그것을 뱉어냈다. 그녀가 다시 키워낸 왕의 하신은 징그러울 정도로 굵고 길었고 거의 직각으로 하늘을 뚫을 듯이 자신만만했다. 바로 그것이 방금 전에 연주의 여린 속집을 헤집은 터이다. 연주는 이슬 머금은 눈빛으로 어찌할까요, 하듯 큰마마를 올려다보았다.

 희란마마, 이슬 머금은 수선화같이 청초하고 고운 처녀아이가 저가 보는 데서 전하께서 무참히 능욕당하는 모습을 보아지면서 이미 절정에 다다른 참이었다. 전하의 저 딱딱하고 장대한 것이 궁녀아이 연약한 조갑지를 드나들며 찌르고 비틀고 흔들어대는 광경에 자신이 그처럼 그것으로 꿰뚫리어 승은 입어지는 듯한 착각으로 그녀는 이미 달 대로 달아 있었다.

 "이년을 데리고 나가거라! 하룻밤 장히 전하의 승은을 받아진 참이니 일생의 광영이라 할 것이다."

 희란마마가 호령하였다. 이제 더 이상 연주가 있을 자리가 없음이다. 아무리 곱다 하여도 연주는 지난날 다른 궁녀들이 그러하듯이 하룻밤 색다른 별미거리에 불과한 팔자였다. 나인들이 냉큼 알몸의 연주를 홑이불에 싸서 업고 나가 버렸다. 아랫것들이 나가자마자 희란마마 왕의 하늘로 치켜올려진 보주를 탐욕스럽게 바라보며 자신만만하게 한 손으로 그것을 쓰다듬는다. 불같이 뜨겁고도 딱딱한 질감이 그녀를 한참 동안 만족시켰다.

 "이 밤서 처녀아이 가야금을 탄주하신 참이니 이 누이가 피리도 불어볼 것입니까?"

 "어떤 사내가 그를 마다하리요? 핫하하, 예가 극락이군. 신묘한 음률이 밤새 터질 참이니 역시 누이는 짐에게 최고라 이 말이오."

 전하께서 천장을 바라보며 느긋하게 중얼거리신다. 그 용트림하는 사내의 일몰을 감히 잡고 희란마마 시끄럽게 피리를 불기 시작하였다. 그 기술 따를 계집이란 이 세상에서 없으니 젊은 상감마마 이윽고 다시 누이 입안에서 숨이 넘어가는 것이다. 그만 하오! 이러 하시며 갑자기 차고 일어나시어 터질 듯 풍만한 누이의 허벅다리 하나 어깨에 걸치시고 냅다 그 강대한 것으로 쫀득한 붉은 조갑지 찔러 들어가는구나.

한참 동안 열락의 신음과 교성과 헉헉거리는 거친 숨이 오가는데 이윽고 다시 한 번 꿀물에 젖은 왕은 누이의 깊은 샘에 파정을 하시고는 그대로 깊은 잠에 빠지신다. 질퍽한 육욕의 잠에 빠지어 아무 것도 모르시는 전하를 두고 희란마마 살며시 웃음을 머금었다.

다시 한 번 희란마마 첩첩한 치마폭에 홀려 버린 단국의 하늘이로다. 질탕한 육락의 재미 안에서, 날마다 대령하는 색다른 밤의 향미(香味)와 색욕의 거짓된 꿈 안에서 대체 왕은 언제 깨어날 것인가?

아아, 중궁전에서 홀로 깨어 결심하기로 인제 아바마마 유훈을 받들어 성군(聖君) 한번 되어보리라. 짐이 이리하면 아니 되지 반성하는 그 마음이 대체 어디로 간 것이더냐? 사람의 버릇이라 세살 적 여든 간다 하였다. 일상이 되어버린 육욕의 습관이 그리 쉬이 떨쳐지는 것도 아니며 눈앞에 보여지는 애욕의 독한 꿀 또한 마다하기란 쉽지 않은 법. 하물며 상감이야 그저 숫말처럼 혈기방장한 보령이시니 어찌 여체의 황홀한 방탕에서 쉬이 빠져나오랴.

달그림자에 가려진 무심한 세월은 여전히 흘러간다. 중궁전에 핀 작은 들꽃 같은 우리 중전마마, 고운 침장 바느질에 여념이 없는데 그 이불 덮으실 님은 영영 돌아오지 않는다. 언제 님의 발길 맞아

꽃씨 얻어 싹을 틔우랴. 가련한 어린 중전마마. 가끔씩 고개 들어면 대전 쪽 처마를 바라보는 눈길이 수줍고도 안타깝구나.

또다시 무심한 한 해가 유수처럼 흘렀다.

교태전 누루에 올라 조용히 수를 놓는 중전마마, 꽃다이 피기 시작하는 열일곱으로 접어들었다. 옥안도 인제는 아기 티가 가시고 여물어가는 여인 티가 완연하였다. 흐드러지게 철쭉이 피는 삼월도 인제 끝물이다.

붉은 꽃잎을 뚝뚝 떨어뜨리는 바람이 대궐담을 넘어 월성궁을 지나가고 있었다. 이른 아침부터 월성궁 안팎이 소란하다. 동이 채 트기도 전인데 사람들이 들며 나며 번잡한 행렬이 줄을 이었다. 드나드는 사람들은 하나같이 봉물짐을 이고 지고 있었다. 혹은 바리바리 짐들을 실은 우마차들 뒤에 딸리었다. 이러듯 대난리가 난 이유는 주상전하의 총희(寵姬) 월성궁 마마의 생일이었기 때문이다.

이날 아침, 희란마마는 느긋하니 향물 욕간 중이었다. 엊그제 약조하시기로 왕은 이날 오후에 나올 것이니 장하니 잔치를 베풀어봅시다! 하셨다. 남들 눈앞에서 보란 듯 전하 곁에 찰싹 붙어 앉아 술잔을 따를 것이면 실제의 교태전 주인이 누구인지 다시 한 번 증명될 참이라. 당당한 제 위세가 빛이 날 것이다 생각하는 붉은 입술에 웃음이 머금어졌다.

더운 물을 찰박거리는 희란마마더러 듣기 좋으라고 욕간 시중드는 나인들이 새물 길어 부으며 다투어 아첨을 하였다.

"큰마마님, 실로 안색이 빛이 나니 어찌 이리 고운 살결이실까? 실로 향그럽고 비단결입니다. 홋호호."

"이러하시니 그저 상감마마의 성총을 붙박이로 맡아놓으셨지요."

희란마마 붉은 입술에 흐뭇한 웃음을 머금었다.

"아니 즐거울 것이 또 무에 있을 것이냐? 전하께서 성총이라 하냥 주시니 내가 이날서 그저 위세라. 모다 내가 실제 교태전 주인이 아닐 것이냐? 아이, 곤타! 여하튼 전하께서는 강건하시니 월성궁에만 나오시면 새벽이 샐 때까정 나를 못살게 구시는 것이야? 어찌 그리 늠름하시고 또 욕심이 많으신지 원! 헌데 내가 아까 보았는데 저 마루에 놓인 짐은 무엇이던고?"

"경라감사가 큰마마님께 보내는 봉물이온데 그동안 신세라 진터이기 탄신 인사드리겠다 합니다. 청지기가 짊어지고 온 것인데 큰마마님을 반드시 뵙고자 이리하여서 지금 사랑채에 유숙케 하였니다."

치부책 정리하는 궁녀가 속살거렸다. 벼슬자리 팔아 만금을 쌓는 일이야 워낙에 익숙한 터였다. 희란마마 무심히 대꾸하였다.

"조하 일이야 아버님께서 하시는 일인데 나에게 무슨 짐을 보내고 그런다더냐? 홋호호, 그이가 인사라 하여튼 정중하거든? 알았느니라. 지금 잠시간 만나보기로 하지."

희란마마가 전하의 용체 차지하여 즐거운 육락을 즐기는 것만치 좋아하는 것이 또 있다면 이리 벼슬자리 사고팔아 재물을 모으는 것이다. 뿐만 아니라 그렇게 벼슬자리 떼고 붙이는 무소불위 권세를 자신이 쥐고 있다 함을 느끼는 것 또한 짜릿한 쾌감이었다. 얼마 후에 문 하나 사이 두고 경라감사가 보낸 청지기가 들어왔다. 깊이 고두하였다.

"큰마마님께 저희 영감님이 인사를 드리라 전하였나이다. 강녕하시옵지요?"

"살 만하네. 그래, 무슨 일로 들었던고?"

"지금껏 큰마마님과 좌의정 대감의 은혜 입자와 저희 대감마님께서 수령으로 나간 것인데 벌써 시일이 흐른 고로 언제까지 외직으로만 돌 수는 없지 않느냐 하시는뎁쇼? 저어, 이것은 그저 성의인데 영감께서 큰마마님 분첩 값이다 하시면서 쇤네에게 들려 보내셨습니다."

청지기 소매춤에서 나와 교인당을 거쳐 희란마마에게 전하여진 것이 십만 전 전표라! 그러니까 경라감사가 도성으로 환도하여 중앙 조하로 올라오는 대가로 바치는 것이 십만 전이라 이 말이었다.

"홋호호. 그대 영감이 다소는 일이 돌아가는 사정을 아는 이로다. 주상전하께서야 이 희란 말 한마디면 무엇이든 하잡는 분이시니 그깟 환도하는 소원 하나 내가 못 들어주겠느냐? 걱정 말고 기대려라 이리하여라."

"큰마마님, 저희 대감께서 시일 빠르게 환도를 할 수는 없겠는지요? 그 청까정 들어주실 것이면은 훗날서도 큰마마님 하명은 알아서 봉명할 것이며 혁이 도련님 과자 값을 다소 맡으시겠다 이리하셨는데요?"

"무에 그리 어려울 것이더냐? 걱정 말라 이리하렴. 훗훗호."

희란마마, 붉은 입술에서 자신만만한 확언이 나왔다. 일은 이미 성사라는 뜻이었다. 이날 단국의 강토에 큰마마를 통하며 못 이루는 일이 없다 함을 모르는 이는 없는 것이다. 실로 주상전하는 허수아비이니 그저 월성궁 마마 한마디면 무조건 오냐오냐하기가 어디 한두 해이더냐? 회심의 미소를 지으며 청지기는 더 깊이 고두하였다.

애초부터 얻은 감사자리, 그것도 큰마마 줄타서 얻은 벼슬인데 매관매직으로 얻은 터로 백성 고혈 짜서 다시금 바리바리 봉물짐 만들었다. 이번서는 중앙 조하로 나와서 다시 권세를 얻어보겠다 함이다. 십만 냥이 희란마마 치마폭 아래로 사라진 것이니 도성으로 환도만 하여 자리 잡으면 그깟 십만 냥이 문제인가? 그렇게 희란마마가 아첨꾼들 만나며 저가 여왕이나 된 듯이 벼슬자리 소매 안의 물건처럼 쉽게 떼고 붙이며 위세라 부리고 있는 중인데 바깥에서 고변이 들어왔다.

"큰마마, 궐에서 제조상궁 마마님께서 나오셨나이다."

"그래, 들라 하여라."

희란마마는 대수롭지 않게 대꾸하였다. 발가벗고 욕간을 하는 은밀한 내실 안에서 손님을 맞이하며 미안한 기색도 보이지 않았다.

대전의 제조상궁인 엄 상궁이었다. 공손하게 절을 한 후 두 손으로 자개함을 바치었다.

"어서 열어보십시오. 전하께서 큰마마님을 위하여 대국까지 사람을 보내어 장만하게 한 귀물이랍니다."

 주상전하께서 보내주신 장한 선물 꾸러미에도 희란마마는 별로 기쁘지 않다는 시답잖은 표정을 지었다. 감히 전하께서 보낸 선물을 제 손으로도 아니고 시들한 음성으로 아랫것 시켜 열어보아라 하명하였다. 함을 열던 아랫것이 숨넘어가는 목청으로 감탄을 하였다.

 "아이고, 마마, 보패 떨잠인 것입니다. 금강석 박아 꾸민 휘황찬란한 것이니 쇤네는 손이 떨려 감히 만지지도 못하겠나이다!"
 "나에게 넘치는 것이 패물인데 또 이런 것이야? 여하튼 상감께서는…… 어디 이리 가져오너라. 한번 보자꾸나."

 자개함 속에는 황금투각한 옥 떨잠이 들어 있었다. 번쩍번쩍 빛나는 금강석이며 홍옥이며 진주가 줄줄이 박혀 있는, 그야말로 귀물 중의 귀물이라! 이 세상에서 오직 하나뿐인 화려하고 엄청난 패물이었다. 전하께서 사랑하는 누이의 생일 선물로 줄 것이다 하여 상인에게 특별히 주문하여 장만한 것이다. 황금 수만 냥짜리라 소문이 자자하였다. 그토록 귀한 패물을 보며 대뜸 희란마마 입이 톡 튀어나왔다.

 "아니, 왜 떨잠이 두 개뿐인 것이야? 주시려면 한 짝이라 화접잠(花蝶簪)까정 하여 세 개가 되어야지."

 전하의 하명을 받고 자개함 안고 온 대전의 제조상궁, 그렇지 않아도 주상전하의 하명을 받고 온 저를 대하는 희란마마 하는 꼴이

하도 못마땅하여 기분이 나쁘던 참이다. 무엄하기 이를 데 없는 말까지 들었으니 어찌 가만히 있으랴? 기가 막혀 결국 한마디 쌀쌀맞은 타박을 하고야 말았다.

"아뢰옵기 황공하오나 큰마마, 하지만은 떨잠 셋은 오직 중전마마나 하시는 것이옵니다."

"아니, 엄 상궁 그대는 꼭 내가 잘못하는 것이다 타박을 하는 것 같구먼?"

희란마마, 냉큼 골을 내며 표독한 눈빛으로 엄 상궁을 노려보았다. 지금 그녀의 위세는 하늘에 닿다 못하여 하늘을 뚫을 참이 아니더냐. 심지어 지존인 상감마마께서도 그녀의 눈치를 슬슬 보며 비위를 맞추어주는 형편인데 제조상궁이면 다이더냐? 그래 봤자 아랫것인 주제에 감히 큰마마인 내 말이 틀리다 토를 달아? 건방지고 같잖은 것! 희란마마 강파른 표정을 한 채 큰 소리로 쏘아붙였다.

"말은 바로 하자 이 말이다! 비록 중궁전에 허수아비라 갈가마귀 같이 못난 것을 앉혀는 두되 오직 전하의 심중으로 왕비는 바로 누이요 하신 약조라 그 맹세가 지엄한 터이야. 엄 상궁도 그 자리에 앉아 들은 적이 있으니 아니라 말을 못할 것이다."

"⋯⋯망극하옵니다."

해도 해도 너무하다. 어찌 이리 방자하기가 유도없을까? 해도 되는 말이 있고 해서는 아니 되는 말이 있는 법인데 이 계집은 어찌 이리 무엄하고 건방진가? 은근히 노화가 난 엄 상궁. 딱딱하게 말을 치받았다. 그러나 희란마마, 아래위 보이지 않는 교만함이 차고 넘친 차라, 겁도 없이 무엄한 말을 감추지 않고 드러내어 내뱉었다.

"전하께서 오늘 같은 날, 어찌 이리 나를 모욕하시는가? 전하의 성총을 붙박이로 받는 이가 바로 이 사람이 아닐 것인가? 헌데 다른 날도 아니고 이 희란의 생일날. 기껏 선물을 하사하시면서 이리 억장을 뒤집으시다니. 흥, 대체 축하를 하시는 것이야, 아니면은 그저 너는 잉첩이다 빈정거리시는 것이야?"

더 이상 말도 하기 싫었다. 하도 가당찮고 기가 막힌 엄 상궁. 그만 쇤네는 궐에서 기다리시니 들어가렵니다 하고 돌아섰다.

네깐 것, 가든 말든 마음대로 하여라. 희란마마 엄 상궁에게 잘 가라 인사도 하지 않았다. 나가는 것도 바로 보지 않고 젖물 욕간할 것이니 통을 바꾸어라! 앙칼진 하명을 내렸다.

'차마 눈 뜨고는 보지 못할 고약하고 방자한 계집! 어디 한번 두고 보자꾸나! 타고나기 영명하시고 나날이 장성하여지시는 분이라, 전하께서 영원히 네 간교한 치마폭에 싸여 미혹하고만 계실 줄 알더냐? 성총 떨어진 그 훗날, 내가 간특한 너의 운명이 어찌 몰락할지 한번 똑똑히 두고 볼 것이다!'

엄 상궁은 섬돌 내려서서 따라 나온 나인이 신겨주는 신발을 신으며 이를 갈았다. 대전의 제조상궁이라 할 것이면 조정의 관직으로 치면 영의정이라 할 만치 위세 높은 자리이다. 전하의 가장 가까이에서 궐 안의 사사로운 모든 일을 관장하는 이가 바로 제조상궁인 엄 상궁 저라. 조하 신료들조차도 엄 상궁 저에게는 함부로 하대를 못하는 형편이 아니더냐 이 말이다.

애욕의 달그림자 **147**

아무리 월성궁 마마 저가 위세 당당하고 전하를 손아귀에 넣어 이래라저래라 한다 하지만 사람으로서의 도리가 있음이다. 주상 성체를 모시는 잉첩이니 궐의 법도를 따라야 그것이 기본이었다. 헌데 중전마마도 감히 하대하지 못하는 제조상궁인 저를 앞에 두고 앉으란 말도 없이 욕간통 안에 오만하게 앉아 맞이하여? 어찌 의대도 갖추지 않고 제조상궁인 저를 맞이한다 이 말인가? 천하의 지존이신 전하야 거칠 것도 가릴 것도 없으니 그런 일을 하신다지만 그러나 겨우 잉첩인 주제에 대전의 제조상궁인 나를 이리 대접해?

대전에서 제조상궁님이 나오셨다 하니 좌의정 정실이자 희란마마 모친인 정경부인이 대접한다 상을 들고 나오다가 깜짝 놀라 부르짖었다.

"아이고, 마마님! 어찌 이리 빨리 돌아서시는지요? 별찬은 없으되 정성껏 상을 장만하였으니 잔칫집에 와서 아침상은 받고 가셔야지요."

"생각없나이다. 전하께서 성정이 급하시니 제게 심부름 보내놓고 들어오나 아니 들어오나 그저 기다리실 것입니다. 얘들아, 가자!"

기분이 불쾌하니 좋은 얼굴이 될 리가 없다. 엄 상궁은 만류하는 어미는 바라다보지도 않고 도도하게 가마에 올라탔다. 구종들이 금세 가마를 메고 월성궁을 떠나 버렸다. 정경부인은 어안이 벙벙하여 멍하니 서 있었다. 직감하기로 몹시도 그 제조상궁 얼굴에 불쾌함이 크니 필시 별당 안에서 무슨 일이 있었구나 싶었다. 급히 별당으로 들어가서 희란마마에게 물었다.

　대체 제조상궁께서 그리 황황히 뒤도 아니 돌아보고 가시는 이유가 무엇이오? 하였더니 제 방자한 딸년이 엄청난 결례를 한 것이라. 정경부인이 나직하게 탄식을 하였다.

　"근심이오, 큰마마. 다른 분도 아니고 주상전하 선물 안고 오신 제조상궁님을 그렇게 무심하게 대접을 하여 보내시는 것이오? 걱정이외다."

　"아니, 우리 어머님께서는 소녀가 무엇을 잘못하였다 이 좋은 날 아침부터 꾸지람을 하실까? 홋호호. 별일 아니옵니다. 그깟 상궁이 노여워보았자지요."

　"큰마마, 그리 생각하시면은 아니 됩니다. 엄 상궁은 전하의 가장 가까이 같이 계시고 항시 곁에서 도움을 받으시는 분이 아닙니까? 그런 분이 마마에게 못마땅하여 대전마마께 항시 속살거리기를 이간질하여 음해라도 한다면은 어찌하시려오? 선대왕전하 시절부터 모시던 분인지라, 전하께서 예전부터 오직 신임하는 이가 제조상궁과 장 상선 두 사람입니다. 거짓도 자꾸 들으면 참이 된답니다. 이번서는 정말 잘못하셨소!"

　"아이, 어머님은 이렇게 쓸데없는 걱정을 자주 하시더라? 어머님, 제가 누구입니까? 전하께 큰마마라 하는 칭호를 받은 희란이에요! 전하께서 이 몸 성총 주시기 하냥 일편단심인데, 그깟 늙은 상궁 하나 이간질에 깨어질 정분인 줄 아십니까? 전하께서 이 밤에 오신다 하였으니 저가 그것을 제조상궁서 끌어 내리렵니다? 대전의

홍 상궁이 이 희란의 편이니 그이를 제조상궁으로 앉힐 것입니다. 두고 보시어요!"

끝까지 제 잘못은 인정하지 않고 희란마마 대수롭지 않다 넘기었다. 엄 상궁 그것이 나를 음해한다 할 것이면 주상을 움직여 그년을 내쫓아 버리지요, 자신만만 장담하는 딸 앞에서 정경부인은 쯧쯧하였다.

"사람은 혼자 사는 것이 아니다 하였소, 큰마마. 이 어미가 자꾸만 근심이오!"

그러나 희란마마 한참 무슨 의대 내여 입나 그 궁리인데 찬찬한 제 어미 말이 귀에 들어올 것인가? 좋은 날 잔소리는 듣기 싫으니 나가시오, 앙칼지게 고함질까지 어미에게 치는구나.

"어머니 그 되풀이되는 걱정 소리에 아주 귀에 딱지가 앉았어요! 그러니까 그 말씀이 대체 무엇입니까? 훗날 이 희란이 주상의 성총을 홀라당 잃을 것이니 지금서 후사 도모하오, 이런 뜻입니까? 근심 말고 나가소서. 오늘같이 좋은 날, 꼭 이리 사람 기분을 상하게 하여야 속이 시원하십니까?"

교만하고 방자한 버릇이 하늘에 찔렀으니 누가 충고하는 소리인들 귀에 들어올 것인가? 정경부인은 앙칼진 딸년의 패악에 그만 기가 꺾였다. 쫓기듯이 별당을 나오고 말았다. 돌아서는 늙은 어미의 얼굴에 첩첩이 서린 근심이 먹구름이었다.

한편 궁궐로 돌아간 엄 상궁은 전하께 돌아왔다 고변을 하였다.

마침 조수라를 받으시던 참이다. 왕은 윗목에 앉은 그녀에게 기분 좋은 웃음소리를 냈다. 기대하는 빛이 용안에 역력하였다.

"그래, 누이가 기뻐하더냐? 짐이 특별히 대국에서 맞추어 온 패물이라 전하였지? 아주 눈이 휘둥그레졌을 것이다. 핫하하, 그이가 모란꽃처럼 어여쁘니 그 떨잠을 꽂을 것이면 더 고와 보일 것이야."

그러나 윗목의 엄 상궁, 잠잠히 대답이 없었다. 전하, 의아하여 어찌 입을 봉하고 있는고? 하고 되물으셨다.

"엄 상궁, 누이를 만나지 못했느냐? 아니면 무슨 일이 게서 있었던 것이냐?"

"망극하옵니다, 전하. 큰마마를 뵙기는 하였사온데……."

"누이를 보았기는 하였는데? 그 다음은 무엇이냐? 말을 하라. 무슨 일이 있었더냐?"

"망극하옵니다. 이른 시각이라 그러하였을 것이지만……. 욕간 중이라 하시어 기다린다 하였더니 그냥 들어오라 하시는 것입니다. 하여 욕간실에 쇤네가 선물 안고 들어갔나이다."

"뭐라? 누이가 너를 욕간통 안에서 맞이하였다고?"

전하의 용안이 갑자기 굳어졌다. 눈을 치뜨고 되물으시는 옥음에 노한 기가 어렸다. 지존의 말씀 한마디조차도 사배(四拜)하고 부복하여 받들어 모심이 당연하거늘! 참으로 그 계집 작태가 마땅찮다는 뜻이다. 게다가 엄 상궁이 연이어 아뢴 말씀에는 기가 막히다 못해 헛웃음까지 나왔다.

"다시 말하여라. 누이가 떨잠이 어째서 세 개가 아니냐고 노화까정 내었어?"

들고 계시던 수저를 탁 하고 상에 놓으셨다. 용안에 불쾌감이 서리서리 내렸다. 희란마마가 주상전하의 선물을 하찮게 여겼다 하여 노염이 나신 것이냐, 아니면은 아무리 그래도 사랑하는 사람이 아랫것에게 비난을 받아서 기분이 나쁘신 것이더냐?

"그만 하라. 짐이 들을 것은 다 들었다!"

"망극하옵니다, 전하. 이로써 고변을 하나이다. 쇤네는 물러가리이까?"

"알았다. 너가 수고하였다. 나가보아라. 에잇, 수라 고만 할란다. 차수 대접 올려라."

옆에 앉은 기미상궁이 아무리 권하여도 반도 비우지 않으신 수라상을 물러라 하시었다. 그러고서 전하, 서재인 기오헌으로 나가셨는데 서안에 팔을 괴고 한참 생각에 잠기시는 용안이 굳었다. 실쭉 입꼬리가 심술맞게 비틀어졌다. 주먹이 꽉 움켜쥐어졌다. 쓰디쓴 노염의 말 한마디가 입술 사이로 배어져 나왔다.

"아니, 어찌 그럴 수가 있느냐? 딴 일도 아니고 짐의 선물을 안고 간 반가운 사람이거늘! 버선발로 뛰어나와 반겨도 시원찮을 것인데 욕간통 안에 앉아 제 손으로도 아니고 아랫것 손으로 짐의 선물을 열어? 감사는커녕 왜 떨잠이 세 개가 아니냐고 신경질을 내어? 기가 막혀서!"

왕은 솔직히 희란마마가 하였다는 행동에 노엽기도 하고 또 너무 섭섭하였다. 동도 채 트기 전에 엄 상궁을 시켜 귀한 패물 안고 빨리 나가라 채근하였다. 좋아죽는 정인의 입에서 황공하옵니다, 감사하옵니다 한마디를 들을 것이라 기대를 한 때문이었다. 그런데 그런 귀한 것을 받고 군입으로라도 감사는커녕 오히려 세 개를 하여주지 않는다 불만을 하였다고?

"아니, 나이가 그만 먹고 세상 물정 알 만한 사람이 어찌 그리 철이 없고 어리석은가?"

머리치장을 할 적에 떨잠 세 개를 꽂는 이는 오직 천하에서 한 사람, 왕의 정궁뿐이다. 선대왕 아바마마께 그리도 사랑받았던 희빈 어마마마께서도 정일품 빈(嬪)이셨으되 겨우 두 낱을 하신 떨잠이다. 헌데 왕의 사랑을 가없이 받는 것은 분명하지만 희란마마는 정식 첩지가 없는 서인이다. 그런 터로 월성궁의 희란마마가 머리에 보패 떨잠 두 개를 꽂는 것도 실상은 법도에 없는 참람된 노릇이었다.

'아무리 짐이 저를 사랑한다 하여도 저는 후궁도 되지 못하는 신분인 줄 아직도 모르는 것인가? 그런 누이를 짐이 지금껏 사모하여 가까이한다고 짐이 선비들에게 불측하다 비난을 받는 터인데 인제는 저더러 정궁 대접하여 달라 고집인가? 대체 누이는 짐을 얼마나 더 망신을 시켜야 직성이 풀리는가?'

김 내관이 무릎걸음으로 다가온 것은 그때였다. 족제비처럼 간교한 얼굴에 미소를 머금고 은근히 성상의 속내를 떠보았다.

"월성궁 아랫것들이 두어 번이나 다녀갔사온데 무어라 전할까요? 큰마마께서 큰상 벌려두고 오직 전하께서 어보 옮기어주시기만을 기다리고 있다 하옵니다. 말에 등자를 올릴 것입니까?"

"멍청한 놈! 짐이 지금 조하 일을 하고 있는 것이 네 눈에는 보이지를 않느냐? 입 닥치고 나가라! 사사로이 짐이 잉첩 생일잔치 참석하려 조정의 일을 작파하고 나설 것이냐? 망신스럽게!"

왕은 도승지가 상에 받쳐 들고 들어온 장궤 두루마리를 잡으시며 쌀쌀맞게 김 내관을 물리쳤다. 속이 배배 꼬여지고 토라진 터이니 전하, 속으로 누이가 짐 심사를 상하게 한 것이니 누이 심사도 상하여보라지! 이런 억지였다.

이리하여 하루 내내 전하께서 오신다 기다렸던 희란마마만 하릴없게 된 것이다. 딴 날도 아니고 생일인데 아니 오신다. 이것은 혹여 두 분 사이가 슬슬 떨어지는 것이 아닐 것이냐? 눈치는 빤하니 아첨꾼들 생각이 그런 쪽으로 기우는 것은 당연지사. 정경부인이 그것 보시오! 하고 한마디 또 희란마마 억장을 뒤집었다.

"아침에 그리 제조상궁 수모 주어 쫓아낼 적부터 내가 알아보았소이다! 주상전하 심부름을 한 이이니, 전하께서 오신 것이나 진배없는 터가 아니오? 마마께서 그리 박대를 하신 터라, 어찌 전하께서 심기가 상하지 않을 것인가? 다 큰마마께서 자초하신 일이오!"

희란마마 월성궁에서 펄펄 뛰어보지만, 아니 오시는 주상 발길을 저가 어쩔 것이더냐? 저 잘났다 위세 당당하다 소문낼 잔치가 그렇게 어이없이 파장이 났다.

열불이 난 희란마마가 꽃가마 타고 대궐 들이닥친 것은 전하께서 석강을 하실 무렵이었다.

"짐이 분주하다! 누이더러 우원전 침전서 기다리라고 하여라!"

예전만 같으면 상감마마, 석강이고 조하 중신 알현이고 다 내팽개치고 달려들어 가신 터이다. 그러나 그 밤은 쌀쌀맞게 상궁더러 이르고 석강 끝날 때까지 그쪽으로는 눈도 돌리지 않으셨다. 희란마마, 서럽고 분하고 열불이 돋은 것은 당연지사. 전하께서 들어서시자 훌쩍훌쩍 눈물부터 보이기 시작하였다. 그러나 달래주기는커녕 왕은 아무 말도 없이 보료 위에 정좌를 하였다. 딱딱하고 불퉁한 용안이 펴지지 않으니 너만큼 나도 화가 났다 이런 뜻이다.

희란마마 그저 처연하게 흑흑거리었다. 고집이라 장하니 왕도 끝까지 달래주지 않고 침묵이다. 그러나 사내란 것은 약한 것. 노엽다 팩 골을 내었어도 깊이 든 속정이 있는데 하냥 끝까지 외면하지 못하였다. 단단히 마음을 먹고 누이 버릇을 가르쳐 줄 것이야 싶어도 상감마마 희란마마가 아직은 소중하고 좋으니 우는 꼴이 안타깝고 속상하였다. 딴 날도 아니고 생일인데 짐이 너무 심한 것은 아니야? 그저 짐만 보고 사는 사람인데 짐이 보아주어야지. 저리 울고 있는 누이가 가엾다 싶은 생각이 아니 드실 수는 없는 것이다.

얼마 후 차상이 들어왔다. 그제야 전하, 한마디 겨우 하신다.

"좋은 날에 짐 보러 와서 눈물은 왜 흘리시오?"

"흑흑흑……. 마마, 대체 이 희란이 마마께 어떤 존재입니까?"

전하께서 먼저 말을 거시니 인제는 불퉁한 그 억지가 풀렸구나. 희란마마 속으로 배싯 웃는다. 그럼 그렇고말고! 먼저 엎드리는 쪽은 항상 주상이면서 저렇게 억지 고집을 피우신다니까? 어떻게 하면 주상을 다잡아 제 치마폭에 휘감고 말랑말랑하게 녹여 버릴까 간교한 속내 굴리며, 그러나 수완 좋은 그녀는 겉으로는 여전히 눈물을 떨구었다. 스산하고 처연한 어조로 되물었다.

"누이가 어떤 존재이긴요? 몰라서 물으시오? 일편단심 짐이 사모하는 사람이 아니오?"

"이날이 허면은, 무슨 날입니까?"

"누이 생일잔치 하는 날이라 알고 있소."

희란마마 옷고름으로 곱게 눈물을 닦았다. 쓸쓸하고 가련한 눈빛으로 왕을 곁눈질하였다. 연해 볼에 눈물이 흐르는 것이 어찌 그리 비에 젖은 모란꽃 같은가? 전하 역시 희란마마를 곁눈질하였다. 늘상 강단있고 기승스럽고 당당하게 노는 꼴은 자주 보았다. 이렇게 처연하게 흐느끼고 우는 꼴은 드문 것이라. 나름대로 또 귀엽고 안타깝고 안아주고 싶은 느낌이 드는 것이다.

사내 마음 흘려 감는 수단이라 꿰지 못한 것이 없는 희란마마가 아니냐? 특히 주상전하께서 저에 대해 청상과부 홀몸되어 돌아온 누이가 가엾고 불쌍하다 생각하는 그 대목으로 미혹할 작정을 하고 있는 줄도 모르는 순진한 상감마마. 이 밤도 또다시 간교한 그물에 잡히고 말았구나.

"작년이던가요? 신첩의 생일날서 그날은, 전하께서 신첩을 대궁보진재에 부르시었사옵니다. 기억나시는지요? 전하 옆에 신첩을 앉혀두고 우리 누이, 우리 누이 하시면서 신첩 낯을 세워주시고 산더미 같은 선물을 주시어 이 누이 기쁘게 하여 주셨지요? 오직 짐은 누이뿐이오! 하고 맹세하시던 그 옥음이 아직도 이 희란의 귀에 쟁쟁하니…… 흑흑흑…… 전하, 헌데 그날만 같지 않고 이날서 이 누이가 자꾸만 슬퍼지옵니다. 흑흑흑."

"어찌 그러하오?"

"생일날이 결코 즐거운 날이 아니라 하는 것을 저가 인제서 겨우 깨달았답니다. 생일을 맞이하였다 함은 신첩이 나이가 더 먹었다는 것이며 그는 자꾸만 이 누이 못나지고 늙어지어 주상 성총 잃어버리게 되는 날이다 깨달은 때문이랍니다. 흑흑흑……. 전하, 인제 이 누이가 늙어지고 미워지니 곱지 않으시지요? 다른 계집들이 더 어여쁘지요?"

할끔할끔 눈물을 지으며 상감마마 바라보는 그 눈빛이 아련한 안개였다. 물기 젖은 희란마마 눈은 그야말로 정해가 친친 얽힌 그물이니 단번에 순진하고 어린 주상 휘여감아 딱 제 치마폭 아래로 다시 잡아들인 것이다. 자신도 모르게 상감마마 먼저 한 무릎 다가앉아 가련한 누이 손을 덥석 잡아버렸다.

"그런 말을 마오! 누이가 짐의 성정을 잘 알 것이니 짐은 오직 편협하여 한 번 쏠리면 그이뿐이라오! 누이를 사모하는 이 마음은 어떤 고운 계집을 가져다 놓아도 변함이 없을 것인데 어찌 그리 불길한 말을 하오?"

"헌데 그런 분이 어째서 이날 신첩에게는 와주지 않으신 것인지요?"

"대신 엄 상궁을 보내어 좋은 선물 보내지 않았소이까? 짐이 조하 일이 산더미 같은데 사사로이 어찌 발길을 옮기리요? 오늘 하루 종일 바빠서 짐은 잠시도 쉴 짬이 없었소. 누이가 항시 짐에게 말하길 성군이 됩시오 하였기로 짐이 조하 일을 열심히 보려고 노력을 하는 것이 아니겠소이까? 짐이 그런 것이 진정 누이를 위하는 것이라 생각하였지! 허나 대신 이렇게 누이가 짐을 찾아왔으니 되지 않았소? 짐이 이미 누이와 함께 즐기리라 하여 주안상 보라 하였으니 짐이 누이에게 축하한다 술 한잔 내릴 것이오."

듣기 좋게 전하께서 희란마마를 살살 달래기에 골몰하였다. 좋은 날인데 짐이 노여웠다고 한마디 하면 이이가 그러지 않아도 심기 상한 터인데 더 울 것이야 싶었다. 당신 상한 속은 입도 벙긋 못하시는, 아니, 안 하시는 전하이시다.

슬며시 가녀린 손목 잡아 무릎에 앉히었다. 때를 맞추어 주안상이 올라온다. 퐁퐁퐁 은배에 술 한 잔 따라주며 슬슬슬 다시 희란마마 왕을 꼬드기기 시작하였다.

거나하게 한잔하였겠다, 눈물짓는 누이의 가련한 모습에 색다른 욕심이 생긴 터이라 왕은 슬쩍 희란마마 비단 옷고름을 풀어 내렸다. 심중에 비수처럼 감춰둔 속셈이 있다. 일단 주상을 내 아랫도리로 휘감아 정신을 딱 못 차리게 하여두고 그 다음서 내가 작정한 일을 성사시켜야지! 희란마마 또한 상감마마 손길을 피하지 않았다. 오히려 더 진진한 유혹이니 감히 저가 먼저 주상전하 용포 옥대 풀고 날가슴 슬슬 쓰다듬으며 두 팔로 왕의 목을 휘감으며 코맹맹이 소리이다.

"이날서 신첩이 전하의 무릎그네를 탈 것이야요! 단오절 고운 날이 멀지 않았으니 미리 연습을 하여 두어야지!"

이런 음탕한 말까지 서슴지 않고 하며 뱀같이 보드라운 손을 왕의 허리춤 아래로 가져가는구나. 그의 입술을 저가 먼저 휘감고 빨고 물고 건드리며 슬슬 방탕한 밤의 불을 붙이는데 금세 풍염한 젖꼭지가 단단하게 일어서며 왕의 입에 물려졌다. 얼마 후, 희란마마 야들하고 탱탱한 알몸을 한 채 천장을 뚫을 듯이 솟은 왕의 불기둥 위로 살며시 앉아버린다.

"아…… 아…… 음. 으음…… 전하, 바로 게야요! 게를 하여주셔요! 아, 아흑…… 신첩이 죽을 것입니다! 인제 못 참을 것이라…… 아, 아아—"

사내 넋을 빼는 감탕질에 능숙한 요분질이 기가 막히니 스물의 젊은 사내 왕은 모란꽃같이 만개한 누이의 품에서 딱 넋을 잃어버리는 것이다. 왕의 손을 잡아 제 젖가슴 움켜쥐게 하며 사내의 다리그네를 진진하게 굴리는데 죽네 사네 난리를 치던 희란마마, 한참 후에는 냉큼 바닥에 엎드린다. 박속같이 풍성하고 하얀 떡처럼 탄력있는 엉덩이가 하늘로 치켜졌다. 그 사이 골짜기 진홍빛 꽃샘은 이미 젖어 사내의 단단한 방아질을 기다리는데 그를 바라보는 왕의 눈빛이 야수의 광기처럼 붉다.

여러 가지 방사의 체위 중 왕이 가장 즐기는 것이 바로 이런 자세였다. 그는 이유가 있음이니 열다섯 어린 왕이 산막에서 비에 젖은 누이의 요염에 취하여 금단의 열매를 처음 따먹은 자세가 이러하였

애욕의 달그림자

던 것이다. 왕은 두 손으로 그 탱탱한 엉덩이 잡아쥐고 직립하여 강철기둥처럼 곤추선 거대한 일부를 서슴지 않고 그 젖은 꽃샘에 박아 넣는다. 너무 강하고 웅대한 왕의 일물을 받아들이면서 그리도 능숙하고 방사의 경험이 많은 희란마마 입에서조차 으흐흑! 하고 신음이 터져 나올 정도라. 세류요 감아쥐고 그 꽃밭을 뛰놀으시는 상감마마, 뽑았다 박았다 돌렸다 문지르다 날마다 연습하신 그 기술 마음껏 뽐내신다.

죽네 사네 하며 한바탕 난리라. 실컷 그 재미 장하게 즐기시고 그래도 모자라다 하시니 이번에는 희란마마 새 기법이라 비스듬히 드러누워 겹치듯이 앉아 뒤로부터 주상의 용체를 받아들였다.

상감마마, 한 손으로는 넘치어 뿌듯한 젖통 쥐어뜯으며 나머지 한 손으로는 야들한 진분홍 꽃순을 살살 만져 주면서 여체에 마지막 불꽃을 일으키신다. 기다란 손가락 집어넣어 게를 슬슬 긁어주다 신첩이 죽사옵니다! 희란마마 외마디 비명이라 어느새 씩씩하여진 보주를 보무도 당당하게 밀어넣고 마지막 마무리를 하신 것이다.

얼마 후, 흐트러진 금침 안에 비스듬히 누워 품에 안은 희란마마 풍염있고 야들한 알몸을 어루만지며 주상전하 다정하게 희롱이다.

"역시 짐에게는 누이뿐이야. 이렇게 누이와 즐겨야 역시 짐이 황홀하니 누이는 짐에게 첫째가는 보물인 것이오! 호오, 이것 보아? 짐이 준 떨잠을 하고 왔구먼? 이것이 누이 고운 얼굴하고 딱한 짝이니 너무 곱소이다, 누이! 어떠하오? 짐이 준 이것이 마음에 드오?"

왕의 품에 안긴 희란마마 실눈을 뜨고 앙큼하게 눈을 흘겼다.

"흥, 신첩더러 좋은 선물 산더미같이 줄게 하시어 기대를 하였더니 겨우 이 떨잠 하나로 입을 막으신다 이 말이더냐요? 신첩은 마음에 차지 않아요!"

"어이구, 요 욕심쟁이. 짐이 대국까지 사람을 보내 구하여 온 금강석박이 보패 떨잠도 마땅찮다 하니 대체 요 욕심보는 무엇을 하여야 채워질 것이야? 무엇을 주리오? 말만 하오! 짐이 다 줄 것이라. 만리강토를 누이에게 주어하면 주지 못할 것인가? 땅을 주리오? 패물을 주리오? 그도 저도 아니면은 짐의 마음을 주리요? 이미 다 누이 것이니 말만 하오!"

"모다 주신다 약조하신 것이어요?"

"다 준다니깐! 짐이 지존인데 사랑하는 여인을 위해 무엇을 못해 줄 것이냐? 말만 하여보시오!"

"흐음. 전하, 허면은 비어진 좌찬성 자리, 신첩이 천거하는 이로 앉혀주실 것이야요?"

희란마마 생글생글 웃으며 왕을 살살 꾀였다. 이날서 수십만 냥 짊어지고 온 아첨꾼 하나 좌찬성쯤 만들지 못하랴? 전하 그저 누이의 말이라 할 것이면 다 들어주지 하듯이 호기롭게 고개를 끄덕이신다.

"못할 것도 없지! 누이가 유능한 인재를 천거하기 잘하니 짐이 이조에 말을 할 것이다. 어떤 이인고?"

"박가 성을 쓰는 광 외자를 쓰는 이인데 사친께서 칭찬하기 아주 일을 잘하는 이라 하였사와요. 일을 맡기면은 아주 잘할 것이라 들었나이다."

"좌의정이 그리 말을 하였을 것이면은 보지 않아도 유능한 사람일 것이라? 그리하여 주지! 인제 되었소이까?"

"홍, 안즉 부족하와요!"

전하 껄껄 웃으신다. 와락 희란마마 다시 안아 타고 오르며 희롱이다. 허나 희란마마는 꿈에도 몰랐다. 상감마마 심중으로 내일 당장 그 좌찬성 자리 천거한 놈, 변방으로 엉덩이 걷어차 쫓아버려야지 하는 속셈이다. 나날이 장성해져 가는 분의 위엄이라, 주상 당신의 권위를 희란마마 저가 겁도 없이 침노하려 함에 왈칵 불쾌해진 것이다. 감히 벼슬자리 붙이고 떼는 짐의 일을 슬금슬금 계집인 저가 간섭해? 겉으로는 그저 헛웃음이지만, 속으론 울컥 칼날 같은 노염을 불붙이고 있는 것이다.

"대체 우리 누이 욕심보는 어디에 붙었나? 채워도 채워도 차지 않으니 게는 무간지옥인가? 허면은 또 무엇을 줄까? 짐이 무엇을 주면 요 귀여운 젖통을 빨아먹게 해줄 것이야?"

껄껄거리는 희롱의 말씀이 사실은 비아냥이라. 아무것도 눈치채지 못한 어리석은 희란마마, 겁도 없이 발라당 제 검은 속셈을 드러내고 말았다. 다시 한 번 왕에게 간교하고 방자한 속내를 읽혀지고 말았다.

"신첩 눈엣가시라, 엄 상궁 저이를 제조상궁 자리서 내쫓아주시어요! 아니, 저가 겨우 상궁 주제에 은근히 나를 깔고 보는 태가 장하니 저가 자존심이 상하여요! 전하, 그리하여 주실 것이지요?"

다시금 누이 풍염하고 소담한 젖가슴 욕심내어 빨아 삼키던 왕은 그러나 그 대목에서는 고개를 흔드셨다. 아이, 신첩 말을 무엇이든 들어주신다 하여놓고서! 하고 앙탈하는 희란마마의 착 감기는 팔을 풀어 내리면서 정색하였다.

"그리는 못하오! 제조상궁은 선대왕 아바마마께서 유훈으로 정하여주신 터라 짐이 마음대로 바꿀 수가 없소."

정성스레 여체를 어루만지던 손길을 거두고 일어나 앉았다. 흥이 깨졌다, 이런 용안이시다. 자리끼 대접 찾아 물을 마시고 난 후 왕은 희란마마를 돌아보았다.

"짐이 왕이되 오직 거역할 수 없는 것이 하나 있으니 그는 홍서하신 아바마마께서 내리신 유훈이오. 선대왕께서 이르시기를 병판 남준과 제조상궁과 내재소 태감인 장 상선은 항시 곁에 두고 짐의 연치가 스물다섯이 될 때까지 절대로 바꾸지 말라 하시었소. 아무리 누이가 짐에게 중하다 한들 아바마마 유훈을 어겨가면서까지 해줄 수는 없지 않소? 짐더러 천하의 불효자가 되라는 말이니 할 수 없소. 다른 것을 청하시오!"

희란마마 저를 바라보는 왕의 용안은 단호하고 냉혹하였다.

이 일은 틀렸구나. 희란마마 실망하였다. 아무리 저가 앙탈하고 애원하고 속살거린다 하더라도 선대왕 부왕전하의 유훈이어서 못 바꾸겠다 나서는 데에야 어찌 이길 재간이 있으랴? 계속 고집부리

다간 전하더러 선대왕의 유훈조차 외면하는 불효자가 되라 하였다고 비난받을 악녀가 될 참이었다.

'허면은 어찌할까? 어찌하여 저분 마음속에 이 내가 그저 귀하고 바꿀 수 없이 소중하다 하는 것을 헤아려 볼 수가 있을까?'

교활한 눈을 굴리며 희란마마 잠시 궁리하였다. 얼마 후, 그렇지! 하고 간악한 웃음을 흘리는구나.

"일어나 보셔요, 전하! 아이, 일어나시라니까요."

곤하시니 드러누워 어느새 반은 눈이 감긴 왕의 용체를 기어코 흔들어 깨웠다. 막 잠이 들던 참이라 약간은 귀찮기도 하고, 피곤하기도 하여 왕은 손을 흔들었다. 대놓고 짜증스런 기색이 역력하였다.

"인제 좀 놓아주오! 짐이 곤하오. 대체 무엇을 그리 바랄 일이 아직 남았다고 이리 기어코 짐을 깨우는 것이오?"

"신첩더러 다 주께 약조하신 것이 아까이거늘 벌써 신첩이 귀찮아지셨어요? 신첩 청이 하나 있는 고로 그는 허면은 꼭 들어주시어요!"

"알았소, 알았소! 다 들어줄 것이니 말을 하오. 짐이 잠이 든 참인데 이리 누이는 자기 생각만 하면서 짐을 귀찮게 하더라?"

희란마마, 냉큼 왕의 넓은 가슴에 안겨들며 속살거렸다. 애간장 녹는 목청으로 간살거렸다.

"평생소원이라, 신첩이 마마의 진정한 안곁이 맞는지요. 그 맹세 참으로 지키실 것인지요?"

"지킨다니까!"

"허면, 인제 우리 혁이를 왕자로 인정해 주시어요."

잠이 든 듯도 하던 왕이 문득 번쩍 눈을 떴다. 희란마마를 노려보았다. 벌떡 일어나 앉았다.

"뭐라? 감히 짐에게 무어라 청한 것인가? 누굴 어찌하라고? 다시 말해보오."

"우리 혁이 어찌하시렵니까. 신첩 오직 하나 간절한 소원입니다. 우리 아기를 인제는 왕자로 인정하여 주시어요. 벌써 그 아이 다섯 살입니다."

"이미 그 일은 오 년 전에 끝이 난 일이오. 그만 하오. 그는 짐이 들어줄 수 있는 범위를 벗어났소이다. 종실과 할마마마의 윤허가 필요한 일이오. 짐 혼자서 못하는 일이니 그만 하오."

담담하고 차분하였으나 완강한 거절이었다. 헌데 무슨 일이든 제 뜻대로 하고야 말고, 젊은 왕이 제 치마폭 아래 있다 너무 자신만만한 희란마마, 오판을 하고야 말았다. 무슨 일이든 다 들어주신다 하고서 눈을 흘기었다. 생일날, 하루 종일 변덕스런 왕 때문에 마음 졸인 일이며, 살얼음 같은 성총에 기대어 살아야 하는 팔자, 불안해서 못살겠다 그만 눈이 어두워졌다.

"전하, 어찌 이리 가혹하십니까? 실로 이 누이가 작정하고 말을 한다 치면은 할 말이 없는 줄 아십니까? 우리 혁이가 대체 뉘 소생입니까?"

"……짐이 어찌 아오? 그거야 어미인 누이가 잘 알 터이지."

애욕의 달그림자 165

덤덤하고 나직한 한마디. 뼈골이 서늘할 정도로 냉정한 목청이었다. 희란마마의 억장이 뒤집어졌다.

"마마, 안즉도 신첩을 믿지 못하셔요? 흑흑흑. 다른 것은 전부 이 누이 말대로 믿으시면서 어찌 소생 문제에 대하여는 이리 가혹하시고 냉정하신지요? 참으로 무정한 손! 혁은 무어라 하여도 마마의 씨앗이니 천륜을 어찌 끊을손가? 전하께서 우리 아기를 소생으로 인정 아니 하시니 이 누이가 다른 사내를 상대하였다는 망측한 구설에 오르고 천하의 탕부로 욕을 먹는 것이 아니니까? 주상 한 분 일편단심으로 은애하여 그 용체 지성으로 뫼신 죄뿐인 이 누이가 요망한 암여우라 욕을 먹사옵니다."

"그만 하오. 다른 것은 모르되 왕자 문제는 짐이 윤허하지 못할 일이오."

"전하! 통촉하옵소서!"

그러나 아무리 조르고 앙앙대도 그 문제에 대해서는 왕은 도무지 입을 다시 열지 않았다. 침묵한 채 꺼이꺼이 줄초상난 사람처럼 앙탈하며 흐느끼는 희란마마 머리통만 노려볼 뿐이었다. 석상처럼 팔짱 끼고 그저 잠자코 지켜보다가 한마디 심드렁하게 내뱉었다.

"그만 하오. 짐이 점점 불쾌해집니다. 짐이 들어줄 수 있고, 들어줄 수 없는 노릇이란 것이 있어요."

"흑흑흑, 불쌍한 우리 아가. 오직 한 분 왕자로 태어났으되 아비로부터 인정도 받지 못하는 신세라니. 흑흑흑. 마마, 오직 신첩의 소원이여요."

"……평생 혁이 놈, 짐이 뒤를 보아주면 되지 않소? 그것으로 만족하오. 짐이 오랫동안 원자를 얻지 못하면 달리 생각하여 그놈을 양자 삼는 수도 있을 것이고……. 안즉 시일이 많으니 찬찬히 생각합시다. 이는 허투루 해결할 일이 아니지 않소?"

조르고 졸라 겨우 얻어낸 말은 마지못한 그 한마디였다. 허나 나중에 끝내 왕이 다른 소생을 얻지 못하면 양자 삼아준다는 그 말 한마디가 희란마마에겐 백 년 가뭄 끝 내린 단비나 다름없었다. 기운을 얻은 그녀는 왕의 턱 밑에 한 발 더 바짝 다가앉아 온몸을 흔들며 다시 꼬였다.

"허면은 마마, 언젠가는 그리하여 주신다는 비망기(備忘記)라도 한 줄 적어주시와요. 네에?"

"짐의 말이 약조인 게지. 번잡하게 비망기씩이나! 자꾸 누이가 이렇게 귀찮게 하는 뜻은 짐의 말을 영 믿지 못한다는 뜻이겠다?"

마침내 짜증기가 서린 용안으로 왕이 내뱉었다. 여기서 조금 더 돌려 딱 비망기 한 줄을 받아내야 하는데…… 희란마마 잠시 갈등하였다. 그러나 옆옆굴을 보인 왕의 수려한 이마에는 이미 손댈 수 없을 정도로 짜증이 서려 있었다. 급하고 사나워 제 성미에 맞지 않는 일이 계속되면 화산처럼 터지고야 마는 왕의 성질머리를 잘 아는 희란마마였는지라, 일단은 한 발 물러날 수밖에 없었다.

"신첩은 오직 마마만 믿고 살고 있사와요. 가련한 저희 모자(母子) 목숨은 다 전하의 성총에 달려 있사와요. 허니 우리 모자를 버리지 마셔요, 마마. 네에?"

살살 꿀이 녹는 목청으로 아양 부리는 희란마마. 늠름한 왕의 날 가슴에 옥돌 같은 낯을 대이고 잠을 청하였다.

'아이, 아쉬워. 손톱 끝만큼만 더 고집부려 혁이를 왕자 삼는다는 비망기라도 받았으면 얼마나 좋아. 그래도 말씀이나마 확실한 약조를 받았으니 이것이 어디야?'

가마 타고 궐을 나오는 희란마마 얼굴에 희색(喜色)이 만면하였다. 전하께서 안으신 다른 궁녀들을 잉태하지 못할 날만 가려가려 바치고, 지난번 승은받아 냉큼 회임을 한 연주 년 같은 계집은 밑구멍을 쑤셔 훑어 낙태를 시켜온 이유가 무엇이더냐? 유일한 소생으로 오직 혁이 놈만 남기려 함이 아니더냐? 인제 되었다. 몇 달을 두고 더 살살 긁어주고 졸라대면서 저들 중신들 떼로 일으켜 공론 만들면 우리 아기는 왕자로 인정받을 게야.

'허나 만에 하나 모를 일. 우리 아가가 왕자로 인정받지 못함을 대비하여 후사를 도모해야지.'

간특하다 못해 천인공노할 꿍심을 마련하고 있는 희란마마 월성궁으로 돌아가자마자 신임하는 아랫것을 불렀다.

"너 산채로 나가 양주부 좀 보자 하여라? 내가 며칠 내로 세암정 별저로 나갈 참이다. 게서 남 눈 피하여 한번 보잔다 하여라."

"예, 큰마마."

또 다른 심복을 불러 당장 사친과 이조판서를 불러들여라 하명하는 희란마마. 대체 무슨 수작을 준비하고 있는 것인가?

제6장 아름다워라, 님의 인덕(仁德)이여

　　　　　　월성궁에 도사리고 앉은 희란마마가 제 아비와 심복인 이조판서 이훈을 앞에 앉혀두고 수군수군. 제 아들놈 왕자 삼아 세자 올리자 천인공노할 공론을 만들고 있는 즈음, 악독하고 궂은일 몰래 시키는 심복 놈 불러다 놓고 이러쿵저러쿵 악한 계교 하명하는 그즈음. 성덕궁, 교태전.

만물이 생동하는 이월이다.

어린 중전마마는 가정당 대청마루에다 바구니 벌려놓고 곱게 앉으시어 한 뜸 한 뜸 정성스레 수를 놓고 있던 참이었다.

〈부모은중경(父母恩重輕)〉. 검은 비단 바탕에 은빛 색실로 수놓는 글씨가 정성스러웠다. 사친인 부원군을 생각하는 중전마마 효심이었다. 지난 겨울부터 긴긴 밤 내도록 앉아 수놓았다. 완성하여 병풍으로 만들어 아버님께 내려 드릴 작정이었다. 다음 달이 사친이신 부원군 환갑이다. 팔 폭 중 일곱 번째가 거의 끝나가는 중이었다.

"아아, 볕이 너무 따스하구나. 수틀 치우거라."

중전은 문득 놓던 수틀을 치워라 하고는 손수 문을 활짝 열었다. 훈김이 흐르는 바깥의 춘색(春色)이 기가 막히다. 절로 외롭고 우수 어린 양 볼에 살풋 웃음기가 돋았다. 가정당을 둘러싼 수풀에 연둣빛 새싹이 좋고 금잔디 깔린 언덕은 벌써 초록빛이 무성하다. 가려화는 흰 종 같은 꽃을 달고 바람에 흔들리며 화사한 두견화가 진분홍 꽃잎을 조용히 벌리는 아름답고 조용한 봄날 오후였다.

"실로 새 봄의 풍광이 기가 막히구나. 나는 교태전 울타리 안에서는 예가 제일 좋아. 조용하고 조촐하니 이 몸의 성정과 비슷하거든."

혼잣말처럼 하시는 말씀이 고적하였다. 가정당은 번잡하고 화려한 교태전의 후원에 호젓이 서 있는 별당이다. 네 칸 대청을 사이에 두고 좌우로 방 하나씩이 달려 있는 작고도 우아한 건물이다. 주로 어린 공주마마께서 장성하여 공주궁인 서궁으로 가시기 전에 유모와 머무르시며 어마마마인 중전마마의 곁에서 가르침을 받는 거처로 사용되었다. 아직 공주가 없으니 비워져 있는 전각인데, 언제부터 중전마마는 이곳 가정당을 심히 좋아하시어 주상께서 교태전에 아니 들어오시는 대부분의 날을 이곳에서 거처하였다.

옆에서 시중들던 윤 상궁이 가만히 듣자 하다가 망극하여 고개를 숙였다. 중전마마께서 정전인 교태전의 호사스럽고 넓은 치장을 모두 다 싫다 하고 오직 이곳을 사랑하시는 이유를 그녀만이 짐작하는 터였기 때문이다. 망연히 봄빛 무르익은 바깥 뜨락을 내다보시는 중전마마의 쓸쓸하고 조용한 옆얼굴을 바라보며 윤 상궁은 속으로 우리 불쌍한 중전마마, 중얼거릴 뿐이다.

그러니까 불과 달포 전이다. 우원전 침전으로 월성궁 계집을 불러 시침을 드는 것으로도 모자랐던가. 감히 무도하고 방자한 그 계집이 겁도 없이 중궁 동온돌에서 상감을 모시어 침수 시중들겠다고 나서기까지 하였다는 기함할 소문이 퍼졌다. 신첩을 사모하는 정을 보여주시어요. 진정한 마마의 안곁은 신첩이니 그 정을 드러내어 주시어요, 감히 방자하게 차고 들었다 하였지.

아무리 왕이 중전을 소박 주고 허수아비로 여긴다 하여도 교태전은 오직 정궁의 영역이었다. 그런데 그곳까지 월성궁 계집이 들어오겠다고 나선다니, 그건 참으로 사람 노릇이 아니었다.

주상 당신의 공간인 우원전에 붙은 침전도 아니요, 대청 하나 넘으면 중전마마 눈과 귀 버젓이 있는 터에 잉첩이라 하는 월성궁 여인네가 같이 침수 들겠다고 나섰다면 이것은 중전더러 그 계집이 대놓고 하는 조롱이오, 무시함이 아닐 것이냐? 감히 그 계집이 그런 짓을 하겠다고 나섰다면 이것은 지아비이신 왕이 매사 그 계집 편을 들고 중전마마 능멸함을 방조하지 않았다면 절대로 가능하지 않은 일이었다.

당연한 일이겠지만 다행히 상감마마께서 교태전은 정궁의 영역인데 감히 어찌 침노하리오, 단칼에 노화까정 내며 그 말을 잘랐다 하였다. 아무리 성총 깊어도 법도라는 것이 있는 법. 그런 말은 다시 하지 말라 일갈을 하시었단다.

천하에 못 이룰 것 없이 기승스럽게 굴며 건방지게 방자한 엉덩이 흔들어가며 궐 안의 법도를 제 맘대로 헝클어뜨리던 방자한 계집이 단단히 혼났다네. 말을 전하여준 장 내관 얼굴은 십 년 묵은 체기가 가신 듯하였다.

허나 비록 입 봉하고 듣기만 하였으되 어린 중전마마 심중에 박힌 원망은 깊었다. 아무것도 모르고 순결한 사모지심만 가지며, 부덕을 쌓고 기다리면 될 것이거니 하던 순진한 기대가 무참하게 박살이 난 것이었다. 생각하면 할수록 기가 막히고 아뜩한 일이라. 아무리 어진 중전이라도 심화가 아니 끓을 것이며 분기가 아니 날 것이던가? 깊은 인간적인 모멸감이었다. 실로 왕이 중전마마를 얼마나 하찮게 여기시는지 게서 다시 한 번 드러난 것일지니. 어질고 조용하나 결기 곧고 자존심이 강한 중전 심중에 묻힌 깊은 상처는 쉬이 아물지 않았다.

"차를 한잔 올리리까?"

"그리하여 주오. 봄빛이 너무 좋으니 운치있게 춘설 한잔 하고 싶소."

가정당은 비록 작은 건물이었으나 높은 곳에 있어 전망이 시원하였다. 아름다운 후원에 둘러싸여 있으니 조용하였다. 보고 듣기 괴로운 일들을 잠시나마 잊을 수 있었다. 은밀한 여인네의 심처이기에 그곳 주인이 부르지 못하면은 주상께서도 발길을 못하시는 곳이다. 하여 중전은 주상께서 월성궁으로 나가셨다 하면 서온돌 넓은 방을 두고서 이곳에 올라와 주무실 정도였다.

어린 중전마마께서 사가의 후원 초당처럼 조용하고 외진 그곳에 자주 발길을 하심은 마음의 괴로움을 잊어보고자 함도 있으나 또한 옛적 초당에서 유모와 조용히 살던 그때를 그리워함이었다. 철없이 맑고 근심없이 뛰어놀던 그때를 안타까워함이었다.

"실로 날도 좋구나. 이런 날, 그네라도 뛰어보았으면 좋겠다. 아니면은 잠시 궐 밖에라도 나가보았으면…… 초파일이 언제지?"

"달포는 되어야 하나이다. 대왕대비마마께서 초파일이면 봉은사로 나가시니 전하께 주청하시어 같이 다녀오시지요."

"그럴 수는 없지. 불사(佛事)야 사사로운 믿음이나 나는 중전이 아닌가? 그리하면 조하가 발칵 뒤집혀질 것이야. 전하께서 우세가 될 것이니 어찌 함부로 하겠느냐? 게다가 이 중전이라 하면은 무엇이든지 조롱하시는 전하이시니 내가 입을 벌리면 금세 타박하실 것이다. 휴우— 헛된 꿈이지. 내가 후원이나 한번 거닐 것이다. 따라오지 마시오, 홀로 걷고 싶으니."

늘 시립하는 궁녀까지 물리고 중전은 홀로 금원문을 넘어섰다. 월동문 넘어서서 수풀 짙은 후원에 들어서는 순간, 고적한 볼에 미소가 어리었다. 언제나 이곳에만 들면 마음이 편안하였기 때문이다.

대궁 안 넓은 후원은 주상전하와 중전마마 이외에는 윤허가 없으면은 감히 뉘도 들어설 수 없는 곳이다. 후원 별칭이 금원(禁苑)이라 함은 적절한 것이었다. 궐 안 호사며 사치가 딴 곳이 아니라 바로 여기니, 나라 안팎에서 모아들인 기기묘묘한 괴석이며 기이한 화초며 수풀이 아름다웠다. 게다가 고운 새들이며 토끼며 꽃사슴에 날다람쥐가 제집처럼 뛰노는 곳이니 어린 짐승 좋아하시는 중전마마 성품에 흐뭇하였다. 딴 곳은 몰라도 중전마마, 궐에 들어와 후원에만 들어오면 그래도 내가 궐에 잘 들어왔지? 싶으신 터였다.

걸어서 거의 두 식경을 가면 후원 가장 깊은 곳에 도착한다. 그곳에는 병풍처럼 둘러싼 주한산 계곡물이 모여 만들어진 호수가 있었다. 천제연이다. 푸른 물에 기둥을 적시며 날아갈 듯이 선 정자가 하나 있으니 침향정이라. 중전마마가 궐 안에서 제일 좋아하는 곳이었다.

봄이면 주위의 버들이 하늘거리고, 여름이면 푸른 옥거울 같은 수면에 솟아오는 연꽃이 장하였다. 가을이면 앉아서 바라보는 먼 산 단풍이 화려하였다. 겨울에는 유리창 너머 바라본 설경(雪景)이 아득하니 침향정에 앉아 있노라면 그저 평화롭고 적요로웠다. 그곳에 올라 글씨를 쓰시고 서책을 읽으시고 시를 읽으실 때면 중전마마는 당신 처지가 얼마나 답답하고 가엾은 것인지 가끔 잊어버리곤 하였다.

옥보를 천천히 옮기어 침향정까지 가시는데 길섶의 우담화 한 송이 꺾어 손에 들었다. 반가운 새소리에 귀를 기울이시며 생긋 미소 지으니 볼이 복사빛이다. 한 번도 주상전하 앞에서는 드러내지 못한 얼굴이니 그 표정이 귀엽고 아담하였다.

　날렵한 정자에 오르신 중전마마, 먼 하늘 바라보시며 봄바람에 실려오는 궐 바깥 생각도 하시는구나. 어린 시절 동무들 생각도 하다가 초간택 때 만난 동무 보아 아씨 생각도 하다가 철없이 즐겁게 그네 뛰던 옛적 생각을 하시다가…… 문득 살짝 이 깊은 후원 고목에 그네를 달아주오, 부탁하여 볼까 궁리하였다.

　'단오에 그네 뛰는 것은 남들도 다 하는 풍습이니 이 중전이 뛰는 것도 흠은 아닐 것이야? 이렇게 깊은 곳에 달아두고서 홀로 그네를 뛰는데 뉘가 흉을 볼 것인가? 전하께서 아니 들어오시면 이 중전만 들어오는 금원인데 말이야.'

　일단 대왕대비마마께 그리하여도 될까요? 여쭈어보고서 그네 달아다오 하리라 생각하였다. 인제 저물 참이라 돌아가야지. 저물어 가는 노을을 등지고 아기작아기작 걸어오던 왕비는 문득 이런! 해 연히 소리쳤다.

　"아, 이 참혹한 일을 어찌할꼬? 필시 족제비 짓일 것이다."

　바닥에 흉하게 떨어진 새집이 있었다. 그 속에는 털도 아니 난 뻘건 새 새끼가 두 마리가 고물거리고 있었다. 아마도 어미 새는 제 새끼며 새집을 지키려다 죽은 듯싶었다. 날개가 반쯤 뜯긴 채 죽어가고 있었고 휙 하고 달아나는 그림자가 꼬리가 길었다. 그 입에는 이미 새 새끼 한 마리가 물려 있었다. 실로 참혹하고 불쌍한 광경이라 어린 중전마마 절로 눈물이 글썽하였다.

　"만물이 생동하는 이 봄에 너는 털도 아니 난 것이 생명을 잃어버리는 불쌍한 처지더냐? 어찌 그리 이 중전하고 똑같은 신세더냐?"

한 번 마음껏 저 하늘을 날지도 못하고 날개가 꺾인 새가 피지도 못하고 소박받아 시들어가는 중전 자신의 팔자와 똑같다 싶었다. 중전은 나직하게 한숨을 쉬었다. 두 마리 새 새끼 중에서도 한 마리는 이미 머리가 으깨어져 숨이 끊어진 터이고 오직 한 마리만 살아남았다. 힘없이 삐약거리는데 그놈도 실은 죽을 둥 살 둥이었다. 중전은 그 불쌍한 새 새끼를 옷고름에 잘 싸서 안았다.

"내가 보지를 못하였으면 모르되 이리 보았으니 너를 어찌하든 살려볼 것이다. 미물이라 하여도 산목숨은 귀한 것이거늘. 인제 내가 너를 삐약이라 부를 것이니라. 너가 살면은 이 중전도 살아갈 힘이 날 것 같구나. 반드시 살아야 한다, 삐약아."

그때였다. 요란스런 웃음소리가 저만치에서 가까워져 왔다. 주상 전하의 호탕하고 거침없는 웃음소리였다. 그 웃음에 묻히어 여인네 요염한 앙탈이며 방자스런 교태 부리는 짓거리가 귀를 두드렸다. 필시 월성궁 그 계집이 오늘도 쪼르르 대궐에 들어와 왕을 미혹하여 하루 방탕한 모양이었다. 생각하지도 못한 왕과의 만남에 중전은 순간 석상이 되어버렸다.

왕은 수하 예닐곱을 뒤딸리고 옥보를 옮기어 이쪽으로 오고 있었다. 봄날 한때 한적한 산보였다. 낭창한 허리 요염하게 흔들어 전하의 팔에 노골적으로 매달려 따라오는 이는 물론 희란마마였다. 보진재에서 이 누이 풍류잡이로 춤을 출 것입니다. 술잔이나 주시옵소서, 눈웃음을 살살 치는구나. 오랜만에 주안상이나 받자꾸나 하신 주상전하. 석강도 작파하고 금원으로 나오던 참이었다.

예상치도 않게 중전과 마주쳤다. 왕비도 깜짝 놀라 석상이 된 터이지만 왕도 당황하여 설핏 걸음을 멈추었다. 희란마마가 끼고 있던 팔을 슬며시 왕이 먼저 풀어 내렸다. 아무리 하찮게 여기고 네깐 것이? 하여도 육촌누이인 잉첩을 옆구리 끼고서 방탕하게 놀자 나오시다 중전을 딱 마주친 참이니 어쩐지 무척이나 면구하였다.

중전이 먼저 허리를 굽히어 절을 하고는 한 발 물러났다. 고개를 숙인 채 전하께서 지나가시기를 기다렸다. 이 깊숙한 중궁전 후원까지 월성궁 여인네를 데리고 나오시는 주상전하가 원망스럽다 생각도 못하고 그저 고개를 숙인 채 떨면서 다만 주상께서 오늘은 자신에게 트집 아니 잡으시고 그저 지나가 주시기를 바랄 뿐이다.

못난 이것이 대체 예서 무엇 하는 것이야? 무심한 듯 마뜩찮은 듯 시답잖은 눈길로 왕은 중전을 흘려 바라보았다. 중전이 고름에 싸안고 있는 것이 어린 새 새끼임을 금세 알아보았다. 바닥에 떨어진 새집과 죽은 어미 새며 옷고름에 싸안은 어린 새의 참혹한 광경을 보고서는 무슨 일이 일어났는지 대강 짐작하였다. 그러나 왕은 흥! 하고 비웃으시며 그대로 지나쳤다. 오히려 보란 듯이 희란마마의 야리한 허리를 팔로 끌어안아 죄었다. 유유자적 발걸음을 옮기시는데 일부러 중전마마 들으라는 듯이 심술궂게 한마디 툭 던졌다.

"그깟 새 새끼 한 마리에 유난을 떠는군. 저것도 중전이라고? 쯧쯧. 저 어린것은 대체 언제야 철이 들꼬?"

그깟 새 새끼 한 마리.

모퉁이를 돌아가며 요란스레 울리는 왕과 월성궁 여인의 고혹적인 웃음소리가 뼈에 아프다. 중전은 왕에게 자신의 존재가 그러하단 말인 것 같아 바들바들 떨며 하릴없이 시선을 하늘로 주었다. 그깟 새 새끼. 사나 죽으나 아무 거리낌 없고 의미없는 존재. 가련한 중전 자신의 의미. 중전의 볼에 옥루가 주르르 구른 것은 그때였다.

자기도 모르게 중전은 그 자리에 쪼그려 앉았다. 눈물이 흘러 앞이 아니 보이니 걸을 수도 없었다. 죽은 어미 새며 새끼를 그냥 버려두고는 갈 수가 없었기 때문이다. 나뭇가지로 땅을 파 구덩이를 만들었다. 두견화 나무 그늘에 죽은 어미 새와 새끼를 같이 새집에 넣어 묻어주면서 중전은 소리없는 오열을 그칠 수가 없었다. 한참 동안 훌쩍이며 쪼그려 앉은 채 눈물을 흘리다가 간신히 진정하였다. 중전은 얼마 후 진정하여 일어서며 속으로 자신을 타박하였다.

'내가 몹쓸 병에 걸렸도다. 요 근래 내가 마음이 섬약하여서 이리 눈물이 잦으니 어찌하리오? 할마마마께서 이르시기를 중궁전은 내명부의 수장이며 사직의 어미이니 스스로의 성정을 잘 다스리어 위엄과 체통을 잃어서는 아니 된다 하셨는데 내가 하릴없이 눈물을 흘리었으니 실로 부끄럽구나…….'

야윈 볼에 흐르는 눈물을 곱게 닦았다. 중전은 고름에 감싸 안은 어린 새를 쓸쓸하게 내려다보며 자그맣게 속삭였다.

"삐약아, 내가 슬프구나. 아무리 내가 중전이나 또한 사람이지 않더냐? 내가 오늘 심히 외롭고 울적하다. 지아비이신 전하께서 나를 이리 보잘것없게 여기시고 중전으로 부끄러워하시니 실로 내 인생이 하릴없는 것이란다."

듣지 못하고, 말하지 못하는 미물 앞에서 비로소 한 갈피 슬몃 드러내는 수줍은 연심(戀心)이 눈물에 젖어 아롱거렸다.

"삐약아, 내가 너에게만 말을 하는데…… 내가, 내가…… 전하를 많이 사모하느니라."

단 하나 소원이니 한 번이라도 지아비 전하께서 좋은 빛으로 보아주시면은 좋겠다. 중전은 살그머니 고개를 돌려 보이지 않는 님의 야속한 자취를 좇았다. 고름에 싸안은 어린 새를 바라보며 체념하여 쓸쓸하게 하소연하였다.

"내가 천하박색 촌것이라 너무 못난 터이니 전하께서 나를 은애하고 사모하여 주시기를 어찌 바라랴? 그냥 한 번만 용안 찡그리시지 않고 날 보아주셨으면 좋겠다. 그도 아니면은 중궁전 들어오시어 옆방에 계시기라도 하시면은 문틈으로나마 잘난 용안이라도 훔쳐보련만……. 삐약아, 내가 이리 간절히 외사랑을 하고 있는 줄 대전마마께서는 모르시겠지? 아마 아시면은, 필히 못난 것이 언감생심 꿈도 장하다 타박하시고 노화내실 게야."

쓸쓸히 어린 새 새끼 한 마리 주워 중궁전으로 타박타박 걸어 돌아가시는 중전마마 뒷그림자가 길게 늘어졌다. 노을이 처연하게 좁다란 어깨 위로 깔린다.

허나 중전은 알지 못하였다. 그 얼마 후 왕이 그 길을 다시 돌아오다가 유심히 새집이며 죽은 새 새끼 어디 갔나? 찾으시던 것이다.

실은 전하께서도 천지간 외로우신 분이니 어렸을 적부터 어린 길짐승, 날짐승 좋아하시고 키우시기 즐겨하신 터였다. 아까 전에 중전이 불쌍한 새 새끼를 고름에 싸안고 있던 모양에 실상 왕은 희란마마만 없었어도 짐이 보오, 하고 싶었다. 새 새끼 살리는 방법도 알려주고 가엾은 어린 미물 보살펴 주니 그 심정이 착하오, 한마디 칭찬을 하고 싶었다. 허나 그런 말은 한마디도 아니 하시고 오히려 비웃은 터라 가슴에 자꾸만 걸리었다. 차마 그를 향해 고개도 못 드는 어린 중전의 모습이 어쩐지 가엾은 새 새끼와 겹쳐 떠올랐다. 보진재에 올라 희란마마 끼고서 질탕한 술잔을 기울이시는데 어쩐지 도통 술맛이 없으셨던 터다.

꽃 그늘 아래 도도록이 돋은 흙무더기 위, 두견화 한 송이가 올려져 있었다. 중전이 죽은 어미와 새끼 새 갈무리하여 묻어주었고나 싶었다. 왕은 의아하게 바라보는 희란마마 눈길에 그냥 빙긋이 웃고 말았다. 설명을 한들 장성한 사내가 그깟것에 신경을 쓴다 비웃음을 받을 것 같았기 때문이다. 희란마마는 짐승을 기르기보다 사냥하기 좋아하였다.

그날 이후로 은근히 자꾸만 마음이 쓰였다. 중전이 데려간 그 새가 살았을까, 죽었을까? 그깟것을 왜 짐이 생각해? 하다가도, 잠시만 틈이 나면 생각나고 또 생각나고…… 결국 왕은 그로부터 한 열흘 지나 잠시간 쉴 즈음에 기어코 중궁전에 들어가 보고야 말았다.

중전은 대왕대비마마를 뵈오려 창희궁으로 납시었다 하였다. 적적하신 대왕대비마마께서는 중전마마가 문후 여쭈오면 항시 조금만 더, 조금만 더 있다가 가오, 하시었다. 하여 왕비는 게만 나가면은 밤수라 받을 즈음으로 하여 늦게 돌아오고는 하였다. 그러하니 모처럼 왕께서 듭신 터인데 중궁전은 텅 비어 있었다.

조용한 햇살만 넘치는 중전의 방은 제 주인처럼 소박하고 단아하다. 반갑게도 짹짹 새소리가 났다. 파르란 새장이 창에 달려 있는데 얼기설기 나무로 짜여진 것이었다. 아마 아랫것들이 새장을 찾으니 그저 모양만 흉내 내어 만들어 바친 것인 듯하였다.

새는 살아 있었다. 그사이 제법 깃털이 나고 살이 통통하게 올라 있었다. 노란 눈에 등에 검은 줄이 난 곤줄박이라. 물 마시고 좁쌀 쪼다가 인기척이 나니 짹짹거렸다. 왕의 입가에 저절로 웃음이 머금어졌다. 웃기게도 새장 밖에 문패까지 달려 있다. 언문으로 〈삐약이 집〉, 꼭대기에 달린 당호가 걸작이었다. 서음당(瑞音堂), 당호를 턱 하니 정하여 조약돌같이 야문 글씨로 편액을 붙여주었으니 실로 새 한 마리 누리는 호사가 기가 막혔다.

"핫하하, 웃기도다. 중전 이것이 은근히 골계가 있지 않느냐? 허긴 오죽 마음 붙일 것이 없으면은 이리 새 한 마리 가져다 놓고 별 희한한 일까정 다 하였을꼬? 짐이 그를 소박 주나 다소간 불쌍하다. 이리라도 즐겁다니 다행이로고."

어린 새가 살아 생기발랄한 모양이 반갑고 즐거우시다. 동시에 중전이 다소간 마음에 기쁜 일이 있다 싶으니 그도 은근히 다행이다 싶었다. 왕도 짓궂으니 중전 서안에 올려진 먹통에서 먹물을 찍었다. 서음당 당호 밑에 일필휘지, 가희(嘉喜)라고 적어주셨다. 당신도 삐약이놈 집 그 당호가 마음에 드신다는 뜻이었다.

그날 밤, 중전마마 돌아와 그 편액에 적힌 주상의 어필을 보았다. 발갛게 볼을 붉히었다. 가슴이 콩닥콩닥 마냥 뛰었다. 자신의 어린 치기(稚氣)를 두고 전하께서 비웃지도 않고 잘하였다 동참하여 주신 것은 실로 처음이었다. 그리운 님을 바라듯이 밤 내내 잠을 못 이루고 그 글씨만 들여다보는구나.

허나 무정한 님의 발길은 그 길로 뚝. 서로 닿는 마음은 아직 먼 길이니, 왕은 더 이상 서온돌을 찾아주지 않았다.

중전마마, 삐약이를 들여다보며 쓸쓸한 혼잣말. 너가 이리 생기를 찾아가는데, 이렇듯이 어여쁘게 자라가는데 전하께서 다시 한번 더 보러 오시면은 좋겠구나. 저를 보고 작으나마 외로움을 달래셔요, 하듯이 처연한 어깨 위로 짹짹 다정한 삐약이의 노래가 앉았다.

이토록 고적한 여심(女心)이여. 서러운 외사랑이여.

어린 중전마마. 버선발 들어 대전의 처마 끝 바라보며 하냥 마루에 서 있어보지만 님의 자취는 찾을 길이 없네. 홀로 누워 차가운 금침 자락만 쓰다듬는 동안 긴 밤이 또 하나 스러져 간다.

이토록 간절하게 무심한 지아비 전하를 그리워하고 기다려 보지만 아무 소용이 없음에랴. 주상 성총이야 여전히 희란마마에 대한 일편단심. 월성궁에 벌어지는 진진한 낮밤 재미에 딴 곁 돌아보실 뜻이 조금도 없으시다. 또한 간교한 희란마마, 혹여라도 주상전하께서 마음 달라지고 중궁전으로 납시실까 봐 한시도 그 경계의 눈길 늦추지 않으니 어린 중전마마 그 수단에 어찌 당할 것이며 순진한 젊은 왕이 씨줄날줄 첩첩한 정해와 애욕의 그물에서 어찌 빠져나올 것인가?

그날 왕은 서재인 기오헌에서 늘 하던 대로 글 스승 대제학을 앞에 두고 글씨 연습을 하고 있었다.

남들은 무소불위 권력에다 온갖 인세의 호사를 한다고 왕 노릇을 부러워하지만 실상 이것이 한량없이 사람을 지치게 하였다. 오죽하면 만 가지 일이라 하여 만기라고 할까? 축시(丑時:새벽 네 시)에 기침하여 침수를 드는 시각까지 단 한 시도 쉴 틈 없이 물레방아 돌아가듯이 종종걸음을 쳐야 하는 것이 왕 노릇의 전부였다.

이놈의 강학만 하여도 아침 점심 저녁 세 번인데 한 번만 게으름 피우고 아니한다 물리면 당장에 혼몽한 군주는 용상에 앉을 자격이 없음이라. 부대 노력하소서. 빗발 같은 상소질이 뒤통수를 후려쳤다.

그것만인가? 달포에 서너 번은 사직이며 종묘 천신. 국가의 행사도 좀 많은가? 줄줄이 겹쳐 있는 능행 거동에다 쉴 만하면 군사훈련 있으니 친림하소서 하였다. 사나흘이나 군막 차려놓고 도성 지키는 훈련 마치고 돌아왔더니, 이 무정한 왕 노릇이라는 것이 하루도 편안하게 쉴 틈을 주지 않았다. 그날은 하도 힘들어 석강 대신 삼정승 모아놓고 지루한 정사 논의하는 자리에서 슬쩍 한번 졸았다. 이것 보라지? 당장에 삼사(三司)에서 동시에 치고 들어와 아래에 모범을 보이셔욧! 난리, 난리, 대난리를 부려댔다.

참으로 인정이 있달지면 그리는 못하리라. 그들도 한번 새벽부터 밤까지 무쇠마냥 시키는 대로 강학하고 정사 논의하고 두 지게는 넘는 상소 날마다 읽고, 몇 장인지 셀 수 없는 교서 내리고 중신 모아 날마다 국론 하명하여 보아라. 인간이 살 수나 있는지. 어지간한 사람 같으면 벌써 진력을 내고 천만 번은 도망갔으리라. 다행히 젖먹이 때부터 원자이니 익혀온 습관이라, 사람은 당연히 그리하고 사는 줄로만 아는 상감마마. 그날도 곤함을 꾹 참고 하라는 대로 경전 베껴 쓰고, 뜻풀이를 하였다. 더없이 진지하게 다 알아듣소이다 하는 용안으로 대제학이 찬찬히 설명하는 경서 해설을 들었다. 눈을 들었을 때에는 땅거미가 펼친 책장 위로 걸어들고 있었다. 장 내관이 무릎걸음으로 들어와 등에 불을 붙였다.

"금일은 이만 하옵지요. 날이 저물어갑니다."

"그리하오. 수고하였습니다. 차를 드시지요."

소반과 불러들여 스승을 접대하였다. 활달한 성정에 사냥놀음이나 좋아하고 활 쏘기, 말 타기에 검술이며 격권 연습이라. 격구채 휘두르며 씩씩하게 놀기 좋아하는 상감마마. 이 며칠 내내 편전에만 붙잡혀 서안 앞에 두고 너 잘못하였소, 무조건 하여 주오, 더 잘 하시오 하는 상소 두루마리만 읽었던 차이다. 심히 지친 얼굴로 대제학을 배웅하였다. 그러고 나서 털썩 자리에 그대로 주저앉았다. 내관에게 하명하였다.

"짐이 금일은 심히 곤하구나. 문을 닫고 외인을 물려라. 이 밤에는 아무도 알현치 않으리라."

"분부받자옵니다."

침전으로 들어가 용포를 벗고 편안한 의대로 갈아입었다. 맞춤하여 석수라가 들어왔다. 하루 종일 앉아서 골치 아픈 이야기만 들었더니 입맛마저 사라진 듯하였다. 차수 대접 물리면서 바깥으로 면한 지창(紙窓)을 손수 열었다.

꽃피는 시절이니 저물어가는 어스름에 하이얀 매화꽃 살구꽃. 도화(桃花)에다 이화(梨花)로다. 작달막한 연짓빛 두견화까지 하여 흐드러진 꽃내음이 물큰 몰려왔다. 그 꽃들을 보고 있으려니 문득 어진 아바마마 옥음이 귓전에서 쟁쟁하게 들려왔다.

"세자는 저 꽃을 보니 어떤 생각이 드는고?"

"곱습니다, 아바마마. 어마마마 치맛자락 같사옵니다."

"꽃이 곱다 하는 것은 네 배가 고프지 않기 때문이겠지."

"어찌 그러하옵니까?"

"봄꽃들이 피는 이때가 가난하고 어려운 백성들이 제일 넘기기 힘든 시절이니라. 보릿고개라 하는 것이다. 백성더러 물어보면 그들은 아마 저 꽃더러 하얀 쌀밥이었으면 할 것이다. 너가 훗날 보위에 올라 때를 살피는데, 쌀밥 같은 저 꽃들이 피는 것을 보면 아, 평창을 열어 구휼을 할 시절이 돌아왔구나 생각하여라."

그 말씀을 반드시 명심하리라 굳게 다짐하였다 헌데 짐은 혼자 몸의 즐거움과 밤의 향락에 취하여 그 말씀을 까마득히 잊어버렸고나. 누이를 옆구리에 끼고 사냥터에 나아가 호연지기 키울 생각만 하였지 무어야. 문득 왕은 무척 면구하고 민망하였다.

'그러고 보니 짐이 미행(微行)을 언제 하였더라?'

찬찬히 돌이켜 보니 까마득하였다. 알게 모르게 인(人)의 장막에 가로막혀 아첨하는 인간들의 입에서 나오는 〈잘하옵니다〉, 〈잘되어 갑니다〉 소리만 믿고 무심히 지내온 터가 아니던가. 짐이 그동안 천지분간 못하고 월성궁 누이 치마폭에서 향락만 하는 혼몽한 군주가 되고 말았도다. 입맛이 유난히 썼다.

이미 그의 나이 약관 스물. 보위에 올라 군주 노릇한 지도 열 해를 헤아릴 참인데 용상의 위엄을 누리며 잘난 척하는 것보다 사직을 책임진 무거운 책무를 스스로 헤아리지 못한다면 그것도 이상한 일이다.

'생각난 김에 한번 이 밤에 미행을 나가볼까? 도성을 돌아보고 백성들이 어찌 사나 한번 구경하여지. 녹을 먹는 인간들이 제대로 일을 하는지도 알아보아야 하구. 흠. 그리고 내일은 평창 문을 열어라 하명하여야겠다.'

속으로 하나하나 헤아리며 상감마마, 스스로 대견하여 목청을 돋우었다.

"재관이 게 있느냐?"

문 하나 사이 두고 늘 상감마마 신변을 지키는 지밀위사 윤재관이 들어와 앞으로 다가와 한 무릎을 꿇었다. 간편한 군복 차림에 이마에는 건(巾)을 묶고 항시 빼 들 수 있도록 장검을 비껴찬 모습이다. 궐을 지키는 내금위 무장들과는 영판 다른 모습인데 그것은 윤재관이 왕의 최측근에서 항시 용체를 모시는 지밀무장이기 때문이다. 왕이 나직하게 하명하였다.

"밤이 되면 짐이 미행(微行) 나갈란다. 내일은 조하 일이 쉬는 고로 밤새 도성 거리나 한번 둘러볼 참이다. 아무도 몰래 너하고 일성이하고 짐을 배행하여라."

"명심 봉행하겠나이다. 차비하겠습니다."

시각을 알리는 파루 소리가 은은히 울려 퍼졌다. 금원 뒤편에 위치한 인경문이 살짝 열렸다. 여염집 선비인 양 무명 도포에 헌 갓 쓴 상감마마와 시중드는 장 내관, 지밀위사 두 사람이 탄 말 네 필이 그 문을 나섰다.

윤이월.

코끝을 스치는 바람이 맵싸했으되 한편으로는 훈훈한 땅 김이 느껴졌다. 돌돌돌 물이 흐르는 청계를 따라 마필이 또각또각 줄을 지어 달렸다. 야심한 시각이니 인적이 거의 끊어진 길을 지나 번화한 종로통에 도착하였다. 이리저리 난전이 벌려진 장시 바닥은 안즉 횃불을 걸어놓고 물건을 파는 상인들이 짐을 늘어놓은 채였고 두런두런 사람들이 오가고 있었다. 주가(酒家) 깃발을 걸어놓은 모퉁이에서는 한량들의 시비가 붙었는지 시끌시끌 소란하였다.

"인제 걸어갈란다. 말을 타고서야 어찌 시정 사정을 구경하니? 상선은 짐의 말을 보살펴라. 너희는 짐을 따르고."

"예, 전하."

젊은 상감마마, 날쌘 호랑이처럼 훌쩍 말에서 몸을 날렸다. 삿갓을 쓰고 헝겊으로 둘둘 싼 검을 가슴에 품은 정일성과 윤재관도 왕의 뒤를 서둘러 따랐다.

"술이나 한잔하련?"

"목구멍이 컬컬합니다요."

호쾌한 성정이라 정일성이 마다않고 서글서글 대답하였다. 세 사내는 시정잡배처럼 주가의 평상에 앉아 거친 막걸리를 한잔 따라 마셨다. 그러면서 주변의 사람들 이야기에 귀를 기울였다. 딱딱이를 치며 순검을 도는 순라군들이 지나간다. 인제는 파장이라 주섬주섬 상인들이 난전을 거둬들이기 시작하였다. 주가에 붙어 앉아서 마냥 부어라 마셔라 취하던 주정뱅이들이 허우적거리며 집으로 돌아가고 투전판에 시비가 붙어 멱살잡이를 하던 사내들도 딱 순라군에게 걸려 돌멩이처럼 질질질 딸려갔다. 왕의 눈에 비친 도성 거리. 여느 날과 다름없이 북작하고 조용하고 소란하고 잠잠하고 마냥 예사스러웠다.

자정을 알리는 파루가 쳤다. 이내 거리를 오가는 인적이 뚝 끊겼다. 멀리 대궐과 관아에서 피워놓은 불빛 몇 개만 깜빡거릴 뿐 중경 거리는 어둠과 정적에 젖어들어 고요히 잠에 빠졌다. 별빛만 내려다보는 야심한 밤을 걸어 잠시 후 왕과 그를 따르는 두 무사가 접어든 곳은 사오개였다. 역관들이 주로 살아 명국. 바다 건너 야스다국이며 요란족의 상인이며 사신들이 많이 거처하는 곳이기도 했다. 막 세 사람이 넉넉한 살림의 역관들 기와집 돌담을 지나가는데 대문 하나가 삐걱 열렸다. 누가 볼세라 이리저리 휘돌아보다가 재빠른 동작으로 획획 달려가는 검은 인적을 바라보던 왕은 문득 발걸음을 멈추었다. 자신의 눈이 착각을 한 것은 아닌지 나직하게 확인하였다.

"보았느냐?"

"예, 전하."

"차림을 보자 하니 명국 사람이 아니냐? 이 야심한 밤에 어디로 오가는가?"

"실로 신도 기이하옵니다. 파루가 친 다음에는 누구도 움직이지 못함이며 하물며 이국인임에랴. 국법을 어김인 줄 아옵니다. 따르리까?"

"짐도 궁금하다. 은밀한 시각에 움직임은 반드시 사람 눈에 알려져서는 아니 될 흉험한 일을 준비함이라. 따라가자."

새매처럼 날카로운 눈을 빛내며 왕과 두 무장은 앞서 달려가는 그림자를 쫓았다. 명국 옷을 입은 그림자 둘이 넘어간 곳은 대궐 가까이 동네인 번동이었다. 권문세가가 모여 있어 고루거각이 즐비하게 모여선 골목길. 어둔 밤이라 정확하게 어딘지 분간할 수가 없는 집 대문 앞에서 사내들이 기묘한 소리를 냈다. 휘파람을 부는데 언뜻 들으면 밤새가 우는 듯도 하고 짐승이 신음하기도 하는 기이한 소리였다. 그것이 신호인 듯 삐걱 거대한 대문이 열렸다.

무어라 무어라 나직하게 서로 말을 주고받는 듯하더니 대문 안에서 말이 끄는 큰 수레가 두 대 굴러 나왔다. 사내들이 그 수레에 올라탔다. 조용한 밤이라 급하게 질주하면 사람들 눈치를 채일까 조심하는 듯했다. 따가닥 따가닥 천천히 소리 내지 않으려 조심하며 골목길 모퉁이로 사라지는 마차를 바라보다 왕은 정일성을 돌아보았다.

"너 저 마차를 따라가거라. 가서 저 인간들이 무슨 짓을 하는지 반드시 알아오라. 할 수 있겠느냐?"

"심려치 마시옵소서. 신이 봉행하겠나이다."

지밀위사들 중에 날래기로 소문났다. 정일성이 눈에 보이지도 않을 정도로 재빠르게 몸을 날렸다. 금세 어둠 속으로 사라졌다. 윤재관이 한 발자국 다가섰다.

"별일은 아닐 것이옵니다."

"그래? 흠. 별일 아니다? 허나 조심함은 나쁘지 않을 것이다."

"전하, 심기에 무엇인가 꺼려지는 것이 있나이까?"

왕은 조용하고 괴괴한 어둠을 노려보았다. 아까 정체불명의 사내들과 마차가 사라진 곳이다.

"기분이 좋지 않음이야. 무엇인가 짐 모르는 곳에서 일이 벌어지고 있는 기분이 든다. 짐작이고 예감이니, 네 말대로 아무 일도 아닐 수 있겠지. 돌아가자. 상원이 마냥 기대리고 있을 것이다."

말을 잡혀둔 곳으로 돌아가는데 대궐 쪽에서 횃불들이 일렁이며 가까이 다가오는 것을 발견하였다. 또다시 예상치 못했던 일이라 왕은 걸음을 멈추고 그 행렬을 살폈다. 너덧의 장정을 앞세우고 기민들이 많이 사는 서소문통 쪽으로 쌀가마니가 가득 실린 우마차를 너덧 대 끌고 앞장서 가는 호조참판 하용지를 보고 말았구나. 왕은 눈썹을 치켜뜨며 불쾌하여 뇌까렸다.

"참으로 해괴하군. 보암직하니 한두 섬도 아니고 저렇듯이 많은 미곡을 어째서 짐의 하명도 없이, 그것도 밤에 몰래 내가는가? 괘씸한 저 인간이 짐의 눈을 속이고 나라 곡식을 탐장하는 게 아닌가? 그리 아니 보았더니 참으로 고약하도다."

급하고 격한 성미인지라 왕은 자신이 미행을 하는 도중임을 잊고 당장 게 멈추어라! 버럭 고함질을 칠 뻔하였다. 윤재관이 아연 놀라 감히 왕의 허리를 끌어당겨 만류하며 아뢰었다.

"전하, 망극하옵니다. 미행 중이십니다. 소리치면 난리가 날 듯하니 잠시 노화를 푸십시오."

"허면은 저 고약한 일을 그대로 보란 말이냐?"

"신이 알기로 호조참판 영감이 실로 청렴하고 맑은 이라고 누누이 들었나이다. 이유도 없이 감히 성상의 눈을 속이고 탐학할 이는 아니라 보옵니다. 조용히 따라가 어찌 된 영문인지 알아봄이 가한 줄 아뢰옵니다."

괘씸함을 풀지 못해 씩씩거리는 왕을 다시 가로막으며 윤재관이 차근차근 아뢰었다. 이리하여 두 사내는 그늘만 따라 짚어가며 소리나지 않게 우마차를 따라 가게 되었다.
　사내들과 우마차가 도착한 곳은 서소문을 지나 도성에서도 가난하기 제일인 동네였다.
　"대감, 도착하였나이다."
　"오냐. 허면은 미곡을 예로 부려라."
　사내들이 척척척 힘들다 하지 않고 쌀가마니를 바닥에 내렸다. 눈으로 헤아리기도 백여 섬이 넘었다. 이마에 돋은 땀을 수건으로 지우며 텁석부리 사내가 하용지 앞으로 다가왔다.
　"짐을 모다 다 부렸나이다."
　"나도 다 보았느니. 수고하였네. 홍 별감 자네는 사람들을 이끌고 지키고 있다가 내일 아침에 이것들을 기민들에게 나누어 주고 돌아오게."
　"분부받자올 것입니다."
　"다는 아니되 다소는 춘궁기에 도움이 될 것이야. 돌아가자."
　호조참판이 제 사리사욕을 위하여 곡식을 훔쳐 낸 것은 아냐 하는 의문은 풀이었다. 춘궁기를 넘기기 어려운 백성들에게 나누어 주기 위하여 가지고 나온 것이다. 허나 왕의 이마에 서린 노염은 쉽게 가시지 않았다. 주상인 자신에게 고변하지도 않고 그가 제멋대로 일을 처리하느냐 싶어 울컥 괘씸함은 시각이 갈수록 더하여졌다. 그곳을 떠난 하용지가 초헌을 타고 가마꾼을 재촉하여 그곳을 떠났다. 잡아채 기어코 이날의 일에 대하여 듣고 지고, 잰걸음으로 따라붙은 사내들의 기척도 모르고 그가 궁로통 밤그늘 아래에서 기다리는 신형을 찾았다.

"마마님, 게 계시오?"

"아니, 저이는 아지가 아니냐?"

모퉁이에 숨어 그를 지켜본 왕은 혼잣말을 하였다. 하용지가 만난 사람은 뜻밖에도 중궁전의 윤 상궁이었던 때문이다. 윤 상궁은 왕의 보육상궁이었기에 어린 시절부터 낯익은 얼굴이라 어둠 속에 묻혔어도 그녀를 알아볼 수가 있었다.

'저이가 대체 무슨 일로 이 야심한 밤에 호조참판을 사사로이 만나는가? 진정 해괴한 일이로다.'

궁금하여 죽을 지경이 된 고로 왕은 그늘에 숨어 귀를 쫑긋 세웠다. 정중하게 읍을 하여 인사를 차린 윤 상궁이 물었다.

"허면은 대감, 무사하게 일을 잘 처리하셨는지요?"

"암만요. 중전마마의 덕이 하늘에 닿았음이라. 저가 만 가지 일을 제쳐 두고 급히 하였나이다."

"중전마마께서 잡곡까정 하여서 이백여 섬을 더 내어주신다 합니다. 조만간 이 며칠로 하여 한 번 더 힘든 일을 부탁드릴 참입니다."

"여부가 있겠나이까? 신은 이 일이 그저 즐겁게 처리하나이다, 꼭 이리 전해주옵사이다. 이 어려운 춘궁기에 중전마마께서 어지시어 내탕금을 아끼고 아껴 살뜰하게 어려운 백성들을 위하여 곡식을 마련하사 나누어 주시니 참으로 황공하고 감사할 노릇이지요."

중전이 내탕금을 아껴 곡식을 마련하여 기민들에게 나누어 주라

시켰다고? 그렇다면 하용지가 실어내 온 곡식은 중궁전에서 나온 것이다 이 말이었다. 왕은 자기 귀로 들은 이야기를 믿을 수가 없었다. 허구한 날 어리석다 쓸모없다 뒷방에 처박아두고 죽느니 사느니 관심도 두지 않았던 중전이 아닌가. 헌데 어린 그녀가 이리 몰래 어진 국모의 처신을 다하고 있다니.

"하물며 중전마마께서 굳이 이름을 감추고 꼭 상감마마 아름다운 이름 아래서 귀한 일을 하시는지라 성상을 뫼시는 신은 그저 감격하나이다."

"그런 말씀 마옵소서. 내전에서 하는 일이라 하여도 이는 대전의 아름다운 위엄 아래가 아닙니까? 부부는 일심동체이니 중전마마 하시는 일은 전부 다 대전마마의 하시는 일과 다름 아니옵니다."

"경전에 이르기를 진정 어진 덕은 몰래 감추고 하는 것이라 하였나이다. 우리 중전마마께서 연치 어리고 여인이시되 백성 사랑하시고 바깥의 허물을 가려 덮는 덕이 깊으시니 이는 진정 부중의 여군자(女君子)이시라. 슬기롭고 아름다운 내전을 맞이하신 성상의 지복을 감축하나이다."

벙싯 웃으며 하용지와 윤 상궁이 서로 맞절을 하고 헤어졌다.

"전하, 저이들 뒤를 따르리까?"

"일없다. 어지간히 짐작하였음이야. 몰래 숨어 좋은 일을 한다는 데야 짐이 무어라 하겠느냐?"

돌아서서 반대로 걸어가며 왕은 속으로 중얼거렸다. 맹랑하구먼, 맹랑해…….

'중전 고것! 웃기고나. 말짱하게 순진한 얼굴 하고 앉아 짐을 기만함이 아니냐? 천지분간 못하고 어리석어 국모로서의 처신이나 제대로 할지 모르겠다 생각하였거늘, 이것 보아? 제법 지혜도 있고 어진 덕도 있음이야. 몰래 숨어 하는 일이 기특해.'

어쩐지 중전의 새로운 면을 발견한 듯했다. 작고 여린 그 못난 얼굴을 생각하며 왕은 씩 웃었다. 짐이 바란 바 부덕이라 하였거늘, 고것이 그러고 보면 꽤나 인덕은 갖추었단 말이지.

'허기는 상선이며 엄 상궁이 이르기를 중전더러 어질다, 생보살이다 수군거렸지. 어린 새 보살펴 주는 모습을 보암직하니, 고운 마음씀을 가진 이로다 알았지만 짐이 그러고서 무심히 넘겼거늘 오늘 보니 그이의 덕성이 참인 게야?'

중전이 어진 일을 하면서도 고깝게 제 이름을 내세우지도 않고 상감마마 하명이니라 이리 시켰다 하는 대목도 기특하기는 더하였다.

어린 나이에 보위에 올라 그런지 모르겠다. 왕은 친정(親政)하기 이전 오랜 동안 지혜롭고 힘센 중신들이 몰아붙이기를 그대 어리니 잘 모르오, 그저 시키는 대로 하오 하는 일로 정사(政事)에 대한 자신감이 아직은 부족하였다. 스스로 면구하고 민망한 희란마마와의 정해 때문에도 항시 짐은 폭군이다. 혼몽한 군주이다 자격지심이 강하였다.

허나 애초부터 왕 된 노릇 하러 태어난 분이다. 짐은 누구도 침해하지 못하는 제왕이다 하는 자의식이 유난히 강하였다. 아직은 둘러싼 간신배들을 물리치지 못하고, 연분 맺어 모다 퍼준 여인과의 첩첩한 사정(私情)을 가리지 못하여 우왕좌왕은 많되 어찌하면 한번 잘하여 볼까 마음은 치열하였다. 질탕한 육락에 젖어 게으르게 한 시절 잘 놀고 세월아 네월아도 해보았지만 솔직히 깊은 마음에서는 한시도 자신의 왕된 위엄과 의무를 놓지는 않았었다.

올바른 군주가 되어야지, 아바마마보다 나은 왕이 되지 않으면 안 되는 것이야 스스로 다짐하고 결심하곤 했다. 이 밤도 그것이 면구하여 시정 사정 가려 알아 한번 잘해보자고 나온 길이 아니냐. 헌데 발견하였구나. 몰래한 중전의 자비로운 행동으로 상감마마 당신의 얼굴에 금칠을 하게 되었으니 어찌 즐겁지 아니하랴? 아무리 그동안 하찮게 생각하고 걷어차고 다닌 이라 하여도 기특한 것은 기특한 것이다.

제법 쓸 만하여라. 내전의 덕이여. 고것이 제법 국모의 위엄이 여실하도다.

그리하여 왕은 궐로 돌아오며 결심하였다.

'짐이 비록 그이를 여인으로 돌아보지 아니하고 뒷방 소박데기로 수모는 주었으되 잘한 일은 잘한 일임에랴. 중전은 사직의 어미이니 그의 인덕이 몹시도 아름다움이라. 한번 보고 칭찬해 주어야지.'

급한 성정에 한번 이거다 싶으면 앞뒤 가리지 않는다. 대전마마, 난생처음으로 날도 저물기 전에 좋은 낯으로 중궁에 듭시었다.

그러나 서온돌에 말짱하게 계셔야 할 중전이 보이지 않았다. 나인들을 지휘하여 장롱이며 문갑 등 기물들을 정갈하게 걸레질하던 김 상궁이 당황한 얼굴로 엎드렸다.

"날이 저물어가는데 비(妃)는 오데 가셨노?"

"침향정에 납셔 계시나이다. 수를 놓으신다 하셨습니다."

"왜 번듯한 중궁을 놓아두고 그리로 가 있는가? 못나고 촌것이니 그런 궁벽한 곳이 좋은가? 여하튼 태생은 어쩔 수가 없는 것이다."

왕은 내쳐 입귀 비틀며 괜히 한마디 쌀쌀맞은 트집을 잡았다. 아이고, 맙소사. 무슨 죄를 지었다고 또 우리 중전마마를 억지 심술맞게 잡으러 오셨노? 김 상궁은 걱정스레 짐작하지만은 사실은 그게 아니다. 작정하고 부러 보러온 사람이 없다 싶으니 왕은 은근히 섭섭하였다.

그렇지 않아도 넓은 중궁이 더 휑하니 보였다. 그깟것? 하고 차고 다녔지만 늘 있던 사람이 보이지 않으니 어쩐지 자신이 버림받은 듯한 이상한 기분도 들었다. 마루 끝에 서서 어두워져 가는 하늘을 바라보다가 왕은 고개를 돌렸다. 못마땅한 기색이 더 완완하였다. 입 밖으로 내는 말씀이 예전보다 더 서늘하고 쌀쌀맞았다.

"아무리 수침이 좋다 하여도 말이지. 수라는 하면서 하여야 할 것이 아니냔 말이야."

"기별하여 당장 모셔오겠나이다, 전하."

"그만두라. 금세 들어오겠지. 흥, 이것은 말이야. 짐이 수라를 하였는지 안 하였는지 도무지 관심도 없고 챙길 줄도 모르니 이게 무슨 부덕이 높다는 것이야? 해가 질 무렵인데 여인이 때도 모르고 내

아름다워라, 님의 인덕(仁德)이여

전을 비우니 윗전으로서의 체통이라곤 하나도 없는 것이다. 나가보아라. 짐은 예서 수라하며 잠시 기다리련다."

중전마마더러 무안하게 못난 것이 안전(案前)에 알짱이는 것이 싫다 하시었다. 자신이 한 일은 말짱 잊어먹고서, 중전이 곁에 없다 시중 아니든다 만 발은 튀어나온 왕의 입을 바라보며 김 상궁은 한 대 꽉 치고 싶었다. 모처럼 중궁에 납시어 한마디 하시는데 좀 다정하고 따뜻하면 얼마나 좋아? 속으로 눈을 흘기면서도 살짝 뒷발 들고 물러났다.

아랫것들이 나가고 홀로 서온돌에 앉은 왕은 속으로 혀를 찼다. 그가 모처럼 들었음에도 불구하고 교태전을 비워 기다리게 하는 중전에 대한 작은 원망이었다. 수라상이 들고 나는데도 아니 들어온다. 왕은 비설거지하는 종놈처럼 중얼중얼 홀로 투정질을 하였다.

"흥, 날도 어두워지는데 냉큼 돌아오라 이 말이지. 흥, 후원에 정자며 전각이 어디 그곳뿐이냐? 훨씬 경치 좋은 청량전도 있고 교태전에서 제일 가깝기로 서현정도 있는데. 또 도성을 볼 수 있는 고요정도 가까이 있음에랴. 왜 제일 먼 곳인 침향정만 찾는가?"

이상한 일이다. 그렇게 단정하고 향기로운 서온돌에서 어린 지어미를 기다리는 왕의 심사가 참으로 이상야릇하였다. 내왕이 거의 없는 중전에게 새삼스레 찾아온 것이 그렇거니와, 무엇으로 첫말을 시작하여야 할까 생각하니 아득하기도 하고 막막하기도 하다 싶었다. 조금 부끄럽기도 하고 이상하게 설레기도 하고 좀 흥분되기도 한 그런 느낌. 허구한 날 타박에 조롱만 하던 사람더러 난생처음 잘

하였소, 아름답소 칭찬하려니 좀 면구하기도 하고 쑥스럽기도 한 것이다.

"침향정? 갔으면 휭하니 들어와야지. 누가 보면 짐을 피하여 도망다니는 것이라 하지 않겠어? 만날 짐이 아니 가는 곳만 찾아다니지?"

보료 위에 반만 누웠다가 벌떡 일어나 앉았다가, 또 뒷짐 지고 이리저리 서성이다가……. 아니 오는 사람을 기다리는 시각이 마냥 무료하였다.

호기심 많은 아기가 어미의 경대를 뒤집어보듯이 중전의 서안 위에 놓은 책장을 펼쳐 보기도 하고 향그러운 체취를 맡아보듯 위에 놓인 비단 수건을 코에 대보기도 했다. 짹짹거리는 삐약이에게 나인이 장만해 둔 푸른 남새 한 줌도 주고 좁쌀도 주었다. 이놈이 못 본 사이 제법 자랐고나. 손가락으로 건드리니 앙칼지게 포로롱 몸을 피하며 손가락 끝을 쪼았다. 잠시 어린 새 노는 양을 껄껄대며 즐겼지만 금세 심심하다. 돌아서다가 새장 아래 놓인 수틀을 보게 되었다. 하얀 천으로 가려진 터로 더 호기심이 났다. 왕은 한 무릎 다가앉아 수틀을 가린 천을 훌러덩 뒤집었다.

'이것, 참으로 기묘하고 아름답구나.'

첫 생각은 바로 그러했다. 아직 완성이 덜 된 수폭은 오색 수실로 땀땀이 놓아가는 풍경화였다. 전설에 나오는 무릉도원이다. 도화서의 화공이 그려준 화폭을 천에다 그대로 모사(模寫)하여 표현한 수(繡)는 도저히 사람의 솜씨라고는 말하기 힘들 정도로 정교하고 아름다웠다.

 겉으로는 사냥이나 즐기고 격구채나 휘두르면서 거칠고 방탕하게 노는 듯만 보여도 왕은 실상 섬세하였다. 스스로 난도 치고 귀하고 아름다운 기물들을 사랑하는 예민한 감각을 지닌 터였다. 그런 왕의 눈에 비친 중전의 수침은 실로 기가 막힐 정도였다. 검은 공단 바탕에 피어오르고 있는 무릉도원의 모습은 꿈인 듯 꿈이 아닌 듯 신비로운 절경이었다. 왕은 자신도 모르게 감탄하여 혼잣말을 하였다.

 "짐이 미처 몰랐거니, 실로 신기(神技)로구나! 어찌 이것이 사람의 솜씨라 하겠더냐? 나이도 어린 사람이 수십 년 수를 놓는 궐의 상침보다 오히려 윗길이라. 헌데 딴 것도 아니고 어째서 중전은 하필이면 죽은 사람이 간다 하는 도원경을 수놓는 것인가?"

 문득 가슴이 철렁 내려앉았다. 왕은 텅 빈 아랫목을 노려보았다. 혹여, 이 사람은 짐 곁에서 사는 이 궐 살림이 너무 힘들어 이곳으로 도망가고 싶다 하는 생각을 하는 것은 아닐까? 문득 든 상상은 터무니없었지만 강렬한 충격이었다. 순간 왕은 격한 노염에 곱다느낀 그 수폭을 발로 와지끈 부러뜨리고 싶은 충동을 느꼈다.

 "뉘 맘대로? 누구 맘대로 도망을 간다는 것이야?"

 왕은 자신도 모르게 주먹을 꽉 움켜쥐었다. 마치 중전이 앞에 있었으면 머리통이라도 한 대 쥐어박을 듯이 일그러진 얼굴이었다. 하찮다 내동댕이치고 딴 데만 다녀놓고서. 연분 맺은 정인은 다른 곳에 두어두고 허구한 날 소박 주고 걷어차고 다닌 사내이면서, 정작 어린 지어미가 중궁에 없다 싶으니 그것은 또 마냥 싫은 터였다.

'흥. 누가 마음대로 도망가게 내버려 둘 줄 알고? 할마마마와 종실이 정하여 준 여인이 바로 저일진대 감히 짐 곁에서 도망을 간다고? 웃기는 소리!'

누가 도망을 간다 하였나? 저 혼자 짐작하고 저 혼자 날뛰고 저 혼자 노여워 왕의 숨날은 어느새 씩씩 거칠어지고 있었다. 바로 그때, 비로소 중전이 돌아온 모양이다. 두런두런 인기척이 났다. 맑은 목청이 문밖에서 들려왔다.

"벌써 시각이 늦었구려. 오래도록 수를 놓아 팔에 톳이 선 게야."

왕은 당황하며 들고 있던 수틀을 다시 천으로 가려놓았다. 몰래 훔쳐본 것이 어쩐지 미안하였다. 아무것도 모르는 척, 아니한 척 점잖은 얼굴로 다시 보료에 좌정하였다.

"시각이 늦어 그런 게야. 내가 몹시 시장하오. 수라상을 올리시…… 무, 무어야? 대전마마께서 듭시었다고? 어째서 그 말을 인제야 하는 것이오?"

아무것도 모르고 고단하다 말하는 목청이 봄 내가 물씬 풍기듯이 상쾌하였다. 왕은 빙긋이 홀로 웃었다. 착하고 어질다 생각한 어린 안해의 목소리를 듣는 것만으로도 어쩐지 기분이 좋아지는 참이었다. 헌데 문득 중전의 목소리가 안개처럼 잦아들었다. 그가 내전에 들었다는 말 한마디에 그만 축 주눅이 든 게다. 왕만 대하면 저절로 겁에 질려 두려움에 떠는 갑작스런 변화에 기분이 나빠지기 시작하였다. 왕은 퍼런 날이 선 눈초리로 문 쪽을 힐끗 노려보았다.

'이게 무어야? 짐이 들었다 할 것이면 좋아서 달려들어 와도 모자라거늘! 하여튼 저것이 짐의 지어미가 맞는 것이야? 짐이 저를 두고 어찌하였다고 저리 첫 참부터 덜덜 떨며 난리인 것이냐? 저러니 무엇을 곱다 할 것이며 어여쁘다 할 것이냐?'

자기도 모르게 젊은 상감마마, 벌써 이마에 퍼런 심줄이 서고 주먹이 쥐어지며 입귀가 비틀어진다. 어찌하든 다정하게 하여주고 중전을 칭찬하여야지. 결심하여 어렵사리 듭신 전하의 그 심사가 또다시 헝클어지니 실로 근심이구나.

날벼락이로다! 주상께서 서온들 듭시어 마냥 기대리신 지가 한참이라니. 수 바구니 손수 안고 들어오던 중전마마, 너무 놀라 달달 간을 졸이며 문 앞에서 망설이고만 있었다. 김 상궁에게 숨죽여 묻는 목청에 벌써 겁먹은 기가 뚜렷하였다.

"왜, 왜 오셨다 하시던가? 또 나를 꾸짖으러 오신 것은 아니겠지? 용안에 노여운 기가 있으시던가? 아이, 어떡하지?"

"별일없으셨나이다. 일단 듭시지요, 중전마마. 오늘이 중궁전 듭시는 초이레 아니옵니까?"

지아비가 방에 계시다 하니 좋아 미소를 짓기는커녕 달달 떨기부터 하는 어린 중전마마가 한없이 안타깝다. 전하를 배행하여 중궁전 들어온 대전 지밀 몽 상궁이 작은 목청으로 귀띔하였다. 그러나 어린 왕비는 그 말에 안심하기는커녕 다시 파랗게 질렸다.

"아이고, 내가 또 타박을 맞겠다. 초이레인데 내가 까마득히 잊어버렸소이다. 아이, 어떡하지? 교태전을 영 외면하시니 나는 또 당연히 월성궁에 가실 줄만 알았지. 차라리 게로 가시지 예는 왜 들어오신 것인가?"

중전은 한숨을 폭폭 내쉬었다. 자신만 보면 무작정 사납고 말도 되지 않는 억지 트집만 잡는 데다 따라가기 힘들 정도로 제멋대로인 그를 어찌 감당할까 요량조차 서지 않았다. 보란 듯이 그녀 눈이 있거나 없거나 월성궁 계집을 오라 가라 잘만 하더니. 날마다 하신 대로 게로나 가시지 갑자기 여기는 왜 오시었나. 왕이 불쑥 기별도 없이 교태전에 듭신 것이 좋기는커녕 그저 불운이고 횡액이다 싶을 뿐이다.

아랫것들이 억지로 문을 열고 재촉하니 마지못해 중전은 달달 떨리는 다리를 억지로 가누면서 방 안에 들어섰다.

"주상을 알현하옵니다. 신첩이 부덕하와 옥보를 하실 줄도 모르고 내전을 비운 터이니 망극하나이다."

보료에 좌정하고 있는 왕을 향하여 곱게 절을 하고는 옆으로 앉았다. 할 말이 없다. 지아비 왕을 모시고도 마냥 데면데면한 기색을 모를 것이더냐? 옆얼굴을 보이고 앉아 그저 고개만 숙이고 침묵하는 왕비를 바라보는 왕의 시선도 잠시 꼭 못 올 데를 온 것마냥 방향을 잃고 허공을 떠돌았다.

한동안 막막함만이 차 있는 방 안이다. 같이 있어도 서로 할 말이 없는 두 사람. 사실 할 말이 있어 들었는데도 그 할 말 못하는 이유는 무엇이냐? 이미 가례를 치른 지 두 해가 넘어가는데도 남보다 더

먼 사이. 문득 방향을 잃고 이리저리 방 안을 떠돌던 왕의 시선이 창가에 야트막히 놓인 가리개에로 가서 닿았다.

"아, 저것 참 침선이 곱군. 중전께서 수놓은 것이오?"

중전은 돌연한 왕의 하문에 깜짝 놀라 같이 고개를 돌렸다. 우중(雨中)에 하얀 매화가 피어나고 있는 모습이 수놓아진 두 폭 가리개이다. 올 초 이른 봄에 중전이 직접 수놓아 만든 가리개였다. 놓여 있었던 것은 오래인데 왕이 관심을 보이다니. 물으시니 일단 대답은 하여야지. 고개를 끄덕였다.

"예, 전하. 천첩의 못난 솜씨이옵니다."

"참으로 신기(神技)이군. 굼벵이도 구르는 재주가 있다 하더니."

말을 하여놓고 보니 잘못하였다. 아차차. 왕은 자신의 입을 돌로 찧고 싶었다. 하필이면 저렇게 고운 수침 솜씨를 굼벵이에 비유할 것은 또 무어람? 그냥 곱소 하고 칭찬을 하였으면 되지…….

고개를 숙인 왕비 또한 피가 배어나도록 입술을 깨물고 있었다. 중전을 향한 왕의 말은 다 이렇게 조롱이고 모욕이며 타박인가? 중전의 큰 자랑이라 할 것인 영묘로운 침선도 왕의 입질 위에 오르니 그저 초라하고 보잘것없는 장난처럼 느껴지어 너무 부끄럽고 창피하였다.

그러나 왕은 진심이었다. 언제부터 서온돌을 잠시잠깐 들었는데도 첫 참에 눈에 밟히는 것이 바로 매화를 수놓은 가리개였다. 실로 정갈하고 곱게 만들어진 기물이로구나 하였는데 이를 직접 중전이 직접 만들었다니.

'그러고 보면 지난번에 신년 하례 선물로 중전이 첫 번째 해(亥) 날, 콩 넣은 줌치를 선사하여 주었기로, 무심히 상침을 시킨 것이라 생각하고 넘어갔거늘. 이제 생각하니 실로 그도 비(妃)가 직접 하여준 것이로구나.'

왕은 몸을 일으켜 가리개 앞으로 다가가 꼼꼼히 들여다보았다. 짙은 청색 공단 바탕에 피어오르고 있는 하얀 매화꽃. 마치 중전 자신의 고적하고 외로운 심사인 양 비를 맞고 있는 매화꽃의 형용이 쓸쓸하고 우수에 가득 차 있다. 눈물이 울컥 날 것만 같았다.

"참으로 곱구려. 이것 말고도 또 중전이 수놓은 것이 있소?"

타박도 아니고, 조롱도 아니다. 그렇다고 무안에, 꾸짖음도 아닌 터. 왕이 중전의 일에 대하여 관심을 가지고 하문한 일은 처음이었다. 당황해하던 중전은 놀라며 예, 전하, 하고 대답하였다. 한참 동안 가리개를 지그시 바라보던 그가 문밖의 아랫것들에게 하명하였다.

"바깥에 누가 있느냐? 나가서 중전께서 수놓으신 것들을 찾아오너라. 짐이 구경을 하고 싶다."

늙고 병드신 사친의 환갑 선물로 드리리라 장만한 팔 폭 부모은중경 병풍, 보랏빛 창포꽃이 화려하고 정갈하게 수놓아진 비단 금침이며 국화꽃이 곱게 수놓아진 할마마마 진솔 버선이며…… 방 안에 한가득 펼쳐진 아름다운 물건에 상감마마 감탄하여 입을 다물 줄 몰랐다.

"신기(神技), 신기, 참으로 신기로다."

홀로 중얼거리며 왕은 한동안 은빛 비단 바탕에 한 뜸도 어긋남이 없이 팔 폭을 채운 부모은중경 병풍의 날아갈 듯한 필체를 바라보고 있었다. 문득 고개를 들어 어린 새 같은 어린 왕비를 바라보았다. 망연히 방바닥만 내려다보며 앉아 있던 중전은 미처 보지 못하였지만 그의 용안에는 안쓰러운 빛이 어려 있었다.

"부원군이 뵙고 싶소?"

순진한 왕비는 문득 묻는 말에 자기도 모르게 무심코 예, 전하, 하고 고개를 끄덕였다. 그러다 내가 실수하였다, 이리 싶어 두 손으로 입을 막아버리었다. 어린 중전은 어찌할 바를 모른다. 신첩이 잘못하였습니다 애원하듯이 왕의 용안을 올려다보는 작은 얼굴은 그저 홍시감이었다. 가녀린 손이 바들바들 떨리고 있었다.

간택받아 교태전에 앉으신 지존이었다. 사가의 사사로운 인연이며 그 정은 모두 다 잊어버려야 한다고 누누이 대왕대비전하께서 가르치시었다. 헌데 전하께서 은근히 재우쳐 묻는 말씀에 순간적으로 중궁전의 지엄한 책무를 잊고 깊은 마음속을 드러낸 것이다. 중궁전의 위엄과 품위를 잊었다고 한마디 왕에게 무서운 꾸지람을 받을 것 같았다. 허나 뜻밖에도 지아비의 목청은 처음으로 부드러웠다.

"그리 뵙고 싶으면은 답답하게 있지 말지. 중전께서 부원군을 궐로 부르면 되지 않소? 비록 중전께서 사가로 나가시지는 못할 것이되 한 분뿐인 사친도 만나지 마오 한 적은 없소이다."

꿈인가, 생시인가? 중전은 순간 자신이 잘못 들었나 싶었다. 전하께서 꾸짖거나 타박하지 않고 담담하게 사리에 맞는 어진 처분을 하신 것이 실로 처음이었다. 게다가 그 말씀이 어찌 그리 기쁘고 황공한 분부이신가? 중전은 너무 반갑고도 놀라워서 무엄함을 무릅쓰고 떨리는 목청으로 왕에게 재우쳐 물었다.

"전하, 참으로 그리하여도 되겠는지요? 신첩이 사친을 뵈옵는 것을 윤허하시겠는지요?"

왕을 바라보는 중전의 얼굴에 맑은 생기가 돌았다. 소박한 얼굴에서 눈만이 아름다운 중전이다. 맑고 큰 그 눈에 기쁨과 감격의 빛이 넘치어 별같이 반짝였다. 왕은 지금껏 못났다 여기기만 하여서 중전의 얼굴을 한 번도 찬찬히 마주 본 적이 없었다. 또한 중전도 항상 타박에 조롱거리라 전하를 대함에 있어 고개 숙이고 외면만 하여서 두 분이 눈을 맞춘 적이 거의 없었다. 허나 기쁨에 넘치어 작고 투명한 얼굴에 홍조가 돌고 빛이 나는 눈을 가진 중전의 모습이 은근히 귀엽고 고왔다. 왕은 벙긋 웃었다. 짐이 알기로 저이가 이토록 즐거워하는 모습을 처음이로고 싶으니 어찌 그리 기분이 흐뭇해지는가?

"실상 가례 후에 몇 해가 지나면은 사가에 한번 거동을 하실 수가 있소이다. 허고, 당장에 곤전께서 사가로 행차는 못하신다 하여도 부원군께서 입궐은 하실 수가 있음이니 내일이라도 기별하여 듭시라 하시오. 중전께서 뵙고 싶은 일가친척들 하여서 오시라 하면은 더 좋을 것이오."

"참으로 감읍하옵니다, 전하. 하해와 같은 은혜를 어찌 다 말로

할 수가 있을 것인지요?"

즐겁고도 감격하여 울듯이 말하는 중전에게 왕은 싱긋 웃으며 고개를 끄덕였다.

"되었소. 짐이 그동안 너무 무심하였소이다. 따지고 보면은 부원군은 짐에게도 단 한 분 남은 아버님이 아닐 것이오? 궐로 모시게 하오. 짐은, 음, 음음…… 비에게 잠시라도 즐거운 일이 있으면 하오."

중전의 얼굴이 새빨갛게 변하였다. 싱긋 웃는 왕의 모습이 너무 잘나고 아름다워 그저 홀로 사모하는 여린 방심이 순간적으로 황홀해진 것이다. 감히 고개 들어 그분의 용안을 바라보는 것이 무엄한 일이라는 것도 잊어버렸다.

두 사람 다 자신도 모르게 한참 동안 홀린 듯이 서로의 얼굴만 바라보고 있었다. 얼마 후 먼저 부끄러워 중전은 고개를 푹 숙여 버렸다. 비단 옷자락 사이로 드러난 하얀 목덜미가 불고추처럼 새빨갛다. 이상하게 가슴이 두근거리고 두근두근 심장이 뛰었다. 그 기분이 또 이상하고 면구하고 수줍은 터라 왕 또한 모르는 척하며 오래도록 매화가 핀 가리개만 바라보았다. 홀로 벙긋이 미소가 묻은 용안이 마찬가지로 벌겋다.

"이것은 보암직하니, 중전의 마음을 수놓은 듯하오?"

혼잣말을 하듯이 가리개를 바라보며 왕이 중얼거렸다. 처연히 비를 맞고 있는 매화꽃. 반도 피지 못한 꽃가지. 왼쪽의 한 폭은 심지어 가지가 부러져 땅에 떨어진 매화인데 그나마 그 부러진 가지에도 비가 내리어 꽃잎을 적시고 있는 가엾은 모습이다.

왕비의 숙인 얼굴이 발갛게 더 붉어졌다. 항시 차고 무심한 지아비께서 그런 말을 하실 줄은 몰랐다. 그러나 왕이 정확히 본 것이었다. 우중(雨中)의 이른 봄. 홀로 창문을 열어놓고 망연히 바깥을 내다보고 있다가 뜰에 선 매화나무가 홀로 비를 맞고 선 모습을 보았다. 한없이 쓸쓸하고 슬프도다 사무치게 느꼈다. 비를 맞고 선 매화 가지의 처연한 형상이 어찌 그리 불쌍하고 외로운 중전 자신의 처지와 같아 보이던지. 그래서 중전이 스스로 서툰 밑그림을 그렸다. 그대로 수를 놓은 것인데 그 심사를 지아비 전하께서 정확하게 읽어낼 줄은 차마 몰랐다.

"실로 아름다운 솜씨구려. 이것을 짐에게 주시겠소?"

고개를 돌려 중전을 바라보며 왕이 벙긋 웃었다. 자신에게 가리개를 선사해 달라 먼저 청하였다.

중전 앞에서 왕이 밝은 웃음을 그리도 자주 보인 것은 그날이 처음이었다. 웃음을 짓고 계시는 전하의 모습이라 그 훤하고 잘난 용안이 더 빛이 나는 것이다. 선관이 따로 없고져! 저렇게 잘난 분이니 내가 아무리 능멸당하고 소박받아도 사모하는 그 정을 어쩔 수가 없는 것이구나. 주체하지 못할 정도로 중전의 여린 가슴이 울렁거렸다.

"왜 말씀이 없으시오? 우원전 침전에 가져다 둘 것이오. 짐이 항상 바라보게 말이오. 이것을 보면 중전 마음이 생각날지니 짐에게 선사하여 주오."

"마, 망극하옵니다. 달라하시니 드릴 것입니다만은, 성상의 안목을 즐겁게 할 정도로 고운 것이 아니니 신첩이 부끄럽기 한량없나이다."

"짐이 곱다 하면 되는 것이오. 핫하하. 이날부터 짐의 침전에 매화 향기가 진동하겠군. 그대가 짐에게 귀물(貴物)을 선사하였으니 곤전께서 원하시는 대로 짐 또한 청 하나를 들어줄 것이오."

요것도 계집이니 은근히 투기질이라, 희란 누이 버리고 짐더러 교태전에만 오라 청할까? 아니면은 짐더러 이 밤에 예서 머물러 달라 청할까? 귀한 비단필에다 패물이나 달라 할 것인가? 왕은 심히 궁금하였다. 그러나 중전은 한동안 입을 봉하고 말이 없었다. 고개만 숙인 채 침묵하였다. 왕은 목청을 다소 높였다.

"어허! 말을 하여 보시라니까요? 장부일언(丈夫一言)은 중천금(重千金)이거늘, 무엇을 청하든 다 들어줄 것이오."

그렇게나 부드러이 말을 하였어도 중전은 한참 동안 망설이며 말을 잇지 못하였다. 다시 왕은 재촉하였다. 왕비는 난처한지 작은 손을 깍지 끼고 비틀다가 입술을 꼭 깨물었다. 왕을 바라보는 작은 얼굴에 간절한 바람이 묻어 있었다.

"그, 그리하시면, 전하, 감히 간청하옵니다. 소첩에게 글 선생을 보내주십시오."

왕은 예상치 못했던 왕비의 말에 해연히 놀랐다. 기껏해야 고운 패물이거나 왕 당신의 발길을 중궁전에 청할 것이다 기대하였다. 또 그래 주기를 바랐다. 한데 뜬금없이 중전이 글 선생을 바란다는 말에 너무 놀란 터로 재우쳐 다시 물었다.

"글 선생이라? 중전이 그리도 학문에 목이 마른 줄은 미처 헤아리지 못하였소. 글공부를 좋아하오?"

"사친께서 집 안에서 글만 읽으신 터라, 하냥 무료하고 적적하시어 장난삼아 소첩에게 천자문부터 하여 내전을 좋이 가르쳐 주셨나이다."

"흠. 그래요? 부원군께서 학문 높기로 이름난 분이니, 중전의 학식을 대강 짐작하오."

"망극하옵니다. 하찮으나 부친께서 공들여 가르쳐 주신 글줄이라 그것을 하루하루 잃어버림이 참으로 안타까웠사옵니다. 전하께옵서 신첩더러 보잘것없는 침선을 두고 상급을 주신다 하니 참으로 바랄 염치는 없사옵니다만은, 전하, 신첩에게 글 선생을 보내주십시오. 못난 것이 감히 사직의 지엄한 정궁 자리를 차고앉아 황공하옵기 이루 말할 수 없음입니다. 글월이라도 다소 깨우쳐 이 큰 허물을 덮으려 하옵니다. 오직 신첩의 소원은 그것입니다. 열심히 공부를 할 것이니 그 청을 들어주십시오."

나직하고 조용한 목청이었으나 열기가 느껴졌다. 단단한 결심도, 야무진 의지도 느껴졌다. 왕 역시 학문을 좋아하고 즐기니 중전의 그 당차게 아뢰는 말이 뜻밖에도 대견하고 장하였다.

"호오— 비(妃)께서 이리도 학문에 목말라 하심이라 실로 여군자라 할 것이야? 좋소. 당장에 며칠 내로 짐이 성균관 진감 중에서 인품 좋고 학문 높은 선비 하나 천거하여 중궁전에 보내주리오."

왕은 흔쾌히 약조하였다. 그런 연후에 무슨 말 한마디를 더할 듯이 머뭇머뭇 중전을 바라보는 눈빛이 안타깝다. 짐이 부러 들어왔거니 제발 짐더러 이 밤에 교태전에서 침수하여 주십시오, 말하여 주오. 그러나 그저 노염 타랴 고개를 숙인 중전은 왕의 그 부탁하는 듯한 기색을 몰라보았다. 가리개 위에 피어난 적요한 매화 가지를 내려다보며 떡 하나 주듯이 이 밤에 예에 머물겠소 하려다 그만 맥이 탁 풀렸다.

'저이는 결코 자라지 않으리라. 대체 언제나 되어야 여인으로 자라서 짐의 발길을 청할 것이던고?'

고개를 숙인 채 그저 입을 봉하고 앉아만 있는 중전의 옆모습을 힐끗 바라보는 왕의 입맛은 소태같이 쓰다. 움직일 생각 없이 중전이 만든 창포침장만 하염없이 바라보며 어루만지는 속셈도 못 읽어주나?

'짐이 이렇듯이 은근히 눈치를 보내면 척하니 알아차려 싱긋 웃으며 다가앉아야지. 먼저 기수 배설하라 해야지. 어찌 저리 무심하고 짐을 외면만 하는 것이더냐? 젠장.'

"중전마마, 수라상 올릴까나 하옵니다. 오데다 상을 올리리까?"

바깥에서 아랫것이 고변하였다. 중전은 난처하여 어쩔 줄을 몰랐다. 살며시 왕을 곁눈으로 바라보았다. 대체 어찌하여야 좋은 것인지 감이 잡히지 않았다. 그녀의 난처한 얼굴을 마찬가지로 곁눈질하는 왕으로서도 중전이 정말 섭섭하였다. 보내는 눈빛을 읽자하니 제발 나가주십시오, 이런 신호였다. 왕은 민망하고 노화 치미는 대로 벌떡 일어서서 나와야 하는 것인지, 아니면 모르는 척 끝까지 앉아 있어야 하는 것인지 순간 헷갈렸다.

"짐은 동온돌로 나갈 것이다."

목청이 어느새 불퉁하였다. 일어서서 배웅하는 중전은 바라보지도 않고서 문을 박차고 나가는데 실로 무안하고 노여웠다. 으드득 저절로 이가 갈렸다.

'작히나 못난 것.'

마루를 건너 동온돌에 펼쳐진 금침을 걷어차며 왕은 기어코 한마디 내뱉었다. 쯧쯧쯧 못마땅하여 혀를 차고 어금니를 악무는 상감마마. 흘깃 서온돌 쪽을 돌아보는 눈빛이 칼날이었다. 심사에 담긴 면구함과 노화를 이기지 못하여 시퍼랬다. 왕은 자신의 심화(心火)가 지금껏 한 사내로서 여인으로 여겨본 적이 없는 중전에게 감히 외면당한 자존심의 상처임을 아직 알지 못하였다.

'인덕이 어여쁘다, 어진 일을 하여 곱다 짐이 작정하고 칭찬하러 한번 들어갔는데 말이지, 멍청하기는……. 무에 저리 방자하고 고약한 계집이 다 있는가. 짐이 저에게 수침 곱다 칭찬하여 주고, 사친도 입궐케 하라 말하였고, 글 스승도 보내준다고 하였는데…… 이런 정도로 저를 위하여 마음을 쓴 것일지니 저가 생각이 있달 것이면 짐을 이리 박대할 수는 없는 것이다! 짐이 제게 무엇을 하여 주었으면 저도 짐을 위하여 하여주는 게 있어야지. 흥.'

섭섭하고 무안하고 삐치었다. 왕은 툴툴거리며 다시 한 번 베개를 걷어찼다. 야속하고 모진 계집! 흥! 짐이 또 들어올 줄 알더냐?

아름다워라, 님의 인덕(仁德)이여

다시는 아니 들어온다! 이를 으드득 갈아보지만 심란하고 노한 마음은 도무지 가라앉지 않았다.

부글부글 끓어오르는 이 분한 심사가 왕 자신도 이해 못할 수줍은 은애지정의 시초임을 어찌 알랴. 지금껏 희란마마부터 시작하여 많은 계집들 모두 반드시 무엇을 주어야 화사하게 방긋방긋 웃고 교태 부리던 가락에 익숙하였다. 이번에도 그가 중전을 위하여 마음을 써준 것이니 당연히 자신에게 웃어주어야 한다고 믿었다. 그것이 아니니 섭섭하고 어린애처럼 툴툴거리는 것인데.

아무것도 해주지 않아도 그저 고맙고, 받음을 기대하지 않고 그저 주는 것이 사랑이라 함을 아직도 모르는 왕이다. 단 한 번도 진실한 사모지정에 빠진 적 없고 받은 적도 없는 분. 천하에서 가장 고귀하고 도도하나 지금껏 진실한 사랑을 모르는 불쌍한 분이 바로 젊은 상감마마로다.

이렇듯이 마루 하나 사이 두고 서로 다른 두 마음. 중전에게 섭섭하고 삐치어서 마냥 산돼지처럼 씩씩대며 콧김을 불고 있는 왕에게 고변이 들어왔다.

"전하, 중전마마께서……."

"무엇이냐?"

옥음은 쌀쌀맞았으되 은근히 마음이 설레기 시작하였다. 요것, 요 멍청한 것. 인제야 눈치를 챈 것이로고. 심술맞게 일그러져 있던 왕의 입술에 힐쭉 희미한 미소가 어렸다. 저가 동온돌로 건너온다는 게지? 암만. 이래야지.

사라락 문이 열렸다. 헌데 은근히 기다린 중전은 어디에 있느냐? 아까 그가 곱다 어루만지던 창포 침장을 안고 윤 상궁이 들어왔다. 고개를 조아렸다.

"대전마마를 위하여 중전마마께서 직접 수놓아 장만한 침장입니다. 이 밤에 부대 이것으로 침수하옵소서 하셨나이다."

"뭐, 뭐라고?"

침수 시중 바란 지어미 대신 건너온 건 텅 빈 새 이부자리 한 채. 웃지도 못하고 울지도 못하고 하릴없는 대전마마, 입이 딱 붙었다. 어이없는 눈길로 홀로 자라는 이부자리만 노려보고 있구나.

제7장 두 마음이 한마음

그 다음날이다. 전하께서 대청에 사람을 보내어 대제학을 잠시 들어오라 하시었다. 심우정이 들어오자 왕은 다가앉으시오 하고 손짓을 하였다.

"짐이 묻고 싶은 것이 있어서 말이오. 혼인한 지 벌써 두 해라, 이제 비(妃)도 강학을 시작하여야 하지 않소?"

"하시어야 하지요. 실상 중전마마께서 궐에 들어오신 후 금세 대왕대비마마께서 글 스승을 천거하여 중궁전 강학을 시작하여라 하명하시었나이다."

"할마마마께서 분부하시었는데 왜 아직 아니 시작한 것인가?"

"신이 전하께 주청을 올렸사온데 분부가 없으시어 그저 기대리고 있던 참입니다."

왕의 낯이 벌게졌다. 도통 중궁전 일이라 관심이 없어 내팽개쳐 두었던 과오가 여기서도 그만 드러났다. 입맛이 심히 썼다. 무안하여 괜스레 심우정만 타박하였다.

"참 경도 무던하오! 그런 일일 것이면 짐이 분주하여 잊어버렸다 하여도 몇 번이고 또 주청을 하여주어야 하는 것이 아니오? 짐이 곤전에게 못할 일을 하였잖소! 허면은 중궁전에 들어가서 강학을 할 스승은 찾았소? 쓸 만한 사람이 있으면 천거하오."

"그렇지 않아도 대왕대비전하의 하명이 있사와 저와 영상 대감이 두루두루 몇 달을 수소문하였습니다. 감히 중궁전의 글 스승이 되실 만한 인품을 찾았기로 적당한 이를 한 사람 보아두었나이다. 그 집안이며 학문이며 인품이 빠질 데 없어 딱 맞춤이다 하였습니다."

"흠, 그래? 잘하였군! 경들이 적당하다 하여 천거한 이라 할 것이면 오죽 할까? 짐이 굳이 보지 않아도 상관없소. 허니 당장 내일이라도 그이를 모시고 중궁전에 들어가 뵙게 하고 금세 강학을 시작하시오."

왕의 옆에 있던 장 내관이 이미 마련하여 보따리에 싼 서책을 심우정 앞에 꺼내놓았다.

"지금껏 곤전과 짐이 다소간 불화하여 왕래가 소원하였지만은, 이렇게 국모께서 강학을 시작하신다 하니 짐이 어찌 그냥 지나치랴? 내전에서 익혀야 할 서책을 짐이 골라보았소이다. 공부를 열심

두 마음이 한마음 217

히 하시기를 비옵는다 하는 짐의 말을 반드시 전하여 주오."

"아름다우셔라. 성상의 덕이여, 그저 황읍하옵니다."

참으로 사리에 온당하고 다정한 분부일세라. 심우정이 전하께 절을 하고 물러나갔다.

'이 일로 그이가 다소 즐겁고 사는 것에 보람을 느낄 수 있었으면 좋겠다. 그이가 조금이라도 행복하다 할 것이면 짐은 좋아. 그이만 보면 안타까운 마음이 조금은 덜 아릴 것 같아······.'

매화가 핀 가리개를 바라보는 왕의 시선이 부드러웠다. 이러는데 바깥에서 고변이 들었다.

"전하, 아뢰옵기 황공하나 중궁전 상궁 들었나이다."

윤 상궁을 앞장세우고 나인들이 붉은 보를 씌운 다담상을 들고 공손하게 들어왔다. 절을 한 연후에 아뢰었다.

"전하, 조하의 분주한 일에 얼마나 용체 곤고하실까 하시며 중전마마께서 조촐하게 다과상 올렸나이다. 가납하여 주옵소서."

"감사하다 전하여라. 내전에서 바깥을 살피는 뜻이 크니 아름답구나."

수줍은 사람이 처음 보낸 정성이다. 왕 앞에 주칠(朱漆) 소반이 놓여졌다. 윤 상궁이 안고 온 청화 주전자를 기울여 조르르 차 한 잔을 따라 바치었다.

"중전마마께서 손수 끓이신 차이옵니다. 전하께서 다례를 즐기신다는 소문을 듣자와, 빙천의 물을 손수 떠다가 끓인 터라 맛이 극진하옵니다."

"흠. 그래?"

왕은 잔을 들어 한 모금을 음미하였다. 잠시 후 용안에 만족스러운 미소가 머금어졌다. 입에 발린 소리가 아니라 진심으로 기쁜 빛이었다.

"참으로 절미로다! 중궁이 이토록 법도에 맞게 차를 만드실 줄 알다니. 짐이 이제까지 가까이 있는 사람을 두고 멀리에서 차 맛을 찾은 것이 아니던고? 참으로 감사하니 잘 마셨다 중전에게 전하여라. 허고, 명일부터는 반드시 매일마다 조강과 석강 무렵에 짐이 차를 주오, 하였다고 전하여라."

알뜰하게 차를 챙겨 보내준 왕비가 말로 할 수 없을 만큼 고마웠다. 저절로 벙싯 웃음이 머금어졌다. 따스한 체온처럼 느껴지는 찻잔을 들며 한마디 감사하다 어렵지만 다정한 답을 윤 상궁에게 들려 보냈다.

"아, 황공하여라. 성상께서 마다 않고 기뻐하시니 참으로 황공할 따름이옵니다. 신은 돌아가 반드시 전하여 드리겠나이다."

벙싯 웃으며 윤 상궁 이하 중궁전 나인들이 돌아갔다. 즐거이 가납하시고, 중전마마를 칭찬하신 것도 모자라서 내일부터 매일매일 차를 다오 하셨다. 이 말씀을 전하여 들으면 중전마마께서 얼마나 기뻐하시랴. 가랑비에 옷이 젖으며 어진 심덕 이길 장사 없다 하였는데, 겉으로는 밀다 차고 다니시는 중전마마, 실상 대전마마께서도 은근슬쩍 마음을 열고 계심이 아니랴?

왕은 손수 주전자를 기울여 다시 차를 따랐다. 씩 웃음을 머금었다. 만족하여 홀로 뇌까렸다.

'이제 짐이 저를 위하여 글 스승도 보내주고 책도 선사하고 그러면 저도 짐의 뜻을 알 것이다. 모르는 척 인제부텀은 중궁에 종종 들어가야지! 어차피 중신들도 짐더러 중궁을 아니 돌아본다 비난들을 하였으니 짐이 게로 들면 시끄러운 잔소리들도 아니할 것이 아니냐? 마침 내일은 국구도 들어오신다 하니 그 핑계 대고 중궁에 들어가야지.'

조용하고 어지나 온화한 사람, 함께 있으면 어쩐지 마음이 편안할 것만 같다. 그깟것? 하다가도 은근히 생각나는 그 사람. 왕에게 어린 중전은 그렇다.

흠빡 빠져 천지분간 못할 정도로 빠져들던 희란마마에 대한 정해만큼 치열한 것은 아니나 재 아래 묻어둔 씨불처럼 더 깊고 은근스럽고 수줍은 그 심사. 못났다 허구한 날 능멸하고 발길로 걷어차고 다닌 사람을 은근슬쩍 자신이 먼저 마음 쓰고 돌아보는 것을 끝까지 인정할 수가 없다. 어름어름 다른 핑계만 대며 중궁전 들어가리라 생각하는 것이다. 스스로 폭군이다. 어진 그 사람에게 짐은 은애받을 만큼 자격없는 사내다 하는 자격지심이 그리도 깊은 터로 수줍은 정분조차 뭉개 버리는 왕의 못난 심사여.

중궁전. 아침이 밝자마자 중전은 사친께 입궐하시어라 봉서를 써 글월비자에게 들려 내보내었다. 대왕대비전께 문안 인사를 마치고 돌아온 후였다. 막 자리에 좌정하여 글씨 연습을 하련다 하는데 바

끝에서 두런두런하는 소리가 들리었다. 윤 상궁이 들어와 아뢰었다.

"중전마마, 대제학께옵서 잠시 알현코자 듭셨나이다."

왕비는 깜짝 놀라서 문 쪽으로 고개를 돌렸다. 혼인하여 교태전에 앉은 이후, 단 한 번도 조정의 중신들이 중궁의 문턱을 넘은 적이 없었다. 그런데 갑자기 대제학께서 듭셨다 하니 반갑기보다는 오히려 겁부터 나고 두렵기만 하였다.

"대체 무슨 일로 듭신 것인고? 만약 그분이 이 중전을 보러 중궁전 문턱을 넘었다는 것을 대전에서 아시면 필시 또 날벼락이 떨어질 것인데……."

뫼시어라 하는 중전마마의 나직한 답변에 대제학 심우정이 천천히 허리를 굽히고 주렴이 쳐진 윗방으로 들어왔다. 부복하여 공손히 중전마마께 절을 하는 그의 뒤로 옥색 도포를 입고 책 보따리를 든 선비 한 사람이 따라 들었다. 심우정이 시키는 대로 엎드려 중전마마께 절을 하였다. 지아비이신 주상전하 말고는 심지어 내관들도 함부로 출입하지 못하는 구중심처 중궁에 처음으로 들어선 외간 사내였다.

심우정이 약간 불안하기도 하고 의아한 시선으로 바라보고만 있는 중전마마께 주상전하의 말씀을 전하였다.

"아뢰옵니다, 중전마마. 전하께서 신에게 하교하시기를 중궁전 강학을 시작하라 분부하신 터입니다. 그리하여 신이 감히 수소문을 하여 중궁전 강학을 담당할 성균관 진감을 뫼시고 왔나이다. 인사를 나누시지요."

중전은 해연히 놀랐다. 진정 그것이 참입니까? 하고 거푸 되물었다. 놀랍지만 너무 반가운 소리인지라 자신도 모르게 왕비의 맑은 볼에 화사한 홍조가 돋아난다.

"참말 전하께서 이 중전에게 글 스승을 보내주신 것입니까? 아이고, 감사하여라! 이 중전이 무학(無學)하여 항시 답답하였기로 죽을 각오를 하고 성상께 주청하기를 부대 강학을 하게 하여 주십시오, 청을 드렸답니다. 상감마마께서 이 천첩의 소원을 잊지 않으시고 들어주셨으니 어찌 성은이 망극하지 않으리? 실로 감사하옵니다!"

대제학 심우정이 어진 미소를 머금고 뒤에 앉아 부복한 선비를 향해 고개를 돌렸다.

"학사는 중전마마께 인사를 드리게나. 지엄하신 분이나 스승과 제자의 예로 만났으니 필히 성심을 다하여 마마를 보필하고 학문에 일가를 이루시도록 도와드려야 할 것이네."

호기심 어린 까만 눈을 들어 저를 바라보고 있는 중전마마를 향해 옆얼굴을 보인 학사가 깊이 고개를 조아린다.

"중전마마, 첫 문안 인사 드리옵니다. 지엄하신 주상전하 명을 받드사 중궁전 강학을 맡게 된 학사이옵니다. 본관은 진양으로 강씨 성을 쓰옵지요. 같잖은 글줄 익혀 감히 중궁전의 스승 자리를 꿰어차니 참으로 두렵사와 눈앞이 캄캄하옵니다. 천박한 글줄이되 열심히, 그저 성심으로 임할 것이옵니다. 명일부텀 매일 이 시간에 들어와 강학을 할 것입니다."

"겸손하시네그려. 마마, 강학사는 명국에서 육 년이나 공부를 하고 돌아온 후기지수 중 으뜸이옵니다. 겨우 약관의 나이로 제술 양원 양과의 장원급제까정 하였습니다. 보는 과거마다 장원이라 이 이의 별칭이 구도장원공이라 하옵니다. 헛허허."

겸손하게, 그러나 위엄있는 얼굴을 들어 말을 잇는 중궁전 글 스승. 그 이름은 강두수라 하였다. 나이는 서른 남짓. 훤칠하니 잘난 얼굴에 키는 컸고 고아한 품위가 맑고 어진 미소를 머금은 얼굴에 스미어 있었다. 한 마리 고아한 학(鶴)인 양, 청신한 심산의 소나무인 양 담담하고 고고한 모습이었다.

강두수는 명가 진양 강씨 가문 종손이었다. 제술 양원 양과를 약관에 장원급제하고 학명 떨치기 이미 오랜 터였다. 육 년 전에 명국까지 가서 명국의 대학문이라 일컬어지는 동빈 선생 문하로 글을 익히고 돌아온 지 겨우 한 해 남짓 지났다.

대학자 도산 이현 선생의 가장 아끼는 수제자로 마음만 먹자하면 관명을 떨치기 예정된 사람이다. 허나 성정이 담담하고 심산 청송인 양 고고한 인품인 그는 도통 출세에는 관심이 없었다. 그저 스승을 따라 산림처사(山林處士)로 남아 글을 읽고 있는 터인데 낭중지추(囊中之錐)라. 그의 빼어난 학문이 소문이 나지 않을 수가 없었다. 비록 연치는 어리나 성균관 진감 사이에서도 스승으로 존경받을 정도이니 그 인품이며 학문이 나무랄 데 없다. 그리하여 영의정과 대제학이 중궁전에 강학을 할 스승으로 점지한 것이다.

중전마마, 첫눈에 마치 강두수 그가 마치 피를 나눈 친정 오라비

같이 다정하고 가깝게 느껴졌다. 어진 인품이 말 한마디, 표정 하나에도 담겨 있는 듯하였다. 인중지룡이요, 군계일학이라. 그만 중전마마, 단 한 번 만나고도 강학사 그가 탁 의지가 되는 것이다.

"참으로 감사합니다. 오늘 이후부터 경은 이 중전의 단 한 분 스승입니다. 열심히 할 것이니 저가 꾀부리고 어리석은 짓을 하면 매섭게 꾸짖어주시고 다스리어 주소서. 이 중전이 감히 사직의 안주인을 자처하나 어리석고 미거하여 천지분간을 못하는 터입니다. 이제부터는 스승의 가르침을 받아지어 옳은 사람 노릇을 한번 하고자 하니 부대 스승께서는 이 중전을 사람으로 만들어주십시오."

늘 모질기만 하던 지아비가 모처럼 마음 쓴 한 가지 일로 하여 왕비는 감격하다 못해 심지어 눈에 눈물이 핑 돌 지경이었다. 그것만으로도 충분히 감사한데 대제학이 서책 보따리까지 내밀었다.

"부대 열심히 공부하시어 의젓한 국모의 덕을 쌓도록 하라 당부를 하셨나이다. 허고 이렇게 전하께옵서 좋은 서책들을 많이 보내주셨나이다."

"아이고, 대전께서 서책까정 보내주시었다고요?"

공부 열심히 하라 하시며 왕께서 책을 골라 보내주셨다니 이런 황감할 데가 어디 있을까? 너무 감사하고 고마운 터라 중전의 옥안에 저절로 함뿍 미소가 담겼다. 박색이다 소문난 그 옥안이 기쁨에 젖어 별처럼 반짝이며 환한 꽃불처럼 곱게 피어오르는 순간이었다. 우연히 고개를 든 학사 강두수, 소담하게 미소 지은 중전마마 감추어진 미태를 그만 보아버렸구나.

어이할꼬, 어이할꼬? 서른 접어들어 단 한 번도 흔들린 적 없는 사내 마음이 순간적으로 격랑을 치는 순간이었다. 지아비 상감마마도 한 번도 보지 못한 내미지상 중전마마의 아름다움. 보면 볼수록 정이 드는 고운 옥안. 어질고 영명하며 기품있는 자태를 한순간에 가슴 그득하게 담아버린 한 사내가 있음에랴.

더구나 그 사내. 공식적으로 날마다 드나들며 중전마마 곁에서 보필을 하라 하명받은 단 한 사람인데…… 이것 참으로 걱정이로다.

그날 밤 둘레둘레 또 서온돌로 건너온 왕은 자신이 보내준 그 스승이 얼마나 잘난 미장부인지 알 리 만무하다. 또 그 사내가 감히 고개 들어 당신의 어린 안해가 감추어둔 절염한 아름다움을 보아버린 것도 알지 못하였다.

궐 안에 들어온 후 처음으로 진정 행복하고 감사하고 즐거웠다. 하여 정성껏 차 한잔을 마련하여 올려 드리었다. 왕을 대함에 있어 처음으로 고개 바로 들고 방긋이 웃는 중전을 바라보며 왕은 히죽 웃고만 있는데……. 순수한 얼굴에 가득한 기쁨. 웃는 모양이 어찌 그리 귀하고 흐뭇하던가? 기쁨에 가득 차, 좋아하는 사람 앞에서 마냥 얼떠어 행복할 뿐.

동구에 선 고목(古木) 끄트머리에 앉은 까치가 깍깍 울었다. 그 아래로 호호탕탕 달려가는 말 두 마리가 있었다.

붉은 옷을 입고 령(令) 자가 적힌 깃발을 휘날리며 전령이 달려간 곳은 옥동의 아흔아홉 칸 기와집. 중전마마의 사친이신 현성 부원군 댁이었다.

계산골 초옥에 살던 부원군 이하 일가가 중전마마께서 간택을 받아 교태전에 좌정하신 이후, 이사를 온 지 벌써 두 해째. 워낙에 부원군께서 청결하시고 외인을 꺼리시기에 청지기는 어쩌다가 찾아오는 사람들을 문간에서 돌려보내기 일쑤였다. 게다가 중전마마께서 하냥 전하께 소박당하고 외면당하는 처지이니 궐 사람들이 드나든 적도 거의 없는 터였다. 오히려 오랜 벗들조차도 못된 구설이 날까 부원군께서 꺼려하시니 오히려 적막하기는 계산골 때보다도 더한 적막함이 서려 있는 집이다.

전령이 놀라 달려나온 부원군께 비단 보자기에 싼 봉서를 소반에 받쳐 올렸다.

"중전마마께서 내리시는 하서(下書)이옵니다. 주상전하께서 내일 입궐하여 중전을 뵈오 하신 터입니다. 허니 부대 궐로 들어와 주사이다."

현성 부원군 김익현, 이것이 꿈이냐 생시이냐. 참으로 전하께서 이 늙은이를 입궐하라 하명하신 것이오? 점잖은 체면도 다 잊고 몇 번이고 묻는 참이다.

"예, 대감마님. 분명 그리 하명하신 터이옵니다. 중전마마께서 부탁하시기를 부대 오실 적에는 일가친척 두루 수소문하여 반가운 분들을 뵈올 것입니다 하셨나이다."

김익현, 어리디어린 따님을 억지로 궐에 들여보내 놓고 들려오는 소문이 하도 기가 막히고 억장이 무너진 터로 그사이 근심걱정만 늘었다. 두 해 전보다 한결 여위고 병색이 완연하였으며 심중의 걱정이 모두 다 백발로 변한 것인지 머리카락은 한층 더 하얘졌다. 그러나 그 주름진 노안에 웃음이 환하게 물리었다. 그만큼 기쁘고 반갑다 이런 뜻이다.

"아이고, 성은이 망극하옵니다, 전하. 이 늙은 것에게 중전마마 옥안을 보올 수 있는 기회를 윤허하셨으니 그저 이 노신이 여한이 없나이다."

감격하여 북쪽을 향해 사배(四拜)를 올리는 부원군. 하루 종일 마음이 설레어 어쩔 줄을 몰라 한다. 말씀없고 더없이 점잖으신 분이 마치 명절을 기다리는 어린애인 양 들뜬 기색이 역력하였다. 예절이며 염치도 다 잊어버렸다.

신새벽부터 일가들을 몰아 나서는구나. 아침 일찍부터 입궐하여 일단 제일 먼저 편전부터 들었다. 궐의 주인이자 사위인 전하께 문안 인사를 차리려 한 것이다.

삼정승을 모아놓고 삭주의 장성 쌓는 일이며 앞으로 닥쳐올 춘궁기 넘기는 일을 의논하고 있던 왕이 장인을 맞이하였다. 상감마마와 중전마마께서 가례를 치른 지 꼬박 두 해. 그사이 궐 쪽으로는 고개 한 번 돌리지 않았던 부원군이다. 그저 좋은 낯빛을 하고 용상에 앉은 전하께 문안 인사를 드리었다.

"전하를 뵈옵기로 용체 강건하심을 감축드리옵니다."

"항시 부원군께서 병약하다 곤전께서 근심하는 고로, 강건하신 모습을 뵈니 짐이 안심입니다."

왕은 덤덤하니 반절로 장인의 절을 받았다. 실로 정중한 인사를 드리고는 그것으로 입을 봉하고 마는 늙은 부원군. 그 얼굴에서는 아무런 기색도 느낄 수 없었다.

"짐이 분주하여 오래도록 부원군을 대하지 못할 참입니다. 빙장께서도 한시 바삐 중궁전부터 드시고 싶으시겠지요? 중전께서 하냥 까치발을 하고 기다리고 있을 것입니다."

정중하지만 쌀쌀맞았다. 입 발린 말 한마디로 무안함을 가리고서 왕은 금세 부원군을 편전에서 축객하였다.

'출가외인이거늘! 짐이 비를 두고 어찌 대하든 무슨 상관이냐? 저가 아비라 해도 어쩔 수 없다. 시정의 뭇 사내들 모다 잉첩 두고 드나들기 예사라, 짐이 홀로 허물이라 말할 수도 없는 것이지. 흥!'

뒷걸음으로 물러나서 문밖으로 사라지는 부원군의 뒷태를 바라보며 왕은 한 손으로 턱을 문질렀다. 불안하거나 마음이 편안치 못할 때 나오는 버릇이다. 자격지심(自激之心). 선대왕 아바마마께서 제일 아끼셨다지. 곧고 어진 성품과 깊은 학문으로 인하여 올곧은 선비들이 스승으로 여기고 존중한다는 바로 그이이다. 그런 사람이니 짐을 어찌 볼까? 짐이 지존이니 말은 대놓고 하지 못할 것이되 심히 짐을 원망하고 있을 게야.

장인의 담담한 얼굴에서 깊은 분노와 준엄한 꾸짖음을 듣는 착각에 빠지는 왕이었다. 혼자서 괜히 무안하여 얼굴이 저절로 붉으락푸르락하였다. 좌의정 정안로가 한마디 조심스럽게 물은 것은 그때었다.

"전하, 어쩐 일로 부원군께서 입궐을 하신 터입니까? 소신은 저이가 입궐을 한다 하는 기별을 듣지 못한 터이옵니다."

난데없이 부원군 김익현이 입궐을 하여 전하께 알현을 청하자 간이 떨어질 정도로 놀랐다. 솔직히 정안로는 김익현이 이날 입궐한 그것 자체가 아주 불길한 징조라 느꼈다. 지금껏 중전이며 부원군 일에 관심조차 없고 고개도 돌리지 않던 왕이었다. 그런데 갑자기 부원군의 입궐을 허락하고 중궁전 사정을 보아준다니 이것이 무슨 일인가? 하, 이것 큰일 났고나.

벽파 저들 일당이 눈엣가시로 여기는 재야 선비들이며 서림파 신하들이 정신적인 기둥으로 여기는 이가 부원군 김익현이다. 비록 조정 안에서 권세는 없다 하여도 왕비의 부친이다. 종실의 가장 큰 어른인 진성대군과 금석지교(金石之交)를 맺은 사이이기도 하였다. 종실에서도 조하에서도 부원군의 말은 무시 못할 무게를 지닌 것이니 정안로는 무작정 김익현이 밉고 꺼려졌다.

따지는 듯한 정안로의 말에 왕이 고개를 들었다. 서안 위의 두루마리를 펼치며 무관심하게 대답을 하였다.

"사사로이 부원군이 중궁전을 만나러 온 것이라 대청서 알 일도 없을 것이오. 국구의 환갑이 다가오니 아마도 곤전이 손수 수를 놓아 병풍을 만든 모양입디다. 하루 모시어서 아비를 뵈옵시오 하였소이다. 짐이 무엇을 잘못하였소?"

되받아묻는 왕의 목청은 퉁명스럽기까지 한 것이었다. 감히 네가 무어라고 지금 짐이 궐 안에서 하는 일에 이래라저래라 토를 다는 것이냐 되묻는 듯 성깔이 묻어난다.

"중전마마께서 효심 지극하사 한 분뿐인 사친에 대한 마음이 간절하다는 것을 신도 잘 아옵니다. 전하께서 그리 대접함이 당연하신 처분이지요."

온화한 성품을 가진 우의정 최환지가 정안로와 왕 사이에 오가는 눈싸움을 막았다. 궐의 사사로운 일이니 좌상은 입질을 그만 하시오 눈짓을 보냈다. 그러나 어린 왕을 두고 이래라저래라 하던 버릇이 하루아침에 없어질 수는 없는 노릇이었다. 방자한 그가 기어코 다시 나서고야 말았다.

"보좌에 앉으신 지존의 가장 가까운 지친이 아니옵니까? 부원군께서 이리 자주 궐에 드나드실 것이면 인척들이 파벌 내세워 조하 일을 이래라저래라 간섭할 것이라 오해를 사기 알맞음이라, 신은 그것이 걱정입니다."

"국구께서 두 해 만에 이제 겨우 한 번 입궐을 하신 터인데 좌상의 말씀은 너무 박하시구려. 그 말씀은 듣기 고약하오이다."

말없이 옆에 앉아 있던 영의정 홍이성 또한 너무 심하다 싶었던지 정안로를 타박하였다. 비록 벽파의 영수이고 갈라선 길은 달라도 영의정은 김익현의 고아한 인품을 존경하고 있었다.

중전마마께서 간택받아 입궐하신 이후 한 분뿐인 외따님이되 부원군께서 궐 쪽으로는 고개 한번 돌리지 않는다는 것은 삼척동자도 다 아는 사실이 아닌가? 인정상 차마 그리 못할세라! 그런데 그런 분이 상감마마의 윤허를 입자와 사사로이 한 번 입궐하신 것을 당장에 트집 잡자 하는 것이라. 인간으로서 차마 하지 못할 너무 박하고 고약한 일이다 싶었던 것이다.

"아니, 지금 경들은 무슨 말을 하는가? 짐이 이 궐의 주인인데 누구든 부를 수 있고 알현할 수 있는 것이지. 그것을 두고 경들이 왜 이래라저래라 하는 것이오? 짐이 죄인인가, 마음대로 빙장도 뵙지 못하는 신세이게?"

손짓을 하며 신경질적으로 내뱉는 왕의 목청은 이미 격앙되어 있었다. 훤한 이마에 시퍼런 심줄을 세우고 짜증스럽게 뇌까렸다.

"짐의 의지가 굳으니 누구든지 보위를 위협하는 적수는 절대로 만들지 않겠다 함이라. 그리하여 집안도 보잘것없고 권세에 도통 관심이 없는 저이를 부원군으로 뽑은 것이 아니오? 헌데 좌상은 대체 무엇이 잘못되었다 감히 짐더러 타박을 하는 것이오? 실로 그 말이 가당찮소! 그 입 다물고 하던 일이나 제대로 하시오!"

평소 때 같으면 좌의정 말이라 할 것이면 팥으로 메주를 쑨다 하여도 옳다 하시던 주상이다. 헌데 오늘은 어쩐지 매서운 타박이었다. 그를 바라보는 눈빛이 날카롭고 박하였다.

상감은 솔직히 정안로의 한마디 말에 자존심이 심히 상한 참이었다. 아무리 정승이라 한들 그래 보았자 저도 녹을 먹는 신하인 주제에 말이야. 짐이 궐 안에서 사사로이 처분하는 일조차 간섭당하고 일일이 허락을 받아야 하나?

불쾌한 기색이 너무 뚜렷하게 나타난 용안이라, 더 건드리면 딱 터지겠고나. 정안로는 찔끔하여 신이 실언(失言)하였나이다 사죄하였다. 허나 그 짧은 순간 별별 생각 온갖 셈속이 다 떠돌고 있다.

'흥, 안즉 멀었다. 그나마 조하 일을 이만큼 이끌어오신 것은 오직 어린 주상 당신 곁에서 노심초사, 견마지로(犬馬之勞)한 나의 덕분이 아니냐? 전하께서 이럴 수는 없는 것이야. 내가 날 잡아 단단히 한번 큰마마와 더불어 전하께 오금을 박을 것이다. 나를 박대하시다니! 이 나라 정승으로 지금껏 몸이 부서져라 조정 일을 독점하여 전하께 일편단심 충성을 바친 나를 무시하시어? 단단히 경계하여 저 불길하고 기분 나쁜 늙은이가 다시는 궐에 얼씬도 못하게 만들어야지!'

아직도 왕을 열서넛 먹은 어린애처럼 허투루이 여기는 정안로, 심중의 생각이 이토록 방자하였다. 딸년 희란마마와 똑같이 왕을 제 손아귀에 든 허수아비처럼 쉽게 생각하는구나. 영안도 감사가 보낸 장궤 두루마리를 읽고 있는 용상의 전하를 곁눈질하는 눈빛이 음흉하다.

열흘 붉은 꽃은 없다 하는 속담을 조금이라도 생각하였을 것이면 정안로, 이날의 방자한 언행을 조금 줄였을 것이다. 그러나 그는 자신만만 제 권세와 제 딸년에게 붙박이라 여기는 주상 성총을 너무 믿고 있는 아닐 것인지? 그러다 언제고 큰 벼락을 한번 맞고야 말지. 쿵!

이제나저제나 사친께서 듭시기 바라며 몇 번이고 월동문을 내다보았다. 마침내 부원군께서 듭시었다는 고변에 그만 중전은 체통도 잊고 손수 방문을 열고 마루로 내달렸다. 섬돌 올라서는 늙고 여윈 사친을 보고는 오직 한마디, 아버님―! 하고는 말을 잇지 못하였다. 큰 눈에서 투둑 눈물이 떨어져 비단 치맛자락을 적시었다. 그 눈물 속에는 지금껏 중전마마께서 경험한 피 맺힌 설움과 가슴앓이와 고통이 전부 스며들어 있었다.

점잖으신 체면이라 하여도 어찌 따님을 뵈옵고 부원군 눈에서조차 피눈물이 떨어지지 않을 것이냐. 마마! 오직 그 한마디, 부원군 또한 말문을 잇지 못하고 마룻바닥에 엎드려 여윈 어깨를 들먹였다. 떨어지는 눈물이 당신의 조복깃을 적실 정도였다.

사친의 피눈물을 보는 중전마마 여린 심정은 또 어떠하실 것이더냐? 다시 한 번 아버님! 하고 애끓는 목청으로 사친을 불러보는데 연신 커다란 눈에 눈물이 줄줄 흘러 볼을 적시는 것이었다.

부원군 김익현, 지금 창자가 끊어지고 억장이 무너졌다. 나이 사십 넘어 늘그막에 겨우 한 분 얻은 따님. 자식을 제일 잘 알기는 그 부모였다. 타고나기 어린 그 따님 소혜 아씨. 실로 아름다운 덕성이며 깊은 지혜로움이며 남의 어려움 먼저 헤아리는 그 따뜻함이 인중의 일등 가는 보물이었다. 게다가 손끝이 매서워 침선 또한 소문 났으며 하나를 가르치면 열을 알아듣는 그 총명함이라 감히 누구에게 견줄 것이더냐?

헌데 날벼락이니 그 따님을 중궁전 간택에 올려라 하였다. 만으로 열다섯도 아니 된 어리디어린 그 따님을 어찌 간택에 올릴 것이냐, 김익현 단번에 찾아온 진성대군의 말에 거절을 하였다. 허나 싫었어도 운명이 그리하였다. 김익현 그 굳은 뜻을 접은 것은 진성대군이 가져온 서찰 때문이었다. 펼치니 아직도 그리운 선대왕전하의 어필이라. 부대 경의 딸을 욱제(전하의 자)의 비로 올릴 것이니 간택에 참여케 하라 하신 간곡한 유훈 때문이었던 것이다.

"자산께서는 제발 따님을 두고 간택받지 마시오, 하고 기원하지요? 허나 나는 제발 그리되시오 기원하고 있소이다. 저승서 형님마마께서도 그리 바라고 계실 것이니 운명이라. 두고 보오. 따님께서는 필시 중전마마가 되실 겝니다."

그 밤에 재간택에 올랐으니 아씨께서 나오지 못한다 기별을 받았다. 그때 김익현은 운명이라…… 운명이라…… 하고 중얼거리며 얼마나 애를 끓였는지 모른다. 아침서 들어갈 적만 하여도 밤에 나와서 담가놓은 녹두로 죽을 끓일 것입니다 하셨던 그 따님. 졸지에 삼간택까지 올라가 중전마마가 되시었다.

한 분은 구중심처 궁궐에서 또 한 분은 담벼락 바깥의 서인이라. 그 다음에 뵙자 하니 이미 따님께서는 마주 바라보지도 못할 높은 분이었다. 부녀지간인데도 발을 치고 마주 앉아 공대로 말씀을 나눌 참이었다. 게다가 사가가 초라하니 지존을 게로 내보내지 못할 것이다 하여 대왕대비께서 친영 날까지 당신이 직접 끼고 앉아 가르치시며 사가로 다시 돌려보내 주시지도 않으셨다. 그러고서 생이

별이었으니 어느덧 그 세월이 두 해가 꼬박 넘었다.

중궁전에 올라 갈고닦은 덕성이며 자태이니 의젓하시었다. 연치가 찬 터이니 여인으로 피어 수수한 얼굴이 그나마 고와졌다고는 하되 솔직히 김익현은 열다섯 궐에 들여보낼 적 그 모습이 훨씬 더 곱다 생각하였다.

'생기가 넘치고 총명하며 눈빛이 아름다워 누가 보아도 귀엽다 하였던 분이었는데…… 키도 한참 더 자라시고 여인으로 피었다. 하지만 진귀한 패물로 꾸밈만 하면 무엇을 하나? 도대체 생기라고는 하나없고 매사 불안한 터이며 옥안이 우울하니 피지도 못하고 시들은 꽃의 형색이라. 실로 내가 한 분 얻은 우리 따님. 그저 금지옥엽, 애지중지하며 키운 터인데 저렇게나 야위시고 서러운 표정이라니…….'

김익현은 솔직히 이 자리에서 당장 가엾은 따님 손을 잡아끌고 나가고 싶었다. 궐 밖으로 나가 죽어도 좋으니 더 이상 이 자리에 너를 그냥 두지 못하리라 말하고 싶었.

하루를 살아도 마음 편안하게, 사람답게 살아야 하는 것인데 어찌 너는 이렇게 가엾은 생활을 하고 있느냐 하는 안타까움이 늙은 아비의 마음에 사무쳐 자꾸만 눈물이 흐르는 것이다.

'천하의 일등 가는 보석이니, 귀하게 아낄 고운 우리 마마를 눈이 어두우시사 전하께서는 하찮은 타구로 쓰시는구나. 인세의 가장 귀한 분을 저리도 말라 죽이시는구나.'

아무리 부녀지간 흐르는 그 정이 살갑고 애끓는다 하여도 궐의 법도는 지엄한 것이다. 얼마 후 진정하신 부원군께서는 윗문으로 들어와 발 하나 사이 두고 멀찍이 중전마마와 마주 앉으셨다.

"강녕하시옵니까?"

사친의 한마디 말에 든 뜻이 그 얼마나 많으랴. 중전마마, 애써 눈물 감추며 곱게 웃었다. 속은 문드러지는데도, 아버님 소혜가 많이 아프고 힘이 드옵니다, 앙탈하고 싶었지만 그럴 수는 없는 노릇. 사친이 근심하시리라 싶어 아무렇지도 않은 척 담담하게 말을 이었다.

"구중심처, 날마다 보살핌받는 이 몸이 강녕치 못할 것이면 누가 강녕할 것입니까? 아버님을 근심하옵니다. 이 몸이 곁에 있어 날마다 문안하고 뵈어야 할 것인데, 법도가 무서우니 오가지 못하는 이 마음만 꺼메집니다, 아버님."

"항시, 항시 조심하옵시고 윗전을 공경하시며 삼가소서. 허면은 저절로 복을 부를 것입니다."

"명심하옵니다."

"강잉하게 견디시옵소서. 마마께서는 단국의 태양이시며 상감마마의 단 한 분 안곁이시고 사직의 안주인이올시다. 이 나라 기둥을 태로 품으실 분이옵고, 주상전하의 마음 기둥이 되셔야 할 분이옵니다."

차마 말을 잇지 못한 터로 김익현. 주르르 흐르는 눈물을 감추려 고개를 바닥에 박았다. 얼마나 마음고생이 심하였을까? 비단 의대로 몸을 감고 온갖 패물로 꾸몄으면 무엇 하랴? 맑고 총명한 눈에는 빛이 꺼졌다. 피지도 못한 채 그늘이 진 얼굴은 아프도록 야위었다. 매사 능멸에 박대만 받고 산 터이니 조그만 소리에도 깜짝깜짝 놀라고 마음을 편안히 진정치 못하여 안절부절못하는 기색이 역력하였다.

"이 아비가 죄인이올시다. 마마, 마마…… 어찌 이리…… 어찌 이리…… 야위신 것인고? 어찌 이리…….''

고생하고 박대받으라고 내가 너를 키웠더냐? 하나뿐인 내 딸 소혜야. 죽느니만 못하게 사는 것을 뻔히 보면서도 참아라, 참아라 하는 이 입을 돌로 찧고 싶구나. 어린 네 눈물 값으로 죽어 마땅한 늙은 아비가 부원군 이름 달고 구차하게 사는구나. 하루를 살아도 사람답게 살아야 함이니, 우리 둘이 궐 밖으로 나가 죽는 것이 차라리 나으리라.

입 벌려 말하지 못하는 아비의 그 속내. 중전마마인들 읽지 못할 것이더냐? 사친의 눈물을 차마 바로 보지 못하여 상심한 얼굴을 푹 숙이는데 방울진 눈물이 뚝뚝 떨어져 비단 치맛자락에 짙은 흔적을 남겼다. 차마 소리 내지는 못하는 부녀의 눈물이 중궁전을 흠뻑 적시었다.

커다란 파루 소리가 울렸다. 궐문 닫는다는 신호였다. 거뭇거뭇 땅거미가 내리고 해가 서산 아래로 자취를 감추었다. 궁궐 이곳저곳으로 환한 등이 걸리기 시작하였다.

편전에서 나와 우원전으로 듭신 상감마마, 수라상을 물리었다.

아무 일도 없었던 듯 대제학과 영의정을 앞에 두고 석강까지 마친 다음이다.

벌써 열흘 넘게 궐 안 일에만 분주하시었다. 하여 월성궁으로 나가지 못한 것도 그만큼. 단 한 번만 옥보를 옮기시어 상사병(相思病)이 든 이 누이를 어루만져 주십시오, 그저 고개 조아리고 또 조아려 간청하는 희란마마의 전갈을 가져온 아랫것들을 마침내 알현하시었으되, 분주하여 못 나가리라 단번에 거절하시었다. 그리고는 문 닫아라 하시더니 기오헌에 들어가 앉으시었다.

지필묵 내려라 하시었다. 시원시원한 어필로 삭주 지방의 대장군에게 밀지를 쓰시던 대전마마, 문득 윗목에 앉아 먹을 갈아드리는 장 내관을 건너다보시었다.

"참, 부원군이 궐에서 나가셨더냐?"

"예, 전하. 한참 전에 중전마마와 석수라 함께 하시고 일가와 함께 나가신 줄 아옵니다."

장 내관의 말에 왕은 고개를 끄덕끄덕 몇 번 하였다. 다시 덤덤한 용안으로 교서 쓰기에 골몰하였다. 장 내관은 몰래 눈을 흘겼다. 명색이 장인이었다. 가례 치른 지 겨우 두 해 만에 처음 입궐을 한 분이 아닌가 이 말이다. 이런 처지이면 사위이신 전하께서 마음이 아무리 없다 하여도 하다못해 다담상이라도 보내주시어야 그것이 예의지? 그저 무관심하여 놓고서 인제 와 왜 물으시어?

"중전마마께서 소녀 시절 친하게 지내시던 일가 언니들이 부원군께서 같이 들어오시었답니다. 반가워서 그리 좋아하시었답니다. 다담상을 내리시고 환담하신 다음 금원이며 궐 구경 이리저리하시옵고 금세 부원군께서 나가시려 하는 것을 중전마마께서 못내 만류하시었답니다. 하여 부원군께서 못 이겨서 석수라 같이 받으신 것인데 중전마마께서 부원군 상머리에 앉아 손수 나물 반찬 정하게 무쳐 올리라 하시어서는 그 반찬을 수저에 놓아드리면서 딸년 소혜가 아버님께 진지상 이제야 차려 드립니다 하였기로 모다 다 울었다 합니다. 기어코 부원군께서 더 있지 못하리라 하시며 나가시려 하시니 중전마마께서 직접 수놓으신 부모은중경 병풍을 하사하시었는데 부원군께서 그만……."

"부원군께서 그만, 이라니? 무슨 일이 있었느냐?"

왕은 눈을 치프며 장 내관을 바라보았다. 장 내관은 차마 말을 잇지 못하고 고개를 조아렸다.

"아, 아니옵니다. 별일이 있었던 것은 아니옵고……."

"허면은?"

"너무 감격하신 터라 그만 부원군께서 그 점잖은 체면에도 불구하고 기어코 눈물을 보이셨다 합니다. 하염없이 눈물이 흘러 조복을 적실 정도였으니, 중궁전 월동문 넘어 나가시면서까지 계속 노인이 울고 가시는지라…… 중전마마께서는 차마 사친 보고 있는 데서는 울지 못하시고 강잉히 참으시며 누루에 올라 그저 부원군께서 나가는 것을 보며 한동안 서 계시었는데, 그러다가 부원군께서 아니 보이시니, 아버님! 하고 부르시며 그저 울고 계신 참이라, 중궁전 궁녀들이 모다 따라 울었다 하옵니다."

말 한마디도 아끼는 점잖은 부원군이 따님이신 중전마마께서 하사하신 부모은중경을 받고 그저 울며 나갔다 하는 대목에서였다. 그 순간에 용안에 붉은 기가 확 돌았다. 쓰고 있던 붓을 벼루에 올려놓으며 뇌까렸다.

"흥, 기가 막혀서. 오랜만에 사친 만나지어 즐거운 날에 울기는 왜 우는 것이야? 중궁전에 때 아닌 초상이라도 난 것이더냐? 같잖도다! 노인께서 그리 눈물을 보이셨다 함은 바로 짐을 비난하는 것이다. 제 모자란 딸년 소박 준다 하여 짐더러 시위하는 것이 아니겠더냐? 짐이 그럴 것이다 생각하여 부원군이 중전 찾아 입궐하는 것이 마땅찮았던 것이다!"

가긍하고 애타는 중전마마와 부원군 사연을 들은 사람이라면 모두 다 울컥 눈물이 나는 것이 상궤인데 오직 한 분 상감마마만 코웃음이었다. 당장 장 내관의 말에 노여운 기색을 역력하게 보이며 치받았다. 쌀쌀맞기 그지없고 모질었다. 입꼬리가 절로 비틀어지며 대뜸 내뱉는 말씀이 그렇게 심술궂은 억지가 전부였다.

"제 역성 다 들어주는 친아비이니 구구절절 심중의 말을 다 털어놓았겠지. 짐 욕을 많이 하였을 것이다? 제 못난 꼴은 생각지도 않고 짐더러 저를 버려둔다 했을 게야. 심지어 우원전까정 희란 누이 불러 침수하는 염치없는 폭군이라 짐을 비웃었을 것이다. 듣지 않아도 뻔하다!"

"아이고, 전하. 천부당만부당하신 말씀이십니다! 어찌 어질디어진 중전마마께서 감히 전하를 두고 그런 무엄한 구설을 입에 담으실 것입니까? 아니옵니다! 허고 부원군께서도 오직 중전마마께 되풀이하여 당부하시기를 사직의 안지존으로서의 부덕과 위엄을 기르는 공부를 하시라 그 말씀뿐이었다 합니다. 그런 말씀은 마옵소서,"

"흥, 뻔할 뻔 자(字)지. 짐은 눈도 없고 귀도 없더냐? 아무것도 모르는 멍충이인 줄 알았느냐? 못난 것이 꼴값을 떤다고 눈물보 터뜨린다 하였을 적에 이미 알아보았다! 아비라 그저 제 편이니 미주알고주알 짐 욕을 하였겠지. 천하에 고약하고 같잖은 것 같으니라고!"

장 내관은 억지뿐인 상감마마 말씀에 더 이상 할 말이 없어 그저 고개만 조아렸다. 아무리 아니라 한들 이렇게 당신이 먼저 지레짐작하여 믿어버리는데야 어쩔 것이냐? 어질디어진 분이며 생보살 같으신 분이 우리 중전마마이시거늘, 어찌 가장 곱다 하셔야 할 분인 지아비이신 전하께서만 저리도 매사 그분을 두고 심술에 억지이며 애맨 트집질이실까?

입이 만 리는 튀어나와 홀로 북 치고 장구 치고. 씩씩대던 왕이 에잇! 하며 붓을 던져 버렸다. 먹물이 벽에 확 튀었다. 발로 탁 하니 서안 걷어차면서 버럭 소리쳤다.

"고만 할란다. 이것 내어가라."

"예, 전하."

시립한 봉명상궁이 교서를 내어갔다. 왕이 고개를 돌렸다. 문밖을 향하여 물음하였다.

"재관아, 일성이 아니 들어왔니?"

"안즉 기별이 없나이다."

"어찌 그리 굼뜬 게냐? 짐이 급한 것을 알 터인데…… 들어오면 금세 짐더러 알려라."

"존명."

밤이 깊어 삼경이라. 나가란 말도 없으니 윗목에 앉아 그저 고개만 숙이고 꾸벅꾸벅 졸고 있는 장 내관을 왕이 힐끗 바라보았다.

"쯧쯧, 멍청하게 꾸벅꾸벅 졸고 있지 말고 나가라. 너는 꼭 짐이 침소에 들면 나간다 고집 피우더라? 노인이 나가서 편하게 잘 일이지 굳이 게서 무엇 하는 것이냐?"

심술 부리던 뒤끝이라 목청은 불퉁하였다. 하지만 나가서 편안하게 자라 하시었다. 늙은 장 내관의 사정을 보아주는 다정한 말씀이시다. 이렇듯이 겉으로는 다소 쌀쌀맞으시되 부당하게 잔인하거나 차가운 분이 아니다. 헌데 어이해 어진 중전마마만 상대하면 그리 심술 트집이실까?

"기수 배설하리이까?"

"그리하렴. 금일은 우원전에서 침수하련다."

지밀상궁 시켜 기수 배설하고 돌아서 나오는 장 내관. 한숨이 마냥 첩첩하였다.

'명민하고 사리분별 밝다 어렸을 적부터 소문나신 분이 아니냐? 한데 오직 한 분 중전마마께만은 어찌 그리도 무정하고 모진 것일까. 월성궁에 아니 가시면 무엇 해? 교태전에는 듭시지도 않는데. 납시어도 투닥투닥 괜스레 중전마마를 말로 후려잡으시고는, 이내

동온돌로 나오시구. 휴우— 이래서야 언제 원자 아기씨가 생길 것이며 두 분 사이 정분이 날 것이더냐?'

늙은 장 내관은 무거운 발걸음으로 대전을 벗어났다.

가엾은 우리 중전마마. 장 내관의 노안(老眼)이 어느새 젖어들었다. 어린 중전마마가 하염없이 가엾고 안타까웠다. 그저 울면서 궁문을 나섰다는 부원군이 불쌍하였다.

장 내관을 내보내고 침전에 홀로 앉으신 전하께서는 그럼 무엇 하시느냐? 그저 멍하니 허공을 응시하고 있었다. 깊은 후회이다. 낯 뜨거운 민망함이다. 괴로운 자괴감이다.

'그저 부원군께서 울다가 나가셨다……? 중전도 그저 까치발을 한 채 사친이 나가시는 것을 바라보며 울었다지? 그 부녀의 눈물은 실로 짐을 원망하는 것일지니, 짐이 그들에게 못할 짓을 많이도 하고 있다. 대체 중전이 무슨 말을 하였기에 점잖은 노인이 한없이 울다 나갔다 이 말이냐?'

부원군의 그 눈물이 바로 왕 당신에게 쏟아지는 원망이겠지. 그야말로 좌불안석(坐不安席). 겉으로는 태연한 척하였지만 마음이 도무지 진정되지 않고 불안하였다. 나이 사십 줄에 하나 얻은 외딸을 궐에 들여보내고 하냥 그리워하였을 아비의 심사가 오죽하랴? 그저 안타깝고 가엾었을 것인데 게다가 그 딸의 처지가 도무지 행복하지 않다 함을 눈으로 보았을 것이니 어찌 노인의 발걸음이 쉽사리 떨어질 것인가?

그럴 리는 절대로 없지만은 행여 성정 곧은 부원군이 중전의 손을 잡고 데려갈까 봐 가슴이 떨렸다. 그런 불편함과 이유없는 두려움이 극도의 심술궂은 반응으로 나타나게 되었다. 저절로 용안이 붉으락푸르락하였다. 그러나 왕은 민망함과 부끄러움을 부인하듯이 세차게 고개를 흔들었다.

'비는 어질고 착한 사람이니 아무리 사친 앞이라 하여도 그런 말을 대놓고 하지는 않았을 것이야. 짐은 정말 궁금하다 실상 후회하느니, 두 해 만에 가례를 치른 후, 처음 입궐하신 분인데 짐이 다담상 하나도 내리지 않은 터라, 무정하다 소리를 들어도 할 말이 없는 것이다.'

왕은 한 손으로 턱을 문질렀다. 심각한 생각을 할 때면 나오는 버릇이었다. 허공을 바라보는 눈빛이 쓸쓸하였다.

'그런데 중전은 좋겠구나. 그이에게는 아비라도 있으니 말이야. 천지간 짐은 오직 홀로인데…… 오직 한 분 남은 할마마마까지도 척이 져서 짐의 낯도 제대로 보아주시지도 않는데. 멀디먼 숙부 두 분뿐, 지어미인 저하고도 그리 멀고 사이가 나쁘니 말 한마디 마음 놓고 나눌 수도 없는 처지인데…… 그이는 그나마 제 아비라도 있으니 얼마나 든든할 것이던가? 솔직히 짐은 중전이 너무 부럽다.'

솔직한 말로, 부원군이 중전을 만나 하루 종일 같이 지낸 시간 동안 왕의 심사에 돋아나던 기묘한 투기심이 있었다. 부원군을 대함에 있어 무엇인가 난처하고 부끄러움이 생기는 것 못지 않게 왕의 깊은 심사에서 무럭무럭 자라던 이상한 마음 하나, 그것은 뜻밖에도 중전 그대는 참으로 좋겠구나 하는 일종의 쓸쓸한 부러움이었다.

'그래, 중전 그대는 처지 가려주고 같이 아파해 주는 아비라도 있으니 좋겠구나. 안즉 사친이라도 있으니 둘러칠 뒷결이며 의지가 아닐 것이냐? 짐은 오직 혼자인데…… 짐은 그렇게 사무치게 외로운 사람인데 중전 그대는 그래도 사정 편들어주고 역성들며 아껴주는 아비라도 있으니 짐보다는 나은 처지로 사는 사람이다.'

왕은 훌쩍 일어섰다. 못나고 정없이 사는 지어미라도 짐 곁에 남은 마음결이거니 이 밤에 그대를 보러 가야겠다.

밤이 이미 깊어가는지라 사방은 적요하고 천지는 캄캄하다. 중궁도 어느새 불이 거의 꺼지고 몇 개의 방에만 불빛이 깜빡거리고 있었다. 불이 아직도 켜진 그 방 중 하나가 중전마마가 앉아 있는 서온돌 침전이었다.

자리옷으로 갈아입고 금침 깔린 아랫목에 귀밑머리를 풀고 있었다. 밤새도 깃을 접고 잠이 든 지금까지 왕비는 하염없이 그저 서안에 팔을 기대고 앉아만 있었다. 아무리 마음을 가라앉히자 하여도 심란하고 우울하여 도무지 잠이 오지 않았다. 이 밤에 나처럼 아버님께서도 집에 돌아가시어 가련한 딸년 팔자 생각하시며 필시 잠 못 주무시고 앉아 계시겠거니…….

중전마마 여린 볼에 주르르 눈물이 흐른 것은 바로 그때,

"아버님……."

홀로 나지막이 사친을 불러보는데 어린 왕비는 정말로 외롭다 싶

었다. 천지사방 아무도 없는 적막강산에 오직 혼자 버려진 느낌. 차라리 뵙지 못하고 애써 외면하고 살 적에는 차라리 나았었다. 그러나 정작 초췌하고 늙어진 사친의 어진 노안을 뵈옵고 나니 그 그리운 정은 하염없으며 서러운 마음은 갈수록 깊어지니 어찌할 것이더냐?

'아버님, 할 수만 있다 하면 소혜가 당장에라도 사가로 나가서 아버님 시중들어 드리고 그 노안에 깊어진 주름살을 펴드릴 것인데…… 심중의 시름이 깊으시어 그리 늙으신 게지요. 필시 소박데기 면치 못하는 이 어리석은 여아를 근심하여 주름살이 깊어짐이라. 저가 그저 불효입니다, 아버님. 소녀가 부덕이 부족하와 지아비 성총 얻지 못한 고로 이리 뒷방 신세라, 그 망극함을 아버님께서 대신 견디심이니 어찌하오리까?'

왕비는 사친의 말씀 중에 저가 부원군이 되지 않아야 했다는 말이 가슴에 사무쳤다. 그 말 한마디가 늙은 아비가 심중에 깊이 감춰둔 진실임을 알고 있었다. 지아비께 긴긴 날 소박만 받는 따님을 바라보는 친정 아비의 가엾고 애달픈 심사. 차마 말로도 표현하지 못하는 피어린 아픔을 어찌 따님이신 중전마마께서 모르실 것이더냐?

'아버님…….'

자기도 모르게 중전의 여린 볼에 또다시 눈물이 굴러 내렸다.

'아까 중궁전에서 나가실 적에 소녀를 바라보시던 그 눈빛을 제가 압니다. 당장에 제 손목 잡고서 예서 나가자꾸나 이러하실 참이셨지요. 단 한순간도 더 무덤 같은 이곳에서 수모당하지 말고 우리 같이 죽어버리자꾸나, 이런 뜻이라……. 실상 아버님, 이 불민한 여식은 아버님께서 소매춤에서 비수라도 내어주기를 바랐나이다. 이렇게 매사 지아비 구박덩이라, 살아도 산목숨이 아닌 것이니 차라리 죽어버리고 싶은 소녀의 이 참담한 심사, 아버님은 아시지요? 예, 아버님께서만은 이 마음을 아실 것입니다.'

사가로 나가고 싶다. 중전은 한숨을 쉬었다. 아버님을 한 번만 뵈면 그것으로 소원이 다 이루어졌다 생각하였다. 헌데 정작 뵙고 나니 한 번 더 뵙고 싶고 그리웠다.

'할마마마께 꼭 주청을 드려야지. 새봄이 되면 궐에 들어온 지 벌써 세 해라. 사가로 거동을 할 수 있다 하였잖어. 한 번만 내보내 주십시오 간청드릴 것이야. 나날이 병약해지신 터라, 언제 아버님께서 세상을 버릴지도 모르는데 법도에 밀려 아버님을 다시 뵙지 못하고 행여 불행한 일을 당하면 내가 못살 것이다.'

모시는 윗전의 침전에 오래도록 불이 꺼지지 않으니 어쩔 수가 없다. 물러가라 하는 하명을 기다리며 서온돌 문 앞에서 꾸벅꾸벅 중궁전 아랫것들이 그저 졸고 있구나. 이크. 날벼락이었다. 내관 한 사람에게 초롱 들리게 하고 나타난 검은 그림자가 있었다. 미리 기별도 없이 상감마마께서 듭신 것이다.

대전마마께서 듭시었나이다 고변할 기회도 주지 않았다. 황황히 놀란 나인들이 고개 조아리는 것도 아랑곳 않고 왕은 급하고 격한 손길로 서온돌 문을 홱 하니 젖히었다. 입술을 꽉 다문 용안이 심상치 않았다. 벼락같이 열리는 문소리가 요란하였다.

"아이고!"

요란하게 문을 열어젖히는 소리에 간이 떨어질 듯이 놀라 자지러졌다. 본능적으로 자리옷으로 가려진 가슴골을 두 손으로 가리며 동그란 눈을 들었다. 허공에서 왕과 왕비의 눈길이 딱 마주쳤다.

아직도 채 지우지 못한 눈물 자국이 여린 볼에 남아 있는 것을 왕인들 왜 보지 못했을 것인가? 어린 안해의 볼에 아직도 선연한 눈물 자국을 보던 순간, 왕은 가슴이 철렁 내려앉아 주춤하였다. 그대, 울고 있었구나. 이 궐 안. 짐 곁에서 사는 것이 행복하지 않다 함이니, 언제까지 어린 새처럼 울고만 살 것인가?

눈이 마주친 그 짧은 순간 왕비 또한 문을 들어서던 왕의 눈빛이 어쩐지 아련하고 슬프다 느꼈다. 말하지는 못하나 가슴에 그득한 외로움. 짐도 그대처럼 안타깝고 서럽다 소리치는 무언(無言)의 애원을 들은 듯하였다.

언제부터인가 왕은 교태전에 버려둔 어린 중전만 생각하면 어쩐지 가슴 한쪽이 지그시 아프다고 생각했다. 그러나 지금은 그 통증이 훨씬 더 진하고 깊다. 자신의 심장 한쪽이 송두리째 떨어져 나간 그런 느낌. 그것은 또한 사무친 외로움이기도 했다.

마치 자신의 반쪽인 양 홀로 숨죽여 울고 있는 지어미의 모습에서 왕은 가없는 쓸쓸함과 외로움을 보았다. 왕비의 눈물 젖은 볼에서 왕은 십여 년 전, 부왕을 잃고 졸지에 용상에 올라 홀로 우원전 넓은 침전에 누워 울었던 소년 왕 자신의 모습을 겹쳐 보았던 것이다.

 이 무슨 터무니없는 충동일까? 왕은 마냥 당황하였다. 우지 마오. 제발 우지 마오. 작은 몸을 꼭 끌어안고 토닥토닥 위로하여 주고 싶었다. 투명한 볼에 흐르는 눈물을 닦아주고 싶었다. 그대처럼 짐도 하냥 외롭고 서럽다 하는 것을 알려주고 싶었다.

 지금껏 느껴본 적 없는 낯설고 안타까운 스스로의 마음. 지금껏 조롱하고 능멸하여 걷어차고 다닌 터로 말한다 한들 믿어나 줄까? 오히려 놀림한다 오해하고 괜스레 자지러져서는 달달 떨지는 않을까?

 대답은 이미 알고 있다. 눈이 마주쳤을 때 본능처럼 주눅이 들어 파르라니 질리던 표정을 보아버렸으니. 무안하였다. 도도하고 오연한 왕 자신이 계집처럼 감상에 젖어서는 울적하고 심란하다니. 울컥 마음이 상하였다. 구겨진 심정이 변하여 이내 짜증이 되었다. 짐 때문에 그대가 이렇듯이 우느니 싫어 무안하고 미안하여 더 모질어지는 심사. 궂게 비틀어진 자존심이다. 불쑥 내뱉는 말이 퉁명스럽고 무뚝뚝하였다.

 "흥 궐 안에 초상이라도 났니? 왜 줄줄 울고 앉아 있는 것이야?"
 "마, 망극하옵니다. 신첩이 결례하였나이다."
 "바른대로 말하여라. 너, 네 아비에게 사가로 데려가 달라 주청하였지?"

 아닌 밤중에 날벼락이라. 다짜고짜 일갈하여 후려잡는 말이 얼토당토아니 하였다. 눈물이 반쯤 고인 중전의 눈이 동그래졌다. 이 무슨 터무니없는 억지를 또 부리시는고? 중전은 다급하게 부인하였다.

"신첩이 어찌 감히 그런 불충을 저질렀겠습니까? 마마, 그는 오해이시옵니다."

아니라고 재우쳐 애걸하였다. 글 스승도 보내주고, 이 며칠 웃으시더니…… 제대로 된 국모 대접 하여주시며 사친까정 뵙게 해주시어 진정 감사하였거니 인제는 우리도 다소간 다정한 부부지간이 될지도 몰라, 기대한 것은 아주 잠시 갑자기 들이닥쳐 억지 트집 잡으시고 무작정 후려잡는 버릇은 하나도 변하지 않았다.

왕이 발길을 내밀어 원앙새 곱게 수놓은 긴 베개를 툭 하니 걷어찼다. 따져 물으며 노려보는 눈빛이 숨도 쉬지 못하게 시퍼런 빛이 튀고 있었다.

"흥. 짐이 아니 보았다 하여 모를 줄 아니? 사친 만나지어 온갖 가긍한 사설 다 늘어놓고 데려가 줍시오 한 줄, 짐이 다 안다."

"어, 어찌 그런 애먼 말씀을 하시는고? 신첩이 감히 어찌 그런 마음을 먹을 것입니까? 그런 말 한 적 없나이다, 마마! 아버님께서도 그런 뜻은 절대로 내비추지 않았나이다. 제발 신첩의 말을 믿어주십시오!"

"너, 절대 사가로 거동 따원 하지 못하리라! 할마마마께서 윤허하시어도 짐이 허락지 못해. 알겠느냐?"

중전의 마음속에 들어갔다 나오기라도 하였을까? 야속할 사! 왕이 딱 부러지게 오금을 박았다. 눈물 고인 눈동자가 한결 더 휘둥그레졌다. 어지간히도 원망스럽고 기가 막히었다. 두려운 가운데서도 울컥 노화가 치민 터로 중전은 겁도 없이 야무지게 항의하였다. 아무리 그러하여도 지존이 아니신가. 남아일언은 중천금이라 제 입으로 말한 지가 언제인데? 변덕이 시시각각 죽 끓듯이 하니 대체 어떤 장단에 맞추어 춤을 추란 말인가?

"하, 하지만 사가로 나갔다 와도 좋다 하신 분은 마마이시거늘 어찌 갑자기 지난날과는 다른 말씀을 하시옵니까? 장부일언 중천금이라 신첩은 믿고 사옵니다."

"짐은 장부 아니니라. 천하에 제일가는 어리석은 폭군인 줄 너가 더 잘 알지 않느냐? 허니 부덕 높고 어질다 소문난 우리 중전께서 이렇게 짐을 꺼리고 싫어하는 게지."

씹듯이 내뱉는 말에는 스스로 못났다, 부족하다 여기는 왕 자신의 비틀린 자조(自嘲)가 어려 있었다. 여린 팔을 움켜쥐고 놓아주지 않는 팔 힘이 사납고 억세었다.

"하지만 소용없느니라. 짐은 죽어도 왕이고 너 또한 사직이 정하여준 짐의 정비(正妃)이니 네 마음은 어찌하든 우리 사이는 평생 얽힐 부부지연이지. 원자를 낳아지면 사가로 거동할 수 있을 것이지만 그전에는 짐이 윤허하지 못할 것이다. 명심하여라."

"하지만 내년에는 사가로 내보내 주신다 약조…… 읍!"

아이고머니나, 어머니.

중전이 비명을 질렀다. 이것이 대체 무슨 망측하고 해괴한 일이냐? 지아비 왕의 억센 팔이 작은 몸을 휙 끌어당겨 덥석 널따란 가슴에 담아버렸기 때문이다.

   반항할 사이도 없이 두툼한 사내의 입술이 종알대는 작은 입술을 마구잡이로 삼켜 버렸다. 컥 하고 말문이 막힌 터라 중전은 몸부림을 쳤다. 이리저리 고개 돌려 따라오는 뜨거운 입김을 피하려 애를 썼다.

   열일곱의 어린 중전마마, 난생처음 당한 입맞춤이다. 혼인하여 처음 안긴 님의 든든한 품. 마주친 두 입술. 참으로 황홀하고 행복하고 수줍고 재미나고 진진한 그 맛이어야 할 터인데 아이고, 끔찍하고 싫도다. 징그럽기도 하고 당황스럽기도 하고 어딘가 간질간질하기도 하고…… 여하튼 이상야릇하고, 망측하고, 또 끈적하고, 더글거리기도 하고 좀 그런 기분인데 끝내 피하여 도망만 치려는 작은 입술 사이로 미끄덩하고 뜨거운 혀가 파고들려 하였다.

   살살 꼬여내 말도 부드러이 하고, 손이라도 잡고지고, 마음이 동한 후에 입맞춤이라도 하였으면 덜 놀랐으련만 무작정 제가 동한다고 달려든 터라 순진한 왕비로서는 이것이 좋은 일이 아니라 횡액이고 또 저를 괴롭힌다 오해를 하는 것이다. 급하고 야릇한 사내의 그 마음을 몰라주는 야속한 소녀. 지아비 왕을 끝내 밀어내고야 말았다. 한 손으로 마구 입술을 비비며 저만큼 도망쳐서 물러나 앉았다.

   황당하고 민망스러워 어쩔 줄 몰라 하는 지아비의 얼굴은 보이지 않았다. 갑작스레 당한 일에 징그럽고 미웠다. 사가로 아니 내보내 준다 하는 말에 더 화가 났다. 아무리 그러하여도 이번 일은 너무

심하구나 바싹 약이 올랐다. 늙고 병약하신 사친을 보아진 후로 더 없이 심란한 마음이었다. 내년이면 사가로 거동할 수 있다 하였는데 그 희망이 사라진 고로 반드시 따져 보련다 이판사판. 폐비되어 쫓겨나도 내 할 말은 하고야 말지? 난생처음 종알종알 간 크게도 따졌다.

"사친이 늙어지어 허구한 날 근심인데, 어찌하여 아니 내보내 주시려는고! 신첩이 그만한 주청도 드릴 수 없음이오? 어찌 그리 신첩에게 만날 무정하십니까?"

"웃기는구먼! 무정하기야 저가 짐에게 하는 일이 그러면서? 훙, 잔말 말아라. 중궁에 앉은 이가 어디 함부로 궐 밖을 나선다더냐? 원자 낳아 피접 갈 때까정은 절대로 허락하지 못할 것이다."

어느새 눈 속에 눈물이 말갛게 고였다. 두 손으로 옷깃 단단히 부여잡고 두어 걸음 물러나 앉은 중전은 야속하다 못해 억울하여 어깨 너머로 왕을 쏘아보았다.

"사친더러 들어오라 하면 되지, 네가 왜 나갈 것이냐? 지존이 되어 경망되게 사사로이 거동하는 것 보았더냐? 법도 밝다 소문만 장하지 아는 게 도통 없음이라. 달포마다 부원군 들어오라 하여줄 것이다. 허니 너는 궐문 절대로 나가지 못하리라. 명심하여라."

"참말 너무하시옵니다!"

그래도 입은 살았다. 겁도 없이 톡톡 쏘는 중전을 바라보며 상감마마 기가 막혔다. 실없이 건드렸다가 무안만 당하였다. 용안이 시뻘겋게 달아올랐다. 뜻을 이루지 못한 터라 씨근대는 숨소리가 거

두 마음이 한마음

칠었다. 기분 같아서는 한 대 콱 쥐어박고 싶지만은, 순진하다 못해 맹한 어린것을 상대로 제 눈치 알아채지 못한다 하여 노화를 낼 수도 없고, 참말 환장할 노릇이었다.

"윤허하시었잖습니까?"

"짐이 언제?"

능글맞고 밉살맞아라. 시침 딱 떼고 허공만 바라보는 저 사내. 중전은 손톱이라도 치켜올려 확 할퀴고 싶었다. 속도 상하고 분하고 억울하여 목소리가 절로 물기 젖어 흔들렸다.

"약조하시었습니다."

"짐은 아니 말하였다?"

"약조를 지키셔요!"

"무슨 약조?"

"신첩더러 사가로 나가라 하신 그 말씀을 진정 기억하지 못하신다 말입니까?"

왕이 알기로 멍청하니 보여도 은근히 왕비의 성질머리가 보통은 아니던 터다. 그것이 슬며시 한 자락 드러나고 말았다. 누가 잡아라도 먹니? 우리도 함께 같이 좋이 얼려보자 하는 신호를 도대체 알아먹지 못하는구나. 안즉은 어려서 천하의 멍충이 짓만 하는구나! 누가 어쩌자 하였니? 그냥 이렁저렁 남들지간 다 하는 부부지간 그 일을 우리도 한번 해보자꾸나. 헌데 첫 참부터 야물딱지게 무안당하고 쫓겨나게 생기었다.

옆얼굴을 보인 중전의 얼굴도 촛불 아래 새빨갰다. 가녀린 어깨가 팔딱팔딱 뛰고 있었다. 반쯤 겁먹은 얼굴로, 그러나 야속하오 원망하는 표정을 감추지 못한 채 도사린 모습. 야무지고 준엄한 눈빛으로 곧 죽어도 이 말은 하련다. 딱 부러지게 쏘아붙였다. 아무리 유약하고 어진 그녀라 할지라도 참을 일이 따로 있는 법이다.

"법도이니 신첩은 무슨 일이 있어도 내년에 사가로 거동할 것입니다."

"웃기는 소리! 대궐문만 사사로이 넘어보아라? 너 아주 경을 칠 것이다."

밤 내내 입씨름. 콩닥콩닥 두 무릎쯤 사이 두고 비켜 앉아 번갈아 쌀주머니 내던지듯이 오가는 말이란 이러했다. 곧 죽어도 궐 밖 나간다는 중전과 못 나가리라, 짐은 절대 그런 약조 한 적 없느니, 하며 약 올리는 상감마마. 야속하도다, 건방지도다. 결국은 두 사람 다 신경질이 끝까지 치밀었다. 부르르 삐치어서는 휙 하니 돌아앉았다. 방 안 가득 펼쳐 놓은 두 금침 한 자락씩 차고 누워 등 돌리고 씩씩거린다. 뽀드득뽀드득 이를 갈고 있는 것이다.

아이고, 경사로다! 모처럼 한방에서 두 분이 동침하시는구나. 이러저러하여 제발 옷고름을 풀으시오. 덩실하니 용정받아 당장에 회임합시오, 좋아라 한 중궁전 상궁들. 밤 내내 헛되이 두 손 모아 정화수 떠놓고 빌고 있으며 다 무엇 해?

대체 짐이 무슨 죄를 지었더노? 혼인한 지어미에게 입맞춤 한번 하였다가 망신만 당한 그 속사정을 누구에게 말하리. 다시는 예로 아니 들어온다. 으드득 이를 갈며 상감마마, 날 밝자마자 휙 하니 일어나 중궁전 기둥까정 한 번 걷어차고 돌아 나간다. 가든지 말든지 바라보지도 않는 중전마마. 지존마마 두 분 사이란 것은 예전보다 더 모진 찬바람만 쌩쌩 불고 있구나.

제8장 탕부(蕩婦)의 밤

"냉수 다오. 내가 열불이 나서 못 참을 것이다!"

가마에서 내리자마자 희란마마는 바락 생고함부터 질렀다. 나인이 주인의 패악에 깜짝 놀라 얼음 동동 띄운 석청밀다수 대접을 재빨리 받쳐 올렸다. 심복 교인당이 새파랗게 질려 이를 앙다무는 희란마마를 살살 달랬다.

"큰마마, 왜 노화가 나셨습니까? 대궐에 들어가신 줄 아옵는데 어찌 다시 돌아오신 것입니까? 무슨 일이 있었나이까?"

"흥, 실로 기가 차서! 말짱하게 나를 속이여? 세상에 못 믿을 것이 사내 마음이라 하더니! 실로 기가 막혀서."

희란마마, 생각하면 할수록 다시 열불이 치밀어 올라 견딜 수가

탕부(蕩婦)의 밤 257

없다. 냉수 대접을 들어 단숨에 벌컥벌컥 들이마셨다. 그릇이 깨어져라 바닥에 내팽개치며 빠드득 이를 갈았다.

"세상에, 주상께서 이 밤에 또 교태전에를 들어가셨다 하지를 않는가?"

"교태전에 듭시어도 중전마마는 바라보지도 않으신다 하지를 않습니까? 무엇을 그리 걱정하십니까?"

"흥, 그것이 아니니 그러하지! 며칠 전에 평생 돌아보지도 않던 중전 고년에게 글 스승 보내주고 부원군까정 입궐시켜 주었다는 김 내관 놈 말에 내가 그러려니 하고 무심히 넘겼더니…… 빠드득! 천려일실(千慮一失)이었네그려. 주상 마음이 인제는 조금씩 나에게서 달라져 감이야!"

희란마마 눈속에 시퍼런 원독이 흘렀다.

"월성궁 나와서는 중전 고년, 발에 낀 때만도 못하게 취급하시는 것 같더니 말이지. 흥. 이토록 이 희란 눈을 속이고 그렇게 배신할 수 있음인가? 내가 무안하고 분하여 궐을 어떻게 나온 줄을 모른다네!"

기분 같아서는 당장에 교태전으로 달려들어 가 중전 고년 머리타래 와득와득 뜯어놓고 전하를 채어서는 모시고 나오고 싶었다. 허나 궐 안 법도라 하는 것이 엄연하니 아무리 희란마마 저가 큰마마이고 나는 새도 떨어뜨린다 하지만은 정궁의 거처인 교태전에는 차고 들어갈 수가 없었다.

갈가마귀처럼 못나고 어리석은 촌것이 꼴에 중전이라 이리하니,

기껏해야 첩지없는 후궁이라. 와락 뛰어들어 가서 패악질을 부리고 보란 듯이 님을 모셔 내오기는커녕 멀거니 높은 담만 바라보다가 허랑방탕 돌아설 수밖에 없었다.

"분하여라! 아이고, 참말 분하여라! 내가 분하여 죽을 것이다!"

희란마마 새끈거리는 숨을 몰아쉬며 종주먹을 쥐고 바들바들. 입술을 앙다물고 새큰새큰. 모로 뜬 눈에 시퍼런 빛이 펄펄하였다. 강새암은 자글자글. 속았다, 배신당했다 싶은 분함이 극에 달한 것이다.

"진정하십시오, 큰마마. 이리 무작정 노화만 내시면은 어찌합니까? 진정하시고 심기 가라앉히소서. 이러시다가 심홧병나실까 두렵습니다."

"흥, 사내 마음이라 믿을 것이 못 된다 하더니…… 고년의 살 닿는 것도 싫다 하여 금침 두 개 펴라 하고 멀찍이 등 돌려 주무신다 이리하셨지? 그런 분이 요렇게 은근슬쩍 내 눈 속이고 교태전을 드나들어? 기가 막혀서! 실로 기가 막혀서!"

"중궁전과 척이 져서 보기 좋지 않다 날마다 예조로부터 상소를 받으시는 분이라 하지를 않습니까? 마지못하여 듭신 것일 겝니다. 별일 아니니 너무 노화 내지 마십시오. 큰마마와 상감마마와의 정분은 오다가다 만난 것도 아니오, 하루 이틀 풋정도 아니지 않습니까? 심기를 편안하기 하십시오."

교인당이 듣기 좋게 가려 말을 하지만은 도무지 진정이 되지 않았다. 믿었던 정인에게 배신당하고 뒤통수를 맞았다는 억울함과 노여움이 가라앉지를 않았다.

근 칠팔 년. 오직 저만 바라보고 제 말 한마디라면 오냐오냐, 홈빡 치마폭에 감기어서는 무엇 주랴? 아이고, 누이가 너무 곱소. 누이가 하잡는 대로 다 하여주께 하는 왕에게 익숙하였다. 인제는 그것이 누구도 침해하지 못하는 버릇이라. 왕조차도 자신의 말을 거역하고 다른 데 눈 돌리는 것을 인정하지도 못하고 용서되지도 않는 참이었다. 방자하고 교만한 버릇이 드디어 상궤를 넘어가는 희란마마이다.

지난번 입으로는 벼슬 주마 하신 경라감사를 다음날 바로 삭주 변방으로 쫓아내시어 망신주시었지. 내 눈을 속이고 스리슬쩍 중전을 챙겨주고 인제는 마냥 기다리는 나를 버려두고 고년을 찾아 침수까정 듭시러 교태전에를 갔다 이 말이라?

배신한 정인이여. 못 믿을 사내 마음이여. 왕에 대한 분함과 괘씸함이 하늘을 찔러 다시 한번 모질게 이를 바드득 갈아보지만 어찌하랴? 지금 그녀가 할 수 있는 일이란 아무것도 없음이다.

"가만히 생각하여 보니 이 근래 은근히 주상께서 이 희란을 박대하심이 눈에 보이는 게야. 대체 무엇을 내가 그리 잘못하였다 그러하시는고? 흥, 경라감사 일만 하여도 단번에 내 뒤통수쳐서 무안하게 하고 열불나게 하시더니 생일날 때는 궐에 들어오지도 말라 하고? 내가 죽어 있으면 앞으로 내내 이럴 게 아니던가? 도저히 용서할 수가 없는 것이야! 인제는 내 눈까정 속여가며 중전 년을 찾아다니시어?"

이러저러하다가 정말 상감께서 어린 중전 년하고 동침하여 원자라도 회임한다면 어찌하랴? 희란마마 가슴이 덜컥 내려앉았다. 상감께서 중궁전에 듭시었다는 나인의 말에 눈앞이 캄캄해진 진정한 이유는 그것이었다. 안즉은 제 소생 혁이 왕자로도 인정받지 못하는 형편에 정궁의 몸에서 원자를 얻는다? 이것은 바로 하늘이 무너지는 날벼락이라. 희란마마 저와 제 아들, 제 일파들이 함께 나락으로 떨어지는 일이다. 무슨 일을 벌여서라도 막아야 할 것이며 어찌하든 경계하고 헝클어 버려야 하는 절체절명의 일이었다.

입질도 고약하고 방자하여라. 건방지게 감히 나불대기를 왕의 버릇을 가르쳐 주느니 어쩌느니 하면서 악설을 씹는 희란마마 앞에서 교인당이 다소 근심 서린 얼굴로 그녀를 달래었다.

"큰마마, 그렇게 부르르 열불만 내시면은 어찌하십니까? 저가 근심이 자꾸 됩니다."

"허면은 자네는 내가 이 일을 그대로 참고 넘어가라 이 말인가?"

앞에 앉은 사람이 왕이라도 되는 듯이 희란마마는 삿대질까지 하면서 펄펄 뛰었다. 교인당이 한숨을 쉬며 고개를 끄떡였다. 사내가 계집 찾아가는 것을 어찌하랴? 하물며 그 계집은 만천하의 사람이 인정하는 정궁이 아니냔 말이다. 지아비가 지어미 찾아가는 일을 두고 저리도 부르르 배신감에 떤다 하여도 누가 그 일을 편들어줄 것인가?

눈이 뒤집혀진 희란마마보다는 한 다리 건너 천리라고 교인당의 눈이 더 밝았다. 나날이 장성해지시는 주상이시다. 아무리 첩첩한 정해가 강하다 할지언정 사람 마음이라고 하는 것은 시간 따라 흘러가는 것이 세상 이치. 게다가 어렸을 적부터 상감마마를 보아와서 누구보다 그 성정을 잘 아는 정경부인조차 그러지 않았더냐. 주상께서 나날이 달라지시고 장성하여지시니 눈이 밝아지고 단호함이 여실하다고.

이런 터로 희란마마 저만 오직 예전과 같은 천지분간 못하는 정분만 과신하여 지나치게 급하고 교만하고 방자하게 패악질이라. 이것, 과하면 모자란만 못하다 하였는데 이러다가 언제고 한번 날벼락을 맞고 말지?

비록 간특한 일은 도맡아하고 독한 악살 푸닥거리에 남 해치는 일도 하지만 그래도 교인당은 제법 신기(神氣)있는 무녀이다. 관상도 볼 줄 알고 앞날을 헤아려 볼 줄도 안다. 어린 상감마마와 희란마마 궁합을 볼작시니 연(緣)은 연(緣)인데 갈지자로 가는 인연이라. 두 사람 다 성정 강하고 교만하며 도도하고 거칠 것이 없는 터로 맞불이 붙으면 어느 누구도 양보하지 않고 고집스레 제 역정만 버럭버럭 내는 형편이다. 자칫 잘못하여 정면으로 부딪치게 되면 단번에 쪼개지고 갈라설 연분이었다. 교인당은 다시 한 번 부드러이 충고하였다.

"모른 척하십시오. 큰마마를 사모하는 상감마마 마음은 절대로 달라지지 않으며 그 정분은 마냥 첩첩합니다. 마마, 눈을 꾹 감고 계세요."

"흥, 전하께서 이 희란을 속이고 저렇게 배신하고 있는데 그저 참고 있어라? 죽은 듯이? 그리는 못하지! 내가 누구인가? 명색이 큰마마라 불림을 받은 희란일세!"

이 나라 만리강토가 이 치마폭 아래 있는 터인데 내가 고 못난 박색한테 밀려 전하를 빼앗겨? 그는 절대로 못할 일이야! 다시 한 번 희란마마 붉은 입술에서 빠드득 이 갈리는 소리가 새어 나왔다.

"주상께서 대체 누구의 사내더냐? 말은 바로 하잔 이 말이지. 누구도 부인할 수 없음이야. 나의 정인이거늘! 천하박색 어리석고 못난 갈가마귀 천한 년이 감히 주상 성총 탐내어 옥보를 붙잡아? 괘씸한 년! 더러운 년! 제깐 것이 감히 어디서 이 희란과 주상 성총을 견준다더냐? 도저히 용서를 못할 일이다! 아주 작살을 내고야 말지!"

"낮말은 새가 듣고 밤말은 쥐가 듣다 이리합니다. 마마, 언행을 조심하십시오."

소스라쳐 교인당이 쉿 하고 마냥 기승스러워지는 희란마마의 독하고 고약한 입질을 경계하였다. 아니라 하겠지만 그들이 중궁전이며 대전에 눈과 귀를 박아둔 것처럼 그쪽에서도 사람을 이곳에 박아둔지 누가 알 일인가? 그러나 희란마마 교만한 눈빛으로 대수롭지 않게 내퉁기었다.

"내 집에서 누를 욕하든 그것이 무슨 허물인가? 이보게, 교인당. 당장 장한 푸닥거리 한번 함세. 자네는 아주 악한 살을 한번 쏘아주게. 중전 고년이 당번에 피 토하고 콱 죽어지는 푸닥거리를 한번 하란 이 말이야. 아니야. 아무래도 내가 안심이 안 되어. 내일 당장 입궐하여 아주 수염을 뜯어놓고 말아야지. 이 기회에 아주 단단히 상감을 다 잡아놓을 것이야!"

"마마, 어찌 이리 항시 급하시고 격하십니까? 모른 척 참으셔요. 제 말씀을 들으시라니까요. 인제는 그분도 장성하시었습니다. 전하께서 달라지신 만치 큰마마께서도 달라지셔야지요."

"하, 이제 보니 이 희란의 제일적(第一敵)이 바로 내 집 지붕 아래 있었구먼. 내가 이리 전하께 보기 좋게 뒤통수 맞은 터이니 다른 사람은 몰라도 교인당 그대는 나와 같이 열불 내어주고 중전 고년 죽어 뒈지는 푸닥거리라도 올려줌이 가하거늘 오히려 이 희란에게 잘못하였다 조심하라 충고라? 실로 내가 자네를 신임하고 속엣말 다 털어놓으며 의논 상대라 한 것이 하릴없음이니 보기도 싫네! 나가게. 자네 꼴도 보기 싫여!"

남 말은 도통 듣지 않고 오직 제 좋은 이야기, 살랑살랑 비위 맞추는 이야기만 듣던 버릇이 여지없이 터진다. 팩 하니 골을 내며 앙칼지게 축객하였다. 저의 충고를 귀담아듣기는커녕 오히려 주인이 섭섭하다 삿대질을 하며 화만 내니 교인당은 입을 꾹 봉하였다. 내가 말을 하여도 소용이 없구나 싶어 말없이 일어섰다.

희란마마, 도무지 전하께 배신당하였다는 분심과 강새암을 못 참는 형편에 믿었던 교인당에게까지 무안당한 심화까지 겹치었다. 당장 안전에서 사라져라 고함질친 다음에 새큰거리면서 이를 벅벅 갈았다. 애꿎은 아랫것들에게 패악 부리고 면경 두어 개 깨면서 골을 부리다가 소리쳐 아랫것을 불렀다.

"내가 내일 세암정 별저로 갈 것이니라! 차비하여라!"

돌아앉아 희란마마, 눈을 희번덕거렸다.

'흥, 기가 막혀서! 이 희란의 눈을 말짱하게 속일 수 있을 거라고 생각하시었나? 감히 나를 속이고 중궁전에 듭시어? 같이 침수를 하여?'

빠드득! 이가는 소리가 음산하게 울려 퍼졌다.

"어디 두고 보라지! 아주 내 앞에서 설설 기게 해줄 것이야. 두 손 모아 싹싹 빌어도 용서해 줄까 말까? 흠, 이 기회를 이용하여 우리 혁이 문제를 매듭지어야겠어. 흐르는 물을 막지 못한다고 슬슬 중전 고년도 계집 꼴을 갖추어가는 열일곱이라. 떫은 풋감 맛에 호기심이니 손목 한번 잡았다가 고년이 덜컹 그 전번의 연주 년처럼 잉태라도 한다면은 내 앞날은 깜깜해지는 게다.'

그 다음날, 날이 밝자마자 희란마마는 당장 대궐에 쫓아 들어갔다. 당당하게 엉덩이 흔들면서 제집인 양 우원전을 차고 들어갔다. 허나 헛발이었다. 닦달하려고 작정한 저의 심사를 눈치라도 챈 것인지, 상감께서는 무과에 친림하신다 하며 분주하여 알현치 못하리라 내치었다. 돌아서는 희란마마 세모꼴이 된 눈매가 시퍼렇게 타올랐다.

'흥, 그래? 이러하시었어? 예전에는 조회하시다가도 달려나오시더니 인제는 대놓고 나를 내치어? 참말로 마음이 달라져 감이라 이거지?'

이를 뽀드득뽀드득 갈며 대궐을 나선 희란마마, 세암정 별저로 향하였다. 그래도 행여나 혹시나 싶어 하루 종일 대궐서 사람이 나오기를 기다렸다. 헌데 이것 보아? 저녁이 다 되도록 기별이 없다가 쪼르르 달려나온 대전 아랫것. 상감께서 또 중궁전에 듭시었다는 억장 뒤집는 말을 전하였다.

"참말이더냐? 진정 상감께서 교태전에 또 듭시었어?"

"예, 큰마마. 동온돌에서 수라상 받으련다 하시고는 듭시는 것을 쇤네 똑똑히 들었나이다."

희란마마 주먹이 꼭 움켜쥐어졌다. 손톱이 살을 파고들어 갈 정도인데 눈에서는 원독이, 잇새로는 빠드득 투기와 분노의 신음 소리가 나직하게 흘러나왔다.

"흥! 아주 내 눈을 속이고 진진하게 즐기시누나. 감히 나를 기만하고 배신하시여? 흥. 사내 마음 진정 믿을 것이 못 된다 하였으되 내 님만은 다르다 하였거늘, 참말로 상감께서 이럴 줄을 몰랐다. 허면은, 중전 고년하고 동품은 하신다더냐?"

"그는, 쇤네가 모릅지요. 저는 그저 상감마마께서 교태전에 듭시는 것만 보았나이다."

"이러저러 하다가 중전 고년 풋살구 맛에 취하여 난리가 나면 어찌하지? 흥! 알았다. 너는 이 길로 대궐 들어가 중궁전의 선이년을 만나 오늘 밤 일을 잘 탐문하라 하여라."

"예, 큰마마님. 분부받자올 것입니다."

대궐의 아랫것을 보내놓고 희란마마는 분하고 억울하고 투기가 나서 참말 어찌할 줄 모른다. 그분이 앞에라도 있었으면 손톱 들어 용안이라도 한번 할퀴어 버릴 텐데. 빠드득. 감히 내 눈을 속이고 중전 고년과 어울리시어? 흠, 그렇다 이거지? 희란마마 바깥을 향하여 표독하게 소리쳤다.

"뉘 게 있느냐?"

"예, 큰마마. 쇤네 무덕이 대령하였나이다."

"내가 잠시 후에 욕간을 할 것이다. 온천물은 도착하였느냐?"

"차비 끝났나이다. 듭시오소서."

희란마마, 엉덩이를 산들산들 흔들며 내실에 들어갔다. 따끈한 온천물에 몸을 담고 하루 종일 핏대 올린 몸을 녹신하게 녹이는구나. 욕간하고 나서 몸에 풍기는 향이 좋아라 하여 장미꽃을 둥둥 띄운 온천물은 호천 고을서 우마차로 옮겨 퍼온 것이다. 그저 제 하나 사치를 위해 수십 대 우마차를 동원해 온천물을 나르는 것이라. 다가오는 보릿고개에 피죽 한 끼도 못 얻어먹는 백성이 보면 얼마나 울분에 찰 것이던가?

시각이 흘러 삼경, 사방에 불이 꺼진 지 오래. 희미하게 침촉이 타고 있는 세암정 침실.

희란마마가 드러누운 이곳은 주상께서 주무시는 우원전 침전보다 더 화려한 치장을 하였다. 그 사치스러움을 따지자면 천하에서 짝을 찾을 수 없을 정도로 화려함의 극치를 이룬 곳이었다. 저 먼먼 완남에서 들어온 두터운 융단이 바닥에 깔리고 금빛 피륙이 치렁치렁 휘장으로 흘러내렸다. 번쩍이는 주칠을 한 자개농이며 문갑이며 귀한 세간이 줄줄이 늘어섰다. 어디에 가도 찾아볼 수 없을 정도로 호사의 극치를 달리는 방 안 기물들이 줄줄이 벌어졌으니 그렇게 화려한 치장은 이 나라 안에 없는 것이다. 심지어 먼 화라시아에서 들어온 귀한 유리 면경이 벽 하나를 전부 차지할 정도였다. 그 벽 건너편, 붉은 비단으로 휘장이 드리워지고 자개 난간이 호사스러운 대국의 침상이 턱 하니 놓여 있었다. 또한 방 안에는 야릇한 춘정을 돋구는 향내가 진동하니 한 꾸러미에 수백 냥씩 하는 귀한 사향까지 피워놓은 참이다.

여하튼 이 침실 안에만 들어서면은 아무리 부처님이라도 절로 방탕한 성정이 돋고 그저 향락을 하고 싶은 기분이 들게 되어 있는 터이다. 이는 오직 젊은 주상전하의 욕정을 끓어오르게 하여 그 끈끈한 밤을 사로잡아 제 성총 유지하고 부여잡으려는 희란마마 수단이 담긴 곳이기 때문이다. 이 침실에서 그동안 벌어졌던 주상과 희란마마 사이 그 진진하고 끈적한 애욕의 일을 과연 누가 알랴? 작년 왕과 함께 사냥을 나와서는 이곳에서 한밤 머물며 별별 치태, 희롱을 벌였던 일을 생각하며 긴 한숨을 내쉬었다.

'휴우— 그때만 하더라도 주상의 성총은 오직 나에게 고정이 된 것이며 그저 그분의 강건한 옥체 또한 나의 것이라고만 생각하였는데…… 중전 년 하나 잘못 들여 내가 한갓 닭 쫓던 개가 될지도 모르는 일. 내가 그 생각만 하면은 아주 딱 죽을 맛이다.'

모두 다 잠이 들어 괴괴한데 저도 퍼질러 잠이나 잘 일이지 지금 무엇 하느냐? 은어 같은 손으로 제 알몸 슬슬 문지르며 희란마마가 누군가를 기다리는 눈치이다. 중궁에 듭신 대전마마께서 오실 리도 없는데 이것 무슨 해괴한 짓거리더냐? 간간이 붉은 혀를 내밀어 입술을 핥는데 무엇인가 기대에 들뜬 듯 그 볼이 발갛다.

이윽고 정적을 헤치고 풀벌레 소리를 밟으며 슬금슬금 세암정 별저로 스며든 검은 그림자가 있었다. 키는 중키이고 검은 야행복에 복면을 하였는데 그 사이로 비치는 눈빛이 만만찮았다. 어깨가 넓고 단단한 팔로 담을 훌쩍 넘는 솜씨가 민첩하였다. 한두 번 월담한 솜씨가 아니다. 심상찮은 느낌을 주는 그자가 스며든 곳은 희란마마가 달뜬 콧소리를 내며 몸을 비틀고 있는 바로 그 침실이었다.

"마마, 실로 오랜만에 이놈을 찾아주셨소이다? 저가 마마의 요오동통한 것이 그리워 아주 온몸에 몸살이 났소이다!"

계집이 몸을 꼬며 기다리는 침실에 들어서자마자 검은 복면 벗어 던지며 통통한 엉덩짝부터 철썩 내려치는 품이 익숙하였다. 싱긋 웃으며 건네는 사내의 수작이 자연스러웠다. 검은 턱수염이 철사줄 같은데 바라보는 눈빛이 음험하게 빛이 나는구나.

나이는 한창이니 서른너덧 줄, 희란마마가 은밀하게 행하는 궂은 일을 도맡아 시키는 악적 수괴이다. 일러 가로되 양주부라 불리는 놈으로 이름은 거복이. 흉악하고 잔인하고 간특한 수단으로 당할 자가 없었다. 이놈이 신분은 미천하여 양반가 서자 출신인데 한때는 장돌뱅이 따라 팔도를 누빈 적도 있으니 시정 돌아가는 사정에 빠르며 무술 솜씨 제법 세고 계집 비위 맞추는 것에 이골이 난 터, 귀찮은 일 처리 도맡아 시키니 권세 당당한 월성궁 권속 중 첫째 손가락이었다.

양주부 이놈이 하는 일들은 실로 간악하고 무도한 것들 투성이였다. 하룻밤 승은 입고 잉태한 계집아이 목에 돌 매달아 우물 던져넣기, 희란마마 실정을 고변하는 염직한 선비들 몰매 주고 수모 주기, 염태 빼어나 전하 시침들 만한 계집 저잣거리서 보쌈하여 무작정 후려오기, 곳곳에 쌓아둔 희란마마 재물, 고리채 놓아 돈 장사를 하는데 그 돈 떼어먹은 놈 때려잡아 논문서, 집문서 빼앗아오기 등등…… 실로 시정서도 악명을 떨치는 불한당 수괴지만 주상의 성총 장한 월성궁 큰마마의 심복이니 감히 누가 건드릴 것이더냐?

몇 번 신문고를 울려 억울한 일 당한 선비가 이 거복이 놈을 고발을 하기는 하였다. 그러나 의금부며 포도청이며 희란마마 손길이 아니 뻗은 데가 없으니 그날로 다시 풀려 나오는 놈이라. 도성에서 잘 나가는 한량이요, 불한당으로 악명이 높았다.

게다가 이놈의 재간이 그것만이 아니었다. 실로 요놈이 달고 있는 그 물건이 우마(牛馬)만큼 장대한 것이라! 기기묘묘한 방중술까지 폭신하니 익힌 차라 거복이 이놈은 장안에서도 소문난 난봉꾼이기도 했다. 지금껏 잡아먹은 계집이 수백을 헤아릴 정도인데, 알아주는 애욕의 여인인 희란마마가 어찌 그냥 둘 것이더냐? 은근히 유혹하여 한번 통정을 하였것다. 그런데 이것이 실로 극락의 진미였던 것이다.

거복이 이놈, 지엄하신 주상전하의 애첩을 천한 제깟 놈이 상대하는 터이니 그저 황공하고 감사하였다. 희란마마를 상대하여 밤일을 엮을 적에는 제놈이 가진 온갖 기술과 힘을 다하여 아주 까무라치게 녹신녹신 녹여주었다. 놈이 지닌 그 재간이 기가 막혀 그저 힘만 넘치어 서투른 주상보다 그 재미와 맛으로 칠 것이면 수백 배라 희란마마, 거복이 놈을 상대로 놀아날 것이면 아주 천국을 오락가락하였다.

솔직히 젊은 상감을 상대로 방사를 치를 것이면 희란마마는 제 자신의 만족보다는 우선 왕을 만족시키는 데 골몰하는 것이 사실이었다. 밤의 그 재미와 녹신녹신 용체가 녹아나는 그 기술로 저가 왕을 매혹시켜 성총을 붙박이로 맡은 것이 아니냐. 젊으나 젊은 분 그 기력 상대하여 항시 즐겁게 하여드려야 한다 하는 부담감이 희란마마로서는 여간 많은 게 아니었다.

더 솔직히 말할 것이면 왕을 상대로 밤일을 치를 적에 희란마마는 만족하다 싶은 것보다도 모자라다 하는 적이 더 많았다. 젊은 왕 그분이 하룻밤에 너덧 번도 가할 만큼 힘이야 넘치고 우마같이 장대한 보주가 일등이기는 하지만은 모자랐다. 아직도 보령이 젊은 터라 계집의 넋을 빼는 그 기술은 좀 서투른 것이 사실이었다. 또한 무엇보다 당신은 보위에 오른 왕이다 하는 도도한 자존심이 강하니 계집들이 알아서 당신을 즐겁게 하여주기를 바랄 뿐이지 당신이 먼저 나서서 계집의 사정을 가려 진진한 즐거움을 주시는 면은 다소 인색하였다.

헌데 거복이 이놈은 희란마마 저가 상전이니 말을 아니 하여도 그동안 숱한 계집을 상대로 난봉질을 하였던지라, 무엇을 어찌하면 계집이 녹아나는지 다 꿰고 있으니 희란마마 입장으로 보면 이놈만큼 귀여운 놀잇감도 없는 것이다. 그리하여 벌써 몇 년 전서부터 은밀히 뒷방에 숨겨두고 뜨끈하고 진진한 사내 재미 군입으로 다신 터였다. 실로 이 두 년놈의 연분은 한두 해가 아닌 것이다.

"몸살나기야 나도 마찬가지이니 그저 월성궁서 나오기가 이토록 어렵더군. 양주부 그 맛이야 나도 그리웠어. 아이, 이리 와서 빨리 나 좀 죽여주어!"

살며시 눈꼬리에 실웃음을 머금고 붉은 입술 벌려 희란마마 요염을 떨었다. 간교한 눈짓을 하며 턱 하니 다리를 벌렸다. 야리한 비단 치마 아래 속곳조차도 걸치지 않았으니 이미 꿀물이 뚝뚝 떨어지는 동굴이 적나라하게 드러난다. 깊은 수풀 속에 잠긴 꽃동굴이 사내 넋을 빼놓았다. 거복이 놈, 성큼성큼 침상으로 다가가는데 한 걸음 만에 바지가 내려가니 우뚝 솟은 사내의 양물이 징그럽게도 뻗쳐 있다.

이미 달아올라 몸을 배배 꼬는 계집에게 냉큼 다가가 입으로 물어 삼키었다. 뜨끈한 혀로는 감질나게 돌기를 핥아대고 깊숙이 집어넣은 손가락으로는 동굴 속에서 별별 장난질이니 희란마마 첫 참부터 반 넋이 나가서는 아이고 내가 죽는다! 비명을 지르며 난리이다.

"흐흐. 좋으시오, 마마?"

"입질하지 말고 제대로 하란 말이야. 내가 양주부 요 맛이 심히 그리웠거늘!"

매가 병아리를 덮치듯이 달려들었다. 바지만 벗은 거복이 놈은 급하다 난리를 치는 희란마마 위로 올라타 쇳덩이 같은 제놈 양물을 깊이 박았다. 풍염한 계집의 젖무덤에 얼굴을 박고 콧김 내뿜으며 살살 혀로 빨아 내리는 동시에 여체를 꿰뚫는 철기둥이 위아래로 칼춤을 추니 그 아래에 깔린 희란마마 나 살려라! 나 죽는다! 요동치며 발발 죽어난다.

한참 동안 거칠게 절구질을 하는고나. 사지를 퍼들퍼들 떨며 계집의 혼백이 황홀하여 구천을 떠돌 정도가 되었다. 거복이 놈, 아래에 깔린 계집이 하는 양을 만족스럽게 내려다보며 비로소 스윽 제 흉물스런 하신을 동굴에서 뽑아냈다. 파정을 한 후라 뿌연 젖물 같은 정액이 검붉은 하신 끝에서 뚝뚝 떨어지는구나. 희란마마는 붉은 입술로 달금하게 그것을 빨아 삼킨다. 붉은 입술에 떨어지는 제놈의 진액을 자랑스럽게 내려다보다 거복이 놈은 이번에는 여전히 힘찬 그것을 달덩이 같은 희란마마 젖가슴 사이에 끼워놓고 스윽스윽 비벼대기 시작하였다. 눈을 게슴츠레 뜬 희란마마, 배싯 웃으며 그 색다른 재미에 취하였다. 주색잡기 이골난 사내놈 못지 않게 계집년 또한 음탕하기 짝이 없으니 고개를 숙여 제 가슴에 끼워진 사내의 그것을 혀로 건드리며 장난질을 시작하였다.

한참 동안 낯 뜨거운 치태가 계속되다가 또다시 못 견딜 만큼 뜨거워진 참이니 희란마마의 두 다리를 번쩍 들어 어깨에 걸쳤다. 그리고는 대창을 지르듯이 다시금 계집의 꽃잎으로 돌격을 하였다.

또다시 뿌듯하게 제 동굴로 채워지는 사내의 그것이 더 이상 바랄 수 없을 만큼 실하고 기묘하니 희란마마 온몸을 비틀고 꼬며 교성을 내지른다. 그저 살과 살이 부딪치는 소리만 가득한 월성궁 별저의 침전. 계집이고 사내고 할 것 없이 땀이 비 오듯이 흐르는데 오호 통재로고! 이토록 간악한 악인(惡人)들의 더러운 통정을 짐작하는 이 아무도 없으니 이를 어찌할 것인가?

실로 천인공노할 무도하고 간악한 짓거리가 극에 달한 것이로다. 실로 희란마마 저에 대한 주상전하의 마음은 누구도 부인할 수 없는 순정(純情)이었다. 일편단심. 월성궁의 허수아비라 하는 비난까지 받으면서도 조하 중신, 종친들, 할마마마며 길러주신 서모들까정 다 척을 지고 오직 한 사람 누이를 위하여 모든 것을 다 하여주신 분이다. 그분의 변함없는 성총을 받으면서 그 위세를 뒷곁 삼아서 온갖 권세를 누리고 호사를 하며 사는 저가 아니냔 말이다. 치맛자락 아래 수단 하나로 순진한 소년 왕을 고여내어 녹인 후에 바리바리 제물 불리고 잘난 척 천하 호령하며 살아온 저가 이렇게 다른 사내 끌어들여 죽네 사네 교접하며 난리라 칠 수가 있는 것인가?

방자하고 무도하기 극에 달한 것이다. 희란마마가 주상전하를 능멸하고 배신하는 것이 이렇게 방 지금껏 이런 사정은 꿈에도 짐작치 못하고 홀몸 되어 돌아온 누이의 청결한 정조를 짐이 짓밟은 고로 평생을 책임져야 한다 맹세하시는 전하의 순정이 하릴없으니 실로 안타깝구나.

한참 동안 죽네 사네 난리를 치던 간악한 간부들, 마침내 축 늘어져서 숨을 헐떡인다. 땀에 젖은 사내의 날가슴을 살살 어루만지며 숨날을 고르던 희란마마, 몸을 돌이켜 궁금한 것을 하문하였다.

"그래, 산채 일은 잘되어가고 있는가?"

"걱정마십시오. 이놈이 누굽니까?"

"소문나지 않도록 은밀하게 잘하는 줄 내 알지만은 걱정이 되어서 그러하지. 지난번에 명국에서 사들인 무기를 잘 받았는가?"

"그럼요. 그저 이놈만 믿으시오. 황주 목장에서도 군마 백여 두를 보내온 고로 아주 잘 쓰고 있소이다."

희란마마 만족하여 고개를 끄덕였다.

"착착 산채의 준비가 잘되어가는 고로 내가 그저 만족하네. 양주부 자네가 밤낮으로 잘 훈련시켜 여차하면 힘을 쓸 수 있도록 방비를 하여야 할 것이야."

"명심하것습니다요."

"우리 아가가 세자만 되어보소. 양주부 자네는 바로 세자궁 시위별감이 될 참이야. 산채 식구들 전부 다 팔자가 뒤집혀질 것 아닌가?"

"쳇, 겨우 시위별감만 시켜주실라오? 우리 혁이 도련님이 보위 오르시면 이놈의 공이 큰 고로 더한 자리를 주셔야 합지요."

양주부 이놈 감히 장담이 크고 배포도 여실하다. 헌데 이것 놀랍고나. 두 년놈이 하는 이야기를 가만히 들어보니 심상치 않음이라. 어이하여 사사로이 병정 이야기가 나오며 무기와 군마가 나오며 입질이 되더냐?

"훗! 일만 성사되어 보소! 병판이 어렵던가? 여하튼 우리 아가가

순조로이 세자 되어 동궁에 앉는다 할 것이면 자네는 시위별감이요, 다른 산채 식구들도 다 서얼 차별 아니 받고 제 세상 살 수 있게 내 하여줄 것이네. 아버님이 자네에게 특히 기대를 하고 있는 고로, 금전이 모자라다 할 것이면 말을 하소. 잘 먹이고 훈련 잘 시켜놓으소. 여차하면 궐을 치고 들어가는 일이 생길 수도 있을 것이네."

"이 천하가 큰마마 치마폭인데 설마 혁이 도련님 일이 성사되지 못할 것입니까? 창희궁의 늙은 년만 죽으면 상감마마께서도 혁이 도련님을 왕자로 인정하여 주실 겝니다."

"그러면 더할 나위 없지만 세상일은 왕왕 모르는 법. 지금은 상감이 내 손에 꽉 잡혔다 할지라도 변덕스런 사내 마음, 아침저녁으로 달라지는 것이지. 여차하면 내 나를 배신하는 고 목을 도려내고져!"

아아, 이토록 고약하고 천인공노할 일이여! 앙큼하고 사특한 인간들이여.

주상께 충성하고 그저 순정 바친다 날마다 나불대는 저 입으로 희란마마는 역모를 말하고 있느냐? 벌써 몇 년째 양주부를 시켜 은밀히 무기를 사들이고 사사로이 아무도 모르게 군막을 세워 병정을 키우고 있음에랴. 서얼 출신들, 시정에 불만이 많은 한량들. 난폭한 검계 동인들……. 나라에서 쳐내는 온갖 불량배들을 다 모아 새 세상을 열자 하며 몰래 국법이 금지한 사병(私兵)을 키우고 있는 것이었다.

우리 아들 혁이가 보위에 올라 상감이 되면 너희들을 등용하마 약조하였다. 허니 그놈들이 죽을 둥 살 둥 희란마마 저에게 충성을 바치는 중이었다. 그뿐만이 아니다. 국경을 맞대고 있는 명국과 감히 내통하여 여차하면 궐로 치고 들어갈 때 군대를 빌려주겠다는 약조까정 하여 두고 있었다. 그 모든 것이 아들 혁을 세자 삼지 못하면 주상을 보위에서 몰아내고 저가 여황 되겠다는 야심의 발로였다.

"안즉은 힘이 허약한 고로 더 많이 방비를 하여야 함이야. 자네가 힘을 써보소. 허고 하나 더."

희란마마, 하얀 팔을 들어 쪼르르 술잔을 따랐다. 대황촉불에 어린 눈빛이 야릇하고 잔인하였다.

"무엇이오? 말씀만 하옵소서."

"자네는 당장에 낼모레로 저잣거리를 돌아다니며 계집 하나를 보쌈해 오는데 반드시 천하절색이어야 할 것이야. 주상께서 천거를 하여 후궁에 들일 것이네."

"큰마마 말고 따로 후궁을 들인다 그 말씀이오?"

"암만. 은근슬쩍 어린 중전 년하고 돋아나는 정이 보이는 고로 그것을 깨부셔야지 않겠나? 별궁 계집아이들이 다소간 다 마음에 차지 않아서 새 계집을 물색하여야 하는 것이거든? 내가 마음에 담아둔 계집아이를 맞춤하여 주상께 넣으려면 고 아이가 상감을 매혹시키는 기묘한 재주가 없으면 아니 되지. 소문에 듣자 하니 시중서 떠도는 바라, 계집이 사내 넋을 빼는 기묘한 비방이 있다면서? 그것을 구할 수 없는 것이야?"

대수롭지 않은 듯 양주부 놈이 어깨를 으쓱하였다. 주머니 속 제 물건을 꺼내듯이 쉽게 대답하였다.

"왜 없겠소? 비방이라 별것 아니오. 사향을 계집의 옥문에 바르고 방사를 치르면은 사내의 혼백이 나간다 하는 말을 들었소이다. 허고 다른 방법이 있는데 온옥으로 만든 옥구를 계집의 속곳에 밀어 넣고 교접을 할라치면 그것이 사내의 양물을 움켜쥐고 놓아주지 않으니 한 번 게에 걸리면은 사내의 반 넋은 사라진다 합디다. 도성 명기 년들이 고렇게 하여 한량들 재산을 홀라당 말아먹는다 하지 않소?"

"당장에 그것들을 구하여 오게."

"마마 하명을 내가 이루지 못한 것이 어디 있소이까? 걱정 마시오! 사향이야 월성궁에 널려 있을 것이니 어려운 것이 아니되, 옥구가 귀물(貴物)인데…… 내가 듣기에 종로통 비단전을 하는 엄씨 성의 상인 놈이 제 애첩한테 그것을 끼워놓고 별 지랄을 다 한다는 소문을 들었소이다."

희란마마, 핼쭉 웃으며 단언하였다.

"천금을 아끼지 말고 구해오소!"

"그리합지요! 뉘 하명인데 이놈이 어길 것이오? 헌데 큰마마, 요기 요 보물 주머니는 사향도 아니 바르고 옥구도 아니 끼운 것인데 어쩜 이렇게 쪽쪽 빨아들이면서 내 혼백을 띄우시오, 응? 요 염치없는 것이 한 번 더 게에 들어가자 난리 요동이라. 히힛. 큰마마, 이 염치없는 놈을 좀 달래주시오?"

하룻밤을 말짱히 세우며 뒤엉켜도 지치지 않는 타고난 탕부들이라, 다시금 어지러운 피리 소리를 내며 뒤엉키는 두 년놈이다. 사내의 그 공격은 너무도 자유자재라 계집은 꿈쩍도 못하고 달달 떨면서 육신이 녹아나는 그 재미에 온몸을 맡기고 있을 뿐이다. 오직 천하에서 이런 기술을 가진 이는 이 거복이 놈뿐이니 이놈은 내가 절대로 놓아주지 않을 것이야! 희란마마 마음속으로 그렇게 다짐하는 것이다.

얼마 후 다 같이 번갯불이 눈앞에서 번쩍번쩍하는 황홀함으로 기진하여 쓰러진 두 년놈, 해가 중천에 뜨도록 그대로 발가벗고 엉키어 늦잠을 잔다. 이렇듯이 무서운 것 없고 방자한 희란마마. 인간세상의 법도라 하는 것은 필히 인과응보라 하였는데, 쯧쯧쯧, 앞날이 두렵지도 않은 것인지…….

때려죽여도 시원찮을 간악한 탕남탕부들이 이렇듯이 역모의 밀담(密談)을 나누고 있는 그 밤, 까마득히 속아 말짱하게 기만당하고 있는 우리 순진한 상감마마는 무엇을 하시는고?

하루 종일 무과 시험 친림하시어 늠름한 무장들을 등용하시었다. 친히 술잔을 내려주시고 호호탕탕 커다란 잔치 베풀어서 축하하여 주고 돌아오시었다.

어어, 이것 보아라? 며칠 전에 기둥까지 차고 나가신 분이 대뜸 또 교태전으로 가련다 하시었다. 동온돌에서 수라 하리라 하시니 대전 아랫것들 수군수군 눈짓이 장하였다. 이것 참말 모를 일일세.

탕부(蕩婦)의 밤

달포에 두어 번 발길하는 것도 싫다 하던 중궁전에 연하여 듭시어?

수라상 물리고 매화틀 들여라 하시었다. 양치질하시고 욕간하신 연후에 힐끗 서온돌을 노려보시었다. 시립한 엄 상궁이 대전마마 뜻을 헤아려 살며시 여쭈었다.

"서온돌에 기수 배설하리이까?"

잠잠하시다. 가타부타 아니 하시니 그리하라 하시는 말씀이다. 엄 상궁이 지밀 몽 상궁에게 눈짓을 하였다. 몽 상궁이 발끝을 들고 살며시 문을 나섰다. 마루 끝에서 기다리던 박 상궁에게 서온돌에 기수 배설하시오 귀띔을 하였다. 박 상궁 빙싯 웃었다. 전하께서 몽 상궁의 시중을 받아 자리옷으로 막 갈아입으시는데 문 하나 사이 두고 바깥에서 나직한 음성이 고변하였다.

"전하, 재관이옵니다. 일성이 들었나이다."

"들라."

허름하고 초췌한 몰골을 한 정일성이 들어왔다. 왕이 하명을 한 지 일주야 만이다. 허리 굽히어 다가와 한 무릎을 꿇고 인사를 차렸다. 왕은 아주 가까이 오라 손짓하였다. 고개를 들어 바깥의 장 내관을 찾았다.

"상선 게 있느냐?"

"예, 전하. 등대였나이다."

"지금부터 외인은 다 물려라 짐이 독대를 할 것이니라."

"분부받자옵니다."

한시도 곁에서 떨어지지 않는 엄 상궁까지 다 물러났다. 이제 방에는 정일성과 왕뿐이었다. 개미 새끼 하나도 근접하지 못하게 장내관만이 멀찍하니 문밖에서 눈을 부라리며 지켜 있을 뿐이다.

누가 들을까만은 왕은 그래도 조심이라. 나직하게 확인하였다.

"그 수레 일을 알아보았더냐?"

"예, 전하."

"어찌 된 영문이었느냐?"

"신이 몰래 그들 종적을 따라가 탐문하였는데, 실로 놀랍고 두려워 말을 잇지 못하겠나이다, 전하. 그 수레에 무구(武具)들이 가득 실려 있었습니다."

"뭐라? 사사로이 구할 수 없는 무기들을, 그것도 두 수레나 내여가? 이런 고약한! 하여서?"

저절로 왕의 목청이 높아졌다. 아뿔싸. 한순간 부주의하게 솟구친 상감마마 고함 소리가 벽을 넘어 그늘 아래로 돌아 나가던 작은 그림자의 귀에 가서 닿았다. 어둠 속에서 눈빛이 반짝하였다. 음흉한 고것이 줄레줄레 고개를 들어 주변을 살폈다. 살금살금 발끝을 들고는 동온돌 근처로 다가갔다. 불을 지피지 않는 동온돌 바닥 아래 아궁이 속으로 머리 낮추고 기어들어 가 방바닥 아래서 밀담을 엿듣기 시작하였다.

"북문을 넘어 황주 쪽으로 넘어갔나이다. 하루 종일 따라가다 보니, 게서 기대리던 다른 사내들을 만나더이다. 차림새를 보아하니 산채를 얻어 노략질을 하는 산적들인 듯하였나이다."

격하고 급한 성정에 바르르 분노하였다. 그 고얀 놈들! 하고 주먹을 움켜쥔 채 숨을 들이쉬던 왕은 훤칠한 이마를 찌푸렸다.

"겨우 산채의 산적놈들이 노략질을 하려 무기를 그만큼이나 구해 나가? 짐이 도무지 이해할 수 없거니."

"망극하옵니다."

"그래, 좋다. 산적들이 저들 노략질을 위하여 창칼을 구한다 치자. 한데 어찌 그 일에 명국의 사내들이 낀 것인가? 비록 그들이 선린을 표방하나 알게 모르게 국경에서 아국과 대치하고 있지 않느냐? 그런 이들이 야심한 밤 도성 밖으로 무기들을 내어가고, 산채를 차려 민심을 혼란하게 만드는 화적 떼들과 내통을 한다? 이것 참으로 고약하지 않는가? 그래, 산채를 알아냈느냐?"

"망극하옵니다. 말을 타고 나타난 사내들이 험한 산길을 날래게 달아나 그 종적을 감추었습니다. 시각을 더 주시면은 탐문하여 보겠나이다. 하고요, 전하."

급히 장 내관을 불러들이셨다. 서간을 쓰리라 하며 새 종이를 내어라 하명하던 왕이 고개를 돌렸다.

"무엇이냐?"

"더 고약한 일을 신이 알았습니다. 아마도 쉬쉬하였을 터이지만, 황주 부근 방목장에서 비밀스레 기르던 군마(軍馬) 백여 두가 도적을 당하였다 합니다."

확 노한 기가 왕의 미간이 어렸다. 날카롭게 치뜬 눈에서 시퍼런 빛이 줄기줄기 흘러나왔다.

"뭐라? 대체 너 그게 무슨 말이냐?"

거의 아는 이 없으되 이 몇 년간 계속하여 왕은 명국이며 요란족에서 은밀하게 군마들을 사들이는 형편이었다. 애초에 단국에서 키우는 말의 종자라 하는 것이 겨우 등짐 몇 가닥 실어 나르는 조랑말 수준이라, 도무지 병사들이 타고 전장에 나갈 만한 형편이 되지 못함이 항시 불만이었다.

선대왕들의 숙원, 그것은 바로 장성 너머 잃어버린 북도 땅을 회복하는 것이었다. 입 밖으로 말은 내어 아니 하였지만 젊은 왕 역시 언젠가는, 하면서 강병(强兵)을 키우는 일에 관심이 많았다. 천금을 아깝다 하지 않고 명국의 포(砲)며 조총이며 신무기들을 계속해서 구하는 중이기도 하였다. 이 몇 년 동안 사들인 준마들을 멀리 탐라 땅에서부터 가까이는 도성에서 하루 걸리는 황주 땅에 이르기까지 은밀하게 방목장을 마련하여 두고 애지중지 키우고 있는 중이었다. 헌데 그 마필이 도난을 당했다니 어찌 노화가 나지 않으랴? 하물며 도적질을 당하였다는 고변조차 듣지 못하였다.

"너는 그 사실을 어찌 알았더냐?"

"산적놈들이 탄 말이 뜻밖에도 요란에서 들여온 한혈마였나이다. 이는 백성들에게 절대로 타지 말라 엄한 하명 내리신 터로 신이 깜짝 놀라 수소문하였나이다. 황주 목장에서 잃어버린 말이었습니다. 추궁이 두려워 상(上)께 감히 아뢰지 못한 듯합니다."

"……그리 생각하니?"

한참 동안 눈을 감고 정일성의 고변을 듣기만 하던 그가 눈을 번쩍 떴다. 목소리가 서늘하였고 지극히 낮았다. 정일성에게 되물었다. 날카롭고 영명한 눈빛이 노려보고 있었다.

"짐을 대체 너는 무엇이라고 생각하느냐? 짐이 아무리 연치어리고 방탕하며 천지분간 못하는 혼몽한 군주이되 제왕이거니!"

"마, 망극하옵니다, 전하. 신에게 가르침을 주십시오."

"추궁이 두려워 짐에게 고변하지 못한다? 짐이 얼마나 군마들을 키우는 것에 신경을 곤두세우고 있는 줄 뻔히 아는 놈들이 그리해? 아니니라. 그일 수도 있지만 오히려 그 목장 책임진 놈이 산적놈과 내통하는 것이라 보아야 옳겠지."

왕은 턱을 쓰다듬었다. 미간에 주름을 잡으며 대수롭지 않게 내뱉었다.

"실무를 맡은 이가 고변하지 않으면, 짐이 친림하여 세어보지 않는 이상은 모르는 일이 아니냐? 그런데도 대담하게 도둑질을 하였다? 이는 실로 그놈이 간담이 장히 크거나 짐을 심히 우습게 봄이겠지. 짐이 멍청한 흉내를 내었더니 당장에 드러나는 검은 심보들이라. 심상찮음이야. 너 당장 황주 목장을 책임진 그놈을 잡아오너라. 수단 방법을 가리지 말고 뉘와 내통하였는지 자백시켜라."

"존명."

왕은 장 내관이 펼쳐 드리는 종이에 슥슥 어필로 밀지를 적었다. 착착 접어 봉인을 하고 수결을 하신 다음에 비단 보자기에 둘둘 말더니 내밀었다.

"당장 자운궁에 가서 진성숙부에게 전하여라. 서찰을 보면 입궐을 하실 것이나 가능하면 야심하게, 사람 눈을 피하여 뵙자 하여라."

장 내관이 절을 하고 물러 나갔다. 왕은 정일성을 바라보며 싸늘하게 속삭였다.

"늘 경계하기를 역모가 아니더냐? 사병을 혁파하고 사사로이 무기를 지니지 못하게 하였으며 떼를 모아 거동하는 것을 경계하였는데, 은밀하게 도성 안에서 벌어지는 일들이 영 불길하다. 하물며 인제는 짐이 은밀하게 키우는 군마까정 도적질을 당하다니 범상한 일은 아닌 게다. 짐이 직감하느니, 역모니라. 반드시 파헤쳐서 삭초제근! 알았느냐?"

"분부받자와 어김없을 것입니다."

통탄할 일이라. 상감마마께서 독대를 하심이라. 외인을 다 물리치고 절대로 근접하지 말라 하시었거늘 방바닥 아래에서 엿듣는 귀가 있었을 줄 누가 짐작이나 하였겠는가?

상감께서 정일성에게 내리는 하명을 주워들은 그림자는 얼마 후, 교활한 눈을 빛내며 둘레둘레 주변을 살피었다. 저를 주시하는 인적이 없다는 것을 확인하자 그늘만 밟고 재빠르게 중궁을 벗어났다. 궁인들이 거처하는 행각으로 나가는 척하다가 바람처럼 돌아서서 어디론가 달려간다. 숙덕숙덕 기다리고 있던 다른 그림자의 귀에 대고 무어라 귀엣말로 일러주었다. 화들짝 놀란 검은 인적이 화다다닥 날래게 달려나갔다. 궐문 밖으로 어둠을 뚫고, 어둠의 일부가 되어 자취도 없이 사라졌다.

이런 일을 하명하시고 왕은 침수하기 위하여 서온돌로 건너갔다. 금침만 곱게 두 채 펼쳐져 있고 어린 왕비는 보이지 않았다. 대체 어디 간 것이냐? 돌아보는 왕의 시선에 윤 상궁이 허리를 굽히었다.

"중전마마께서는 침수 단장 중이십니다."

"침수 단장? 하! 웃기는고나. 하여서 무엇을 할 것인고? 어리고 무지하여 손끝만 닿아도 난리법석이라. 윤 상궁 너 솔직히 말하여 보라. 중전 고것에게 남녀간 일을 한 번이라도 훈육하였더냐?"

대답을 하지 못하는 상궁을 바라보며 왕은 쯧쯧 혀를 찼다. 덕지덕지 심술 붙은 용안을 들어 버럭 일갈하였다.

"그러고서 짐더러 데리고 살아라 하였느냐? 저것이 대체 무엇이냐? 명색이 짐의 비(妃)가 아니냐? 지어미면 지어미답게 제 할 일을 하여야지. 고얀! 부덕 높다 헛된 소문만 장하더라? 지아비 침수 시중도 들지 못하는 것이 무슨 부덕이 높다는 것이야?"

"마, 망극하옵니다, 전하. 소인들이 미거하고 어리석어 감히 심기를 어지럽혔나이다. 약방 상궁더러 들어오라 하여 훈육을 시킬 것입니다. 다시는 상감마마의 심기를 불편치 않게 잘 보필하겠나이다."

"지밀이면 지밀답게 잘하여라. 저도 나이 열일곱인데, 인제는 철 좀 들어야지! 흥, 꽃씨 뿌리지 말고 동품하는 공부나 하지? 저가 모르면 너라도 가르쳐라 이 말이다. 이러다가 원자는 언제 잉태할 것이며 언제 아기 울음소리를 들어볼 것이냐? 정궁으로서의 책임은 다하여야지!"

이것 보시오! 이 무슨 경사스런 말씀이냐? 밉다, 싫다, 걷어차고 다니던 소박데기 중전마마에게서 원자를 낳을 마음은 있으시구나! 윤 상궁 귀가 번쩍 뜨였다. 서온돌에서 이렇듯이 대전마마. 그나마 허물없는 윤 상궁 붙잡고 제발 중전 밤일하는 교육 좀 시켜라 억지 반 하소연 반하고 있는데 곁방에서 밤단장 하는 중전마마는 어떠하시노?

이 밤에 또 들어온 지아비 왕이 마냥 밉고 싫고 무섭다. 또 능글능글 약만 올리다가 제 손목 휘어잡고 아프게 끌어당겨 더럽게 얼굴에 침만 바르면 어찌하지? 도망가면 도망간다고 버럭 고함질, 대꾸하면 대꾸한다 눈 치뜨고 또 버럭버럭. 제멋대로 무안 주고 조롱질에 마냥 걷어차다가 저가 싫증나면 드르렁 드르렁 코골며 잘 것이 아닌가? 밤 내내 시끄러워 죽는 줄을 알았다.

"나는 침수도 편안하게 못하오? 아주 내가 잠을 못 자서 죽을 지경이거늘! 동온돌에서 하시거나 우원전에 하시지 왜 또 들어오시었다오?"

대전마마는 듭신다는데 중전마마가 기를 쓰고 싫어! 아니 들어가! 고집을 피우신다. 결국 시중들던 박 상궁이 골이 나서 애들아! 하고 호령하였다. 나인 셋이 업고 밀고 끌어당겨 기어코 중전마마를 서온돌 침전에 밀어 넣고야 말았다. 그녀를 기다리고 있던 것은 지아비 상감마마의 날 선 눈빛이었다. 조심조심 제 몫으로 정해진 금침 곁으로 다가서는데 핑 하고 코웃음 소리가 났다. 한 대 후려라도 팰 듯이 사납게 노려보았다.

"누가 잡아먹니? 왜 침전에 아니 들어온다 난리인 것이야? 너는 잠도 없니? 지어미라 이리하면서도 짐이 그저 싫고 꺼려져서 그러는 게지? 흥! 저 못난 줄은 생각 아니 하고 짐더러 트집이라? 같잖은 계집!"

또다시 버럭버럭 억지 광증. 그럼 그렇지. 마마께서 다른 행동을 보이시는 것이 이상하옵지요. 왕비는 한 치도 어김없는 왕의 모습에 휴우 하고 한숨부터 쉬었다.

교태전 서온돌. 한 방에 두 금침. 그 거리는 도무지 가까워질 줄 모르고 서로 모로 돌아앉아 주절주절 씩씩대는 억지 트집 상감마마. 고개 숙이고 입 봉한 채 귀머거리처럼 듣고만 있는 중전마마. 그 밤도 헛되이 깊어만 간다.

귀 세우고 두 분 마마 동침하시는 방 안 기척을 살피던 윤 상궁, 고개를 저으며 돌아섰다. 마루 끝에 서 있는 대전의 지밀 몽 상궁을 손짓하여 불렀다. 두 상궁은 가정당 계단에 앉아 휘영청 무심한 달을 바라보며 나란히 휴우 한숨을 쉬었다.

"몽 상궁, 아무래도 우리가 인제는 이렇게 손놓고 기대리기만 하여서는 아니 될 것 같소이다."

"어찌하시려고요?"

"중전마마께서 담백하시어 도통 여인네 교태에 무지하심이라. 방금 전에 상감마마께서 원자는 중전마마 태에서 얻는다 하시었거든. 제발 동품하는 훈육 좀 시켜라 하소연하시었네. 이는 중전마마와 조만간 동뢰하시겠단 말씀 아니겠소?"

"암만요. 저에게도 중전 달거리 하는 일을 꼽아보아라 하시었답니다. 우리가 어찌할까요?"

윤 상궁 주먹을 움켜쥐었다. 새삼 결연한 의지를 다졌다.

"약방 상궁더러 방중술 책자란 책자는 다 갖고 들어오라 합시다. 밤마다 우리들이 책장 넘겨가며 하나부터 열까정 공부를 시키는 것이지요."

"공부는 시킬 수 있으되 수줍음이 많은 터로 중전마마께서 해괴하다 하여 그 책자를 아니 보실까 걱정입니다."

"아! 꽃은 피는 것이 이치. 밤송이도 벌어지는 것이 순리. 인제 열일곱 꽉 차시었으니 여인네 일을 당연히 공부하시여야지요. 허고 나는요, 더 기막힌 생각을 하였답니다?"

윤 상궁이 몽 상궁 귀를 잡고 속닥였다. 의기양양 기특한 생각을 해낸 자신을 자랑하였다.

"내가 미리 사가에 기별하였거든요. 도성서 아주 일등으로 날리는 명기를 찾아내라 하였소이다. 중전마마 앉혀두고 사내 잡아채는 공부 좀 시켜줄 계집 말이오. 눈웃음 한 번으로 애간장을 살살 녹이고 허리 한번 흔들면 사내들이 우두두두 쓰러지는 그런 기생을 보쌈해 올 것이오. 고것더러 중전마마에게 계집 요염 부리는 공부시키라 하여야지. 어떠하오, 나의 계책이?"

"아이고! 참말 영리한 수단입니다. 잘하시었소."

어찌하든 지존 두 분을 엮고 말겠다. 윤 상궁 이를 앙다물며 불이 아직도 꺼지지 않는 서온돌을 노려보았다.

"흥, 월성궁 가서는 계집년들 잘만 후려 잡수시더니, 예서는 어찌 저리 헛된 말씨름이나 하고 계실꼬?"

"내 말이 그 말이오. 말씨름 말고 몸씨름을 하셔야지. 아이고. 내 참말, 두 분을 보고 있으면 그저 답답하오."

두 상궁 한숨 소리는 깊어가고, 달은 휘영청 밝기만 하고, 서온돌 불은 영영 아니 꺼지고…… 입 튀어나온 상감마마, 앵토라진 중전 마마, 마냥 그 자리이고…….

제9장 기우제

                문 앞에 터를 닦고 타맥장하오리라.
도리깨 마주 서서 짓버어 두드리니
잠농을 마를 때에 사나이 힘을 빌어
누에섶도 하려니와 고치나무 장만하소.
오월오일 단오날 물색이 생신하다.
외밭에 첫물 따니 이슬에 젖었으며
모찌기는 자네 하소, 논심기는 내가 함세.
들깨모 담배모는 머슴아이 맡아버고
가지모 고추모는 아이딸 너 하여라.
맨드람 봉선화는 네 사천 너무 마라.

―농가월령가 中 오월령.

  이글거리는 열기가 아침나절부터 올라오고 있었다. 지치지 않고 태양이 뜨거움을 더해가는 여름의 초입이다.
  오월 오일. 단오라고도 하고 수릿날이라고도 하는 날이다. 일 년 중 가장 양기가 왕성한 날로 설과 한가위와 더불어 명절 중에 가장 큰 명절이다.
  그날은 뉘든 하는 일이니 중전도 풍속따라 중궁전 아랫것들과 더불어 금원 깊은 곳에서 그네를 뛰기로 하였다.
  궁녀들의 부액을 받아 살그머니 그네에 오르는 중전마마 형용 보시오. 세시의 풍속을 따라 창포뿌리로 만든 비녀를 찌르고 하얀 모시 저고리에 쑥빛 모시 치마, 그 위에 모시로 만든 연녹색 당의를 겹쳐 입고 옥 가락지를 끼었다. 곱게 빗어 올린 어여머리에 화려한 봉옥 떨잠, 나비잠에 외씨 같은 버선. 꽃 수놓인 비단 당혜를 신은 발이 한 뼘도 아니 될 만큼 귀엽다.
  내관들이 달아준 그네에 올라 힘차게 다리를 굴려 하늘로 차고 오른다. 상긋상긋 웃음 머금은 작은 얼굴. 나비처럼, 새처럼 훨훨 날아가는구나. 희뜩희뜩 살랑살랑. 작은 손에 꾹 힘을 주어 오색 채단줄을 잡고 왔다 갔다, 쑥물 푸른 치맛자락 사이로 하얀 속치마가 펄럭이고 향기로운 바람이 날다 불다, 에구머니 나, 어지럽소! 오랜만에 실컷 그네를 타시는구나. 궁녀들이 부액을 하는데도 내려서자 어지럼증이 생기었다.

"아이고, 너무 많이 그네를 뛰시어 곤하신 듯하옵니다. 속히 마마를 침향정으로 뫼시어라!"

한 폭의 그림이로다. 즐거운 웃음소리를 내며 삼삼오오 고목(古木)에 맨 그네를 타는 궁녀들. 옥류천 흐르는 맑은 물에 머리를 풀고 시원하게 물놀이하는 생각시며 나인들을 바라보면서 벙긋 미소 짓고 있었다. 지엄한 신분이나 아직 열일곱. 고운 방심의 소녀이니 당신도 그 일행에 끼어 흐르는 맑은 물로 남들 하듯이 시원하게 세족하고 머리를 감고 싶다 하는 마음이 들지 않을 것이더냐? 그저 부러운 눈으로 바라보고만 있는 중전에게 윤 상궁이 정겹게 타박하였다.

"마마, 이러지 마시고 내려가시어 세족이라도 하십시오. 한결 시원하실 것입니다."

"눈이 여럿인데 함부로 몸을 일으키기 힘이 드네. 나중서 날이 저물면 윤 상궁 자네랑 살며시 한번 나와서 같이 머리라도 감으세 그려."

"벌써 수릿날이라 하니 참으로 세월이 날아가는 화살이옵니다."

"그러게 말일세. 그보다 옥추단과 제호탕을 다 나누었는가?"

"예, 마마. 잊지 않고 내명부들에게 전부 다 하사하였나이다."

단오절에는 내의원에서 옥추단과 제호탕을 진상하였다. 더운 여름을 나기 위한 예방책인 셈이다. 그렇게 진상한 약들을 중신들에게 단오부채와 더불어 하사하는 것이 법도인지라 대전에서 내려온 귀물들을 중전은 다시 일일이 내명부들에게 내려보내었다.

"마마, 도행병(桃杏餠) 올리옵니다."

생과방 나인이 앵두수단과 떡이 올려진 소반상을 받치었다. 복숭아와 살구가 무르익었을 때 그 과즙을 내어 만드는 향기롭고 깨끗한 설기떡이다. 은저분으로 떡을 집어 오물거리던 중전마마 작은 얼굴에 미소가 피었다.

"아이고, 맛이 심히 아름답구먼. 대전에도 보내되 앵두편은 싫어하시니 빼도록 하게."

"예, 마마. 명심 봉행하옵니다."

"흥. 궐 밖으로 장하게 물놀이 나가신 터로 아니 계신데 무엇 하러 보낸답니까? 잔치가 거하다 하니 온갖 산해진미라. 여기서 아니 챙기어도 부르게 젓수실 것입니다?"

되받아치는 윤 상궁 말속에 가시가 삐죽 솟아 있었다. 분명 중전더러 들어라 하는 말이었다.

"오월의 절기(節氣)로 망종(芒種)인데, 온 나라에 비가 아니 와 대난리라 합니다. 그런데 물놀이를 가시다니요. 참말로 어찌하시려고 그러한답니까?"

모처럼 하루 즐거움에 취하였던 중전의 얼굴이 갑자기 울적하여졌다. 윤 상궁이 톡 쏘는 말에 더 이상 가타부타 아무 말은 없다. 과묵한 분이 다만 하늘을 한번 올려다보았을 뿐이다. 더 이상 아무 말씀도 없으셨으나 말 못하여 까맣게 타고 문드러진 속이 짐작이 아니 될 것이더냐?

사직에 천신하는 것을 마치고 환궁하시자마자 왕은 조하 중신,

궐내외 사람들 다 이끌고 놀이를 가셨다. 게서 중전마마와 대왕대비마마만 쏙 빼놓았다. 수릿날 맞춤하여 월성궁 계집이 원족가자 청하니 냉큼 윤허하시었단다. 며칠을 두고 당골의 행궁으로 납시어 장하게 선유락을 하신다 하였다.

며칠 밤 중궁전으로 듭신 대전마마. 들어와 보았자 밤 재미라고는 하나 없음이다. 참으로 어리석고 맹하도다. 도대체 독하고 목석보다 못한 계집이로고! 냅다 일갈(一喝)하더니 휭하니 나가 버렸다. 그 길로 말 타고 월성궁으로 나가시어 부어라 마셔라 몇 날 며칠 예전처럼 방탕하시었다. 이 달포, 내내 꿩 구워 먹은 듯 발자취가 없었다.

혹시나 하던 대궐 아랫것들, 역시나 하며 다시 월성궁 계집 쪽으로 기울어 중전마마를 아래로 깔고 보는 눈치를 팍팍 내었다. 제발 우리 중전마마께서 상감마마 발길을 꽉 잡으소서 기원하였던 윤 상궁만 하릴없음이었다. 도성 명기 은파 년 데려다가 사내 후려잡는 교육시키었다. 온갖 방중술 책자 침 묻혀 펴드리고 낱낱이 읽어드리면서 공부시키면 다 무엇 하냔 말이다. 노화가 아니 치밀 수가 없는 노릇이다.

"대가뭄입니다. 큰 흉년이 들 것이라 이리합니다. 이런 터인데 어찌 그리 월성궁 계집은 제 행락만 즐기려 상감마마를 민심도 헤아리지 못하는 분으로 만든다 합니까?"

"윤 상궁은 불경한 소리를 말게. 호탕하신 듯하여도 은근히 생각이 깊으신 분이야. 내내 그러하시지는 않을 것이야."

"흥. 오늘의 해가 서쪽에서 뜨기를 바랄지요? 첩첩하기 만 리(萬里)라, 월성궁 계집의 치마폭이 홈빡 이 단국을 가린 지가 하루 이틀입니까?"

"그만 하래두. 이왕지사 나가신 걸음, 흔쾌히 즐기시고 돌아오시면 좋은 것이지."

"아이고, 참말로 중전마마 마음씀이야 비단결이십니다. 허나 쇤네는 도통 소인배입지요. 그르다 싶은 일은 그르다 하여야겠습니다."

중전마마 앞에서야 차마 더 이상을 못하였다. 허나 박 상궁, 김 상궁 앉혀두고 걸판지게 야속한 상감마마 욕을 하는 윤 상궁, 계속하여 씩씩대었다. 우리가 아무래도 성총 돌려놓는 푸닥거리라도 걸쩍하니 한판해야겠소 이를 앙다무는 것이다.

욕이야 하든 말든, 가뭄이 들든 말든 짐은 논다니 폭군임에랴. 내 마음대로 살란다. 실컷 즐기고서야, 초여드렛 날 상감께서 환궁하시었다. 장엄한 왕의 거동이 월성궁을 지나 광희문 쪽으로 느릿느릿 다가간다. 행렬 말미 화려한 꽃가마가 희란마마를 태우고 월성궁 대문 안으로 스며들었다. 금세 다시 나오셔요? 생긋 웃으며 청하였더니 암만 하시며 살긋이 제 볼을 꼬집어주시었다. 그저 만족하고 즐거워 마냥 행복하였다.

감히 내 눈을 속이고 중궁에 들었어? 빠드득빠득 이를 간 것은 아주 잠시, 저가 세암정 별저에서 돌아오자마자 왕이 월성궁으로 나왔다. 묻지도 않았는데 불쑥 골부터 내었다. 작히나 못난 것. 툴툴거리며 씩씩대며 중궁에 들었던 이야기를 시시콜콜 하여 주었다.

"하도 중궁을 외면한다 예조에서 난리를 부리기에 잠시 들어갔더니…… 쯧쯧. 못난 것! 도대체 짐 마음에 차는 게 하나라도 있어야지. 기가 차서! 아주 짐이 꼴같잖아서 인제 다시는 아니 들어갈라 하오."

저를 기만하고 중궁에 맘대로 드나든 것은 못 참을 일이되 이미 중궁에 심어둔 끄나풀을 통하여 두 지존께서 한방에 침수만 하시었다는 사정을 꿰고 있었다. 말짱 헛일. 밤마다 억지 트집질로 벅벅 중전을 후려잡았다는 이야기를 들었다. 하여 강팔진 심기가 많이 풀려 있던 참이었다. 그런데다 왕이 나와 벅벅 골을 부리며 중전 욕을 하니 괜스레 내가 걱정하였고나 싶어 실긋 웃음이 나던 것이다.

저가 청한 대로 냉큼 물놀이 가자 하시었지. 나가시어 범처럼 덤벼들어 밤 내내 황홀한 운우지락이라. 아주 녹신하게 저를 행복하게 하여주시었다. 절대로 주상 성총이야 변함이 없으며, 우리 정분이야 평생 금석(金石)인 것. 어찌하든 우리 아가를 세자로만 만들면 영화는 대대손손 평생이거니, 이런 생각을 하며 푹 안심하였다.

말 등에 올라 행렬 앞에서 천천히 달려가던 왕은 힐끗 누이의 가마가 월성궁 대문으로 들어가는 것을 바라보았다. 어여쁘고 귀하다 마냥 추겨주고, 얼싸안아 귀하게 대접하였다. 정인 앞에서 내내 웃음기 머금었던 용안이 갑자기 씻은 듯이 덤덤해지진 것은 그때. 오랜만에 바깥 구경에 장한 물놀이를 즐긴 아랫것들은 그저 희희낙락, 아무도 전하의 용안이 삽시간에 딱딱하게 변하였다 한 것을 눈치채지 못하였다.

'어리석은…… 어리석은. 참말 괘씸한…….'

왕의 입꼬리가 심술맞게 비틀어진 채 따라오는 중신들을 한번 슥 훑었다. 칼날같이 날카롭고 예기에 가득 찬 눈빛이었다. 누구도 눈치채지 못하였되 솔직히 환궁하는 왕의 심사는 참으로 편안치 않았다.

삼남 땅을 위시하여 전국에 가뭄이 심하였다. 논바닥이 쭉쭉 갈라지고 심어둔 벼 포기가 뻘겋게 타 들어간다 하였다. 도성을 위시한 인근에도 마른날이 오래이니 기우제를 지내야 할까 이러고서 의논들이 한참이었다. 헌데 철없는 누이는 그저 제 즐겁자고 물놀이나 하자 하고, 아첨붙이 조하 중신들은 큰마마께서 바라시는 대로 하루인데 어떠려구요, 연락(宴樂)을 즐기옵소서, 먼저 난리를 치지 않느냔 이 말이다. 그저 별일없사옵니다, 신등이 알아서 하오니 마음 편하게 향락하옵시오 하며 좌의정부터 나서서 권하였다. 마침 단오절이라 남들 다 하는 물놀이, 무엇 그리 큰 흠일까? 한번 가보자 하여 희란마마 꽃가마를 뒤에 딸리고 중신들을 이끌고 당골 행궁으로 놀이를 나가시었다.

그렇게 연을 타고 나가는 길이었다. 왕은 가뭄으로 물기라 하나 없는 마른논에서 허옇게 핀 벼 포기를 뽑아버리는 농민들을 보았다. 상감마마께서 지나가시는 행렬이니 들일하는 백성 전부 논바닥에 엎드려 감히 고개도 들지 못하였다. 인제는 가셨나 하여 슬깃 고개를 든 농군 하나가 있었다. 마침 그쪽으로 고개를 돌린 왕과 정통으로 눈이 마주칠 것은 무엇이람?

땡볕에 시커멓게 탄 얼굴을 한 여원 얼굴을 하고 있었다. 순한 소 같이 크고 슬픈 눈인데 원망과 부러움이 반반이다. 왕은 그 눈빛이 비수 같다 여기었다. 저들은 이렇게 가뭄 걱정에 양식 걱정하며 불볕 아래서 고생하는데 전하께서는 잉첩 하나 기쁘게 하려고 이 시절에 물놀이를 가십니까 하는 힐난으로 여겨졌다.

"아국이 번성하고 명맥을 유지하는 것은 국조(國祖) 태조대왕서부터 이하 선대왕들께서 항시 침식까정 잊으면서까지 백성의 안락함을 위하여 노력하신 덕분이니라. 백성의 말에 귀를 기울여 그 뜻을 읽고 민생을 편안하게 하고 나라의 기강을 바로 세우며 안팎으로 경비를 든든히 하여 안심하고 생업에 종사할 수 있도록 힘써야 할 것이니라. 그것이 바로 보위에 오른 왕 된 의무이며 책임이니라."

아직도 귀에 쟁쟁 울리는 목청. 아바마마 말씀이었다. 헌데 네놈들은 언제까정 짐을 허수아비로 삼으려 하느냐. 네놈들 고약한 화수분으로 삼으려 함이냐. 아무것도 모르는 척 빙그레 웃으시며 즐기는 척은 하였지만 생각하면 할수록 불쾌하였다. 궐로 돌아온 왕은 의대도 갈지 않고 바로 편전에 좌정하였다. 버럭 고함쳤다.

"도승지를 불러라! 짐이 삼도에서 온 장궤를 받을 것이다!"

막 퇴궐하려던 도승지가 나가지도 못하고 다시 의관 정제를 하였다. 왕이 시키는 대로 두루마리를 담아 들고, 허리 굽혀 들어온다.

"전국에 가뭄이 실로 심하니 그에 대한 것을 심각하게 생각하고 방비를 세워야 할 것이다. 게다가 가뭄이 게만 있는 것이 아니라 예도 비가 적기로 농사가 걱정이라. 아무래도 기우제를 지내야 할까 보다."

"며칠만 더 두고 보옵사이다 하고 예조에서 말을 합니다. 요 며칠 상관으로 비가 아니 오면은 일단 기우제를 지내야 할 것이다 하며 준비는 하고 있는 줄을 아옵니다. 허니 너무 근심 마옵소서."

조심스레 대답하는 말이 들리지도 않은 듯하다. 두루마리만 들고 읽지도 않았다. 그저 우두커니 바닥을 내려다보다가 왕은 문득 고개를 들었다.

"짐이 행궁으로 거동을 하는데 들일하는 농군 하나와 눈이 마주쳤느니라. 뉘는 비가 아니 와서 그리 고생인데 지존이라 하는 짐은 물놀이 즐긴다 하며 풍악잡이 합니까 하는 힐난의 눈빛이었다. 솔직히 말하여 보라. 도승지 그대도 이날 짐의 처신이 잘못된 것이다 이리 생각하겠지?"

"전하, 망극하옵니다! 어찌 그런 무서운 말씀을 하시옵니까? 전하께서 즐거우시고 기쁘시면은 이 나라 강토가 즐거움이니 그런 망극한 말씀을 마옵소서."

참으로 갑작스런 상감마마 말씀에 아연 놀라 도승지 황이 엎드려 소리쳤다. 그러나 왕은 고개를 저었다.

"짐은 그대가 생각하는 만큼 어리석고 생각없이 사는 이가 아니다. 그대들은 입을 모아 참새 떼처럼 마냥 잘하옵니다, 그저 좋사옵니다 하지만 실상 그렇지 못한 일도 많은 것이 아닌가?"

"마, 망극하옵니다."

"선대왕 아바마마께서 항시 어린 짐더러 경계하시기를 아첨하고 마냥 좋다 하는 이는 입에 단 독과도 같은 사람이라. 언제고 짐에게 큰 화를 미친다 하였다. 민심은 천심이라 이리하는데 그 핏발 선 농군의 눈빛이 짐에게 비수였어. 내내 지워지지 않아 무척이나 심란하군. 비록 시절 치레이니 물놀이 나가 술잔이야 잘 마셨지만 실로 그 술잔이 쓰디쓴 소태라 이 말이야."

무어라 대답할 말을 찾지 못한 터로 황이가 더 깊이 고개만 조아렸다. 왕께서 먼저 우울하게 용안을 굳히고 자신의 실책이며 백성 사정 가려 이야기하심은 처음이니 그는 참으로 망극하고 당황스럽다.

"이런 짐 마음을 아무도 모를 것이야? 흥, 중신이라 하는 것들이 가뭄 심한 이런 날에 물놀이 나가자 함도 웃기지만 한 놈도 그 자리에서 짐을 경계함이 없으니 더 가증스럽더군. 풍악 올리고 덩실덩실 기생 끼고 춤을 잘도 추더구먼? 경은 짐이 믿는 바 염직하고 고언을 잘하는 이이니 말하지만, 쓴소리를 하여주오. 짐이 실로 잘못하고 있는 것이 많은 터이야. 그렇지?"

나직하게 뼛골 깊이 자기반성을 하시는 중이었다. 엎드려 가만히 듣고만 있는 도승지의 등에 진땀이 흘렀다.

젊은 왕은 유난히 자존심이 강하고 도도하였다. 당신의 실책이나 잘못에 대하여 뉘든 말을 하는 것을 참지 못하였다. 급한 성미이니 무작정 노화내시기도 많았다. 조금만 심중에 거슬리는 말이 있어도 당장에 불벼락이라. 누가 나서 대전께 쓰되 바른말을 고하랴? 조하에 우글거리기 대부분 아첨꾼뿐이며 또한 정사 틀어쥐고 농단하는 좌의정이 제 세력 뒤로 업고 전하의 눈을 가리며 그저 살랑살랑 비위만 맞추니 왕은 그저 당신이 최고이고 잘하시는 줄로만 알고 사신 터였다.

그런데 이 밤, 먼저 당신의 실덕에 대해 솔직히 반성하시고 속내 심사 드러내시었다. 그저 방탕하니 허수아비인 듯이 보이는 당신이 이미 속내로는 밝은 눈을 뜨시고 사리분별 모두 다 하고 있다는 것이 아닌가? 그저 철없는 어린 왕이라 하였거늘 이제 장성하시어 조하 일을 십여 년 보시니 왕 된 책무이며 보위 오른 지존의 그 무서운 짐을 드디어 느끼시고 파악하심이라. 감축할 일이도다. 명민하신 그 눈을 뜨시고 사리분별을 옳게 하심이니 실로 경사인 것이야.

이왕지사 전하께서 먼저 말을 꺼내신 참이다. 마침내 황이는 제 목이 베어지는 한이 있더라도 왕에게 한마디 옳은 소리를 해야겠다고 작정하였다.

"망극하옵니다, 전하. 성상의 깊은 심기를 미리 헤아리지 못하여 밝은 길을 밝혀 드리지 못한 이 신을 벌하여주십시오. 허나 바른말을 하라 분부하시니, 신이 죽을 각오를 하고 한마디 쓴소리를 올리겠나이다. 아무래도 가뭄이 심한 터이니 물놀이를 장하게 나가심은 흉이라 할 것입니다. 신이 듣기에 나라에 가뭄이며 홍수가 나면은 지존께서 백성 사정 헤아려 먼저 근신함이 도리이며 책무라 들었나이다. 실로 청사에 적히기 선대 장조대왕께서도 용체 허약해지심의 이유가 경술년 대가뭄 때 삼시 세 끼를 피죽으로 드시며 베옷 입으시고 용체를 돌보지 않고 날마다 남산에 올라 천신께 기원하시다 그리되신 것이라 들었습니다. 그때에 비할 바는 아니겠으나 전하께서도 이 시절에는 다소간 백성 사정 헤아리사 근신함이 옳은 줄 아옵니다."

왕은 고개를 끄덕끄덕하였다. 바늘 끝처럼 찔러대는 말 앞에서 오히려 속이 시원하다는 표정이었다.

"도승지 그대의 말이 다 옳아! 오직 경만이 짐에게 바른 소리를 하는군. 어린 날 짐이 겁도 없이 보위 올라 천지분간 못하고 한시절 그저 어둡게 주색잡기로 즐거웠기로, 날이 가면 갈수록 이 보위라 하는 것이 짐이라 느껴. 무서운 의무이고 힘든 자리라 함을 알아."

"망극하옵니다, 전하. 불경한 신의 목을 베어주소서."

"……구구절절 옳은 소리만 하는 경을 어찌 탓하노? 아아, 누가 짐의 이런 심정을 알아줄 것이더냐? 어진 선비들은 짐의 실덕만 헤아려 모다 비난하고 아첨배들은 그저 저들 사리사욕에 짐을 이용하고자 함이니 짐은 가끔씩 실로 외로워. 누구에게 짐의 이 마음을 말할 것인가? 짐에게는 벗이 없어. 의지도 없는 것이야."

왕은 울적한 표정을 억지로 가라앉히며 손을 흔들었다.

"휴우, 이만 나가보시오. 짐이 하도 울적하여 경을 두고 쓸데없는 소리를 하였군. 이 자리 벗어나면 짐이 한 말은 모두 다 잊어버리오. 내일 짐이 대전에 나가 가뭄에 대하여 이야기를 할 것인 즉, 도승지 그대는 다들 기별하여 중신들을 모다 모으라 하오. 가뭄이 보통이 아니니 난리도 아니라 이리하는데…… 아바마마께서 이 일을 보시면은 실로 상심하여 피를 토하셨을 것이다. 아바마마께선 한시도 백성들 사정 어려운 것을 잃지 않으신 성군이시었거늘…… 짐은 언제쯤 되어야 아바마마를 따라갈 수 있을꼬?"

도승지를 내보내고 왕은 침전으로 들어갔다. 자리옷을 갈아입고 금침에 누울 법도 한데 창을 열고서 하늘에 뜬 초승달만 바라본다. 훤칠한 용안에 어린 희미한 갈등의 빛. 자조며 민망함, 강렬한 괴로움 같은 것이 시시각각 구름처럼 스쳐 지나가는데 어느 사이인가, 왕은 손안에 가만히 옥 가락지 하나를 오랫동안 버릇처럼 만지작거리고 있었다.

파르스름한 청옥지환이다. 그 위로 얇은 금으로 투각한 봉황이 새겨진 귀물이었다. 왕은 그 가락지를 어루만지며 이 밤에 유난히 그리운 생모마마 생각을 한다.

"마마, 이것은 선대왕마마께서 이 어미에게 전하를 생산한 이후에 손에 끼워주신 것입니다. 실로 은애한다 이런 뜻이 담긴 것이지요. 이것만은 중전마마께, 우리 귀한 며느님께 끼워 드릴 것이다 하였거늘, 이 어미가 박복하여 장성하신 전하도 못 보옵고, 마마 혼인하시는 그 즐거운 일도 못하고 가나 보옵니다. 이 어미가 귀하신 우리 며느님께, 훗날 중전마마 되실 처자께 드리는 선물이라 이리합니다, 마마."

 이 가락지를 주실 적에 이모님인 정경부인도 있었고 희란 누이도 있었다. 그래서 희란마마만이 그 가락지가 실로 중전의 정표요, 은애한다 하는 표식인 줄 알고 있었다. 깊은 뜻이 담긴 터라 언제부터 옥 가락지를 탐내어 신첩에게 주옵사이다 하며 채근하였다. 그러나 이상한 일이다. 다른 것은 아깝지 않아 마구 퍼주었으되 이 가락지만큼은 선뜻 내어주지 못하였다. 항시 슬쩍 피하면서 나중에요, 나중에! 하고 마다하였다. 역시 이날도 행궁에서 녹신하게 즐기고 난 후 턱 밑에 다가앉으며 그 가락지 주시어요 하고 희란마마가 살긋살긋 꼬시었다. 그래도 내어주지 않았다.
 '실로 짐이 은애하고 사모하는 여인이라, 일편단심이거늘…… 언제서부터 탐을 내어 저에게 주옵사이다 하였는데, 이것이 무에 그리 대단하다고 짐은 간직만 하며 누이에게 아니 준 것일까?'
 가락지 내려다보며 그런데 왕은 지금 다른 사람을 생각하고 있는 것이다. 왕의 무연한 시선이 처마를 넘어 멀리, 거뭇한 어둠에 묻힌 중궁의 추녀 끝을 향하고 있었다.
 여리고 투명하고 가녀린 손가락을 가진 여자. 짐의 지어미로 정해진 어린 소녀. 고개도 아니 들고 항시 그만 대하면 떨기부터 하는 여자. 조롱 속에 가두어진 어린 새처럼 슬프고 우울하고 애처로운 여자. 허나 드물게 생긋 웃을 적이면 너무 고와 저절로 가슴이 진탕 되고 눈앞이 아뜩하지. 웃음을 보고 싶은데 자꾸만 트집을 잡게 돼. 고운 말을 하고지고 하지만 그대만 보면 퉁명스럽게 말이 나오는 것을 어찌해?

다시는 아니 가. 너를 찾지 않으리라 다짐 또 다짐하였는데, 그런데도 오늘 또 왕은 그녀, 어린 왕비를 생각하는 것이다. 왕은 세차게 고개를 흔들었다. 흥 하고 도도하게 콧방귀를 끼었다.

'그깟것이 대체 무어라고? 흥, 짐은 그깟것은 계집으로도, 중전으로도 아니 생각한다 이 말이다! 계집으로 요염 하나 부릴 줄도 모르고, 웃지도 않고 벙어리인 양 말도 없는데 그런 것에게 이 가락지를 주어? 말도 아니 된다. 흥.'

누가 달라 하였나? 군입 한번 뗀 적 없고 그 가락지 한 번 본 적도 없는 중전 탓은 홀로 왜 하노? 참으로 기이할세라. 대전마마 그 심사여. 이러는데 바깥에서 일성이 들었나이다 하는 고변이 들었다.

"들라."

갑주를 입고 큰 칼을 비껴찬 정일성이 윤재관과 더불어 들어왔다. 왕은 실은 그들을 기다리고 있었다. 그들이 절도있는 동작으로 한 무릎을 꿇고 절을 하였다.

"그래, 갔던 일은 잘되었더냐?"

"망극하옵니다, 마마. 황주 목장을 책임진 심치달을 잡으러 갔사온데, 이미 그는 누구 손엔가 의하여 목이 매달아진 후였나이다."

"내 그럴 줄 알았거니."

영민하신 분이다. 흉적의 주구(走狗) 노릇을 하던 간적 놈이 이미 죽임을 당하였다는 말에 구구절절 설명을 아니 하였어도 단박에 알아들으신다. 단칼로 말을 잘랐다.

"그 다음 말은 아니 들어도 짐이 짐작하겠다. 사자(死者)는 말이 없음이라. 그놈 하나 죽임으로 저들의 비밀을 지키려 함이었을 게다. 일을 보아하니 산채를 덮치러 간 진성숙부도 아마 실패하였을 것이다. 그렇지 않느냐?"

"망극하옵니다. 어디서 기밀이 새었는지는 모르되 은밀히 탐문하여 조심스럽게 움직였습니다만, 이미 그곳은 텅 비어 있었나이다. 비록 빈 산채이되 규모가 여간 큰 것이 아닌지라, 적어도 오륙백 명은 머문 듯하다 하였나이다."

무구를 사들이고 군마를 도둑질하여 간 산적놈들 정체를 탐문하여 그 근거지를 토벌하고 우두머리를 반드시 잡아오너라 하시었다. 허나 진성대군의 지휘를 받은 관군이 정일성의 안내로 산채를 덮쳤을 때 이미 그곳은 텅 비어 있었다. 누군가가 미리 관군의 움직임을 알아 염탐하여 기별을 한 것이 분명하였다. 황주 목장의 군마를 훔쳐 내간 놈들과 내통하였으리라 짐작된 책임자 심치달은 이미 죽임을 당한 후였다.

"참으로 고약하군. 정말 고약해. 참말 심상치 않음이야."

"망극하옵니다. 성상의 하명을 이루지 못하였음이니 신등이 입이 열 있어도 할 말이 없나이다."

"어디 너희 잘못이겠느냐? 궐 안에 스며든 간세를 눈치채지 못함이지."

왕은 잠시 허공을 바라보며 침묵을 지켰다. 이 일을 어찌 처리할까 잠시 고심하는 듯했다. 감히 상감 곁에 간적이 숨어 있어 상께서 은밀히 하명하신 일을 가로막고 훼방을 놓은 것이라. 괘씸함을 감추지 못하면서도 참아야 함이라, 고역인 듯하였다. 이윽고 왕은 앞에 앉은 두 무장을 바라보았다.

"소문나게 일을 칠 것이면 더 은밀하게 숨어들어 갈 것인즉, 이번 일은 이대로 조용히 덮어라. 진성숙부에게도 이번 거동이 그저 사사로운 사냥질이었다고 말을 맞추면 될 것이다."

"전하겠나이다."

평상시 급하고 격한 성정에 대면 기이할 정도로 신중하고 사리분별 온당한 하명이시다.

"이미 짐이 역모의 기운을 느낀 참이다. 조심하여 경계만 하여라. 모르면 당하되 알고서 방비하면 큰일도 아니겠지. 타초경사, 풀을 두드리면 숨은 뱀을 놀라게 하느니라. 스스로 먼저 머리를 드러낼 때까정 기다림도 나쁘지는 않을 것이다."

왕은 아주 가까이 다가오라 두 사람에게 손짓하였다. 무어라 귀에 대고 하명하였다. 어떤 불측한 귀가 엿듣고 있어도 알아들을 수 없게 나직한 옥음으로 당신이 생각하신 방책을 분부하시었다.

"명심하여 처리하라."

말짱하게 일을 덮고 무사하게 일을 처리하여 어리석은 왕을 단번에 속이었다고 안심하고 있는 불측한 세력들. 영명하신 눈을 뜨고 주상께서 철통같은 방비를 하명하심은 알 리 없다. 욕심이 과하면 반드시 그 막다른 골목에는 피비린내만이 풍기는 법. 사필귀정(事必歸正)이라 하였는데 고약하고 간특한 인간들의 말로가 심히 궁금하구나.

상감마마의 탄일잔치는 그 가뭄 불볕더위 사이에 있었다. 오월 열닷새 날이었다. 오뉴월 복중에서도 가장 더운 날 즈음이라, 항시 대전마마 탄연잔치를 준비하는 궐 안 숙수들이 행여 음식들이 쉴까 봐 발을 동동 구르는 것이 버릇이었다. 허나 이번 해 생신에서는 도통 그들이 할 일이 없었다. 전하께서 아예 잔치 말조차 꺼내지 말라 엄히 하명하셨기 때문이다.

가뭄이 심하여 벌써 기우제를 두 번이나 올렸다. 도사로 하여금 용왕경을 외우게 하였고, 호랑이 머리를 묘연폭포에 던지기도 하였다. 도성 만호(萬戶) 민가에 명하여 물을 담은 병에 버들가지를 꽂아서 방방곡곡에 차려놓고 아이들을 모아 비를 부르게 하기도 하였고, 남문의 시장을 옮기고 북문을 열기도 하였다.

"비가 오기는 와야 할 것인데…… 하늘이 저리도 맑으니 이날서도 비 오기는 틀렸도다. 낼모레로 다시 한 번 짐이 친림하여 아리수에서 기우제를 지낼 것이니 그 준비나 철저히 하라!"

아침에 대전에서 신하들의 하례 인사를 받으시면서도 도통 용안에 좋은 빛이 없다. 내내 가뭄 걱정부터 하시었다. 이미 대엿새 넘게 주상 당신이 죄가 많다 근신하시어 수라상도 소채찬에 잡곡으로만 차리게 하였다. 비단 용포를 벗고 거친 베옷을 입으시었다. 그사이 어느새 훤칠하신 용안이 다소 초췌하여진 듯하였다. 그러니 그 앞의 신하들도 오죽 망극할 것이며 얼마나 민망한 것이더냐?

"민망해하지 마오. 경들의 마음을 짐이 아오. 허나 짐은 이런 상이라도 받으니 다행이 아니오? 남도 땅에는 이미 굶어죽은 이가 수백 명이라 합니다. 그를 생각하면은 불평할 것이 되지 못하오. 경들의 충심을 아오. 모다 합심하여 이 가뭄을 이겨냅시다그려."

말씀 한번 의젓하고 어질었다. 감격한 중신들 모두 바닥에 엎드리었다. 그렇게 왕은 생신을 마치고 다시 가뭄에 대한 의논을 서두르신다. 강물을 퍼 올려 근처의 논에나 다소 물기를 주어라 하시고 연못의 바닥이라도 파서 물을 가능한 한 퍼올려라 방비책을 논하였다.

그날 오후, 궐 밖의 진성대군 마마와 효성군 마마께서 조촐한 선물을 품고 입궐을 하였다.

"금원의 태극정까정 마를 정도이니 실로 십여 년 만에 온 큰 가뭄이라 합니다. 비가 오기는 와야 할 것이나 또 한편으로 이리 가물다가 비가 오면 큰비가 오니 나중서 물난리가 나기 십상이라 또 근심을 하는군요. 비가 오기는 와야 하는데 온다 해도 걱정이니 휴우— 실로 짐이 이리 해도 근심, 저리 해도 근심입니다."

신임하는 분들을 앞에 두고 나오느니 한숨이다. 가뭄 걱정, 전하의 건강 걱정. 모다 근심뿐인 이야기만 하다가 두 숙부께서 물러났다. 반쯤 열린 서녘 창을 통하여 맑은 햇살이 그저 쏟아진다. 비 기운은 도통 없음이었다. 주강이 끝나고 왕은 내관을 찾아 기상감의 태사를 불러라 하였다.

"비가 올 기미가 영영 없는 것이냐? 그나마 영라도며 청도부는 또 비가 오지를 않았더냐? 헌데 어찌 그리 남도며 여기 도성 쪽만 이리 가문 것인지, 원."

"천지의 조화가 흩어진 탓입니다. 가뭄 끝에 비가 있기는 있을 것으로 보옵니다만은, 며칠 상간으로 비의 기미는 느껴지지 않사옵니다. 망극하옵니다."

"답답하기는 짐이나 그대나 마찬가지일 것이니 그런 말을 할 것은 없어. 비 내리는 일은 인간의 일이 아니고 하늘의 일이니 어찌할 것이던가? 알았소. 나가보시오."

좋은 말로 마무리하시고 태사를 내보내시는데 도무지 답답하고 울적하여 견딜 수가 없다. 왕은 냅다 또 고함을 질렀다.

"조갈이 난다. 냉수를 다오!"

벌컥벌컥 얼음 띄운 냉수 대접을 다 비워도 가슴속의 답답증은 가실 줄을 모른다. 찬물 한 그릇을 더 청해보지만 소피만 나오지, 심란함은 가실 줄을 모르는데……. 벌떡 일어나 냉수로 욕간하시겠다 하신다. 텀벙텀벙 물장구 몇 번에 그만 할란다. 불편하고 심란한 속내를 도무지 다스리지 못하고 있다는 뜻이었다. 욕간을 끝내고 다시 시원한 모시 의대로 갈아입었지만 속내 깊이 잠긴 답답증이며 기이한 우울은 도대체 가시지 않으니 어찌할 것이더냐?

지창을 열어놓고 팔걸이에 몸을 기댄 채 왕은 땡볕에 축 늘어진 푸른 파초잎을 바라보고 있었다. 종알종알 수다를 떠는 여인네 목소리가 들려온 것은 그때, 우연으로 그 방 창문 밑에서 서로 친분이 두터운 엄 상궁과 중궁전 윤 상궁이 속닥이는 소리가 전하께서 앉으신 방으로 스며들어 온 것이다.

"저가 일군을 사서 제헌원 주변에 있는 수목들에 물기를 다소 주고 왔나이다. 중전마마께서 당부하시었기로, 이리저리 수소문하여 희빈마마께서 좋아하시는 백목단을 십여 그루 심고는 왔사온데 이리 가물어 제대로 살까 모르겠나이다."

"백목단이 있기는 있습디까? 나는 궐 안에서만 보고 못 보았소."

"귀물이더구먼요. 이미 오래전서부터 중전마마께서 사가에까정 기별하여 널리 구하였지요. 강성부에서 구하여 싣고 왔습니다."

"꽃이 피면은 제헌원이 실로 천상의 화원이 될 것 같구려. 큰일을 하였소이다."

소곤소곤, 둘만 아는 이야기였다. 바깥에서 나직하게 들려오는 목소리인데 희빈마마 유택인 제헌원 이야기였다. 왕의 귀가 저절로 쫑긋 세워졌다. 무슨 일을 하였기에 저들 입에서 제헌원이며 희빈 어마마마 말이 나오는 것이더냐?

"엄 상궁은 들어오라."

갑작스런 전하의 부름에 두 상궁의 목소리가 뚝 끊어졌다. 잠시 후 엄 상궁이 부름을 받잡고 방으로 들어섰다.

"방금 들었다. 윤 상궁 목소리가 나더라? 갑자기 제헌원 이야기가 왜 나오는 것이며 희빈 어마마마 이야기가 왜 나오는 것이냐?"

"망극하옵니다. 천한 소인들이 속닥거리는 이야기였으니 상관치

마옵소서. 주의할 것입니다."

설마 전하께서 그 말을 엿들으신 것은 몰랐다. 당황한 엄 상궁이 머리 숙이고 말을 어물거렸다. 왕의 목청이 한 음 더 올라갔다.

"뉘가 경을 치려 하는 것이냐? 그저 물어보는 게지. 궁금하여서 말이다. 중전이 윤 상궁을 제헌원에 보냈던 것이냐? 대체 왜 그곳에 그이를 보냈더냐?"

"망극하옵니다, 전하. 중전마마께서 궐에 들어오신 그때부터 해마다 전하의 생신날이면 윤 상궁을 보내어 희빈마마 산소에 성묘를 하게 하시고 향촉을 피우는 줄 아옵니다."

"뭐라? 중전이 참말 그리하였어?"

"예, 전하. 올해는 희빈마마께서 살아생전 좋아하셨던 백목단을 어렵게 구하시사 제헌원 주위에 심고 왔다 하였습니다. 하도 날이 가물어 윤 상궁이 이틀이나 게에 머물면서 물을 길어다 주고 돌아왔답니다. 전하께서 중전마마 선물이야 하도 소박하여 하찮게 여기시니 올해는 차마 선물을 못하여 드리고 대신 희빈마마 산소에 치장을 하여드린 것이다 하셨다 합니다."

왕의 용안이 왈칵 붉게 물들었다. 당장에 치받는 목청이 아니다 하는 부인(否認)이었다. 어린아이처럼 툴툴거렸다.

"뉘가 하찮게 여겼다고? 작년에 만들어준 줌치는 짐이 날마다 차고 다니는걸? 여기 보아라? 재작년에 하여준 타구채 술끈도 아직 달고 있음이야. 헌데 참이냐? 해마다 중전이 짐 생일날 제헌원에 참배를 하였더냐?"

"그러한 줄 아옵니다. 산고(産苦)라 하는 것입니다. 삼복에 아기씨를 낳으시고 얼마나 고생하셨을까 안타까워하셨나이다. 며느님이시니 직접 나가시어 참배하셔야 도리인데 지존이시니 사사로이 발걸음 못하심이 제일 가슴이 아프다 저에게도 몇 번이고 말씀하셨습니다. 항시 제일 고운 실과와 향촉 직접 챙기시어 윤 상궁에게 내보내니 그리도 도리에 밝고 도리라 심덕 깊어 고운 분은 오직 중전마마 한 분인 줄 아옵니다, 전하."

순간 심장 한구석이 따뜻하게 불이 밝혀졌다. 왕은 깊이 감격하였다. 생일이라 하는데도 지어미인 저가 감히 짐에게 말 한마디 하례 인사도 아니한다더냐? 눈을 흡뜨이 뜨고 마냥 신경질을 내었거늘, 이것 보아? 중전은 말없이 마음을 읽어 짐의 제일 소원을 이루어주고 있었구나.

"알았다. 어린 사람이 속은 깊단 말이지? 흥. 하지만 어찌 그리 능청스럽더냐? 짐에게 귀띔 한 번도 하지 않고 말없이 해치우는 일이 그리 법도에 맞단 말이더냐? 나가보라! 참, 너는 입을 다물고 있어라. 짐이 이 일을 안다 알려지면 그이가 또 무안해하며 이 일을 멈출지도 모를 것이다. 짐은 아무것도 못 들었느니라!"

무릎걸음으로 물러나려는 엄 상궁의 등에 대고 왕은 한마디 더하였다. 어쩐지 설레는 목청이었다.

"짐이 중궁 들란다. 가서 아뢰어라, 짐이 차 한잔 다오 하여라."

그때 우리 어린 중전마마, 소복 입고 가정당 뒷뜨락 나무 아래 소반 받쳐 놓고 치성을 드리고 있었다.

아침에는 민간의 비방대로 도마뱀을 물독에 넣어 띄우고 어린아이 수십 명을 살그머니 불러들여 청의로 변장시켜서 버들가지로 물독을 치게 하였다. 징을 울리게 하면서 크게 외치기를 〈도마뱀아, 도마뱀아, 안개를 토하고 구름을 일으켜서 큰비를 내려달라. 그러면 내 너를 돌아가게 하마〉라고 소리치게도 하였다.

촛불 두 개. 백자 사발에 맑은 물 한 그릇. 그 물은 중전마마께서 아까 저 금원 가장 깊은 곳에서 솟아나는 빙천의 물을 직접 떠오신 것이다.

"비옵니다, 비옵니다. 천지사방 수룡님께 비옵니다. 청명하여 비한 방울 내리지 않은 터이기 이날서 이 지상이 불벼락이라. 동지방에 청룡님, 서지방의 백룡님, 남지방의 적룡님, 북지방의 흑룡님네, 중방의 황룡님, 이 물 흠향하옵고 비라 내려주시옵소서! 천지사방 수룡님네, 이 나라 어진 백성들이 가뭄에 목이 마른 터이기로 땅바닥은 갈라지고 벼 포기는 말라가니 이 해서 양식이라 어찌 마련할 것이며 어린것들 우는 입을 무엇으로 막을 것입니까? 지엄하신 주상전하께서 근심하시어 수라상도 제대로 못 비우신다 이리하십니다. 이날서 전하의 생신날인데 제발 비옵기에 한줄기 비라 내려주십시오. 오직 그것이 전하의 근심을 지울 가장 큰 선물이니 비나이다, 비나이다."

수십, 수백 번 절을 하고 치성을 드리는데 경건한 그 정성이 하늘을 감동시킬 만큼 엄숙하다. 그러고서 중전은 비단 속곳을 하나 나무 위로 던지었다. 비가 오지 않으면 여인네의 은밀한 속의대를 천신에게 바치는 풍습이니 중전마마께서도 그 풍습에 따른 것이다.

간절한 치성을 끝마치고 돌아섰다. 중전은 깜짝 놀라 멈칫하였다. 뜻밖에도 왕이 가정당 마루에 앉아 중전마마 하는 양을 가만히 지켜보고 있었다. 어린 왕비는 부끄럽기도 하고, 깜짝 놀라기도 하여 어쩔 줄을 몰라 하였다. 황황히 고두하여 절을 하고는 더 이상 왕 앞에 다가가지 못하였다. 고개 또한 들지 못하는 중전이다. 시키지도 않았는데 쓸데없는 짓을 한다 타박이나 아니 들을까 가슴이 두근두근하였다.

"망극하옵니다. 윤허도 받지 않고 마음대로 치성을 들이었습니다. 허나 지푸라기라도 잡는다고 신첩이 듣잡기로 이리하면 다소간 효과가 있을까 하여서…… 당장에 치울 것입니다. 제발 용서하여 주십시오."

"이날이 짐의 생일이야."

그저 바들바들 떨며 당황하여 허둥지둥하는 중전을 향해 왕이 어쩐지 말이 없다. 그러다가 한마디 불쑥 말씀하였다. 누가 물어보았나? 누가 모른다 하였나?

중전은 속으로 아옵니다 하고 중얼거렸다. 가례를 치른 지 어느덧 꼬박 두 해, 하지만 지아비 탄연잔치에 한 번도 배행할 기회를 주지 않았다. 물론 정궁이니 금원 영화당 앞뜰에서 벌어진 진연에는 상을 받고 참석을 하였으되 다정한 눈길 한번 받은 적이 없는 쓸쓸한 기억만 있었다.

선물은 정성이라. 곱게 수놓은 줌치 하나 보자기에 싸서 대전 상궁에게 들려 보냈다. 보잘것없는 것이라 보기 싫다 장롱에 처박아두신 것인지 모르지만 군입으로도 그 줌치 고맙소 하는 말씀 하나 없으셨다. 하물며 전하께서는 중전마마 생신이 언제인지는 아예 모르시는 것이고.

"감축하옵니다. 허나 전하께서 가뭄으로 근심하사 진연도 아니 베푸시고 모다 근신하라 하명하시었으며 풍악은 더더구나 울리지 말라 하명하신 참이니 신첩이 전하께 무엇을 어찌하여 드릴 것입니까? 그저 신첩 정성인데 무엇을 준비하여 선사하는 것조차 전하께서 꺼리실 듯하여 아모 준비도 못한 것이니 무정하다 꾸짖어주십시오."

"괜찮소. 누가 무어랬나? 내전에서 짐의 뜻을 알아 비를 천신하는 모습이 아름답거니. 차나 한잔 주어. 이런 날 중전께서 주시는 향긋한 차 한잔이면 선물로 흡족할 것이오."

하절기인지라 이미 밤수라 지난 시각이라도 아직 하늘에는 황금빛 띠 같은 빛이 남아 있었다. 고운 화문석 깔아놓은 가정당 마루에서 중전은 무릎을 세우고 앉아 정성껏 차를 우려냈다. 향기 좋은 한잔의 차를 지아비 전하께 받쳐 올리는 중전의 손이 떨리고 있다.

"꺼리지 말고 다가앉으시오. 그저 짐은 옛날이야기가 하고 싶구려. 옆에 앉아 들어나주시오. 중전은 조용한 사람이니 짐의 말을 들어는 주겠지?"

덤덤하니 청하는 말씀이 딴사람처럼 점잖고 서늘하였다. 마지못하여 중전은 조심스럽게 왕의 옆에 앉았다. 한참 동안 왕은 그저 어두워져 가는 가정당 화원만 바라보다가 문득 입을 열었다.

"짐의 생모마마는 대전 나인이었소."

"들었나이다."

"고우신 분이었어요. 실로 짐이 기억하기로 어마마마만큼 고운 분은 없었어. 승은 입자와 아바마마를 모신 것인데 그 밤에 짐을 잉태하였답니다. 나중서 말씀하시기를 별을 삼키는 꿈을 꾸셨다 이리 합니다. 짐을 회임하신 열 달 그동안 어마마마께서는 단 한 번도 고약하고 음란하고 모진 소리 듣지 않고 하지 않고 바르게 마음 닦으시고 어진 생각 골라 하시었다 해요. 짐이 어마마마 생각하면 항시 바르게 앉으시어 글을 읽고 계신 것이 기억납니다. 자장가를 불러주시는데 짐에게 효경을 외워주시고 소학을 외워주셨어요. 그래서 짐이 그 글을 배우기도 전에 다 외운 것이라오."

"영명하신 성상의 지혜를 감축하나이다."

"짐이 영명한 게 아니지, 희빈 어마마마 덕분이지요. 짐의 탄일이라 하며 떠들썩하게 잔치도 좋으나 실상 짐은 그렇게 생각합니다. 생일은 짐이 축하를 받는 날이 아니라 이 몸을 산고 끝에 낳아주신 어마마마께 감사를 드리어야 하는 날이 아닐까 하고요. 실상 짐이 이날 하고 싶은 일이 희빈 어마마마 산소에 성묘하는 것인데 아직 한 번을 못하였습니다. 그놈의 법도가 답답하니 짐은 보위에 오른 지존인 게야. 생모이시나 후궁이신 어마마마 산소를 찾아가는 것이 쉽지가 않아요. 그래서 짐은 생일만 되면 실로 쓸쓸하다오."

왕의 가슴에 든 진실한 속내 이야기는 쓸쓸하고 우울하였다. 지존된 위엄이 있으니 아직 뉘에게도 한 번 해보지 않은 이야기인데 생일날 제일 많이 생각나기는 생모마마라. 허나 법도가 있으니 낳아주신 어마마마 산소에 성묘도 할 수 없는 팔자가 기가 막히고 서러우시다 함이었다. 그렇게 그리운 짐의 생모마마를 그대만은 기억하여 주어, 정성스럽게 향촉(香燭)을 사뤄주었다니 정말 감사하오. 그 말을 하고 싶다. 헌데 도통 입이 떨어지지 않았다. 다만 그녀 곁에 있는 것만으로도 왠지 모르게 왕은 스산하고 외롭던 심사가 많이 채워졌다 느낀다.

"……마마께서는 그나마 희빈마마 얼굴이나 기억하시니 다행이옵니다. 신첩은 생모의 얼굴을 한 번도 보지 못한 처지이거든요?"

왕의 긴 이야기에 조용히 듣고만 있던 중전이 고개를 숙이고 나직하게 말을 받았다.

"신첩이 박복하와 생모께서 생후 이레 만에 세상을 버리시니 신첩은 어미 젖 한 번 먹지 못하고 자랐답니다. 신첩을 낳아주신 생모께서 대체 어떤 분이셨을까 참으로 궁금하였기로, 사친의 말씀으로는 어질고 어여쁘신 분이라 하셨습니다."

"듣자 하니 짐보다 중전이 더 쓸쓸한 사람이구려. 하면은 중전을 뉘가 키워주신 것이오?"

"할머니가 계셨나이다. 신첩이 열 살 때 돌아가셨지요. 신첩은 항시 할머님과 함께 잠을 잤는데 부끄러운 이야기이나 일고여덟 살까정 할머니 젖가슴을 더듬으며 잠을 잤습니다. 허나 전하께서는 생모마마를 철이 들 적까지는 보신 것이니 실로 행운이지요. 그저 쓸쓸하다 고적하다 하지는 마옵소서. 전하보다 더 망극하고 외로운 처지인 신첩도 있나이다."

"하지만 짐도 어마마마 젖은 한 번도 못 먹었는걸? 짐은 한 분뿐인 원자여서 어마마마들 모다 안고 사랑하시었다는데, 희빈 어마마마께서 아바마마 병구환을 전담하시니 짐 곁에 오면은 안 좋을 것이라 이리하여서 짐은 어마마마 곁에도 못 간 것이야. 그래서 짐은 희빈 어마마마 생각을 하면 늘 쓸쓸해. 한 분뿐인 소생을 두고서도 품에 안고 어르지 못하는 그 심사는 어떤 것일지⋯⋯. 음, 만약에 우리가 원자를 낳으면은 아지에게 맡기지 말고 직접 키웁시다그려. 그놈에게는 짐 같은 외로움을 느끼게 하고 싶지 않아."

그렇게 말씀하던 왕의 용안이 문득 붉다. 무심코 들었던 중전의 얼굴도 갑자기 빨개지고 있었다. 원자를 회임하여 생산한다 말을 하는데 그 이야기는 실로 다정한 부부지간 오가는 말씀이 아닌가? 두 분이 덤덤히 그런 이야기를 하실 만큼 가까운 적 없고, 연분 맺은 적도 말하는 주상 당신도 부끄럽고 어린 중전은 더 부끄럽고 수줍고 민망하다.

갑자기 떠오르기를, 어제도 윤 상궁이 눈 아래 찔러주던 방중술 책자였다.

민망하고 해괴하고 망측하여라. 이리저리하여 사내가 여인의 아래로 들어와 씨앗을 뿌려 아기씨를 얻나이다 하는 약방 상궁 목청이 왜 이리 생생한지. 중전은 새빨개진 얼굴로 고개를 푹 숙여 버렸다. 어제 본 그림은 계집이 발가벗고 사내 몸을 올라타서는 교접하는 그림이었다. 참말 그리해야만 아기가 생기는 것일까? 인제 나도 원자를 낳아야 하지만은 참말 그리해야 하면 부끄럽고 망신스러워서 어찌하지? 명기 은파가 말하기를 처음은 몹시도 아플 수도 있다 하였는데…….

순진하고 맹한 얼굴을 한 중전 머리 속에 어떤 생각이 떠다니는지 모르는 상감마마. 영 말이 없는 중전의 수줍은 옆얼굴을 바라보며 쓴웃음을 지었다. 손 한번 잡자 해도 달달 떠는 그대를 두고 언제 짐이 원자를 얻노? 부부지간이라 하는데 실로 멀기야 아득하니 우리가 바로 남이로구나.

'하지만 중전은 참 어질고 다정한 사람이야. 이리 말없이 듣고만 있어도 짐의 마음이 위로를 받는구나. 짐의 마음을 위로하려고 제 쓸쓸한 처지도 가리지 않고 잘 이야기하여 주니. 그래, 짐보다 더 쓸쓸한 이가 바로 이 사람이구먼.'

왕은 모르는 척 하늘만 올려다보았다. 이상하게 중전에게 그런 이야기 하고 나니 한결 마음이 홀가분하다고 생각하였다.

"아, 곤타! 이 근래 가뭄 걱정이라, 침수를 제대로 하지 못하였어. 예가 궐에서 제일 시원한 것 같아? 편안하오?"

슬쩍 왕은 중전을 바라보았다. 차마 고개를 들지 못하는 그녀는 제발 짐더러 예서 머물러 주십시오, 하여 주시오 하는 부탁의 눈빛을 읽지 못하였다. 도통 짐의 말귀를 못 알아듣는 것이야? 왕은 무안하기도 하고 답답하기도 하여 남은 찻물을 홀짝 단숨에 마셔 버렸다.

"음음음, 짐도 같이 예서 침수할 것이야. 음음…… 음양이 조화하여 천신이 감응하면 비가 온다 하는 말을 짐도 들었거니, 시원하게 이 밤에는 여기서 침수하고 싶어."

애꿎은 비 핑계, 천신 핑계 대는 왕의 귀밑이 벌겋게 붉다. 그러고서 말릴 사이도 없이 먼저 가정당 안방으로 들어가시었다. 더운 여름철이니 방에는 향나무로 만든 평상이 깔려 있었다. 차일처럼 모기방장이 쳐져 있는 그 잠자리 위에 고운 홑이불이 깔려 있는데 베개는 늘 그렇듯이 하나였다.

무안한 왕은 문 앞에서 어쩔 줄 몰라 하는 중전을 돌아보았다. 심술궂은 목청에 벌써 날이 돋기 시작하였다.

"베개가 하나이니 짐을 그다지 반기지 않는 중궁전 심사라! 짐이 다시 나갈까요?"

중전은 홍당무가 되어 살래살래 고개를 흔들었다. 예전처럼 그가 무섭고 다소는 두렵기는 하지만, 아까 조근조근 생모마마 이야기를 하는 왕의 옆얼굴이 어쩐지 외롭고 아프다 느끼었다. 여린 소녀의 방심 안에 늘 도도하고 강하던 사내의 짙은 고독이 스며들었던 것이다. 어쩐지 이 밤에는 그의 곁에 있어주고 싶었다. 그림책처럼 해괴한 짓을 같이 하고 싶지는 않지만은 그래도 아름다운 지아비 용안을 바라보는 것은 마냥 좋았다.

그 마음을 읽었나 보다, 싱긋 왕이 웃었다. 아랫것들 부르지도 않으시고 망극하게 직접 도포 띠를 직접 풀었다. 중전은 떨리는 손으로 왕의 의대를 받아 활대에 걸었다. 마치 사가의 부부인 양 의대를 벗기우는 왕이나 벗겨 드리는 중전이나 어쩐지 가슴이 두근거리고 볼이 붉다. 부부지간이라 하면 밤마다 하는 그 일인데도 왕은 왕대로 중전은 중전대로 서로 민망하고 부끄럽고 마주 바라보기 어색하다. 왕래없고 정이 없던 지난 세월이 그리도 길었음이다.

자리옷으로 갈아입은 왕이 먼저 침상에 누웠다. 중전 또한 자리옷으로 갈아입고 귀밑머리 풀고 지아비 누운 평상 가장자리에 살그머니 들어가 누웠다.

같은 자리에 눕기는 누웠으되 한참 떨어진 거리. 서로 몸을 돌려 외면하고 있을 뿐이다. 어디선가 풀벌레 소리가 장하고 짙은 꽃향기가 열린 창으로 살며시 스며드누나. 새우처럼 몸을 웅그리고 있던 중전이 불편하여 한숨을 포스스 쉬며 돌아 반듯이 누었다.

"잠이 오지 않소?"

한마디 무심히 하시는가 하더니 문득 더듬더듬 왕의 손이 다가왔다. 무방비하게 떨어진 중전의 작은 손을 꼭 잡았다.

"비(妃)가 짐의 손을 좀 잡아주오. 이 밤에 많이 외롭소이다."

고맙소, 중전. 왕은 실상 그 말을 하고 싶다.

'어마마마께서 살아 계셨다면 알뜰하고 어진 그대, 참으로 곱다 귀하다 여기며 사랑해 주셨을 것이오.'

달달 떨리는 수줍은 손끝만 얽은 채 불편한 잠을 청하던 참이었다. 옆에 누운 왕이 무어라 무어라 중얼거렸다. 반사적으로 중전은 발딱 일어나 예, 마마? 하고 하답을 하였다. 그러나 그것은 그냥 왕의 잠꼬대였다.

어마마마……

애처롭고 슬픈 한마디. 더듬더듬 왕의 손이 꿈속의 그 누구인가를 찾듯이 허공을 휘저었다. 중전이 얼떨결에 그 손을 잡아드리자 강한 힘으로 움켜잡아 자신에게로 끌어당기었다.

"가지 마오. 제발…… 가지 마오…… 어…… 마마마."

잠결에 중얼거리는 말이 아팠다. 그것으로 중전은 왕이 꿈속에서 생모 희빈마마를 만난 것이고나 짐작하였다. 문득 왕의 감은 눈 아래로 마른 눈물이 한줄기 흘러내렸다. 거짓말처럼 번쩍 눈을 떴다. 꿈인 듯 꿈이 아닌 듯 비몽사몽. 휑하고 공허한 눈동자가 안타까운 눈으로 왕을 내려다보고 있는 중전을 응시하였다. 중전이 처음 보는 쓸쓸하고 외로운 눈빛. 거부할 새도 없이 왕이 두 팔로 중전을 끌어당겨 가슴에 얼굴을 묻게 하고 꼭 안았다.

"주무시오. 그냥 이리하고 나랑 함께 주무시오."

잠꼬대하듯, 우는 아기를 달래듯 나직나직 중얼거리는 목청이 다정하였다. 중전은 왕이 잠시간 꿈에 만나 어마마마 대신 누군가를 껴안고 싶어한다 생각하였다.

'외로우신 분이로고.'

왕의 눈가에 묻은 마른 눈물 자국이 어린 소녀의 가슴을 적셨다. 보위에 오른 지엄한 지존이시며 약관이 넘은 장성한 사내인 왕이 아직도 잠결에 돌아가신 어마마마를 부르며 흐느끼는 분인 줄 누가 알 것인가? 중전은 주저주저 왕의 용안을 쓰다듬어 주고 두 팔로 꼭 껴안아 드리었다. 이 온기로 잠시나마 외로움을 잊으시옵소서.

다정하고 어진 지어미의 향기로운 품에 얼굴 묻으시고 왕은 다시 잠에 빠졌다. 비몽사몽, 어마마마 슬픈 꿈을 다시는 꾸지 않을 것이다 하였다.

'짐에게는 이리 작고 고운 지어미가 있사옵니다, 어마마마. 어마마마 닮은 어질고 고운 지어미가 이 욱제에게는 있어요…….'

어느 사이 중전도 가녀린 숨소리 흘리면서 지아비 넓은 품 안에 얼굴을 묻고 지친 잠에 빠진다. 서로의 온기를 위안 삼아, 그래도 그대가 곁에 있으니 행복하다 쓸쓸하게 다짐하는 밤이 지나가고 있었다.

다음날 왕이 깨기 전에 중전은 먼저 잠자리에 일어나 정하게 욕간하고 다시 새벽에 치성을 올리었다. 왕 역시 창문을 반만 열어놓고 정성뿐인 어린 왕비가 치성을 드리는 모습을 바라보았다. 제발 비가 옵시오! 하고 함께 기원하는 줄을 꿈에도 모른다.

큰비가 내리기 시작한 것은 그로부터 이틀 뒤였다.

왕께서 직접 친전하여 아리수에서 기우제를 다시 올릴 것이다 의논하던 그 밤이다. 우원전 침전에서 홀로 주무시다 빗소리를 들었다. 놀랍고도 반가운 마음에 벌떡 일어나 창을 열어젖히니 하늘을 두드리며 굵은 빗줄기가 떨어지고 있었다. 장하게 쏟아지는 비가 사흘거리라. 가뭄을 해갈하기에 조금도 부족함이 없으니 비로소 대근심을 덜은 셈이었다.

가뭄 뒤에 오는 비는 바람을 동반하여 농사일에 피해가 큰 법인데 이 비는 바람도 없는 고운 비로구나. 흐뭇하게 빗소리만 들어도 기분이 좋소 하였다.

사흘 내리 굵은 비가 잘 내린 터에 닷새 뒤에 또 기분 좋게 비가 내린다. 이렇게 하여 한 해 농사를 간신히 건진 것이다. 전하, 어진 처분하시니 고생한 경라 땅과 청도 땅의 군역을 면제하여 주시고 환곡을 풀어 나누어 주시고 세금도 다소 탕감하여 주시는 하교를 내리신다. 실로 이번 가뭄을 이긴 것은 전하께서 솔선수범하시어 백성의 고생을 당신께서 직접 겪으시며 일사불란하게 일을 처리하심이니 실로 중신들이 이번 일로 전하를 상당히 우러러보게 되었다.

어린 나이로 보위에 올라 그저 연치 어린 터이니 정사를 잘 모르십니다. 아직 친정하시기 어렵나이다 하며 주상전하를 압박하여 권세 농단한 정안로 이하 벽파가 한 방 먹은 셈이다. 낭랑한 목청으로 시원시원하게 제반 일을 사리분별 맞추어 하명하시는 전하를 바라보면서 정안로는 가슴속으로 어쩐지 암담하였다. 날이면 날마다 제 딸인 희란마마가 이제 비가 온 터이니 주상전하께서 근신을 풀으시고 월성궁 납시도록 아버님께서 빨리 주청을 하십시오 졸라대는 일 때문에 더하였다.

그러나 무심한 전하, 비는 오지만은 아직 농사일이라 하는 것은 잘 모르는 것이니 한 보름 더 짐이 근신할 것이오 하고 만다. 아무리 뻔뻔한 정안로라 할지라도 감히 입을 벌려 인제 그만 하옵시고,

월성궁으로 납시시지요 말을 할 수가 없었다.

  뽀득뽀득 이를 갈며 희란마마, 그동안 쌓인 분심 내가 다 풀고 말리라 벼르고 있구나. 제 손길 닿은 아랫것들 시켜 주상전하께서 교태전에 몇 번 듭셨나 일일이 세고 있는 참인데…… 글쎄올시다. 상감마마께서 예전마냥 그녀 치마폭 아래에서 종놈처럼 설설 길 것인가? 다음 장에서 볼 일이구나.

제10장 우연한 대적(對敵)

　　　　　팔월 한가위도 지나고 구월로 막 접어드니 금원이며 중궁전 후원이며 할 것 없이 국화가 흐드러지게 피었다. 오후 나절 스승을 모시고 책을 읽었는데 은근히 풍류라, 강두수가 벙싯 미소 지으며 중전마마께 아뢰었다.
　"마마, 추경(秋景)이 번화하오니, 잠시 금원으로 납시어 시라도 읽을까 하옵니다."
　상궁, 나인 딸리고 침향정에 오르시었다. 왕유의 시 〈산거추명(山居秋暝)〉을 외는 강두수의 목청이 낭랑하였다.

　비 개고 난 다음

산중에는

가을빛

나날이 짙어가

소나무 사이로

달빛 비치고

맑은 샘물

돌 위를 흐른다.

대숲이 버석이더니

빨래군 돌아오고

고깃배 지날 적

흔들리는 연잎.

꽃은

질 테면 져라.

임은

나와 함께 계시리니.

중전인들 질 수 있나. 방싯 웃으며 고운 목청으로 사신행의 〈추화(秋花)〉로 맞섰다.

비 개인 뒤 국화 환하게 피어
한가로운 마음으로 지팡이 짚고 섬돌을 돌아 나서네.
화공이 어찌 천연의 멋을 알리오.

분 바르고 물감칠로 부질없이 그 모습 그리려 드네.

"두 분 글 읽는 소리 한번 좋아라. 이야말로 선경(仙境)이 아닌가?"

"아이고, 마마. 기별도 없이 어찌 납시셨나이까? 어서 오르시옵소서."

뜻밖에도 창희궁에 계셔야 할 대왕대비전하께서 빙긋 웃으며 다가오신다. 잠시 금원에 납시었다가 중전이 시 공부 하러 나와 계시다 하니 굳이 찾아오신 것이다. 반가워 활짝 웃으며 중전은 두 분을 맞이하였다.

"가을바람이 하도 좋아 꽃구경이나 하고지고 나왔소이다. 이분이 글 스승인가 보구려."

자애로운 대왕대비전하의 시선이 중전 뒤에 읍을 하고 선 강두수에게로 멎었다. 의외로고, 중전의 글 스승이 이토록 훤칠하며 젊고 보기 드문 미장부였다니. 대왕대비전하의 눈에 잠시 미약한 놀라움이 서렸다. 바라보는 명온공주 눈 속에도 어렵쇼? 하는 빛이 서린 것은 마찬가지였다. 아무것도 모르는 강두수가 내전의 어른을 알현하옵고 정중하게 절하였다.

"대왕대비전하를 뵈옵니다. 강녕하신지요?"

"그만 합니다. 중전께서 늘상 글 스승께 커다란 은혜를 입고 산다 하였어요. 많이 가르치시어 국모로서의 위엄을 갖추시게 도와드리시오."

"삼가 분부받자와 명심하겠나이다."

흠, 목청도 좋을시고. 눈빛도 맑고, 성정이 조용하되 은근히 위엄 서린 결기도 가진 듯하니 중궁과 어찌 그리 닮았을꼬? 다시 한 번 옆얼굴을 보인 강두수를 눈여기는 대왕대비전하와 명온공주 마마시다.

"참으로 꽃도 좋을시고! 나날이 기력이 쇠하여지니 저 좋은 국화를 내가 몇 번이나 더 볼 수 있을지."

내전의 두 분은 유난히 국화를 좋아하시었다. 하여 대궁의 국화가 장하다 하니 모처럼 구경을 나오신 것이다. 좌정하신 대왕대비전하께서 눈 아래 가득 일렁이는 국화꽃을 바라보며 한마디 장탄식을 하시었다.

"벌써 구월이야. 찬바람이 불 적에 기러기는 날아가고 국화 향내 좋으니 꽃지짐이 즐겁지요. 아아, 세월은 흐르고 사람들은 간 곳 없으니 이 마음이 울적하구려."

찬바람이 부는 날, 새삼스레 회고하게 되는 옛 세월이다. 어진 노안(老顔)에 아쉬운 추억이 서렸다.

"효심이 깊었던 선대왕께서 이 어미가 국화를 좋아한다 하여 방방곡곡에서 귀한 꽃들을 구해와 심어주었지. 몇 해 만에 이곳이 꽃바다가 되었소. 장경왕후께서 출산 중에 세상 버리시고 선대왕도 용체 편치 않아 오래 병환하시고…… 그 이후엔 즐거움을 찾을래도 찾을 날이 없었으며 꽃놀이 할 정신도 없었소. 중전께서 내궁을 그득히 채우시니 인제야 비로소 후원에 국화꽃 핀 것도 눈에 들어오는구려. 언제고 다시 그 즐거운 꽃놀이를 한번 하고지고."

"할마마마 심기를 미처 헤아리지 못하였나이다. 소인이 조만간 자리를 마련하고 내외명부 청하여 꽃잔치 한번 하렵니다."

"허허허, 중전께서 이 노물의 헛된 소원을 이루어주시려고요? 암만, 기다리지요. 훗날 뵈옵십시다."

공부하는 중에 방해를 한 셈이라 금세 일어나신다. 중전은 계단 아래 내려가 대왕대비전하를 배웅하였다.

가마가 기다리는 곳까지 걸어가며 명온공주 마마가 고개를 돌렸다. 다시 한 번 나란히 두 손 모으고 배웅하는 중전과 강두수를 찬찬히 바라보았다. 아마도 둘만 아는 이야기를 하고 있음이다. 미소 지으며 무어라 말씀을 주고받는 모습이 어찌 그리 닮았는가? 어질고 빼어나며 온화하였다. 누가 보아도 참말 잘 어울리누나 싶을 정도였다. 흠, 저런 사내가 날마다 드나들며 중전의 글 스승 노릇이라?

"어마마마, 중궁전에 강학하는 저 스승이라는 자가 지나치게 젊지 않나 싶습니다?"

"나도 그리 생각한다만, 학문으로나 인품으로나 나무랄 데 없는 이라 하지 않니. 대제학과 영상 대감이 이구동성으로 칭찬한 사람이란다. 중전께서도 스승께서 참으로 인자하시고 정성이며 반듯하여 배움이 많습니다 말하였다. 훌륭한 스승인가 한다."

"이제 겨우 이립(而立) 전후. 게다가 보기 드문 미장부라. 홋호호. 대전께서 그런 사내를 태연하니 중궁에 보내셨다니 대범하기도 하셔라."

"주상은 천거하는 대제학 말만 듣고 그 스승이라는 자를 아니 보았다 하였지, 아마?"

대왕대비전하 무심하게 가마를 타시며 응대하였다. 명온공주 마마, 고개를 끄덕였다.

보지 않았으니 저리 놓아두지. 아무렴. 아무리 대범하고 도량 넓다 하여도, 중궁전에 관심없이 소박 준다 하더라도 왕도 사내인데 자신의 안해되는 이와 날마다 얼굴 맞대고 어울리는 글 스승이 저토록 잘난 젊은 사내라 하면 과연 흔쾌할까? 재미있는 일이야. 명온공주 마마, 홀로 생각에 잠겨 희미하게 웃는다.

'한번 주상도 당해봄이 나쁘지는 않지.'

사내 마음이야 어리석고 우습다. 제 손안에 있을 적에는 귀한 줄도 모르고 하찮이 대하다가 남이 탐을 내면 갑자기 귀하여지는 것이 세상 이치. 내전에 감추어두었다 하는 어린 왕비 곁에 저리 잘난 미장부 한 사람이 있다 함을 알게 되면 정말 재미있을 것이야. 부르르 샘 많고 혼자 잘난 그 성질에 어찌할지 정말 궁금하고나.

한편 중전마마, 돌아서며 스스로를 꾸짖어 혼자 말을 하였다.

"중양절이 내일모레거늘! 시정에서도 국화전에 국화주를 빚고, 술과 음식을 장만해 가지고 단풍놀이를 하는 날이지 않는가. 금원에서나마 할마마마를 뫼시고 꽃전 지지고 단풍놀이 모시어야지. 이때 구절초가 가장 약효가 좋다고 하니 뜯어서 차도 담그고 또 대전마마 베갯속도 만들어 드릴 것이야. 향기가 좋아 침수를 잘하실 수 있다하지 않나 이 말이야."

 적적한 하루. 모처럼 할마마마께서도 좋아하시는 일이라 음식을 장만하고 내외명부 여인네들을 청하여 국화놀이를 하루 즐기자 작정하였다. 윤 상궁을 불러 일일이 내외명부 기별하여 반드시 그날은 참석하여 주시오, 기별하라 하명하였다. 궐에 들어오신 지 벌써 꼬박 두 해. 그러나 왕의 총애가 딴 데 있는 터에 첫날 소박맞은 중전이라 소문이 파다하다. 소박데기 허수아비요, 큰마마 손가락질 하나면 내어쫓길 것이라 천한 나인에게까지 능멸받는 어린 중전마마. 하여 중궁전에 사람의 기척이 드물었다. 법도에 정하여진 의례적인 행사 말고는 감히 사람 모아 잔치를 베풀 것이라 생각도 못하였다.

 하나 중전도 사람이다. 만물이 적막하고 국화 향기 짙은데 효심마저 아름답구나. 혼자를 위해서라면 절대로 못할 일이되 그 옛날 행복한 꽃놀이 추억하시는 대왕대비전하를 뫼시는 자리라 큰 용기를 냈다.

 금원 깊은 계곡, 침향정 앞에 차일을 치고 자리를 마련하였다. 이른 아침부터 소주방 나인들이 솥을 걸고 음식 장만에 분주하다. 모처럼 나들이에 기꺼워하시는 대왕대비전하를 뫼시고 궐내 여인들을 뒤에 딸린 채 중전은 옥보를 옮겨 시간 되어 나갔다. 헌데 이것이 어인 일이더냐? 좌석은 적막하고 앉아 있는 사람이 손가락을 헤아린다. 중전은 의아한 낯빛으로 윤 상궁을 돌아보았다. 일단 대왕대비전하를 자리에 뫼신 연후에 살짝 불렀다.

"어찌 된 일이오? 기별들은 다 갔을 터인데…… 봉명상궁이 시각을 잘못 기별한 것이 아니오?"

"마마, 망극하옵니다. 기별은 다들 갔사온데……."

윤 상궁이 차마 말을 잇지 못하였다. 이 참람된 자리를 어찌할고. 염치없고 죄스럽고 무시당하며 사는 어린 중전마마 처지가 망극하여 어찌할 바를 몰라 했다. 중전은 아미를 찌푸리며 작은 목청으로 다시 물었다.

"그리한데 어찌 이리 자리가 적막하오? 한꺼번에 병들이 나서 오지 못한 것도 아닐 게 아닌가?"

"마마, 소인을 죽여주옵소서. 월성궁 계집이 감히 상감마마 이름을 빙자하여 제년 별저에 내외명부 여인네들을 불러 모았다고 하옵니다. 세상인심이 다 그러한지라…… 망극하옵니다. 아마도 다들 그리로 간 줄 아옵니다."

시정인심이란 그런 것이다. 성총이 어디에 닿았는가에 따라 권세는 따라 높아지고 사람은 함께 귀하여지는 것. 월성궁 계집이 이 잔치에 저가 참석치 못함을 알고 야료를 부린 게다. 감히 상감마마 이름을 팔아 세암정 제 별저에 단풍놀이판을 벌였다 한다. 중전마마 잔치에 초대받은 내외명부. 소박받는 못난 중전 제치고 다 우르르 그곳으로 몰려간 것이다.

아아, 이런 황당하고 방자한 일이 어디 있노? 중전은 윤 상궁이 분개하여 아뢰는 말을 들으며 현기증이 났다. 땅이 빙빙 돌아 꺼지는 듯하였다. 눈앞에 일렁이는 노란 국홧빛 같은 어지럼증이었다.

귀로 듣고 눈으로 보고도 차마 믿지 못할 마음. 아니, 믿고 싶지 않은 마음. 아무리 그러하여도 법도가 있고 해야 할 일과 해서는 아니 될 일이 있는 법이거늘, 방자한 그 계집이 감히 나를 능멸하고 이토록 무시하여 나를 곤경에 빠뜨리고 망신을 준단 말이냐? 작은 주먹이 부르르 떨리었다. 꽉 움켜쥐어졌다.

'고약한 계집. 그래 보았자 천격(賤格). 첩지도 없는 잉첩 주제에 감히 내명부의 수장인 나를 깔아뭉개고 대놓고 망신을 주어?'

허기는 가례 후 들은 이야기는 장하였지. 주상께서 죽고 못사는 정인이 별궁인 월성궁에 도사리고 있다는 이야기. 궁에서 가장 높은 안주인인 중전도 마마이거늘, 감히 큰마마라는 명칭을 왕께 하사받은 여인네가 있다는 것을 알게 된 후 중전은 아득한 심연 속으로 자신의 몸이 빨려가는 기분이었다. 중전은 막막한 시선을 돌렸다. 하릴없이 팔을 뻗어 처절하도록 고운 국화꽃 하나를 땄다. 손톱 끝까지 아릿하였다.

"그래? 월성궁 계집이 상감마마 이름을 팔아 감히 할마마마를 뫼시는 내 잔치를 파작 내었다고 하였소?"

"예, 마마. 흑흑흑, 소인을 죽여주십시오. 이 어리석은 것이 마마를 잘 보필하지 못한 탓이옵니다."

황망하여 말을 잇지 못하는 중전 앞으로 의아한 얼굴을 한 대왕대비께서 다가왔다. 대체 이것이 어찌 된 일이냐 추궁하시기에 윤상궁이 괘씸한 일의 전후사정을 설명하였다. 대왕대비께서 서릿발 같은 아미를 치켜 올리셨다.

"내 그 방자하고 버릇없는 것들을 형틀로 매우 치리라! 내전의 안주인께서 자리를 마련했으면 황감하고 기꺼워 달려와도 모자라거늘, 이런 식으로 감히 중전을 능멸한단 말이냐? 하! 아무리 성총 장하다 한들 천것 후실인 주제에 감히 정궁을 무시하고 법도를 어겨? 당장 가마를 대령하라. 내 월성궁으로 가서 그 방자한 것들을 엄히 다스릴 것이다."

"할마마마! 제발 고정하시옵소서!"

중전은 노염 타 당장 그 간악한 것들을 참하리라 고함지르는 대왕대비전하의 옷자락을 필사적으로 잡았다. 만약 어른께서 월성궁 납시어 월성궁 계집을 비롯한 여인들을 치죄한다면 왕과의 대립은 피할 수가 없을 것이다. 서로가 서로를 몹시도 못마땅하게 생각하여 항시 바늘 끝처럼 서로에게 곤두선 두 분이 아니냔 말이다. 이 분란을 어찌 감당하랴, 중전은 그저 아득하였다. 중전이 왕께 경치고 더 큰 미움을 삼은 어찌할 수 없다 하나, 조모이신 대왕대비전과 왕께서 이 일로 엇갈린 갈등이 더 깊어지면 이 죄를 어찌하랴.

"할마마마, 제발 참으시옵소서! 곤고한 백성 생각 못하고 감히 꽃놀이를 즐긴 중전의 부덕(不德)이올시다. 제발 참읍시오. 이 중전이 비옵니다. 소인의 낯을 보아 그 계집을 용서하십시오. 내명부의 기강을 어긴 자들은 소인이 치죄할 것입니다. 제발 참아주십시오."

안간힘을 다하여 용서하시라 만류하는 중전의 여위고 쓸쓸한 얼굴을 내려보다, 대왕대비께서 처연히 고개 숙여 낙루(落淚)하였다.

"우리 중전, 불쌍하여 어찌할거나. 천격 잉첩에게 이런 조롱을 당하고 더없이 망신스러워도 오직 앞뒤 가려 나를 만류하고 자신을 자책하오? 아아, 불쌍하여 어찌할거나. 이 할미가 차마 못 볼 것이오."

오늘 하루, 옛날의 즐거움을 얻으리라 기대에 찬 어른께서 아무것도 얻지 못하고 오히려 심화병만 얻으셨다. 쓸쓸히 가마 타고 다시 돌아가시는 것을 배웅하고 중전은 돌아섰다. 민망하고 망극하여 함께 낙루하는 중궁의 아랫것들을 가만히 바라보며 강잉히 입술을 깨물었다.

"중전마마, 이 노물을 죽여주십시오. 흑흑흑. 참으로 망극하옵니다."

"아니오. 이 중전이 생각이 짧았지. 겨우 하루 즐기려 이 질탕한 주석을 마련한 것이 어찌 부끄러운 일이 아니겠소? 이 음식들을 모두 궁 밖으로 이고 나가 서소문께 다리 아래로 가져가거라. 그리고 게 있는 못 먹는 이들에게 나누어 주거라. 돌아가자."

조용히 대답하고 먼저 돌아서는 중전의 발걸음이 바람에 날리는 마른 풀잎처럼 힘이 하나도 없다. 국화 향기 진하고 푸른 하늘은 맑은데, 오직 하나 중전의 가슴속은 시린 눈발이 날리고 까맣게 어둡기만 한 것이니…… 가엾어라, 우리 중전마마. 허구한 날 소박받고 능멸당하는 것도 모자라서 인제는 대놓고 잉첩에게 짓밟히는 신세가 된 참이다. 이 어찌 통분하지 않겠는가? 가마 안에 앉은 중전마마, 지그시 깨무는 입술이 핏빛처럼 붉다.

"중전마마, 월성궁 여인이 분부받잡고 들었나이다."

"들게 하라."

중전은 애써 덤덤하고 나직하게 하명하였다. 영채 도는 눈을 들어 열리는 문 쪽을 노려보았다. 마음이 가는 대로 하였다면, 네년이 방자하게 감히 어디서 나를 능멸하느냐며 당장 달려들어 머리털을 쥐어뜯고 싶었다. 허나 중전은 강잉하게도 자신을 이겨냈다. 비단 치마에 잠긴 주먹이 꼬옥 쥐어졌다.

참으로 방자하고 겁도 없는 계집이었다. 서인(庶人)인 주제에 비빈(妃嬪)나 입는 화려한 스란치맛자락을 날리며 방자한 걸음걸이로 엉덩이 흔들며 들어섰다. 감히 중전 네년이 무어관대 성총받는 큰마마인 나를 오라 마라 하느냐? 앙앙불락하는 뜻이 뚜렷하였다. 허공에서 마주친 눈꼬리에 독살스런 날이 서 있었으나 저가 어쩌리? 일단은 법도가 무섭고 우후죽순처럼 둘러선 눈이 무서웠나 보다. 월성궁 계집이 불편한 동작으로 중전 앞에 큰절을 하였다.

"신첩을 불러 계셨사오니까, 중전마마?"

허수아비 소박데기 주제에 감히 네가 어찌 나를 불러들이느냐. 먼저 희란마마가 교만한 목청으로 입을 열었다. 중전은 고개를 끄덕였다.

"불렀으니 들었을 것 아닌가?"

나직하나 도도한 목청으로 되받았다. 망설이지 않고 칼을 날렸다.

우연한 대적(對敵)

"첩지도 없는 자네가 부르지 않으면 대궐에 감히 어찌 들 것이던가? 성총 빙자하여 자네가 그 분탕질 잘한다는 엉덩이 흔들며 궐을 무시로 드나든다 하는 말을 내 들었거니, 방자하게도 차마 용서치 못할 일까정 저지를 줄은 내 몰랐음이야."

 밤새워 곰곰이 생각하고 또 생각하였다. 월성궁 여인이 주상의 은애지정을 믿고 방자하게 구는 것도, 뒤에서 중전 자신을 능멸하고 조롱하는 것도 참는다 하였다. 하나 윗전을 모시는 귀한 그 자리까정 감히 분탕질 칠 줄이야. 참으로 있을 수 없는 일이 벌어진 것에 절망하였고 분노하였다. 아무리 어진 그녀라 하여도 이는 도저히 용서할 수가 없었다.

 내가 죽을 땐 죽더라도, 설사 폐비되어 쫓겨나더라도 그 계집을 한번 밟고 죽으리라 이를 악다물었다. 이판사판. 이렇게 더러운 수모당하고 사느니, 그동안 쌓인 분이나 풀고 나가서 목매어 죽는 게 낫지! 움켜쥔 주먹이 하얗게 질렸다.

 '벌레도 밟으면 꿈틀한다 하였다. 이 중전은 하물며 벌레가 아니고 사람이니라. 내명부의 주인이며 사직과 천지신명이 정하여준 지엄한 주상의 정궁이다. 하늘을 우러러 한 점 부끄럼 없는 사람이다. 내 인제 더 이상 참으로 그 고약한 것을 가만히 두고 볼 수는 없음이야.'

 희란마마 얼굴이 표독스럽게 변하였다. 설마 네깐 중전이 나를 상대로 감히 무엄하게 호령질을 하려 든단 말이더냐? 네가 패악을 부리면 어디 질 줄 아니? 네년을 내가 뜯어놓으리라. 어디 한번 진정한 중전이 누구인지 한번 대어보리라 작심한 듯 방자하게 치켜뜬 눈빛이 사뭇 사나웠다.

"참으로 아뢰옵기 황공하오나 중전마마, 갑작스레 신첩을 불러들인 뜻은 아마도 신첩을 경계하실 일이 있는 듯 보여지옵니다."

중전은 엷게 웃었다. 네년도 교활한 인간이니 눈치가 빠르구나. 잘 아는구먼? 너가 진즉에 한 짓거리를 생각하면 이날 박살이 나 죽는다 하여도 감히 누가 구원하랴? 속으로 헤아리며 중전은 다만 입을 봉하였을 뿐, 얼마나 방자하고 간특한지 나붉은 입술 벌려 월성궁 계집이 겁도 없이 자불거리는 입질 한번 들어보자 하였다.

"단 한 번도 내전에 부른 적이 없는 소인을 갑자기 부르신 것은 참으로 기이하니 그 사정의 전말도 궁금하거니와 중전마마, 지금 내리신 말씀이 심히 거북하옵니다. 신첩이 대궐을 드나드는 것은 오직 주상전하의 하명 따라 하는 것이지 신첩이 맘대로 법도를 어긴 것은 아니옵니다. 이는 주상전하의 하명의 위엄을 부인하는 말씀이오니, 거두어주십시오. 내전의 여인들이 가진 당연한 책무라, 주상전하의 곤고함을 위로하고자 신첩이 대궐들어 밤을 뫼심이 아니겠는지요?"

정궁이 다더냐? 성총 장하면 최고인 게지. 소박받는 네년 대신 내가 주상전하 늠름한 용체 차지하여 날마다 밤을 즐김이라. 투기하여 나를 짓밟고자 하는 모양인데 어림없단다? 용용 죽겠지. 조롱하는 말이었다. 얌전하니 기세 억눌렸던 중전의 눈꼬리가 이 대목에서 매섭게 올라갔다. 지지 않고 서릿발처럼 내쏘는 목청이 조용하나 얼음이 뚝뚝 흘렀다.

"고얀! 참으로 듣고 있기 거북함이라. 허면 성총이 장하여 법도를 무시하고 네 맘대로 하여도 죄가 아니 된단 말이더냐? 비록 천하고 교만하되 성총받는 자의 처지를 생각하여 내 조용히 경계하고 일을 덮으려 하였거늘, 참으로 겁도 없고 같잖도다. 지금 너를 경계하지 않으면 두고두고 법도를 능멸하고 건방지게 굴 참이라. 윤 상궁, 게 있느냐?"

"예, 중전마마. 대령하였나이다."

"이 계집이 감히 내명부의 법도를 어기고 이 중전에게 불손함이니라. 더구나 대왕대비전하를 뫼신 잔치까정 파작 내고 왕실의 위엄을 짓밟았기에 단단히 본보기로 삼아 경계할 참이다. 매질하여 엄한 규범을 세울 것이다. 상정 들라."

"중전마마, 등대하였나이다."

"회초리 등대하라. 윤 상궁 너는 무엇 하느냐? 어서 저 고얀 계집을 잡아 눌러라. 내 직접 매질하련다!"

억! 둘러싼 모든 여인네들이 해연히 놀랐다. 졸지에 중전에게서 매질당하게 생긴 희란마마도 깜짝 놀랐다.

같잖고 우습도다. 지금 중전 이년이 나를 회초리질 하려는 것인가. 어수룩하고 맹하다 소문난 중전이 저를 어찌하려고? 너무 쉽게 생각하고 무시하였다. 중전 이년이 나에게 손끝 하나라도 댄다면 당장에 상감께 고자질하고야 말지? 제년 쫓아내고 목을 베어야지. 흥. 뒷배가 든든하다 싶으니 배포도 장하였다. 그리하여 호기롭게 오히려 중전 고년을 내 뜯어놓을란다 하며 엉덩이 흔들고 들어온 차였는데⋯⋯ 아이고, 내가 계산을 잘못하였고나. 정신이 번쩍 들었다.

바르르 떨며 감히 중전을 쏘아보는 눈빛에 독기가 펄펄 흘렀다. 그러나 어쩌랴? 지금 이곳은 중궁. 저를 둘러싼 사람들 전부 다 중전의 심복임에랴. 월성궁도 아니오, 딸리고 들어온 비자(婢子)들도 전부 다 중궁 문밖에 기대리고 있을 뿐이다. 돌아보아도, 훑어보아도 이 상황에서 저를 편들거나 도와줄 사람은 아무도 없음이었다.

어어어 할 사이도 없이 중궁전 궁녀들 수십이 달려들었다. 꼼짝도 하지 못하게 희란마마 사지를 눌러 딱 바닥에 박아두고 움직이지 못하게 붙들었다. 중죄인마냥 윗목에 세워두고 치맛자락 훌러덩 걷어 올리더니 상정이 안고 온 물푸레나무 회초리를 중전마마 앞에 갖다 놓는구나. 연치가 열두 살이나 어린 중전마마, 도도하게 다가앉아 회초리 들고 쏘아붙이기 곧 죽어도 너너 막말하며 무섭게 호령하였다.

"성총이 장하다 한들, 그래 보았자 첩지 하나 없는 천격 잉첩인 것이 감히 내명부 수장의 자리를 능멸하고 어찌 살기를 바랐더냐?"

"주, 중전마마, 소인에게 감히 이리하실 수는 없나이다! 신첩이 무엇 그리 잘못하였다고 이리하십니까? 후환이 두렵지 않사옵니까?"

마지막까지 발악이었다. 궁녀 넷이서 잡고 있는 몸을 빼내고자 앙탈하며 희란마마 악에 받쳐 무엄하게 소리 질렀다. 만약 희란마마 저가 중전에게 매질당하고 쫓겨나면 이 무슨 망신인가? 단국의 우두머리는 상감이시되, 그분의 머리꼭대기에서 놀고 있는 사람은 바로 희란마마 저이거늘! 평상시 발가락 사이 때만도 여기지 않은 어린 중전에게 매질을 당할 수 없다는 생각으로 아우성을 쳤다. 내 뒤에는 상감마마가 계신단다. 이날 나를 매질하면 난 네년 목을 베리라. 너가 진정 죽고 잡은 모양이구나. 감히 큰마마인 나를 이리 능멸해? 협박을 하는데 쇠고함 소리로 후환이 두렵지 않느냐 소리 질렀다. 어린 중전마마 콧방귀를 뀌며 비웃었다.

"후환? 그것이 무어 그리 겁날 것이더냐? 내 지금 이 자리에서 당장 네년을 금부로 넘겨볼까?"

어디 한번 해보자꾸나, 누가 이기는지? 미리 속으로 낱낱이 계산을 한 다음이다. 중전은 대수롭지 않다는 듯이 내뱉었다.

"기강을 깨뜨리고 내명부 수장인 이 중전과 대왕대비전하를 능멸함이라, 누가 너를 구해줄 것이더냐? 감히 꼴같잖게 까불어대는 꼴이 차마 도를 넘었느니. 내 성질대로 할 것이면 네 목을 벨 것이되 그나마 성체를 뫼시는 계집이라 하여 이것으로 용서하느니라. 겁도 없이 내 앞에서 엄살떨 것이면 네년, 이날 주리돌림을 당할 것이니라."

휙 소리를 내며 매서운 회초리가 희란마마 백설기 같은 하얀 종아리에 닿아 시뻘건 훼를 만들었다. 팔목도 야리야리하신 분이 어찌 그리 매질은 야무지고 무서운가? 쉬임없이 스무 대라. 그동안 쌓인 분심, 당하고만 살았던 중전마마 한서린 매질이다.

시퍼런 회초리질이 계속될수록 희란마마 할딱할딱 숨이 넘어간다. 매 앞에 장사 없다 하였다. 마침내 중전마마 소인이 잘못하였나이다. 용서해 주십시오, 하는 말이 입 밖으로 흘러나왔을 때는 하얀 종아리 살이 매에 찢어져 바닥까지 피가 흘러내리던 즈음이었다. 이미 회초리 서너 개가 부러져 나동그라져 있었다. 중전마마, 피에 젖은 회초리를 내던지고 다시 자리로 돌아가 앉았다. 인제는 고함 지르고 발악을 할 기운도 없이 그저 축 늘어져 방바닥에 엎어진 희란마마를 마치 더러운 누더기라도 되는 듯이 하찮게 노려보았다.

"네 이년! 다시 한 번 궐내의 법도를 어기고 무엄하게 굴 적에는 내, 너를 반드시 장살하고야 말 것이니라. 성총받는 자의 아름다움으로 근신하여 숨죽이고 지내어도 내 가납할까 말까 하는데 감히 나를 능멸하고 덩달아 궐내의 기강을 잡으시는 상감마마의 위엄을 훼손해? 윤 상궁."

"예, 중전마마."

"이 계집을 끌어다 중궁 밖으로 내던져 버리게나. 금부 나졸에게 하명하기를 저 계집, 궐 안에서는 가마를 타지 못하게 할 것이며 반드시 제 발로 기든 걷든 광희문을 나서게 하게. 월성궁 아랫것들 어느 누구도 궐 안에서는 저 계집을 부축하거나 도와주어서는 아니 될 것이야."

십 년 묵은 체기가 싸악 가신 얼굴을 한 윤 상궁이 고개를 조아렸다.

"분부받자올 것입니다. 월성궁 여인은 일어서시지요."

악독하여라. 냉혹하여라. 인정상 그리는 못할레라. 제 힘으로 걷지도 못하게 매질해 놓고 저 먼 궁문까지 홀로 걸어나가란다. 그래도 독오른 자존심이다. 희란마마 입술 꼭 깨물고 이를 악물었다. 중궁의 궁녀들이 어깨 내려누르는 대로 저를 매질한 중전마마에게 절하였다. 이년들 전부 다 반드시 죽여 버릴 것이다. 아드득 이를 갈며 코가 석 자나 빠진 채 희란마마 엉금엉금 기다시피 하여 중궁문을 나섰다.

겉으로야 그 계집. 순순한 척하여도 얼마나 저주의 화살과 원독 어린 눈살을 쏘아 보내는 줄 어디 모를 것인가 중전은 월성궁 계집을 매질한 그 자리, 피칠갑이 된 회초리를 가만히 바라보고 있기만 한다. 월성궁 계집의 기척이 완전히 사라진 연후에 피곤한 듯 허무한 듯 이마에 손을 짚던 중전의 작은 몸이 가만히 옆으로 쓰러졌다.

"마마, 어찌 이러하십니까? 중전마마!"

박 상궁, 김 상궁이 한꺼번에 외마디 소리치며 부축하는 것도 잠시, 중전은 혼절하였다.

아아, 그녀는 두려웠던 것이다. 죽고 싶을 만치 월성궁 계집 앞에서 겁이 났던 것이다. 도도한 자존심과 위엄을 따져 꾹 참고 매질하고 호령하였으되 이제 겨우 열일곱. 어린 그녀, 얼마나 유약하고 여린 심장이 벌벌 떨렸는지 오직 천지신명만이 알 뿐이다. 대적하였던 계집이 사라지고 나니 일시에 긴장이 풀린 그녀. 그렇게 까마득한 어둠 안으로 넋을 내려보냈다. 내일이면 폐비되어 쫓겨나서 내 목이 베어질 터이거니.

'아버님, 소혜를 집으로 데려가 줍시오. 이 참혹한 곳에서는 한시도 있기 싫음입니다.'

까마득하게 나락으로 떨어지며 마지막으로 한 생각은 바로 그것이었다.

추양절을 맞이하여 종묘사직으로 천신을 하러 나간 왕은 중궁에서 벌어진 그런 사정을 까마득히 알지 못하였다.

중전이 저를 매질한 그 사연부터 고자질하여 년을 죽여 버리겠다, 원독을 품은 희란마마의 명을 받은 터로 김 내관 놈, 사직단 돌아서는 그 앞에서부터 알짱이며 월성궁 납셔주십시오 울음 울었다. 허나 상감마마 묵묵부답. 이마 사이로 꼿꼿하게 퍼런 빛이 피었다.

왈칵 불쾌해진 것이다. 건방지게 짐의 발길을 잡으려 들어? 짐이 가면 가고 안 가면 마는 것이지, 감히 계집이 어디서 짐더러 오라 가라 난리이냐. 사실은 월성궁에 가볼까 하였던 마음이다. 허나 먼저 게서 방정을 떨어대니 갑자기 기분이 나빠졌다. 아니 가! 내관 놈 눈만 흘겨주고 그대로 환궁하시었다.

막 왕을 태운 연이 우원전 문을 넘는 참이었다. 발 빠른 걸음으로 중전의 처소에서 나인이 달려나왔다. 심지어 왕의 거동을 눈치채지 못할 정도로 다급한 다리 품새가 시선을 끌었다.

"저것, 밤이 되어가는데 무슨 일로 저리 경망스럽게 궐 안을 쫓아다니는지 알아오너라."

장 내관이 다다다 잰걸음으로 제약소 쪽을 향하는 중궁의 나인을 불러 세웠다.

"망극하옵니다, 상선 영감. 중전마마께옵서 혼절을 하셔서 급히 저가 제약원에 달려가는 길이옵니다."

"뭐라? 중전께서 혼절을 해? 무슨 일이 있었기에? 옥체가 많이 불편하신 게냐?"

전해들은 왕의 용안에 아연 놀란 기색이 서렸다. 예전에는 그깟 것 죽든 말든 짐은 아무 상관이 없단다 하시던 분이 갑자기 긴장하시었다.

"흠. 옥체가 유약하신 듯하여도 강단이 있어 잘 견디시는 분이거늘, 어찌 혼절까정 하였단 말이냐? 짐이 중궁 들리라. 교자 돌려라."

이불 속에 잠긴 중전의 하얀 얼굴이 마른 백지장 같았다. 축 떨어진 작은 손에는 생기 하나 흘러나오지 않았다. 가슴이 철러덩 바닥으로 떨어지는 것 같은 기이한 심사. 부르르 다가앉아 팔목의 맥을 짚어보는 용안이 걱정스러웠다. 왕이 중전을 지키고 있던 윤 상궁을 노려보았다.

"무슨 일이 있었기에 중궁이 이리 자리보전하시었느냐? 바른대로 말하여라."

"……마, 망극하옵니다. 오후에 월성궁 여인이 중궁에 듭시어 중전마마와……"

"뭐라? 월성궁 누이가 중궁에 들어 중전을 만나? 대체 무슨 일이 있었느냐?"

급하게 재우쳐 묻는 목청에 설깃 노염이 묻었다. 왕이 며칠 월성궁 나가지 않은 터로 강새암에 못 이긴 희란마마가 애먼 중전을 상대로 패악질을 부린 것은 아닌지 더럭 두려워진 것이다. 중전이 있든 없든 동온돌까지 차고 들어 침수 시중 모시겠다고 나서던 그 방자함으로 미루어볼 때 충분히 가능한 일이다 싶었다. 왕의 뇌리 속에는 중전이 먼저 희란마마를 매질하거나 꾸짖을 수 있다는 것은 들어 있지 않았다.

상께서 묻자오시니 대답해야지 별수있나. 윤 상궁이 마지못하여 잔칫날부터 지금까지 벌어진 사건의 종말을 아뢰었다. 가만히 듣고 있던 왕의 눈썹이 위로 치켜 올라갔다.

"참말이더냐? 진정 월성궁 누이가 할마마마를 모신 꽃놀이를 방해하고 파작한 게냐?"

"어찌 감히 상감마마 앞에서 거짓을 아뢰리이까? 창희궁 마마께서 당장 월성궁 계집과 그 아래, 내명부 기강을 어기고 놀아난 여인들을 금부나졸 시켜 잡아들여 장살하리라 고함을 치셨는데, 우리 중전마마께서 결사적으로 막으신 것입니다. 이날 법도를 어긴 내명부 목숨이 전부 다 산 것은 중전마마 어진 덕 덕분입니다."

중전이 희란마마 종아리를 매질하다는 대목에서 눈을 감은 중전을 돌아보는 왕의 눈썹이 살짝 치켜 올라갔다. 되묻는 용안에 어쩐지 삐뚜름한 웃음기가 스민 듯하였다.

"흠……. 윤 상궁 네 말을 듣자 하니 진실은 진실이되 어찌하여 중전의 그 덕은 월성궁 누이에게는 미치지 못함인고? 용서를 할 참이면 끝까정 용서를 하지?"

"아마도 대왕대비전하의 노염을 삭히려는 처사인 줄 아옵니다. 당장에 목을 베리라 얼마나 역정을 내신 터인지……. 아이고, 저희는 그만 간이 졸아서…… 그래도 중전마마께서 내명부 일이라, 수장인 저의 부덕입니다 하고 필사적으로 만류하시니 노염을 거두신 줄 아옵니다. 종아리 몇 대 터지고 목숨을 산 터이니, 이는 오히려 감사해야 할 일이 아니겠는지요?"

"결국은 할마마마 노염을 가로막기 위하여 중전이 앞장서서 월성궁 누이를 매질하였다 그 말이냐? 흠. 맹하니 어린것이 제법 매섭단 말이지? 물러가라. 짐이 든 것은 다 들었거니! 단, 너 고변한 말이 단 하나의 거짓도 없으렷다?"

"죽기를 각오하지 않는 다음에야 어찌 거짓을 아뢰리이까? 대전이며 대왕대비전, 중궁전까정 하여서 아랫것들에게 전부 하문하옵시면 소인의 진실이 드러날 것입니다."

무엇을 생각하시나? 당장에 불벼락이 떨어지려나. 아랫것들이 모두 조마조마하였다. 골똘히 생각에 잠긴 용안에 싱긋 기이한 미소가 머금어진다.

정신을 잃은 채 눈을 감고 가냘픈 숨만 색색 들이쉬는 중전을 바라보는 왕의 용안이 참으로 복잡하였다. 은근히 놀라고 또한 은근히 재미가 있었다. 그림처럼 눈을 감고 누워 있는 중전을 가만히 내려다만 보는 눈 속에 허투이 중전을 깔보는 빛이 말끔히 가시었다. 희미한 감탄마저 숨어 있었다. 그저 말없이 주상이 무슨 짓을 하든

지 어떤 수모를 주든지 그저 전하의 처분대로 하옵시오 하였는데 요것 보아라? 참으로 도도한 자존심이 아니냐. 내가 아무리 허수아비 중궁전이나 불측하다 손가락질당하는 잉첩 따위에게 수모받고는 살지 않겠노라 하는 말이었다. 설사 주상께서 저를 내쫓는다 할지라도 할 말은 하겠노라 이런 선언같이 보이었다.

'월성궁 누이가 작정하고 패악질을 부리기 시작하면은 짐도 감당하기 힘들 정도이다. 헌데 이 어린것이 참으로 당찬 것이야? 눈 하나 까딱 않고 매질하여 내쫓았다니. 거참! 무서운 사람이로고. 결기 강하고 서릿발 같으며 단정하여라. 이런 태중에서 얻은 원자는 또 얼마나 볼 만할 것인가?'

왕은 휘우유 한숨을 쉬었다. 하나하나 헤아리지 하니 무엄하고 방자한 희란마마 처신에 대하여 불뚝 노염이 장하였다.

'감히 중궁전 하명을 거역한 것이니 법도대로 하면은 희란 누이 이하 내명부 모다 첩지 박탈하고 폐서인하여야 하며 죄를 주어야 하나, 그럴 수는 없음이고……. 어이구, 참말 짜증이 나는구나! 어리석어도 유만부동이지? 할마마마까정 계신 그 자리를 감히 그 따위로 엉망을 만든 것이라 그 뒷수습을 어찌하려고 이리하였던고?'

도통 천지분간을 못하고 교만스레 제멋대로 구는 희란마마에 대한 짜증이 더럭더럭 쏟아졌다. 왕의 눈에 덮이었던 비늘 하나가 또 떨어졌다.

아무리 희란마마에 대한 왕의 성총이 두터웠고 무엇이든 오냐오냐하였으나 궐은 사가와는 달리 엄연한 법도가 있고 지켜야 할 기

우연한 대적(對敵) 351

본예절이 있음이다. 그를 이토록 벗어남은 큰마마라 불리는 희란마마의 기본자질을 의심받게 함이 충분하였다.

　으음 하고 가냘픈 신음 소리가 들렸다. 인제야 정신이 나는지 중전이 잠시 몸을 뒤척였다. 아직도 정신이 혼미하여 눈앞이 어지러운 모양이다. 마른 입술 들어 물을 찾았다. 왕은 반가운 김에 직접 냉수 대접 들어 내밀었다.

　눈이 딱 마주쳤다. 중전이 또다시 와들와들 떨며 기함한다. 총애하는 계집을 수모 주었다 하여 왕이 저를 경치러 온 줄을 알았던 것이다. 두렵고 무서워 겁먹은 터로 다시 정신이 가물거리기 시작하는 모양이었다. 이러면서 일은 왜 저질러? 지어미 하는 꼬락서니를 보니 왕은 기가 막히었다.

　"윤 상궁은 들어오라."

　여린 몸을 덮은 이불귀를 여며주고 돌아앉아 아랫것을 부르는 목청이 약간 맥 빠졌다. 왕을 보자마자 놀라 다시 기절하는 이 앞에서 밤새워 지키면은 무슨 광영이 있을 것이던가? 씁쓸한 입맛을 다시며 왕은 윤 상궁을 건너보았다.

　"짐은 동온돌 가겠노라. 중전마마 깨시면은 다시 쉬게 하여 드리고 짐에게 기별하라. 명일서 짐이 중전 잠시간 뵈올 것이니 아침 수라 후에 우원전으로 모시어라. 어어, 그러니깐 짐이 저를 꾸짖겠다는 게 아니라 전말을 듣고 일을 덮으려 함이니라. 월성궁 누이야 무슨 말을 하겠느냐? 그저 중전께서 이리라도 가려준 것을 감지덕지할 참이겠지. 짐이 할마마마를 뵙고 다시 한 번 사죄를 할 참이라.

중전더러는 아무것도 걱정하지 말아라 전하여라."

일단 대왕대비전하의 노염을 풀게 하는 것이 급선무였다. 그리하여 왕은 칠팔 년 단 한 번도 발길하지 않았던 창희궁으로 나갈 수밖에 없었다. 왕이 아니면 누가 목숨이 간당간당한 그녀를 가려주랴? 게다가 희란마마가 그 따위로 교만스럽게 고약한 짓을 하게 된 책임은 법도 따위를 무시하고 마냥 퍼다주며 오냐오냐만 하였던 왕 자신의 실책임에랴.

다른 것도 아니고 법도를 어긴 잉첩의 허물을 가리고 잘못을 대신 빌러 나간 길이라 더없이 면구하였다. 허나 어쩌랴? 그놈의 정이 죄라고, 고개 숙이고 한 번만 희란마마를 용서하여 주십시오 어름어름 부탁하였다. 대왕대비전하, 한숨을 푹 내쉬었다. 예끼! 이 못난 사람아. 말은 차마 못하였으되 쏘아보는 눈빛이 그런 뜻을 담고 있었다. 왕의 용안이 민망하여 벌겋게 달아올랐다.

"중전께서 어지시니 겨우 그만 하게 끝냈으되 나였으면 당장에 목을 베었으리라! 내명부의 추상같은 기강을 세웠을 것이오."

"망극하옵니다. 소손이 드릴 말씀이 없사옵니다."

"그만 나가보시구려. 뒷방 사는 이 늙은이가 무슨 힘이 있을까? 상의 거동은 항시 무거워야 하는 것이거늘, 한갓 잉첩의 허물을 가리고자 나다님도 망신 아니겠소?"

태연하게 궐 안 법도를 어기는 이를 곁에 두고 총애하여 기강을 흩뜨림이라 그를 지존께서 두둔하여 주면 누가 법도를 지키겠소 하고 되물음을 하시는데 도통 대답할 말이 없었다.

"아래위를 몰라보는 그 방자함과 감히 윗전을 능멸하는 간악한 교만이 누구 탓인지 주상도 반드시 명심하시구려. 지아비가 귀하게 여겨 대접해 주지 않는 지어미, 누가 과연 중히 여겨 존중해 줄까? 허긴 중전이 이런 일을 당하는 것이 싸지. 사직에 고변하여 간택한 정궁이면 무엇 하오? 첩지없는 잉첩보다 못하게 사는 팔자인 것을. 중전을 그토록 하찮게 대접하려면 그만 차라리 폐비하시오!"

"하, 할마마마, 그것이 무슨 말씀이십니까? 격한 말씀을 거두십시오! 소손이 어찌 감히 그런 생각을 할 것입니까?"

느닷없는 말에 정신이 번쩍 들었다. 청천 날벼락. 왕은 깜짝 놀라 부르짖었다. 항시 중전을 싸고돌던 대왕대비께서 희란마마가 아니라 중전을 쫓아내라는 말씀을 먼저 하실 줄 꿈에도 생각하지 못하였다. 그러나 대왕대비전의 눈빛은 더없이 서늘하였다.

"왜요? 제가 심한 말씀을 하였습니까? 내명부의 수장으로 한갓 잉첩의 기강도 잡지 못하는 중궁전, 무에 쓸모가 있소? 괘씸하오."

"이번 일이 어디 중전의 잘못이겠습니까? 월성궁 누이의 방자함이 도를 넘은 탓입니다."

"그 허물만입니까? 곤위가 안정되지 못하고 성상과 불화하니 간택받아 입궐한 지 두 해이되 안즉 원자도 한 번 잉태지 못함이라. 이런 불효가 어디 있는 것이오? 못난 그이를 폐위하시라니까요."

당장에 중전을 폐위시켜 궐에서 내보내실 듯이 말씀이 격하였다. 왕은 열을 내어 그는 아니다, 중전은 잘못이 없다 변명하였다.

"그도 짐의 잘못이지 중궁의 허물이 아닙니다. 안즉 교태전의 사람이 연치가 어린 고로 짐은 그저 자라기만을 기대려 동뢰를 하고자 함입니다. 그 말씀도 거두어주십시오."

대왕대비전하, 안즉은 중전이 어려 그리하다는 왕의 뻔한 거짓부렁에 흥 하고 서안을 쳤다.

"교태전의 위인이 어리셔요? 아이고, 벌써 꽉 찬 열일곱입니다. 마냥 어리다 말하지는 못하지요. 정궁의 책무라 원자를 생산함인데 부덕이 부족하고 모자란 탓인 겝니다. 안즉 성상과 동뢰도 맺지 못함이니 인제 더 이상 희망이 없어요. 주상께서 아니 하시면 내가 반드시 폐하여 내칠 참입니다."

"할마마마, 진정하십시오. 소손이 반드시 올해를 넘기지 않을 것입니다. 동뢰하겠나이다."

믿지 못합니다. 도통 못마땅한 얼굴을 펴지 않고 외면만 하는 할마마마 앞에서 왕은 맹세하였다. 왕 자신 못지않게 고집 세고 추상 같은 할마마마 기상을 잘 아는지라 당장 중전이 쫓겨날 것 같아 간이 자글자글 끓었다. 마냥 소박 주고 발길로 걸어차고 다닌 못난 지어미. 뭐 쫓겨난다 하여 무엇 그리 대수이랴? 헌데 지금 왕은 그런 생각 하나 들지 않고 마냥 다급하였다. 한 번 입 밖으로 낸 다음에야 반드시 하고야 마는 분이다. 왕은 다시 한 번 다짐하였다.

"조만간 반드시 원자를 할마마마께 안겨 드릴 것입니다. 또한 소손이 월성궁에 나아가 엄히 경계하고 기승스런 성정을 다스려 놓겠나이다. 다시는 중전이나 할마마마를 상대로 방자한 일을 하지 않도록 할 것입니다. 제발 노화를 거두시고 심기를 안정하여 주십시오."

"그 말씀이 참인지 훗날 보아지면 알 일이지요."

간신히 중전을 폐한다는 말씀을 거두게 하였다. 고개가 땅에 닿도록 사죄를 하고 돌아서는 왕의 어깨가 바닥 쪽으로 푹 내려앉았다.

"어마마마, 말씀이 지나치게 격하시옵니다. 참말로 중궁을 폐하라 하면 어찌하시려고요?"

곁문을 열고 들어온 사람은 명온공주였다. 대왕대비전하 희미하게 웃음 지었다.

"주상이 화들짝 놀라는 것을 보지 못하였느니? 청개구리 심보니라. 하라 하면 아니 하고 하지 말라 하면 하는 사람이니라. 제 입으로 올해 안으로 중궁과 동뢰를 한다 하였으니 어디 한번 두고 보자꾸나. 소박 주고 다닌다 하여도 미운정이라. 제 지어미를 내쫓는다 하니 그것은 싫다는 게다. 흠."

깊은 헤아림. 손자의 성정을 잘 알아 교묘하게 도발하고 조종한 것이니 진배없었다. 그제야 대왕대비전의 깊은 속을 알게 된 명온공주 마마도 따라 조용히 미소 지었다.

왕은 창희궁에서 나간 그 길로 말머리를 돌렸다. 월성궁으로 향하였다. 모든 것에서 괘씸하고 기분이 좋지 않으니 그 원망과 불편함은 전부 이 일의 빌미를 제공한 희란마마에게로 모아지는 것이인지상정. 허니 말씀이 고이 나올 리가 없었다.

"무엇 그리 잘하였다고 애초부터 눈이 살모사마냥 세모꼴인 게요?"

적반하장(賊反荷杖)도 유분수라. 왕은 반성하는 기색이 전혀 보이지 않는 희란마마를 건너다보며 어이없다는 듯 한마디 더 하였다. 분하고 배신감에 눈이 뒤집혀서는 입이 딱 막혀, 종주먹 움켜쥐고 바들바들 떨고 있는 희란마마를 노려보며 왕은 쯧쯧 혀를 찼다.

"대체 어찌 그리 철이 없나? 짐이 칠팔 년 찾아뵙지도 않은 할마마마를 찾아가 고개 조아리고 간신히 용서를 받았지 무어야? 흥! 짐을 그리 우세시켜야 하나? 인제 잉첩 하나 위하여 무릎 꿇고 빌었다는 말까정 청사에 기록되게 생겼구먼."

저가 남한테 한 생각은 아니 하고 제 분한 일만 서럽다 한다. 제가 맞은 종아리만 억울타, 분하여 죽을란다, 앙앙불락하는 꼬락서니를 보아하니 순간적으로 정이 딱 떨어졌다.

"그나마 중전이 어질어 그만한 줄 아오. 참말로 짐이 환장하겠구먼. 대체 왜 이런 강팔진 짓만 골라서 하는가? 순후하고 다정한 옛 시절의 누이는 대체 어디 간 것이오? 연치를 먹어가면 나날이 나아지는 맛이 있어야지. 쯧쯧쯧. 짐을 망신 주려 아주 작정을 하였던 게야? 흥!"

방자하여라, 희란마마. 상감께서 제 품 안에 들어오기만 하여봐. 울며불며 앙탈하리라 생각하였다. 잉첩에 대한 투기 좀 보아라? 중전의 부덕이며 위엄이 하나도 없음이다. 감히 소박데기 뒷방 허수아비 주제에 법도를 내세워 큰마마인 내 종아리를 쳐? 내 반드시 상감마마를 부추켜 이 길로 고년을 폐비시키리라 독한 작정을 하고 그저 기다렸다.

야속하구나. 헌데 들어오신 상감마마, 오히려 못된 중전 년 역성만 들었다. 위로는커녕 저더러만 잘못하였다 하는구나. 제 편을 들어 같이 욕하고 당장에 중전 목을 베련다 대갈일성 해주시어도 분이 풀릴락 말락 할 판인데, 동정하기는커녕 오히려 호령하고 꾸짖고 들어?

교만하고 악독한 분심에 눈이 뒤집혔다. 희란마마 그리하여 그만 냅다 상감마마 앞에서 쇳소리로 고함지르는 불경을 저지르고 말았다. 안즉도 깨닫지 못함이라. 장성한 사내요, 어엿한 군주의 위엄을 갖춘 채, 나날이 눈 밝아지고 총명 되찾아가는 상감마마를 여전히 제 치마폭에 억눌려 하잡는 대로 하여주는 어린 철부지인 양 마구잡이로 다루는 것이니……. 흠. 여전히 천지분간 못하는 이 여인의 패악질 한번 볼 만하겠구나!

"아이고, 중전 고년이 어질어요? 후궁 종아리 치는 중궁 위세라 그것은 꼴 보기 좋습니다. 흥, 그래요. 상감의 본심이 드러나신 참이어요! 인제 늙어지는 이 누이는 쓸모없는 가을부채란 말씀이지요? 동지 넘은 동치미, 서른 넘은 계집이라 도무지 쓸데없다 하는 그 마음 딱 알아보았사와요. 이 말 저 말 필요없으니 이 누이더러는 딱 죽어라 하십시오! 못난 중전 고년 데리고 잘살으시오! 엉엉엉!"

고래고래 고함지르며 난리를 부려댄다. 냉큼 비녀부터 뽑아 저

멀리 내동댕이쳤다. 아드득 치마폭 찢어서 목을 맨다 난리쳤다. 방바닥에 엎어져 철철철 분한 눈물을 떨구었다. 물론 이것은 다 어리광이요, 빨리 나 좀 달래주시오 하는 유세였다.

 헌데 심상찮음이었다. 이것 보아라? 예전만 같으면 금세 설설 기어야 할 왕이 마냥 덤덤하였다. 석상처럼 앉아 발광하여 날뛰는 저의 행태를 빤히 노려보고 있을 뿐 거짓으로라도 비는 시늉조차 하지 않았다.

 질질거리는 패악질이며 사내 넋을 빼는 앙탈질이 부족한 것인가? 이를 악문 희란마마, 이판사판 이참에 끝장을 내자 하여 전하 무릎 앞에 달려들었다. 초상이라도 난 듯 긴 사설에 곡소리가 장하였다. 데굴데굴 바닥에 구르다가 그도 아니 된다 싶으니 독 오른 뱀처럼 오뚝하니 떨쳐 일어나 긴 손톱 감히 용안 앞에서 치켜들고 별 오도방정을 다 떨어댄다.

 이러던 참에 아차차, 큰일 났다! 희란마마 날카로운 손톱이 허공을 할퀴다가 엄청난 실수를 하였다. 고개를 돌리던 왕의 귀밑으로 하여서 목 아래까지 시뻘겋게 훼를 긋고 말았것다? 어엇! 하고 왕은 순간적으로 두 손으로 목을 감쌌다.

 실로 무서운 일이로다. 용체에 감히 천한 계집이 상채기를 낸 것이 아니냐! 왕이 분노로 이글이글 타는 눈을 들어 희란마마를 노려보았다. 짧은 순간의 침묵. 천년만년처럼 긴 응시였다. 희란마마의 몸에 소름이 쫘악 돋았다. 저를 노려보는 왕의 시선이 얼음보다 더 차고 비수보다 날카로웠던 것이다. 그토록 격분에 찬 왕의 눈빛은 저가 처음 본 것이었다.

"마, 마마. 저가 잘못하였습니다, 마마. 신첩이 죽을죄를 지었습니다. 어, 어디 한번 보옵사이다. 얼마나……."

아까 전의 기승스런 기세는 온데간데가 없다. 간이 졸아든 희란마마가 달달 떨리는 목청으로 사죄하였다. 다가앉아 제 손으로 만든 상처를 살피려 하였다. 허나 왕은 그 손을 사납게 털어냈다.

"병 주고 약 주려 함이오? 실로 상대 못할 참이로다. 누이가 평상시 얼마나 짐을 하찮게 여김인지 알 만하도다."

이를 갈 듯 한마디 쏘아붙이는 목청이 더없이 차디차고 조용하였다. 너무 기막히고 어이없고 부끄러웠다. 상처의 아픔쯤이야 별것이 아니었으되, 아무리 총애가 깊고 죽고 못 사는 사이라 할지라도 이럴 수는 없음이다. 감히 계집의 손톱이 용체에 상채기를 낸다 이 말이냐? 이는 주상으로서의 위엄에 대자면 도저히 일어나서는 아니 되는 일이다. 왕으로서의 그 권위와 위엄이 훼손된 셈이다. 하물며 범인(凡人)보다 몇 배 더 격하고 도도한 자존심을 가진 왕은 지금의 이 일이 너무 황당하고 어이가 없고 분하였다. 바람 소리를 내며 휙 하니 일어서 방문을 박차고 나가 버렸다.

"전하! 전하! 이 누이가 죽을죄를 지었습니다! 용서하여 주십시오!"

정신이 번쩍 든 희란마마, 애타게 소리치며 버선발로 마당까지 내쳐 달려갔다. 월동문을 넘어가는 왕의 용포 자락을 잡고 늘어졌다. 그러나 왕은 끝내 돌아보지 않았다. 배행한 김 내관이 왕의 벽

력같은 분부에 깜짝 놀라 말을 대령하였다.

　왕은 침착하게 말 등에 올랐다. 이 누이를 죽여주십시오, 하고 흙바닥에 엎드려 뒤늦게 사죄하는 희란마마를 힐끗 내려다보았다. 눈빛이 비수같이 차고 냉엄하였다. 언제나 저 앞에서는 항시 다정하고 은근하던 왕의 눈빛은 인제 찾을 길이 없었다.

　"실로 하릴없소. 짐이 대체 무엇인가? 한갓 논다니 기둥서방이라 하여도 이토록 함부로 대할 수는 없음이다. 누이가 짐을 어찌 생각하는지 이 일로 드러난 것 같소이다. 짐이 다시는 월성궁에 건너오지 않는다 하여도 누이는 할 말이 없을 것이다. 고약한! 가자."

　무정한 님의 말은 월성궁 대문을 넘어 자취를 감추었다. 희란마마 왕의 그 뒷모습 바라보며 덜덜 떨다 마님을 불러라! 하고 고함을 질렀다. 갑작스런 딸의 울음소리에 달려온 정경부인, 깜짝 놀랐다. 어찌 이러오? 하며 놀라서 넋을 잃고 마당에 주저앉아 일어날 줄을 모르는 딸을 일으켜 안았다.

　"말을 하여 보소서. 대체 왜 이러시오? 전하께서 건너오셨다 하더니 어찌 이러하시오?"

　"어머니. 아이고 어머니, 저가 잘못을 하였소. 전하께 앙탈 부리다 용체에 손톱으로 상채기를 낸 참이오. 안팎에 알려지면 다시 한 번 내가 경을 칠 것이오. 고약한 대왕대비전은 필시 나를 목베라 나설 겝니다. 어머니, 어찌하오? 빨리 대궐 들어가 전하를 달래주시오! 제발 말나지 않게 수습하여 주십시오."

　정경부인이 입을 쩍 벌렸다. 사랑채에 앉은 정안로도 그 말을 전하여 듣고 기함하였다.

억! 비명을 지르며 무어라고요? 되묻기만 할 뿐 감히 뒷말을 잇지 못하였다. 이 일이 알려지면 내일서 당장에 조하가 물 끓듯이 끓어오르리라. 그래도 믿을 곳은 여기뿐이다. 희란마마 엉엉 울며, 무작정 제 편 들어주는 사친과 어머니께 매달렸다. 저가 그저 실수를 하였습니다 하고 변명하였다.

"하도 이 며칠 동안의 일이 심란하고 짜증스러워 전하께 섭섭하고 억울한 심사 하소연하다 그리되었습니다. 어머님, 전하께서 어머님 말씀이라 하면 그저 존중하시니 이번 일을 가려줍시오. 흑흑흑. 못살 것이다. 못살 것이다. 일이 어찌 풀리기는커녕 더 얽혀드는 것이더냐? 흑흑흑. 팔자가 기박하여 그저 성총 하나 믿자옵고 살아온 나였는데 오늘날 일이 이렇게 된 참이니 흑흑흑, 내가 못살 것이다."

실로 기막히도다. 제 잘못은 하나 없고 그저 일을 이렇게 몰아갔다 주상만 원망하는고나. 희란마마 울고불고 별의별 사설 다 늘어놓으며 한탄하였다. 저만 억울하고 저만 비참한 신세다 난리를 부려댔다.

이러는데 글공부를 마친 아들 혁이 놈이 유모와 함께 방에 들어섰다. 제 어미가 울고 있으니 어린것이 무엇을 알까마는 울먹울먹 무릎에 와서 쓰러졌다.

"어머니, 어찌하여 우시오? 왜 그러시오? 주상전하께서 오시었는데 금방 가시어서 섭섭하여 이러시오?"

서러워 죽는 터로 그나마 작은 위로라. 아들놈의 말에 희란마마 눈에 절로 다시 눈물이 돋았다. 이놈만 왕자로 인정받았다면 나의 팔자는 탄탄한 반석일 것을……. 그 빌어먹을 대왕대비전 늙은 것이 일을 틀어버려 오늘날 내 신세가 이렇게 첩첩하고 불쌍하게 변하였고나. 아들을 끌어안고 흑흑흑 서럽게 울음을 울었다.

"어머니, 우지 마시오. 소자가 주상전하께 서찰 보내어 얼른 오십시오, 할 것이야요. 오시면은 어머니 은애하여 주시어 소청드릴 것입니다. 저가 세자 되면은 어머니 눈에 눈물 뺀 것들은 다 죽일 것이오. 감히 어마마마 종아리 친 중전 고년, 전하의 발길 가로막는 중전 고년부텀 저가 박살을 낼 것이니 우지 마시오. 응?"

아아, 어린것의 말이 한없이 독하였다. 허구한 날 제 어미가 아들을 끼고 넌 왕자다, 조만간 동궁에 앉아 세자 되어 천하를 호령하게 될 것이다, 간살거리고 속살거린 탓에 혁이 이놈 지금 저가 마치 세자인 양 겁도 없이 자불대는구나. 옆에서 듣고 있던 유모가 에고머니 하고 질색을 하였다.

"아이고, 도련님. 그런 말을 어디 가서 함부로 하면 아니 됩니다. 제발 마옵소서. 잘못하면 역적되오. 당장 금부에 잡혀가 장살당할 것이니 그런 말은 하지 마소서."

"아이의 철없는 말에 무엇 그리 놀라는가? 분하도다, 분하도다. 사내 마음 야속하다. 은애지정 영원하다 맹세 또 맹서하신 분이 이 날 나를 이토록 하찮게 대접하여? 내 팔자가 첩첩한 것은 오직 우리 아기가 왕자로 인정받지 못함이라. 내 이참에 무슨 일이 있어도 우리 혁이를 왕자로 인정받는 일을 성사시키고 말 것이야. 슬슬 주상의 마음이 달라져 감이라, 앞날이 보이지 않으니 나도 살길을 찾아야 하지 않는가?"

아들놈 머리를 쓰다듬으면서 희란마마 훌쩍거린다. 옷고름으로 눈물 닦으며 입술을 짓씹었다. 순후하게 자기 반성을 하며 근신하여도 살까 말까 이 판국에 퉁퉁 불어 터진 욕심보와 악독한 계교는 도무지 사그라지지 않으니 이 여인의 훗날이 참으로 근심되느니……. 쯧쯧쯧. 허면, 말을 타고 환궁하시는 주상전하의 심사는 어떠하신가?

왕은 입술을 굳게 물고 그저 말을 달릴 뿐이었다. 나오느니 한숨뿐이었다. 너무 기가 막히고 어이가 없으니 더 이상 화도 나지 않는 것이 솔직한 심사였다.

'기가 막혀서! 누이 성정이 격한 암호랑이인 줄은 익히 알고 있었으되 이렇게는 할 수는 없음이라. 기가 막혀서, 참말 기가 막혀서! 중전처럼 순후하고 어질면 어디가 덧나나? 반에 반이라도 한번 닮아보지? 쯧쯧.'

왕은 아랫것들이 대체 자신을 어찌 볼까 생각하였다. 울컥하는 수치심이 더하여졌다. 큰마마가 왕을 우습게 보아 인제는 용체에 상채기까정 낼 만큼 방자하여도 전하께선 말 한마디 못한다 소문이 날 참이 아닌가?

'참말 망신이로고. 짐은 말만 왕이지 월성궁 허수아비고 그야말

로 시키는 대로 하는 멍청이라고 또 한 번 우세를 하겠구나. 고얀!'

아랫것들에게 당할 망신도 망신이나, 섭섭하고 분한 마음 또한 도무지 가시지 않았다. 솔직히 왕 자신이 희란마마에게 정성 바친 것, 그 얼마나 지극하였던가? 일편단심. 금석 같은 정분이라. 지난 세월 그저 금이야 옥이야 감싸고 마음 하나 다칠세라 보살피었다. 짐이 줄 수 있는 모든 것을 다 내어준 여인이거늘…… 짐에게는 오직 누이 한 사람이라 맹세하고 심지어 사직이 정하여준 중전마저 외면하며 어여삐 여기었거늘, 오늘날 그이에게서 짐은 겨우 이런 대접밖에는 받지 못한단 말이냐?

'아바마마께서 임종하실 적까지 당부 또 당부하시기 절대로 왕 된 위엄을 스스로 훼손하지 말라 몇 번이고 말씀하셨는데, 이날 짐이 그저 사사로운 정해에 휘감겨 이리 용안에 상채기까지 나는 망극한 일을 당하고 사는구나.'

욱제 이놈! 하고 당장에 돌아가신 선대왕께서 호령하시며 후려갈기실 것 같다. 왕은 저도 모르게 한 손으로 목을 가리었다. 벌겋게 용안이 달아올랐다.

분하고 노엽고 심란하고…… 여하튼 어찌할 바를 모를 정도로 헝클어진 심사였다. 대체 누구에게 이 복잡하고 억울하고 분통 터지는 심사를 하소연하고 풀어보나. 우원전으로 들려하던 왕은 힐끗 교교한 달빛만 내리는 중궁전 지붕 끝을 바라보았다.

든다 간다 말도 없이 왕은 말배를 걷어찼다. 이미 굳게 닫힌 중궁 앞으로 다가가 냅다 태사혜 신은 발끝으로 숙장문을 걷어찼다.

우연한 대적(對敵)

여하튼 꽃놀이 사건이 잘 수습이 된 셈이라. 당장 쫓겨날 줄 알았는데 오히려 어질다 칭송을 받은 중전마마. 어느 정도 마음을 가라앉히고 곱게 앉아 수틀 잡고 있었다. 월성궁 납신 줄 뻔히 아는 차에 갑자기 왕이 나타나자 아연 당황한 얼굴이었다.

"목에 상채기 났소이다!"

앉자마자 불퉁하게 한마디. 결국은 장성한 사내인 왕이 어질고 온화한 어린 지어미에게 짐 좀 보아주어. 호오! 해주어 어리광을 부리려 온 셈이었다.

중전은 너무 놀라 반사적으로 고개를 들어 전하의 목을 살폈다. 정말로 귓불 아래로 하여서 옷깃 사이로 사라지는 목 아래까지 시뻘건 훼가 하나 나 있었다. 망극하여라! 성상의 용체가 훼손되다니! 너무 놀라 지아비 전하가 두렵다는 것도 다 잊어버리고 한 무릎 다가앉았다. 보드라운 손으로 어루만지며 급히 재우쳐 물었다.

"오데서 이리 상처가 났습니까? 대전 아랫것들은 대체 무엇을 어찌하였기에 전하 용안도 보살펴 드리지도 못하였는고? 어째서 이러셨나이까?"

"음음음. 짐이 헛눈을 팔아서 말이오. 아마도 못에 걸린 듯하오. 따끔하오. 중전이 만져 주소."

눈은 보라고 붙어 있는 것이다. 영리한 중전인데 그 상처가 못에 긁힌 것인지 손톱에 긁힌 것인지 모를 것이냐? 월성궁으로 납시셨다 하였더니 필시 그 고약한 계집이 종아리 매질당할 적에 제 편 아니 들어주었다고 패악 부리며 용안 앞에 손톱 들고 덤빈 것이야?

그러나 당사자인 왕이 못에 긁혔다는 데야 더 이상 할 말이 없었다. 떨리는 목청으로 물대야 들이라 하명하였다. 차가운 물수건으로 상처를 살살 눌러주었다. 돌아앉아 수건을 짜면서 절로 한숨이 배어 나왔다. 앞에 앉은 왕은 모르되 중전의 여린 마음에 그보다 더 깊은 상처가 난 것이다.

'월성궁 여인에 대한 성총은 이토록 지극하시도다. 심지어 용안에 상처를 내어도 고약하다 말씀없으시고 문기둥에 부딪쳤다 먼저 가려주시는 분이라니……. 이 중전을 상대로 그런 성총까정은 바라지 않으나 그저 애먼 심술만은 아니 하신다면 얼마나 좋을까?'

"어떠하시니까? 다소간 나아지셨나이까?"

드러누워 목에 물수건을 대고 있던 왕이 음…… 하고 얼버무렸다.

"은근히 따끔하구먼. 한 번만 더 수건으로 눌러주소."

별것이 아니다. 그저 손톱에 잠시 스쳐 남은 흔적인데 전하께서 평소 상대도 않던 중전을 불러 만져 달라, 입김 불어라 어리광을 하는 이유가 무엇이더냐? 자꾸만 더 만져 주소, 하고 주문까지 하였다. 중전은 다시 차가운 물수건을 만들어 보료에 덜렁 누운 왕의 목에 갈아 대주었다.

가까이 다가온 중전의 몸에서 좋은 향내가 난다. 눈을 감은 왕은 그런 생각을 하였다. 닿을락 말락 봉긋하니 솟아오른 젖가슴이 아주 가까이 그의 눈앞에서 오르락내리락, 작고 서늘한 손이 용안을 보드랍게 매만져 주는데 아까의 격한 분심과 능멸받은 수치심이 거짓말처럼 삭아드는 것 같았다.

"마마, 소반과 들입니다."

"들이게. 전하, 잠시 시장하신데 소반과나 하옵시지요."

나직하고 다정한 목소리가 권하였다. 그러고 보니 하루 종일 창희궁이며 월성궁으로 왔다 갔다 대난리를 부려대느라고 석수라도 까맣게 잊었다. 시장기가 든 터로 왕은 벌떡 일어나 상머리에 다가앉았다.

참 무정한 전하이시로고. 중전더러 드시어보소 하는 말 한마디 아니 하고 저 홀로 불퉁하게 상에 놓인 능금쪽 하나 들어 와삭와삭 깨물었다. 좋아하시는 두텁떡 낼름 한 개 자시고 향기로운 국화차 또 드시고…… 그러다가 눈앞의 중전을 바라보았다.

"음음, 약과 드릴 것이오, 홍시 드릴 것이오?"

이것, 상감께서 처음으로 중전더러 음식을 같이 자십시다 권하는 말씀이 아닌가?

허나 중전은 사양하였다. 요 근래 여하튼 큰 사고를 친 다음에 폐비되어 쫓겨날까 근심되니 입맛이 뚝 떨어졌다. 석수라도 반도 못하여 물린 차라 약간은 시장하되, 어디 앞에 앉은 분이 보통 상억지를 부리는 분이어야지? 냉큼 받아들면 못난 것이 돗이 될 참으로 미욱스럽게 먹는다 또 타박을 받을 것이다 싶었다.

"신첩은 이미 배가 부른 참이니 마저 드시옵소서."

모처럼 우리끼리 다정하게 소반과도 받고 하여봅시다 한참이다. 무안하여 저분 든 손이 허공에서 딱 멈추었다. 왕은 가재미눈이 되어 중전을 노려보았다.

'흥, 조것? 짐이 무엇을 줄 것이오 하면 냉큼 상 앞에 다가앉아서 이것 주시오 하든지, 아니면은 저것 좀 드셔봅시오 하며 저가 권하기라도 해야 할 것이 아니냐? 어찌 이리도 계집의 술수도 모르며 매사 멍청한 것이냐?'

조만간 동뢰도 치르지 않고 원자 얻지 못하면 할마마마께서 저를 두고 폐비하여 쫓아낸다 하였는데 그것은 싫단 말이다. 왕은 고민스럽게 중전을 노려보았다.

'언제 저 어린것 옷고름을 풀 수 있을까? 짐이 함께 얼려보자 하여 입을 맞추었더니, 달려들기는커녕 제 얼굴에 침 바른다 놀라서는 돌아앉아 벅벅 문지르는 계집이라. 이 무슨 희망이 있을고?'

참 한심한지고! 왕은 쩝쩝 입맛을 다시었다. 어찌하든 올해 안으로 동뢰를 치르기는 하여야 하는데, 잉태를 시켜야 하는데…… 그래야 저도 편안하고 짐도 편안한데……. 하지만 대체 무어라 하며 손목을 잡아보지? 내원참.

'어서어서 숙성하여라 숙성하여라, 부채질을 할 수도 없고 자라라 자라라, 꽃신에다 물을 뿌릴 수도 없는데 이를 어쩌란 말이냐? 꽃나무라면 거름이라도 주고, 짐승이라면 여물이라도 주어서 금세 자라게 하겠는데…….'

갑자기 왕은 눈빛을 빛냈다. 아니지? 요것도 사람이라. 많이 먹이고 보약으로 조섭을 잘 시키면 그나마 **빨리** 자랄 것이겠다? 냉큼 키워야 여하튼 손목이라도 끌어당겨 보지. 원자라도 얻을 것이 아니냐 말이다.

"흠흠흠. 오늘 두텁떡이 참 맛이 좋구먼. 자셔보시오. 짐이 홀로 먹으니 입맛이 없소이다."

참으로 처음 있는 일이었다. 뜻밖에도 왕이 다시 권하였다. 지아비께서 다정스레 권하신 터로 더 이상 거부하기가 무엇 하였다. 중전은 마지못하여 상 앞으로 다가앉았다. 예의상 식혜 그릇 들어 한 번 마시고는 상에 놓았다.

"신첩이 씨를 가려 드릴 것이니 요 홍시 드옵소서. 맛이 참으로 달아 가래떡 찍어 젓수시니 맛이 장히 좋았나이다."

백자 접시에 하얀 서리 앉은 아기 머리통만한 먹골시를 한 개 올려놓았다. 은 숟가락으로 얌전하게 파헤쳐 씨를 발라냈다. 줄줄 흐르는 뻘건 홍시살 단물에다 말랑말랑한 가래떡을 찍어 내밀었다.

"아."

아이고, 망측하여라. 어린애이신가? 능청맞게 왕이 눈을 감은 채 입만 커다랗게 벌렸다. 중전은 어찌할 바를 모르다가 마냥 기다리게 할 수도 없어 꿀보다 단 홍시살을 바른 가래떡을 왕 입에다 물려 주었다.

"꿀보다 달구먼. 중궁의 소반과가 대전보다 낫소이다그려."

"중궁의 생과방 숙수가 솜씨가 좋다 칭송합니다."

"그렇구먼? 주인의 덕이 있으면 그 담 안 음식의 맛이 달다 하였는데 중전 인덕인가 하오? 흠흠흠. 많이 자시오. 짐이 보기에 중전께서는 만날 유약하여 옥체가 걱정되오."

"망극하옵니다. 신첩을 생각하여 주시는 은덕이 하늘에 닿았나이다."

많이 먹여 빨리 자라게 하리라. 부채질은 못하여도 먹이기는 할 수 있지. 암암. 장성한 지아비 음흉한 속셈을 모르는 어린 중전마마. 오늘은 참말로 기이타. 예전에는 내 못난 얼굴 보면 밥맛이 떨어진다 극언까지 하신 터로 이날은 사람이 달라지신 것마냥 왜 저리하시노 고개를 갸웃하면서도 강권하시는 두텁떡을 한 개 더 입에 넣었다.

어느 정도 배를 채운 터다. 매화틀 대령하여라 하시었다. 양치, 소세하시고 돌아오시었다. 어느새 자리옷 차림이었다.

"아, 곤하오. 인제 그만 침수하십시다."

"기수 배설할 것입니다. 선이, 게 있느냐."

요것 보라지? 이 밤에도 금침이 둘이다. 그는 어찌하든 저를 빨리 자라게 하여서 동뢰하고, 원자 얻자 마음먹었거늘 요것은 그 마음도 모르고 마냥 지아비를 외면한다 이 말이더냐?

"흥, 부부지간 한방에서 금침 두 채 펴고 잔다 하는 말은 고래(古來)로 들은 바 없거늘! 짐이 지금 너에게 내소박당하고 사는 것이니?"

베개 툭 걷어차며 냅다 심술맞은 대갈일성(大喝一聲). 중전은 눈을 동그랗게 뜨고 왕을 바라보았다. 대체 어느 장단에 맞추어 춤을 추란 말이냐? 그전에는 그녀 살 닿기 싫다 하며 금침 두 채 펴라 하더니 인제는 두 채 편다고 타박이라.

"어찌 그런 말씀을 하십니까? 신첩은 다만……."

"터진 입이라고 변명만 잘하는고나! 넓은 방에 천 리 만 리. 금침 두 채 펴고 헤엄치며 잘 일 있느냐? 대체 어느 부부지간이 이러하고 잔다더냐?"

"……예전마냥 하시던 대로 하였사옵니다."

나직하게 되받는 목청이 흔들렸다. 내 그럴 줄 알았다. 또 억지 트집 잡으시지? 두려워하는 눈빛 안에 금세 물기가 고였다. 왕은 불퉁한 목청으로 더듬거렸다. 억지를 부려대는 참이라 목청이 민망하였다.

"예, 예전에는 너나 나나 동뢰할 때가 아니어서 그러하지. 인제는 너도 숙성한 터로 지어미 노릇 하란 말이다!"

지어미 노릇이란 게 금침 한 채 펴고 같이 자는 거란 말이닷! 고함을 꽥 치고 싶었다. 손목 잡아 끌어당겨 품에 희롱하며 같이 운우지락 즐기는 것은 당연한 노릇이고.

"허면은, 침구 한 채 치울까요?"

맹한 것 같으니라고! 그런 것을 짐더러 물으면 어찌하니? 아이고, 내 팔자야.

왕은 어리바리한 목청으로 되묻는 중전을 잡아먹을 듯이 한번 노려보다가 휙 이불을 잡아챘다. 자신의 금침 안으로 스며들어 가 등을 휙 돌리고 눈을 부라렸다. 중전이 나직한 목소리로 금침 한 채 내가라 하명하는 소리를 들으며 주절주절 욕설을 씹어 삼켰다.

'도대체 짐이 왜 이리 중전을 상대로 심술이 잦은고?'

수없이 되물음질하나 그 대답을 도통 찾지 못하는 왕이다.

지금까지 단 한 번도 그의 일에 간섭하거나 투기한 적 없다. 방탕하고 제멋대로인 주상 당신의 실정에 대하여 군입 한 번 뗀 적도 없다. 그렇게 말은 없으나 어질고 총명하다 칭송받으며 지엄한 정궁 자리 잘 감당하는 여자가 아니더냐? 꼭 저를 닮은 듯이 어리고 불쌍한 짐승 잘 돌보아주는 착한 중전. 짐의 마음을 잘 헤아려 같이 근심해 주고 이야기도 잘 들어주고 조용하게 위안도 잘해주지. 얌전하고 부덕 높아 그 깐깐한 할마마마까지도 더없이 귀애하신다. 하여 가례 초입처럼 그저 못났다 무시하고 사람 취급 아니 하던 것하고는 많이도 달라진 왕의 심사였다.

게다가 은근히 결기 높아 중궁전의 위엄까정 대차게 갖추었으니 참으로 바랄 데가 없음이라. 그저 못났다. 박색이다. 말이 없고 참을성만 많다 싶었는데 제법 도도한 자존심을 가진 여인이며 실로 영리한 여인이라 함을 이번 꽃놀이 사건을 통해 똑똑히 알게 되었다. 솔직히 왕은 이번 일 이후 어린 중전에게 참으로 기이하고 새로운 감정을 느끼고 있는 참이었다.

왕 자신은 이렇게 달라져 저를 은근히 바라보고 어찌하든 빨리 동뢰하여 원자라도 얻고지고 하는데, 중전은 도무지 달라진 것이 없다. 그를 대하기 여전히 덤덤하며 맹한 목석이니 이를 어찌하란 말이냐?

'어찌 이리도 저것은 짐을 항시 외면하는 것일까? 짐만 보면 만날 덜덜 떨기나 하고, 웃어주지도 않고······.'

아아, 인제야 헤아려지느니 왕의 불만은 바로 그것이었다. 아무리 못나고 박색이며 촌것이라 한들 중전도 여인네였다. 왕은 사내였고.

궐 안 생활하시면서 한시 교태 염염한 여인네들 시선과 은근한 눈길에 익숙하였던 왕은 당신이 중전을 무시함은 있을 수 있되 중전이 감히 당신을 외면하고 고개 숙이는 것은 용납할 수가 없었다. 분하고 자존심 상하고 심히 불쾌하였다. 버려도 그가 버리는 것이며 소박을 주어도 그가 주는 것이지 감히 짐의 지어미라 하는 제깐 것이 짐을 거부하고 싫어하고 외면하여? 홍, 웃기는 소리.

갑자기 왕은 벌떡 일어나 앉았다. 귀밑머리 풀고 인제 막 이부자리 속으로 살그머니 발을 뻗는 중전을 향하여 버럭 고함을 쳤다.

"짐이 중궁에 들 적에 또 금침 두 개 나오기만 하여봐! 짐더러 나가라는 소리이니 교태전에 불을 확 싸질러 버릴 것이다."

아버버. 상궤에서 한참 벗어난 격한 말에 너무 놀라 입도 벌리지 못하는 중전의 팔을 왕은 세차게 휙 하니 끌어당겼다.

"또 하나, 짐이 입맞추었거늘 또 더럽다 벅벅 닦아내기만 해라, 어디 가만두나!"

바들바들 떨며 중전은 질질질 금침 안으로 끌려들어 갔다. 이리하여 국혼 이후 꽉 찬 두 해 만에 비로소 한 금침 안에 누운 두 분 지존마마. 처음으로 맞부딪쳐 포개진 가슴이 똑같이 벌렁벌렁 뛰었다.

이것, 어제도 윤 상궁이 어김없이 펼쳐 외워라 닦달을 한 그 책자

안에서 벌어지는 일을 기어코 하실 참인가 보다. 아이고, 징그러워 나 죽겠네. 허나 어쩌리? 지어미의 책무라. 시키는 대로 하여야지.

옷깃 두 손으로 꼭 잡은 채 눈 감고 처분대로 하십시오. 그저 죽여줍쇼 이리하는 꼬락서니라니. 무엇을 짐이 어찌한다고 이리도 떨고 있니? 가냘픈 팔목 부여잡고 내려 누른 상감마마, 왕비의 하는 꼴에 한심하여 한숨만 푹푹 쉬었다.

"치, 침수하잔 말이다. 짐이 팔베개 하여준다 이 말이지."

결국은 어름어름 이 한마디. 불꺼진 서온돌. 그 밤도 신음 소리 한 번 없이 조용하구나.

제11장 삐약이의 눈물

"고약하다 못해 참으로 죽으려고 작정을 한 게지!"

대왕대비전하, 중전을 앞에 두고 탄식을 하였다. 건너 앉은 진성대군을 바라보며 혀를 쯧쯧 찼다.

"인제 그들이 아주 마지막 발악을 하는고나."

"그러게 말입니다. 주상전하께서 장성하사 나날이 눈이 밝아지어 월성궁의 요녀(妖女)가 얼마나 패덕한 것인지 깨달아가시는 참이라. 저들이 다 죽게 생겼다 싶으니 사생결단한 게지요."

"감히 될 말을 하여야지. 양자라니? 양자라니! 주상 보령이 인제 겨우 약관. 어린 정궁이 회임하여 원자를 낳을 일이 앞으로 희망인데, 어디서 감히 근본 모를 씨앗을 왕자라 하여 드민다더냐? 그래, 대청에서 무어라 결정이 난 게냐?"

"월성궁 계집이 감히 주장하기를 전하께서 제 아들놈을 양자 삼아 왕자로 모셔간다 하였사옵니다. 허나 전하께서 그리는 절대로 못한다 내려 눌렀나이다. 청사에 기록되기를 이미 왕자 아니다 하였고, 중궁이 어려 회임할 기회 많은데 무엇 하러 내가 양자 삼느냐 일갈하시었나이다."

"참으로 잘하였군. 내 이리 말을 하면 불경할 것이되, 대전이 오랜만에 바른말 한번 하였다."

"다시 한 번 왕자 이야기가 나오면 입 벌려 그 말을 한 자 모두 역모로 다스릴 것이다, 하였습니다. 아주 저들이 코가 석 자나 빠진 듯합니다."

꽃놀이 사건의 여파가 채 진정되기도 전이었다. 갑자기 벌 떼처럼 일어난 벽파 떼거리들이 주상의 혼인 이후 안즉도 중궁이 회임하지 못함이라 석녀인 줄 아옵니다. 중궁에게서 원자 얻을 가망성이 없음이라 월성궁 마마의 소생을 양자 삼아주소서, 난리를 부리기 시작한 것이다.

주상께서 이 몸더러 그리 약조하셨습니다. 희란마마 눈물 철철 흘리며 주장하는 목청이 사뭇 의기양양하였다. 몇 날 며칠, 대궐에 광풍(狂風)이 불었다. 그런데 오늘, 가만히 듣고만 있던 상감마마께서 인제는 더 못 참으리라. 분기탱천. 대청에 대소신료들을 모으고 그리는 못한다 딱 내려잡은 것이다. 이미 왕자 아니다 기록된 아이를 어찌 양자 삼을 것이냐. 중전 연소하고 짐이 안즉 약관이라. 원자를 얻을 기회 많도다. 앞으로 다시 한 번 월성궁 소생을 왕자 삼아라 나서기만 하여봐, 역모로 알고 목을 베리라, 일갈하신 것이다.

진성대군께서 종실의 대표로 게에 참석하신 터이니 행여 일이 잘못 나아갈까. 바작바작 가슴 태우며 궁금해하시는 대왕대비전하께 아뢰러 듭시었다.

"중전, 이 모든 것이 다 중궁께서 안즉 원자를 회임치 못하여서 벌어지는 일입니다. 이 말 저 말 할 것도 없어요. 빨리 주상과 동뢰하여 회임합시오. 그러면 사직도 반석이오, 중전의 마음도 편안해지실 겝니다. 이 나라 백성들 모다 사는 길입니다. 만에 하나, 그 계집의 소생이 왕자 되어보시오. 반드시 동궁 차지하려 할 것이며 그 간신배들이 대대손손 이 나라 차지하고 앉아 전횡할 것입니다."

"며, 명심하겠나이다."

"이제는 종종 대전께서 중궁 듭신다 하는데, 그 마음도 나날이 달라져 가는 겝니다. 나는 중전께서 대전과 화합하여 덩실하나 원자를 회임한다 할지면 그야말로 한이 없겠소이다."

중전은 가만히 고개만 숙이었다. 허기는 일 년 내내 외면하실 적보다는 발길이 잦으니 달포에 서너 번은 듭시었다. 감사해야지. 하지만 중궁에 듭시면 무엇 해? 중전은 다시 포스스 한숨을 쉬었다. 소반과 받아 먹어라 먹어라, 하실 뿐 주무시기는 동온돌에서만 하시는데. 서온돌 듭시어도 심술맞게 이부자리 몸에 둘둘 감고 드르릉드르릉 코골며 잠만 자는데. 기생 은파가 시킨 대로 살그머니 발가락 꼼지락거려 단단한 다리를 건드려 보아도 기척이 없는데.

중궁에 돌아온 중전은 삐약이가 짹짹대고 있는 서음당을 들여다보며 속상하여 종알거렸다. 가희라 적어주신 어필을 손가락 끝으로 만지작거리며 살그머니 내심을 드러냈다.

"너는 이리 자랐는데, 세월은 자꾸 흐르는데 전하와 나 사이는 어찌 이리 냉랭하더냐? 너 보러 온다 핑계대시며 슬쩍 한 번쯤 오시면은 얼마나 좋아?"

원자를 낳지 못하면 쫓겨날 팔자라. 헌데 원자는커녕 너무 못난 소박받는 지어미라. 동뢰조차 치르지 못한 중전이 대체 무슨 소용인가? 절로 도는 우수(憂愁)가 하얀 볼에 홍조로 어렸다.

이미 중전의 나이 꽉 찬 열일곱. 가르치지 않아도 방심(芳心)에 싹이 트고 은근한 사모지정이 절로 분홍빛이 되었다. 세월이 그만치 흐른 것이다. 사내며 부부지간 일어나는 일이랑은 깜깜한데도 자연스레 돋아나는 애틋한 그리움이 있으니 이제 신첩도 여인네가 되어가옵니다, 몰래 애원하는 깊은 속내였다.

'더 노력하여 부덕 쌓고 어질게 성정 다스리어야지. 전하께 부끄럽지 않은 중전이 되어야 해. 언젠가는 전하께서도 이 몸 일편단심 정성 알아주시고 깊은 사모지정 읽으실 것이니 그때를 믿고 기다려야지……'

스스로를 위안하는 서글픈 심사. 중전은 남몰래 다시 한 번 깊은 한숨을 보스스 내쉰다. 무심한 지아비 전하를 홀로 사모하는 마음. 그리워하고 기다려 보지만 언제나 고적하다. 달라진 것 없이 예전마냥 쌀쌀할 뿐. 다만 그전처럼 월성궁에는 자주 아니 나가시니 그를 위로로 삼아야 할까?

며칠 후였다.
동짓날이다. 주상전하와 중전마마, 관례대로 종묘사직에 나가 일년의 마지막이라. 제사를 들이는 일을 하시어야 했다.
"내가 나갔다 올 것이니 너는 얌전히 있거라. 내가 돌아와서 좁쌀이며 남새를 많이 줄 것이다."
꼭 어린아이에게 이르시듯이 새장 속 꾹꾹거리는 뻐약이에게 다정하게 말씀하신 연후에 중전은 상궁의 인도를 받아 중궁을 나섰다.
사람들 눈앞에 공식적으로 나서는 것이니 오랜만에 중전은 성장을 하였다. 열두 폭 금박 물린 대란치마. 황색적의 차림으로 머리는 어여머리로 땋아 올려 화려한 황금 떨잠 셋 하였다. 귀 양쪽으로 봉황잠 꽂은 데다 뒤쪽에는 붉은 댕기 돌려 대용잠까지 찌르신 터이니 작은 얼굴이 그저 무겁다.
장엄하고 화려한 의대 안에 물린 작은 얼굴은 소박하고 정결하나, 이태 넘게 중궁전서 갈고닦은 위엄과 품위가 딱 자리 잡혔다. 막 피는 열일곱. 아무리 소박하고 수수한 염태라 하나 한창 꽃피는 연치이니 예전마냥 그저 못났다 할 것은 아니었다. 이미 구장복에 면류관을 쓰고 성장한 후 떠날 차비를 마친 왕은 우원전의 회랑 앞에서 중전이 나오기를 기다리고 있었다. 상궁의 인도를 받아 무거운 치맛자락을 잡고 나서는 곱게 중전을 힐끗 바라보았다.

'많이 자랐구먼. 이제는 고운 여인이 되지 않았느냐 말야. 조금만 더 키우면은 새 봄에는 여인으로 쓸 만할 것이야.'

아니 본다 하면서도 저절로 고개가 돌아간다. 힐끗 바라보는 왕의 입술에 슬쩍 엷은 미소가 머금어졌다. 처음 입궐하여 혼례를 치렀을 적에는 가만 얼굴에 촌티 졸졸 흐르고, 키도 반토막인데다가 천지분간을 못하는 기색이 역력하였지. 한마디 받아치는 말이 결기 강하고 야무지기에 제법이로고 하였다. 이태 동안 어린 중전이 갈고닦은 덕성이며 품위라 하는 것이 아름답고나. 법도에 밝아 조용히 내전의 일을 야무지게 처리하는 어린 소녀의 의젓한 행동에 알게 모르게 감탄을 하는 왕이었다.

"용서하시옵소서. 신첩이 성상을 기다리게 하는 불경을 저질렀나이다."

성정이 급하여 도무지 진득하게 무엇을 기다리는 일을 하지 못하는 왕의 성정을 잘 알고 있다. 뜻밖에도 왕이 먼저 기다리고 있는지라, 중전은 당황하여 눈을 내려깔고 바들바들 떨며 한마디 인사를 전하였다. 사죄하는 목소리가 바람에 떨리는 꽃잎처럼 흔들렸다.

한번 생긋 웃어주면 얼마나 좋아? 중전이 고개 들어 왕 자신을 보아주지 않는 것이 왜 섭섭하고 화가 날까? 왕은 또 짜증이 나고 심술맞아진다.

"그것을 알면은 말이야, 재게재게 일을 준비하여야지 말야. 짐이 꼭 내전의 아녀자를 기다리며 한데 서 있어야 하느냐 말이지. 어찌 그대는 하나부터 열까지 못마땅한 것 투성일까? 명색이 지어미라 하면서 지아비 심중에 드는 일 하나도 못하느니, 그게 부덕이 높다 하는 중궁전인가?"

그저 떨리고 불안하여 어쩔 줄 몰라 하는 소녀의 마음을 한번 북 긁어내리는 목소리가 더없이 냉랭하였다. 참으려 애를 쓰나 아랫것들 앞에서 모질게 무안을 당한 것이라, 중전마마 내려깐 눈시울이 설핏 붉어졌다.

"마, 망극하옵니다. 다시는 이런 일이 없을 것입니다."

"늦었으니 나가잔 말이지."

중전의 사죄하는 말은 들은 척 만 척 왕이 몸을 돌이켰다. 말은 그리하면서도 왜 덩의 문은 열어주는지, 직접 허리 굽혀 덩의 문을 닫아주는 왕과 중전의 눈이 곧게 마주쳤다.

"그래, 요 근래 내 못 보았거니 서음당의 주인은 잘 계신가?"

미처 대답하지 못하였다. 왕이 갑작스레 삐약이 안부를 물을 거라고는 생각하지 못하였던지라 중전은 눈이 동그래졌다. 반사적으로 고개만 끄덕였다. 왕이 실쭉 웃었다.

"유유상종(類類相從)이라 하더니, 딱 그 짝이야. 어린 사람이라 미물도 작고 어린것을 좋아하는 게지. 그대는 대체 언제쯤 자랄 생각이야?"

그러고서 문이 닫혔다. 바깥에서 두런두런하더니 가볍게 덩이 움직이기 시작하였다. 갑작스럽게 다가온 왕의 흔적이 너무 강하여 중전은 가만히 두 손을 모아 가슴에 갖다 댔다. 모질고 퉁명스런 말로 북 그어진 가슴의 붉은 상채기가 다시 아물어지는 느낌이었다. 살며시 고개 숙인 중전의 입술에 보스스 여린 미소가 처음으로 떠올랐다.

중전이 전하 용안을 뵈옵는 것은 근 한 달 만이었다. 같은 궐에서 부부지간으로 사는 분들이 이리 멀고 남들만 같으니 어찌하랴? 가없은 중전마마, 한 해도 아니고 주야장창 바깥소박을 이토록 장하게 받으시는 것이다.

'그래도 금일은 한마디 못났다 대어놓고 조롱하시는 않으시니 다행이야. 아, 전하 용안 오랜만에 뵈옵기로 가슴이 설레는구나. 참으로 잘나신 분이라. 전하께서 언제나 되어야 이 중전을 한 번이라도 좋은 눈빛으로 보아주실까? 단 하나 소원이 그것이니 언제나 되어야 전하께서 이 몸 못났다 박대하지 않으실까?'

법도가 그러하니, 왕은 말을 타고 중전은 덩을 타고 일단 천추전의 앞마당으로 나와 조하백관의 하례를 받았다. 행렬을 지어 사직단으로 가서 제사를 지내고 난 후 두 갈래로 갈라지는 일행이라. 왕의 일행이 선농단 나가 권농윤음 발표하시고 중전께서는 잠사원 쪽으로 향하였다. 빈말이라도 한마디 금일 수고하오, 이리하시면 좋으련만. 일별도 아니 하고 휑하니 가버리시는 전하이시다. 허나 중전마마 섭섭한 마음 꾹 눌렀다. 허기는 언제 전하께서 이 몸 돌아보시기라도 하였더냐? 그나마 훤칠하시고 잘나신 용안을 한 번 곁눈질이라도 하였으니 다행이지.

늘 하시던 일이라 중전은 잠사원 문 닫는 행사를 능숙하게 마쳤다.

내외명부 모인 가운데 누에발을 걷고, 베틀에 올라 작은 발과 손을 움직여 베를 짜는 시범을 보이었다. 그리고 자리에 모인 내전의 여인들을 위하여 잔치를 베풀었다. 그런 다음에 느지막이 환궁하시었다. 큰 행사를 주관하신 터이니 곤하신 터라, 주위를 둘러볼 사이도 없이 주무신 후였다.

그 밤에 삐약이를 보지 못하였는데 다음날 아침 나인이 들고 들어오는 새장을 들여다보았더니 그것이 축 늘어져 도무지 기운이 없는 것이다. 중전은 깜짝 놀라 해연히 부르짖었다.

"아이고, 이것이 어찌 된 일이더냐? 삐약이가 어찌 이리 힘이 없는 것이야?"

"참으로 망극하옵니다, 중전마마. 아무것도 모르는 이년이 그저 먹잔다고 좁쌀이며 남새를 하냥 주었습니다. 그저 많이 먹으면은 다 좋은 줄 알았나이다. 그것 죄다 주워먹고 배가 빵빵하여져서 밤서부터 비실거리더니…… 기어코 이러하옵니다."

삐약이 돌본다 하였다가 다 죽이게 된 나인이 사색이 되어 눈물부터 글썽이며 고변하였다. 중전마마께서 얼마나 애지중지하셨던 미물이냔 말이다. 적막한 중궁전에서 그림자처럼 희미하게 사시는 중전께서 그나마 이 미물에 마음 붙이시어 몇 달 즐거움으로 삼으셨거늘 이리 다 죽게 만들어놓았으니 어찌할 것이더냐? 어찌할 바를 몰라 눈물만 뚝뚝 흘리는 궁녀를 앞에 두고 중전은 한숨을 푹 내쉬었다.

"그만 하여라. 네가 무슨 잘못이 있겠느냐? 이놈 명이 오직 이것 밖에 안 되는 모양이지……. 나가보아라. 아직 죽지는 않았으니 살 수도 있을 것이니라."

허나 도통 기운이 없는 삐약이 놈, 생기가 좀 도는가도 싶더니 오 정 되어서는 몇 번 힘없이 눈을 깜빡이고 만다. 스르르 명이 나가는 것이라. 금세 고개를 툭 떨어뜨리고는 꼼짝도 하지 않는다. 죽어버 린 것이니 실로 허무하구나.

중전마마, 그저 망연자실하였다. 한 손으로 이마 짚고 하염없이 죽은 삐약이만 내려다보는데 커다란 눈에서 흐르지도 못하는 눈물 이 잔뜩 고였다. 윗전이라 하는 중전께서 겨우 미물 하나 때문에 옥 루를 보였다 하는 것도 망신거리라. 소리 내어 울지도 못하였다. 손 으로 입을 막은 채 하냥 입술만 깨물고 또 깨물고…….

'참으로 가엾고도 안타깝구나……. 죽은 것은 삐약이 너이되 실 상 내 마음이 그런 것이 아니더냐?'

더없이 서글프고 참담하였다. 힘없이 죽어 자빠진 어린 새가 중 전 자신의 팔자와 겹쳐져 가슴에 사무쳤다.

이놈을 줍던 날, 만났던 왕이 무어라 조롱하였던가? 그깟 새 새 끼 때문에 유난을 피운다 하셨던가? 그런 모진 말을 듣고서도 기어 코 내가 너를 살리리라 다짐하였다. 그리하여 온갖 정성 들여 어엿 한 새로 키워낸 것이었다.

그때의 말씀은 그토록 모지셨으나 원래 어린 짐승을 사랑하시는 분이라 하더니 중전 없을 때 잠시간 들어오신 전하시라. 결국 살아난 이놈을 보고서 대견하셨던지 중전마마 편액 붙여 웃음거리 삼으신 게에다 놀림하시지 않고 가희(嘉喜)라 어필까지 써주신 왕이시다. 실로 전하께서 중전마마 하시는 양에 그리 노염 타지 않으시고 이해하여 주신 첫 번째 일이었으니, 어린 새 정성으로 살리고 그 노는 양 바라보며 즐거워하기가 몇 달…… 이놈의 어리광을 즐길 복도 나에게는 없는가 싶으니 온몸에 힘이 쭉 빠졌다.

"어느 날이든지 전하께서 너를 찾으시면은 할 말이 없게 되었으니…… 삐약아, 가엾은 모양이 어찌 그리 이 중전하고 똑같은 것이더냐? 나도 평생 뒷방 신세로 쓸쓸하게 피지도 못하고 늙어 죽어질지 모르는 팔자인데…… 목숨이 모질어 차마 죽지도 못하고 이리 허수아비 신세로 살아가니……. 죽어지어 새장 벗어난 삐약이 네 신세가 오히려 부럽구나……. 좋은 데 가거라."

흐르는 눈물을 억지로 옷고름으로 훔친 연후 중전은 쓸쓸하게 혼잣말하며 비단을 잘라 주머니를 만들었다. 죽은 새를 그 주머니에 넣어 들고 홀로 후원으로 나섰다.

옛적 족제비에게 물려 죽은 어미 새와 어린 새를 같이 묻어주었던 바로 그곳 근처, 두견화 나무 곁에서 쭈그리고 앉아 막대기로 구덩이를 파고 있던 참이었다. 중전의 여린 몸을 덮칠 듯 긴 그림자가 와서 옆에 섰다.

"무엇이오?"

깜짝 놀라 고개를 돌리니 왕이었다. 수라 받으시고 석강 들어가시기 전에 속이 차면 공부에 불편하다 하시어 잠시간 산보 나오신 것이었다. 뜻밖에도 중전이 쓸쓸하게 앉아서 무엇을 하고 있기에 호기심이 나고 궁금증도 나신 것이다.

"아모 일도 아니옵니다, 전하."

차마 용안을 바라보지도 못하고 들을락 말락 한마디 하였다. 그저 왕이 지나가시기 기다리듯이 발치에만 시선을 주고서 우두커니 서 있는 중전이다. 왕은 잠시 쓸쓸하고 외로운 빛이 가득한 중전의 옆얼굴을 바라보았다. 허리를 굽혀 구덩이 옆에 놓인 비단 주머니를 주워 열어보았다. 해연히 놀라시니 삐약이가 죽은 것이라. 재우쳐 묻자오신다.

"아니, 이것은 지난번 그 새 새끼 아니오? 건강하게 잘 큰다 하더니 어찌 이리 죽었소?"

"어제 저가 잠사원 다녀오면서 나인에게 맡겼기로 그 아이가 먹잔다고 좁쌀이며 남새며 하냥 주었다 합니다. 그것을 다 주어먹고 어린놈이 배탈이 난 듯하옵니다. 하도 가련하여 묻어나주려 나왔나이다. 성상께서는 신경 쓰실 일은 아니라…… 망극하옵니다. 어보 옮기시는데 흉한 꼴을 보였나이다. 용서하여 주시옵소서."

나직나직 사정을 설명하는 목소리가 안개비처럼 아련하였다. 왕은 잠시 중전과 어린 새의 주검을 번갈아 바라보았다.

"이리 주오!"

"에그머니."

왕은 중전이 들고 있던 막대기를 잡아챘다. 어찌 이러시나? 중전은 그저 놀라고 당황한데 왕은 아무 말도 없이 무릎을 굽히고는 중전이 파다 만 구덩이를 더 깊이 파주었다. 어디 한 번이라도 험한 일을 하셔보신 적이 있으시던가? 허나 어수에 흙이 묻는 것도 아랑곳 않으시고 묵묵히 흙을 파헤치어 제법 깊고 큰 구덩이를 파시더니 중전을 돌아보시었다.

"이만하면은 쓸 만하오?"

중전은 말도 못하고 그저 고개만 끄덕였다. 가슴이 두근거리고 눈앞이 어지러웠다. 전하께서 중전마마를 대하시어 다정하시기까지 하고 망극하게 그녀를 위하여 구덩이를 파주기까지 하였다는 것을 도저히 믿을 수가 없었다. 등 뒤에서 왕이 보고 있는 가운데 구덩이에 주머니를 묻어주는데 긴장하고 두려워 손이 덜덜 떨렸다.

왕은 좁다란 중전의 어깨와 등을 가만히 내려다보기만 했다. 어린 새를 담은 주머니를 묻어주는 양을 바라보며 왕은 어쩐지 이 죽은 새가 어린 중전 같기만 하다. 둘 다 작고 쓸쓸하고 가련하다 싶었다. 드러내 놓고 보여준 적은 한 번도 없지만, 심중 깊이 중전만 생각하면 가슴이 아뜩해지고 짠하니 아린 마음을 어찌할 바를 모른다.

마치 넋이 나간 듯이 중전은 한동안 일어나지도 않고 멍하니 쪼그리고 앉아만 있었다. 왕은 문득 무섬증이 들었다. 대체 이 사람이 지금 어디 있는 것인가? 분명 몸은 그의 눈앞에 있음에도 불구하고 넋은 구중천을 헤매고 있는 듯, 텅 빈 공허만이 생기 잃은 작은 몸에서 흘러나오고 있었던 것이다. 왕은 문득 중전의 어깨를 잡고 흔들며 물어보고 싶었다. 그대는 어디 있소? 지금 그대는 짐 눈앞에 있는 것이오?

정신을 차려보니 그는 어느새 억센 손으로 중전의 여린 어깨를 잡아 뒤채고 있었다. 두려움이 담긴 맑은 눈에, 고여 있을 뿐 차마 흐르지도 못하는 눈물이 가득 담겨 있었다. 거짓말처럼 주르르 흐르는 눈물. 투명하기까지 한 작은 볼에 자꾸만 빗물이 흘렀다. 자기도 모르게 왕은 손을 들어 중전의 눈물을 지워주고 있었다. 지워도 지워주어도 자꾸만 흐르는 옥루.

왕비의 눈물을 보자 무딘 칼로 심장을 에이는 듯한 아픔이 그를 덮쳤다. 그 감정이 너무 낯설어 정말 지독해서 왕은 도저히 참을 수가 없었다.

"옥루를 그치오."

"예, 전하……. 훌쩍."

작은 입술을 꼭 깨물며 중전이 고개를 떨어뜨렸다. 말로는 아니 운다, 진정하였다 하는데도 잡기조차 아쉬운 여린 어깨는 계속하여 들썩이고 있었다. 왕은 중전의 작은 손을 꽉 잡았다. 무작정 끌고 걷기 시작하였다.

"하냥 예서 있지는 못할 것이라. 아마 필시 밤수라도 아직 아니하셨을 것이다. 갑시다. 짐이 중궁전 데려다 주겠소. 마음을 진정하오."

실로 두 분이 나란히 어깨 맞대고 옥보를 옮기시는 것은 가례를 올린 지 두 해 만에 처음 있는 일이었다. 교태전까지 긴 길을 가시면서도 그러나 두 분 사이 말씀 한마디가 없다. 중전은 훌쩍이느라 말을 못하였고, 왕은 중전을 더 울릴까 봐 말을 못하였다.

"짐이 언제고 반드시 그대에게 새 새끼 대신에 다른 길짐승 한 마리 가져다 주리오. 너무 상심을 마오."

중궁전 월동문을 넘어가며 고작 그 한 말씀이 전부이다. 허나 중전으로서는 참으로 가슴을 저미는 다정한 위로였다. 가슴 설레고 감사하여 눈물이 또다시 핑 돌았다. 그 말씀을 하신 연후에 우원전으로 나가시는 전하의 뒷모습만 바라보며 그 자리에 그대로 서 있기만 한 중전이다.

몇 발자국 걸어나가던 왕은 자꾸만 뒤가 끌리었다. 문득 고개를 돌렸다. 고개 숙인 채 그 자리에 우두커니 서 있기만 하는 어린 중전의 작고 쓸쓸한 모습이 눈에 밟히고 가슴에 가시로 폭 박혔다. 자신도 모를 어떤 충동으로 왕은 화계에 선 앙상한 나무에 매달린 노란 모과 한 알을 따 들었다. 다시 돌아가 아무 말 없이 중전 손에 쥐어주었다.

"그러니까 이것이라도…… 짐 마음이니까…… 삐약이는 또 잡으면 되니…… 어찌하든 눈물을……."

자신이 무슨 말을 하는지도 모르고 횡설수설, 말을 하는 왕의 얼굴이 벌겋다. 왕이 쥐어준 모과 한 알을 가슴에 품고 발치만 내려다보는 중전의 얼굴 역시 빨간 홍시였다.

"밤에 짐이 서온돌 들 터이니…… 그러니까 차라도 한잔 주어. 제발 우지는 말고……."

삼정승 승지들 앉혀놓고 양(兩) 평창이 비좁으니 도성 가까운 데다 평창을 하나 더 지어야 할까 의논하시었다. 헌데 그날따라 영 마음이 딴 데라 듣기는 하시는데 시선은 엉뚱한 곳을 헤매고만 있는 듯하였다.

"전하, 오데가 미령하시옵니까?"

"……음? 아, 아니오. 계속하시오."

가장 가까이 앉았던 우의정이 걱정이 되어 여쭈었다. 말을 묻는데도 왕은 잠시 대답을 하지 않았다. 재우쳐 다시 여쭈오니 그때서야 대답을 하였다. 용안이 문득 벌겠다.

지금까지 딴생각을 한 것이 면구한 듯 왕은 서탁 앞에 펼쳐진 두루마리를 집어 들었다. 평창 자리를 어디다 잡으면 좋을까 공조에서 올린 장궤였다.

"세물이 많이 올라오는 곳이 이곳 노량목 쪽이니 아무래도 근처가 낫지 않겠소?"

"헌데 그곳의 자리가 비가 들면 물이 쉬이 빠지지 않는 자리라서 망설이고 있다 하옵니다. 신등은 재포나루 쪽이 더 나을까나 보고 있나이다."

편전에서 돌아온 왕이 장 내관을 부르시었다. 음음 헛기침을 몇 번이나 하였다. 어쩐지 한참 망설이는 빛이더니 이 밤은 교태전에 들 것이다 하시었다. 중궁에 듭시는 날도 아닌데 갑자기 어찌 이러시나? 의아한 바이지만 여하튼 교자 등대하겠나이다 하였다. 용포 벗으시고 평상복으로 의대 갈으시면서 다시 장 내관을 부르시었다.

조금 쑥스러운 용안이셨다.

"짐이 서온돌에 들 것이다. 중전더러 짐이 간다 하여라."

가례 치른 후 동뢰(同牢)라. 새신부 놓아두고 월성궁 마마 찾아가시던 분이었다. 가엾을지라! 중전마마 대용잠 빼어주지도 않고 손끝 하나 대지 않고 초야를 치른 두 분, 두 해나 지난 다음에 비로소 지어미 중전마마를 찾는 전하이시니, 분명 당신도 쑥스럽고 민망하고 좀 면구한 기분이 드는 모양이었다. 비로소 신부 찾아 신방에 드는 새신랑이니, 중궁전 들 것이다 하시는 전하의 용안은 수줍었다. 촛불 아래 벌겠다.

평상시 느린 걸음이나 장 내관 그 밤서는 재빠르다.

천지신명이 도우셨다! 이리하며 펄펄 날아 중궁전 달려가는구나. 전하께서 서온돌 들 것이라 하명하심은 그저 침수하리라가 아니겠다? 그런 말씀하시는 눈빛이 암시하는 바라, 오늘 밤 분명 중전마마 옷고름 풀어 초야를 치르실 결심을 하신 것이 분명하였다. 대전의 장 내관이 달려들어 와 기별한 그 소식에 윤 상궁의 입도 헤 벌어진다. 갑자기 아연 중궁전이 분주하여지기 시작하였다.

아무것도 모르는 중전마마, 그 밤도 홀로 앉아 쓸쓸히 고개 떨구어 수틀을 잡고 계시었다. 갑자기 방으로 차고 들어온 윤 상궁이며 박 상궁에 이끌려 욕간통에 집어넣어지는구나. 영문을 몰라 어찌 이러오? 하고 비명을 질렀다. 박 상궁이 나인 시켜 정성껏 향물 욕간시켜 드리는 도중으로다가 하여 윤 상궁이 어린 중전마마를 다잡아 교육을 단단히 시켰다.

"마마, 전하께서 잠시 후에 서온돌 드시어 침수하신다 전갈을 하셨나이다. 실로 이 밤이 두 분 마마의 초야(初夜)시라 밤단장 곱게 하시어 전하의 용체를 모시어야 할 것입니다. 저가 지난번서 은파 년하고 약방 상궁하고 마마께 가르쳐 드린 것이 있습지요? 오늘 밤에 전하와 함께 그 일을 치를 것이니 마음 단단히 잡숫고 그저 전하께서 이끄시는 대로 순명하옵시면은 되는 것입니다. 아시겠사옵니까?"

"에구머니, 망칙하여라! 어찌 내가 그런 일을 할 것인가? 나는 못하오!"

중전마마, 두 볼에 발갛게 꽃물 들이며 비명을 질렀다. 두 손으로 작은 얼굴을 가려 버렸다.

아무래도 이 무지한 중전마마께 은밀한 밤일을 교육하여야겠다. 윤 상궁과 몽 상궁이 결심을 하였다. 늙은 두 상궁은 머리를 맞대고 의논하였다. 기생집에 나가서 은밀히 떠도는 춘화도가 그려진 서첩을 구하여 중전마마께 가져다 드렸다. 남녀간에 의대를 벗고 기기묘묘한 자세로 방사를 치르고 교접하는 그 모양을 그대로 그린 화첩을 보고서 어린 중전마마 기가 막혀 얼굴을 못 들었다. 그러거나 말거나 상궁들은 번갈아가며 이리하여 사내이신 전하께서 여인인 중전마마께 아래로 교접하여 씨를 뿌리어 마마께서 아기씨 회임을 하나이다 교육을 한 것이라.

"나, 나는 못하오! 어찌 그런 일을 할 것인가? 나는 도망을 갈 것이오!"

"마마! 명심하옵시오! 이 밤에 마마께서 전하를 그리 거부하시고 도망치시면은 전하께서 심히 노여우실 것이니 중궁전에 발길을 다시는 아니 하실 것이오. 그러면 마마는 평생 월성궁 고 요망한 암여우에게 밀려 뒷방 신세로 늙어지실 것입니다. 그것이 좋으시면은 도망가시오."

윤 상궁, 매섭게 짐짓 엄포를 놓았다.

"참으로 싫으시면 저가 지금 대전 나가서 말씀드리리라. 중전마마께서 전하가 무섭고 싫다 하시니 그저 월성궁 가시옵소서, 그리할까요?"

가만 생각하여 보니 그는 싫은 것이라 중전이 고개를 폭 숙인 채고개를 살래살래 흔들었다.

여전히 상감마마를 생각하면 참으로 무섭고 두렵지만, 그래도 오늘은 무척 다정하셨는걸? 전하께서 손도 잡아주셨고, 눈물도 닦아주셨다. 삐약이 대신 다른 짐승도 주신다 약조하시었고, 모과도 하나 선사해 주셨는걸? 예전과는 다르게 다정한 눈빛으로 보아주시었다. 오늘 같은 처지라면 그분께 손목 잡혀 드리고 서첩에 그려진 대로 안긴다 하여도 무섭지만은 아니할 것 같았다.

박 상궁이 야리야리한 비단 자리옷 갈아입혀 드리고 귀밑머리 내려 곱게 빗겨드리는 그 옆에 서서 계속 겁을 주었다.

"월성궁 고 계집이 주성 성총을 휘어잡은 이유가 딱 하나옵니다. 밤에 전하를 마냥 기쁘게 하여드리고 즐겁게 하여드린 공로가 아니겠나이까? 중전마마께서 이 밤에 전하를 즐겁게 하여 주시면은 무엇 때문에 고년에게 가시겠습니까? 이 밤이 실로 중요하옵니다. 마마께서 계속 전하께 소박을 받으시느냐, 아니 받으시느냐가 달린 것이니 알아서 하옵시오!"

"……알았네, 알았소. 내가 시침을 모시면 될 것 아니오? 내가 들어간다 이 말이라. 허나 전하께서 나를 싫어하시고 못났다 구박하신 터인데 오늘 밤도 그러하시면은 어떡하오? 나는 그것이 무서워서 그러지."

"그저 순명하시고 전하께서 시키는 대로 하시면 된다니까요? 무어라 하시든지 어떤 일을 하시든지 꾹 참고 입 봉하고 그저 누워 계시면 되옵니다. 그러면 사내이신 전하께서 다 알아 하시리라."

중전이 살며시 고개를 들었다. 수줍되 호기심이 나니 까만 눈을 치켜뜨고 손가락을 꼬물거리며 주저주저 물었다.

"저어, 저…… 윤 상궁. 내가, 내가 말이오. 궁금하여 그러는데, 세상의 부부들이 밤에 다 그리하는 것이오?"

"당연하옵지요! 원래 전하께서 가례 치르신 그 밤에 마마 옷고름 풀어 그리 처분하실 것인데 아마 중전마마께서 너무 어리시고 밤일에 무지하시니 잠시간 더 자라서 이리 오너라 하신 뜻인 줄 아옵니다. 광영이옵니다, 마마. 전하 승은을 입으시어 덩실 금세 원자 아기씨라도 회임하시면은 좋으련만. 그렇게 되면 전하께서도 월성궁 계집 대신 우리 중전마마를 실로 아끼시고 은애하실 것인데요."

두런두런 바깥에서 인기척이 났다. 박 상궁, 윤 상궁 모두 다 호들갑스럽게 중전마마를 일으켜 세웠다.

"아이고, 주상전하께서 납시셨나이다. 어서 들어가시옵소서."

상궁들이 등을 떠밀었다. 중전마마, 향물 욕간하고 얇은 자리옷 차림으로 귀밑머리 풀고 윤 상궁에 이끌려 서온돌에 들어섰다. 마찬가지로 자리옷으로 갈아입으신 주상전하, 책상다리하고 펼쳐진 금침 앞에 앉아 있었다. 부부지간, 예사로이 같은 잠자리에 드는 일인데도 어린 중전은 그저 낯을 못 들고, 전하께서도 허공만 바라보며 헛기침을 몇 번 하신다. 두 분 다 똑같이 안색이 벌겠다.

"좋은 꿈꾸시옵소서."

대전 지밀 몽 상궁이 문 앞에 병풍을 두른 연후에 발끝을 들고 돌아 나와 살그머니 문을 닫았다. 환한 촛불이 펄럭였다. 호젓한 방에 수줍은 두 마음. 사내인 전하께서 먼저 금침자락을 걷었다. 괜히 베개모를 뒤집어 곱게 수놓인 원앙새를 손가락으로 쓰다듬었다.

"누가 잡아먹는다 하였나? 게는 왜 멀찍이 떨어져 있노?"

중전 쪽을 바라보지도 않고 한마디 툭 던지는 말이 퉁명스러웠다. 억지로 침착한 척하여보지만 그의 목소리 역시 흔들렸다.

"이리 가까이 오시오. 언제까정 그러고 앉아만 있을 텐가?"

"……부, 불을 끌 것입니다."

『화홍花虹』 제2권에 계속…

부록

화홍을 쓰며 이지환이 도움받이로 읽은 책들, 이야기들.

화홍은 단국이라는 가상 왕국을 설정하고, 그 왕들의 계보를 작성한 후 〈단국실록〉이라는 가상실록에 존재하는 명종 조 〈을사의 화〉라는 사건 하나를 발췌하여 만든 이야기를 구술하는 형식으로 만들었습니다.

몇 가지를 참고하신다면 화홍을 더 재미있게 읽으실 수 있으리라 봅니다.

기본적으로 단국은 조선시대를 비정하여 만들었습니다.

그러므로 욱제의 존재성도 조선시대 여러 임금들의 모습이 겹쳐집니다.

욱제 임금의 출생과 등극 나이는 순조와 비슷합니다.

하는 일과 업적은 세종, 세조, 영, 정조의 업적들을 참고하였습니다.

성격은 연산군과 세조, 태종의 성격에서 가져온 것이 많습니다.

희란과의 관계는 태조와 신덕왕후 강씨, 성종과 폐비 윤씨와의 관계를 생각하며 만들었습니다.

어린 소혜마마(소헌왕후)는 세종대왕의 비인 소헌왕후 심씨에서 그 칭호를 빌려왔습니다.

소혜마마의 간택 이야기는 영조의 계비 정순왕후 김씨의 간택 일화를 차용하였습니다.

단 하나, 왕과 왕후의 나이 차나 혼례를 하는 나이는 조선조와 다릅니다.

원래 왕실의 혼례는 왕후가 두서너 살 많은 경우가 대부분입니다. 또한 소혜마마처럼 남자 형제가 없거나 집안에 부모가 온전치 않거나 나이가 왕에 비하여 지나치게 어리면 간택조차도 가능하지 않습니다. 게다가 왕실의 가례는 세자가 십여 세 전후이면 거행되는 경우가 많았습니다. 아마 여러분이 알고 있는 지식과 화홍의 가장 다른 부분은 여기일 것입니다.

화홍을 쓰는 동안 많은 책을 읽어 도움을 받고 영감을 얻었습니다. 조선왕실사나 풍속사에 관심이 많으실 다른 분을 위하여 목록을 남깁니다.

〈인문사회 관련〉

1. 조선의 왕세자 교육. (김문식, 김정호 공저). 김영사.
2. 조선의 왕. (심명호). 가람기획
3. 궁중유물1. 2. (이명희글, 한석홍,임원순 사진). 대원사.
4. 전통남자장신구.(장숙환글.사진). 대원사.
5. 비원.(주남철글. 주남철, 김종섭사진).대원사.
6. 경복궁. (이강근글.사진). 대원사
7. 종묘와 사직(김동욱글, 김동욱, 김종섭사진). 대원사
8. 창덕궁(장순영글, 김종섭사진). 대원사.
9. 궁중음식과 서울음식(한복려 글.사진). 대원사.
10. 한국고전시가선.(임형택, 고미숙 공저). 창작과 비평사
11. 정조의 화성행차 그 8일(한영우). 효형출판.
12. 66세의 영조, 15세 신부를 맞이하다(신병주). 효형출판.

13. 꽃으로 보는 한국문화 (이상희) 넥서스BOOKS
14. 조선왕실의 의례와 생활- 궁중문화. (신명호). 돌베개.
15. 당시. (이원섭역). 정한출판사.
16. 양화소록. (강희안). 눌와.
17. 우리궁궐이야기 (홍순민). 청년사.
18. 조선의 궁궐 (신영훈). 조선일보사.
19. 옛사람 59인의 공부산책. (김건우). 도우미디어.
20. 서울대교수와 함께 읽는 한시명편1,2. (이병한 엮음). 민음사
21. 조선의 성풍속. (정성희). 가람기획.
22. 우리가 정말 알아야할 우리규방문화 (허동화). 현암사.
23. 선인들의 공부법 (박희병편역). 창작과 비평사.
24. 미쳐야 미친다. (정민). 푸른역사.
25. 궁궐의 꽃 궁녀. (신명호). 시공사.
26. 이이화의 역사풍속기행. (이이화). 역사비평사.
27. 조선시대 사람들은 어떻게 살았을까? 1,2. (한국역사연구회). 청년사.
28. 조선의 뒷골목 풍경. (강명관). 푸른역사.
29. 흥부의 작은마누라. (이훈종) 한길사
30. 털어놓고 하는 말1,2. (고형곤 외). 뿌리깊은 나무
31. 천 냥짜리 입담 (최래옥). 동아출판사
32. 숨어사는 와툴박이1,2 (문순태외). 뿌리깊은 나무
33. 김선달의 무전여행 (이훈종). 한길사
34. 조선시대 우리 옷 (권오창) 현암사

35. 우리가 정말 알아야 할 우리 그림 백가지 (박영대). 현암사.

36. 우리 문화의 수수께끼. (주강현). 한겨레 신문사.

37. 한국의 시절음식. (윤숙자). 지구문화사.

〈소설〉

1 금삼의 피. (박종화). 삼성당.

2. 소설 소녀경. (강영수). 문학수첩.

3. 방각본살인사건. (김탁환). 황금가지.

4. 죽음의 한 연구. (박상륭). 문학과 지성사.

5. 옥루몽 (옥련자). 학영사.